Lion Feuchtwanger

Waffen für Amerika

Erster Band der Trilogie:

Die Füchse im Weinberg

Fischer Taschenbuch Verlag

Ungekürzte Ausgabe
Fischer Taschenbuch Verlag
August 1983
Umschlaggestaltung: Jan Buchholz / Reni Hinsch
Umschlagabbildung: Archiv für Kunst und Geschichte, Berlin
Fischer Taschenbuch Verlag GmbH, Frankfurt am Main
Lizenzausgabe mit freundlicher Genehmigung
des Aufbau-Verlags, Berlin und Weimar

Druck und Bindung: Hanseatische Druckanstalt GmbH, Hamburg
Printed in Germany 1983
980-ISBN-3-596-22545-0

Inhalt

Vorspruch

Hier beginnt der Roman „Die Füchse im Weinberg", auch genannt „Waffen für Amerika".

Es wird darin erzählt von der witzigen Torheit, der schlauen Dummheit und der übergesitteten Verderbtheit einer untergehenden Gesellschaft.

Sie werden darin finden liebenswürdige Frauen und brillante, windige Männer und Geist, verbunden mit leeren Herzen, und volle Herzen, verbunden mit ungeschickter Hand,

Und einen großen Mann inmitten von Laffen

Und Theater und Politik und Feindschaft und Geilheit und Freundschaft und Liebelei und Geschäft und Liebe

Und das ewig Gleiche im ewig wechselnden Ablauf.

Auch finden Sie in diesem Buch Männer, welche an die Möglichkeit glauben, immer mehr zu erkennen von den Gesetzen des Werdens,

Und an die Möglichkeit, sich den Gesetzen anzupassen und so zu errichten eine immer beseeltere Welt.

Des weiteren sagt der Roman von dem Kampf der Männer, der Worte und der Ideen rings um eine ökonomische Umwälzung.

Und nicht vergißt dieses Buch zu berichten von der Blindheit der Menschen vor dem Fortschreiten der Geschichte

Und von der unlöslichen, doch von wenigen erkannten Verbundenheit aller mit allen

Und von dem Glauben an ein langsames, langsames, doch sicheres Wachsen menschlicher Vernunft zwischen der letzten Eiszeit und der kommenden.

Geben Sie mir mit dem „Schicksal".
Die Politik ist das Schicksal.

Napoleon

Schicksal? Der Begriff ist Mystik, Nonsens.

Stalin

Die künstlerische Darstellung der Geschichte ist wissenschaftlicher und ernsthafter als die exakte Geschichtsschreibung.
Die Dichtkunst nämlich geht auf Kern und Wesen, während der exakte Bericht nur Einzelheiten aneinanderreiht.

Aristoteles

Wir wollen aus der Vergangenheit das Feuer übernehmen, nicht die Asche.

Jean Jaurès

Erstes Kapitel

Beaumarchais

Der Weg von Versailles nach Paris führte durch anmutige, grüne Landschaft. Vormittags hatte es geregnet, doch jetzt hatten sich die Wolken zerteilt, Sonne kam durch, und Pierre genoß die feuchte Frische des schönen Maitages.

Noch gestern, von London zurückkommend, war er voll von Zweifeln gewesen, ob nicht durch den Wechsel im Kabinett sein ganzes sorgsam ausgeklügeltes und mit soviel Mühe gefördertes Geschäft für immer gescheitert sei. Er hatte solches Mißgeschick öfter erlebt. Aber diesmal fügten sich die Dinge. In der langen, freimütigen Aussprache mit dem Minister hatte sich gezeigt, daß Versailles auf seine Vorschläge angebissen hatte. Graf Vergennes hatte seinen Plänen viel tieferes Interesse entgegengebracht, als seine vorsichtigen Schreiben hatten vermuten lassen. Die Zusagen, die ihm die Regierung heute gemacht hatte, übertrafen weit seine Hoffnung; das große Geschäft war so gut wie unter Dach.

Pierres Wagen war an dem Kreuzweg angelangt, wo die Straße nach Clamart abbog. Pierre wies den Kutscher an, langsamer zu fahren. Er lehnte sich zurück, ein kleines Lächeln um die Lippen, und überdachte, was alles er erreicht hatte.

Pierre Caron de Beaumarchais hatte seine letzte Zeit in London zugebracht als Geheimagent der französischen Regierung. Die Geschäfte, für die man den schnellen, gewandten Herrn gebraucht hatte, waren dunkel, etwas schmutzig, nicht sehr bedeutend. Sie hatten nur einen kleinen Teil seiner Zeit in Anspruch genommen und ihm Muße gelassen, ein wichtigeres Projekt auszuarbeiten.

Seitdem der große Streit ausgebrochen war zwischen dem König Georg dem Dritten von England und seinen amerikanischen Kolonien, hatte Pierre Caron de Beaumarchais leidenschaftlich Partei ergriffen für die Amerikaner, für die Aufständischen. Gleich vielen andern Intellektuellen in Paris und selbst in London hatte er die „Boston-Leute", die „Insurgenten", begrüßt als Männer, welche darum kämpften, die großen Ideen der französischen und englischen Philosophen in die Wirklichkeit umzusetzen. Sie waren entschlossen, diese Männer, ein einfaches, naturnahes Leben zu führen an Stelle des durch Konvention, Vorurteil und despotische Willkür verkrüppelten Daseins, wie man es in London und Paris lebte. Die Männer der Neuen Welt wollten ihre staatliche Ordnung aufbauen auf Freiheit, Vernunft, Natur. Und diese Männer wollte der König von England mit Feuer und Schwert zwingen, von ihrem edlen Vorhaben abzustehen.

Pierre trat für die Amerikaner nicht nur mit Herz und Mund ein, er förderte ihre Sache durch die Tat. Er war in allen Kreisen der Londoner Gesellschaft wohlgelitten, er war befreundet mit Führern der Konservativen und der Liberalen, er hatte Gelegenheit, sich Kenntnis zu verschaffen über mannigfache Einzelheiten des Konflikts mit den Kolonien. Er trug reiches Material zusammen, ordnete es, zog Folgerungen, und ohne daß ihn jemand dazu beauftragt hätte, sandte er Louis dem Sechzehnten und seinen Ministern Berichte, die sich auszeichneten durch Sachkenntnis, Klarheit, Weitblick. Wenn Pierre heute diese seine Berichte und Denkschriften überdachte, dann durfte er sich schmeicheln, er, der Geheimagent ohne Auftrag, habe das Wesen des englisch-amerikanischen Konflikts von Anfang an besser durchschaut als der beamtete Botschafter des Königs. Seine Voraussagen waren durch die Ereignisse bestätigt worden.

Die Schlußfolgerung aber, die er am Ende all seiner Berichte an das Kabinett von Versailles gezogen hatte, war die dringliche Aufforderung gewesen, durch Unterstützung der Aufständischen England zu schwächen. Der Konflikt der Engländer mit den Kolonien bot Frankreich eine einzigartige Gelegenheit, den elenden Frieden aus der Welt zu schaffen, den ihm England vor zwölf Jahren aufgezwungen hatte.

Es war Pierre natürlich bekannt gewesen, daß die französische Regierung nicht offen für die amerikanischen Rebellen Partei ergreifen konnte. Das hätte Krieg mit England bedeutet, und dazu waren Flotte und Heer noch nicht stark genug, ganz abgesehen von dem kläglichen Zustand der Finanzen. Doch Pierre hatte einen Ausweg aus dieser Schwierigkeit gewußt.

Er lächelte zufrieden. Er hatte seine Berichte abgefaßt und seine Ratschläge gegeben in der ehrlichen Absicht, den Amerikanern zu helfen, die Sache der Freiheit und der Vernunft zu fördern. Aber manchmal geschah es, daß ideale Bestrebungen auch materiellen Gewinn abwarfen. Die Leute, die es anrüchig fanden, mit einer guten Sache Geschäfte zu machen, waren Narren. Er, Pierre, war kein Narr. Mit dem Spürsinn des gewitzten Geschäftsmannes und des an Intrigen gewöhnten politischen Agenten hatte er von Anfang an gewittert, daß sachgemäßes Schüren des Freiheitskampfes nicht nur ideellen, sondern auch materiellen Nutzen bringen werde.

Bedenkend also, daß es sich Frankreich noch nicht leisten konnte, einen kriegerischen Konflikt mit England heraufzubeschwören, hatte Pierre angeregt, die französische Regierung möge die Amerikaner zunächst nur heimlich unterstützen, ohne sich selber zu kompromittieren. Private Geschäftsleute sollten den Insurgenten Waffen und andern Bedarf liefern, nach außen hin auf eigene Rechnung und Gefahr, im geheimen aber von der französischen Regierung subventioniert und von ihr auf jede Art gefördert.

Nach vielem Hin und Her, nachdem Pierre schon geglaubt hatte, er werde dem Grafen Vergennes, dem Außenminister, seinen Plan niemals schmackhaft machen können, war es schließlich doch so gekommen, wie er sich's errechnet hatte. Heute hatte der Minister sich festgelegt, heute hatte er ihn beauftragt, ein Unternehmen zu organisieren, wie er es vorgeschlagen. Von heut an durfte sich Pierre, wenn er den Insurgenten Waffen und sonstiges Material anbot, als den Geheimen Bevollmächtigten des Königs von Frankreich bezeichnen.

Er war mit sich zufrieden. Wie er die schwierige Unterredung mit dem Minister durchgeführt, das hatte seine erfinderisch ausgedachten Vorbereitungen würdig gekrönt.

Was die Aufständischen benötigten, war viel. Ihre Ausrüstung war erbärmlich, die Leistungsfähigkeit ihrer spärlichen Fabriken gering. Was sie verlangten, war der volle

Bedarf für dreißigtausend Mann. Der Minister hatte ihn befragt, ob er und seine Geschäftsfreunde auch wirklich imstande seien, eine solche Fülle von Material zu beschaffen und über See zu transportieren. „Ja, ja, ja", hatte Pierre erwidert, kühn und sogleich, um dann fortzufahren: „Natürlich unter der Voraussetzung, daß die Arsenale des Königs uns Waffen zu günstigen Bedingungen herausgeben und daß man uns finanziell nicht zu knapp hält." Graf Vergennes hatte erklärt, er werde sich mit dem Kriegsminister in Verbindung setzen, und dann war er auf den kitzligsten Punkt zu sprechen gekommen, er hatte Pierre gefragt, wie hoch er sich denn die Subvention denke, die er von der Regierung erwarte.

Nun hatte sich Pierre entschlossen, er werde das Unternehmen wagen, wenn er von der Regierung einen Zuschuß erhalte von mindestens einer Million Livres. Aber jetzt, als ihm der Minister ernsthaft die ungeheure Lieferung anvertrauen wollte, wußte er, daß er bisher mit dem ganzen Plan nur gespielt hatte, und gleichzeitig mit dem Entzücken über die gewaltige und ehrenvolle Aufgabe überkam ihn Angst, ob seine Finanzen und sein Kredit dem riesigen Unternehmen gewachsen sein würden. Eine Million Livres, das war eine lächerlich geringe Grundlage, wenn man den Bedarf von dreißigtausend Mann liefern sollte. Wenn er aber mehr verlangte, wenn er zuviel verlangte, dann war vielleicht alles gescheitert.

In rasender Eile, während er in scheinbarer Ruhe das lächelnd erwartungsvolle Gesicht des Ministers beschaute, überlegte er von neuem, welche Summe er fordern sollte. „Ich denke mir", sagte er, „drei Millionen werden genügen." Eine ganz kleine Pause war gefolgt, in welcher die beiden Männer einander anschauten. Jetzt entscheidet sich das Schicksal Amerikas und das meine, dachte Pierre. „Wir können Ihnen zwei Millionen versprechen", hatte schließlich der Minister gesagt. „Eine Million geben wir, die zweite verschaffen wir Ihnen von den Spaniern."

Fast betäubt von diesem übergroßen Erfolg fuhr jetzt Pierre durch den schönen Mainachmittag zurück nach Paris. Der Wagen, in dem er durch die grüne, liebliche Landschaft rollte, war etwas zu prächtig; vorne saßen der reich livrierte

Kutscher und der kleine Negerbediente, hinten gaffte dummstolz ein noch reicher livrierter Lakai in die Luft. Pierre selber sah ein bißchen zu prächtig aus in seinem übermodischen Anzug und mit dem riesigen Brillanten am Finger.

Er hätte ein Recht gehabt, müde zu sein. Diese letzten Tage waren anstrengend gewesen, die Liquidierung seiner Geschäfte in London, die schnelle Reise, die Unterredung mit dem Minister. Doch Pierre war nicht der Mann, sich gehenzulassen. Obwohl er mit seinen Vierundvierzig zur Fülle neigte, wirkte er jung, man mochte ihn für fünfunddreißig halten. Das fleischige Gesicht sah frisch aus, die Stirn, leicht zurückfliehend, war klar, die braunen Augen ausdrucksvoll und gescheit, unter der scharfen, geraden Nase lächelte ein voller, schöngeschwungener Mund. Das durch ein Grübchen geteilte, etwas schwache Kinn und das kleine Doppelkinn, das aus dem kostbaren Rock herauskam, verliehen dem schlauen Antlitz etwas Gutmütiges.

Man war jetzt in Issy, und je mehr man sich Paris näherte, um so schneller arbeiteten in Pierres Kopf die Gedanken.

Die Firma, die er gründen wollte, mußte auch äußerlich repräsentieren. Sein Geschäftshaus an der Rue Vieille du Temple, das Hôtel de Hollande, an sich baufällig, war während seines Aufenthalts in London sehr vernachlässigt worden. Er wird es gründlich umbauen und neu ausstatten. Auf einmal wußte er auch den Namen für die zu gründende Firma. Ein spanischer Name sollte es sein, er liebte Spanien, Spanien hatte ihm immer Glück gebracht, Rodrigue Hortalez soll die Firma heißen. Er lächelte. Von jetzt an war er also Señor Rodrigue Hortalez. Zum Geschäftsführer bestellen wird er natürlich Paul Theveneau. Freilich war Paul sehr jung und zudem behindert durch seine Krankheit. Aber Paul war wieder und wieder erprobt, er hing an ihm und blickte zu ihm auf, er war eingeweiht in seine verwirrten Finanzmachenschaften und vertrackten Heimlichkeiten, er war überaus fähig, er hatte das Talent, Ordnung zu schaffen, wenn er, Pierre, sich nicht mehr zurechtfand.

Zwei Millionen Livres, das klang sehr groß. Aber es ging um die Ausrüstung für dreißigtausend Mann und um die Schiffe, diesen Berg von Fracht hinüber nach Amerika zu transportieren. Ein Glück nur, daß sein Holzhandel ihm die besten Beziehungen zu den großen Reedereien verschafft hatte. Mochte dem sein wie immer, er wird seinen Kredit aufs äußerste anspannen müssen. Fünf bis sechs Millionen wird er zuerst einmal in die Sache stecken müssen. Und wann und wie werden die Amerikaner zahlen? Für einen Augenblick überfröstelte es ihn. Es war ein sehr hohes Spiel, auf das er sich da eingelassen hatte. Doch sogleich machte er sich frei von dieser Anwandlung. Was auch dabei herauskam, es war reizvoller, mit Weltgeschichte zu handeln als mit Holz.

Schade nur, daß alles so heimlich wird geschehen müssen. Er möchte reden, er möchte es in die Welt hinausschreien, mit was für einer Aufgabe er betraut ist. Aber Vergennes hatte ihm auf die Seele gebunden, reinen Mund zu halten. Die Fiktion eines privaten Unternehmens, das mit eigenem Kapital harmlose Geschäfte betrieb, mußte mit allen Mitteln aufrechterhalten bleiben. Auch so werden die Engländer hundert Schwierigkeiten machen und den Außenminister mit Noten überschwemmen. Wenn Pierre Unvorsichtigkeiten beging, durfte er unter keinen Umständen auf Deckung von seiten Versailles' rechnen, im Gegenteil, man wird ihn rücksichtslos preisgeben; das hatte ihm der sonst so höfliche Minister mit unhöflich dürrer Sachlichkeit klargemacht. Pierre wird also von seiner weltwichtigen Mission mit niemand sprechen dürfen außer mit seinen paar Geschäftsfreunden und leitenden Angestellten. Er wird herumgehen müssen als ein von vielen angefeindeter und belächelter Monsieur de Beaumarchais, und es wird ihm nicht erlaubt sein, den Spöttern und Widersachern seine Trümpfe hinzuschlagen.

Doch diese unbehagliche Erwägung wurde sogleich weggespült von der beglückenden Vorstellung, welch ungeheure Rolle ihm zugefallen war. Jedermann wußte, daß ohne französische Hilfe die aufständischen Amerikaner verloren waren. Er nun, er allein, Pierre de Beaumarchais, durch seinen Eifer, seine Glut, seine Beredsamkeit, seine Menschenkenntnis, seine Geschmeidigkeit hatte den schwachen König Louis und seine eiteln Minister dazu vermocht, diese Hilfe im Prinzip zuzusagen. Und allein von seiner Geschicklichkeit jetzt hing es ab, ob und in welchem Ausmaß die versprochene Hilfe die Amerikaner erreichen wird. Das Schicksal der

Neuen Welt dort drüben, der Fortschritt der Menschheit hing ab von seiner Klugheit und List.

Mit schneller Phantasie malte er sich die Zukunft. Sah in den Vorratshäusern der Häfen Frankreichs Gewehre und Uniformen sich stapeln, sich immer höher schichten. Sah die bauchigen Schiffe der Firma Hortalez und Compagnie in See stechen, beladen mit Kanonen für die Insurgenten, sah sie zurückkommen, beladen mit Indigo und Tabak für ihn, Pierre. Genoß im voraus das Gelingen seines Planes. Ja, das Unternehmen, das er da begonnen hatte, war die Aufgabe höchsten Maßes, nach der er sich von jeher sehnte, eine Aufgabe, würdig eines Beaumarchais.

Er wird seiner Aufgabe gewachsen sein. Er hat Dinge vollbracht, die nicht so wichtig, aber vielleicht noch schwieriger waren. Und während ihn jede Drehung der Räder seiner Stadt Paris und seiner neuen, erregenden Tätigkeit näher brachte, zog in seinem Innern in schneller Folge vorbei die bunte Fülle abgelebten Glückes und Unglücks.

Es war eine Fülle unglaubhaften Mißgeschicks, doch eine noch reichere Fülle abenteuerlicher Erfolge. Er ist, der Uhrmachersohn und Uhrmacherlehrling, zu Hof gegangen, um die Uhren der verstorbenen Majestät, des Fünfzehnten Louis, aufzuziehen, und ist dem alten König durch seine Gewecktheit und seine angenehme Art aufgefallen. Die ältlichen Töchter des Königs mochten ihn gern und bestellten ihn zu ihrem Harfenlehrer. Der sehr gescheite, schrullige, mit allen Wassern gewaschene Finanzmann Duverny wurde auf ihn aufmerksam, weihte ihn ein in die Tricks der hohen Finanz und machte ihn zu seinem Teilhaber. Der anstellige Pierre mit seinem gesellschaftlichen Talent und seiner Begabung zur Intrige förderte die Geschäfte der Firma Duverny und seine eigenen, kaufte sich Titel und Hofämter, blühte prächtig auf, erwarb sich die Freundschaft vieler Männer, die Liebe vieler Frauen und durch seine rasche, freche, witzige, unbeherrschte Zunge manche Feindschaft.

Dann kamen seine beiden ersten Stücke, er schrieb sie zwischen viel Liebe und vielen Geschäften mit der linken Hand, doch während er schrieb, wurde die linke Hand zur rechten. Und dann kamen seine beiden Ehen, beide glücklich, beide Frauen waren schön und reich; doch beide starben bald, und was von ihnen blieb, war nichts als der Wald von Chinon, der große Holzhandel, in dem er einen Teil ihres Geldes investiert hatte, und eine Flut von Verleumdungen.

Und dann starb Duverny, der große Finanzmann, Pierres verehrter Lehrer, und Pierres Leben wurde noch wilder, wirbelnder. Wüste Prozesse wurden ihm angehängt, eine Hochflut von Unrecht schwemmte sein Vermögen fort, trieb ihn ins Gefängnis, raubte ihm seine teuer erkauften Ämter und Titel, seine bürgerlichen Rechte.

Aber dieses Unrecht wurde ihm zum Segen. Dieses Unrecht wurde ihm der Anlaß, seine brillanten, höchst witzigen politischen Broschüren zu schreiben. Und diese Flugschriften, noch mehr als seine Komödie von Figaro, dem Barbier von Sevilla, verbreiteten seinen Ruhm über die ganze Erde.

Auch die Freundschaft vieler großer Herren brachten ihm die Streitschriften, und einer dieser Freunde hatte ihm, da er nach seinem Prozeß ein öffentliches Amt nicht mehr bekleiden durfte, eine Anstellung im Geheimdienst des Königs verschafft. Er war von neuem hochgeklettert und schließlich hinauf zu diesem höchsten Gipfel, hinauf zu der Mission, mit der man ihn heute betraut hatte.

Ja, dies Heute war ein Wendepunkt und gab ihm die Möglichkeit, endgültig aufzuräumen mit den bösen Dingen, die aus der Vergangenheit in sein jetziges Leben hereinlangten. Jetzt wird er das freche Urteil jenes Prozesses und jenes Spruches zunichte machen.

Denn noch ist das alberne Urteil rechtskräftig, welches damals das höchste Pariser Gericht gegen ihn gefällt hat. Er, Pierre, der hier in seinem prächtigen Wagen, in seinem kostbaren Anzug, im Besitz des höchsten Vertrauens der Regierung Seiner Majestät, berufen zu der schwierigsten Aufgabe, welche Frankreich, ja, die Weltgeschichte heute zu vergeben hat, seiner Stadt Paris zufährt, er ist auch heute noch seiner Ehrenrechte beraubt durch feierlichen Gerichtsspruch, er ist behaftet mit einer „Rüge", er ist „bemakelt". Das muß anders werden, so beschließt er jetzt. Er wird das Kabinett zwingen, ein Appellverfahren zuzulassen und ihn wieder einzusetzen in seine Rechte. Wenn die Regierung das nicht tut, dann mag sie sich nach einem andern umsehen, ihre heikeln, verwickelten Geschäfte zu betreiben. Sie werden keinen andern finden, die Herren. Nur Beaumarchais kann das Geschäft zu Ende führen, das Beaumarchais ausgedacht hat.

Jetzt fuhr sein Wagen in Paris ein. Mit flinken, glücklichen Augen betrachtete er Menschen und Dinge. Immer, wenn er zurückkam nach Paris, war er stolz darauf, ein Sohn dieser größten und schönsten Stadt der Welt zu sein. Doch kaum je hatte ihn so unbändige Freude geschwellt wie heute. So hoch und blau wie sein neues Ziel war noch niemals ein Gipfel vor ihm aufgeglänzt.

Da fährt er hin, Pierre Caron de Beaumarchais, ein großer Politiker, Geschäftsmann, Theaterdichter. Er ist gutmütig, zuweilen mehr als das: edelmütig, hochherzig, und er ist komödiantisch, voll von grenzenloser, lächerlicher Geltungssucht. Er hat ein rasches, sicheres Urteil über Menschen und Dinge und sieht niemals in ihre Tiefen. Er ist ein glänzender Schriftsteller und amüsanter Gesellschafter, er verfügt über hinreißendes Pathos und schnellen, vernichtenden Witz. Er ist sehr klug und gar nicht weise. Er ist gierig nach Genuß, aber er kann Unglück und Entbehrung tapfer tragen. Er ist aufgetan allen großen Ideen der Zeit, auch wenn sie einander widersprechen. Viele nennen ihn berühmt, manche ihn berüchtigt. Wo immer er ist, sind Neid, Bosheit und verletzte Interessen um ihn und greifen ihn an, oft mit giftigen Waffen. Aber Zahllose, Männer und Frauen, und nicht die schlechtesten, sind ihm freund, und welche sind, die ihn lieben und bereit wären, auch das Letzte für ihn zu opfern.

Er hat viel erlebt, er ist bis zum Rande angefüllt mit Vergangenheit, aber er ist nicht blasiert, er ist heute mit seinen Vierundvierzig genauso neugierig und erwartungsvoll auf das, was vor ihm liegt, wie damals, als er, ein Sechzehnjähriger, seinem Vater aus der Lehre lief, um sich herumzutreiben in den Straßen von Paris. Nach wie vor wirft er sich mit seinem ganzen Selbst hinein in jedes äußere und innere Erlebnis. Er spart nicht. Er ist verschwenderisch mit seiner Zeit, seinem Geld, seinem Talent, seinem Leben.

Sein Wagen hat die menschenvollen Straßen der innern Stadt erreicht. Pierre richtet sich noch ein wenig höher auf und setzt sich anmutig zurecht. Halb Paris kennt ihn, jeder zehnte grüßt ihn. Er ist sich bewußt, daß Zahllose ihm nachschauen und einander sagen: „Das ist Monsieur de Beaumarchais, der große Finanzmann, der große Schriftsteller, der seine Hand in allen Geschäften des Staates hat.“ Dabei haben sie noch nicht einmal eine Ahnung, was für eine neue, ungeheure Mission ihm jetzt aufgetragen ist, der Welt zum Gewinn. Schade, dreimal schade, daß er seinen Parisern nichts erzählen darf.

Ach, und auch seinen Schwestern darf er nichts erzählen, und nichts seinem Vater. Sie hängen an ihm und er an ihnen, aber sie sind zu lebendig, zu temperamentvoll, sie könnten das Geheimnis nicht für sich behalten.

Gleich wird er sie sehen, gleich werden sie um ihn sein, zärtlich, neugierig, besorgt, hoffnungsvoll, liebevoll. Er lächelt stärker, sein schönes, gescheites, frischfarbiges Gesicht strahlt, wie er einfährt in die bunte, lärmende Rue de Condé, an der sein Haus liegt.

Das Abendessen verlief fröhlich. Es hatte sich herumgesprochen, daß Pierre aus London zurück sei, und außer den Hausgenossen hatten sich Verwandte und intime Freunde eingestellt. Pierres nahe Bekannte waren in seinem Haus jederzeit willkommen; Julie, Pierres Schwester und Wirtschafterin, hielt offene Tafel.

Da saß man in dem großen Speisesaal, von vielen Leuchtern schienen viele Kerzen, die Diener trugen viele Schüsseln ab und zu, Keller und Küche in dem Haus an der Rue de Condé waren wohlversorgt.

Man war unter sich, nur unter Vertrauten, die Familie Caron war eine laute, lustige, neugierige Gesellschaft, die Laune Pierres, heute noch fröhlicher als sonst, steckte alle an. Die Carons sahen bewundernd auf zu ihrem Pierre, der nächst der Königin die meistbesprochene Persönlichkeit des Landes war. Nun war er also aus London zurückgekehrt, er war sogleich in Versailles empfangen worden. Sicherlich hatte er etwas ganz Großes, Weltbewegendes ausgekocht. Aber wenn man ihn fragte, schmunzelte er nur und antwortete höchstens: „Ja, Julie, wenn du noch einen Wagen anschaffen oder ein paar Leute mehr für den Haushalt einstellen willst, so steht dem nichts im Wege.“

Mehr verriet er nicht. Statt dessen schwatzte er vielerlei

über seinen Aufenthalt in London. Das Klima war scheußlich, doch es bekam den Frauen, es machte ihre Haut weiß und zart; Rothaarige gab es dort, die hatten es in sich. Und unbekümmert um die Anwesenheit des fünfzehnjährigen Félicien, seines Neffen, berichtete er von allerhand Liebesabenteuern.

Julie hing an den Lippen des Bruders. Sie war eine lebhafte, angenehme Dame von Vierzig, sie sah ihrem Bruder ähnlich, sie hatte das gleiche frischfarbige Gesicht, die gerade, große Nase, die gescheiten, braunen Augen. Sie liebte den Bruder abgöttisch; um mit ihm zusammen zu leben, hatte sie eine Reihe von Heiratsanträgen ausgeschlagen. Sie redete in alle seine Angelegenheiten hinein. Oft stritten sie heftig, um sich am gleichen Tage leidenschaftlich zu versöhnen, sie hatten beide ihre Freude am Streit und an der Versöhnung.

Tonton, die jüngere Schwester, noch hübscher als Julie, saß neben ihrem Manne, dem schweigsamen Gerichtsrat de Miron, und schwatzte darauflos. Sie habe sich, erzählte sie, ein Kleid machen lassen wollen von Mademoiselle Bertin, der Schneiderin der Königin. Mademoiselle Bertin habe ihr aber mitteilen lassen, sie könne Aufträge nicht vor zwei Monaten entgegennehmen, und der niedrigste Preis, den sie einer bei Hofe nicht zugelassenen Dame berechnen müsse, sei zweitausend Livres für die Fasson.

Hier kam endlich Philippe zu Wort, Philippe Gudin, der Gelehrte, unter den Treuen Pierres der Treueste. Philippe sprach gern in gewählten, umständlichen Sätzen. Der behäbige Herr, ein starker Esser, hatte sich unter dem breiten, langen Rock die Hose aufgeschnallt, und er hatte die Spitzenmanschetten in die Ärmel gesteckt, damit sie ihn beim Essen nicht störten. So saß er jetzt da, zurückgelehnt, den Sessel füllend, und erging sich in langen Auslassungen über den Lebensstandard der verschiedenen Klassen. Er stellte, aus dem Gedächtnis genaue Ziffern zitierend, Betrachtungen an, was alles man mit den zweitausend Livres anfangen könne, die Mademoiselle Bertin für die Fasson des Kleides fordere. Aus dem Kopf, mit staunenswerter Präzision, errechnete er, wie viele Jahre etwa ein Holzfäller zu arbeiten habe, um diesen Betrag zu erwerben, und wie viele Holzfäller ein Jahr davon leben könnten, es waren $7^9/_{16}$ Holzfäller. Doch Pierre, leichtsinnig und versöhnlich, sagte: „Mademoiselle Bertin ist die erste Putzmacherin der Welt, vielleicht aller Zeiten, eine Künstlerin. Warum soll sie nicht ihre Preise nehmen? Ich sag dir was, Tonton, laß dir das Kleid auf meine Kosten machen." Tonton strahlte, bedankte sich stürmisch.

Der Sekretär Maigron berichtete, es hätten sich im Laufe des Tages über hundert Personen bei dem Türhüter gemeldet, um dem zurückgekehrten Monsieur de Beaumarchais ihre Aufwartung zu machen. „Ja", sagte der alte Vater Caron, er hatte eine hohe Stimme, doch klang sie nicht greisenhaft, er hatte noch alle Zähne, „die Stadt merkt, daß unser Pierre wieder da ist." Pierre klopfte dem Vater die Schulter, lächelnd, ein bißchen ironisch und sehr vergnügt. Es hatte sich schnell herumgesprochen, daß er im Aufsteigen war; jetzt kamen sie angerannt. Aber er wollte nicht ungerecht sein. Sie waren gekommen, auch als er keinen Erfolg hatte; er war in Glück und Unglück von vielen bewundert worden.

Er war sich dieser Bewunderung jederzeit bewußt und dessen, daß solche Bewunderung verpflichtete. Da alles, was er tat, im hellsten Licht geschah, wurde der kleinste Flecken sogleich sichtbar. Er durfte sich keine Schwäche erlauben, er mußte immer in Bereitschaft sein, mußte Zweifler stets von neuem überzeugen.

Da war zum Beispiel der Junge, Félicien Lépine, der Sohn seiner ältesten Schwester Madeleine. Nachdem Féliciens Eltern gestorben waren, hatte es Pierre übernommen, den Knaben erziehen zu lassen, er schickte ihn in das vornehme Collège Montaigu. Das Collège war streng, der Lernstoff umfänglich, und wenn auch Félicien keineswegs dumm war, so kostete es den langsamen, schwerfälligen Jungen viel Mühe, mitzukommen. Noch ungeschickter erwies er sich in der Erlernung der höfischen Künste, die den Zöglingen beigebracht wurden, des Fechtens, Reitens, Tanzens und der umständlichen Manieren. Da bekam er denn zuweilen von seinen aristokratischen Kameraden unter die Nase gerieben, daß er der Sohn des bürgerlichen Uhrmachers Lépine war; auch quälte man ihn dann und wann mit bösartigen Neckereien über seinen Onkel Pierre und dessen übelriechende Affären. Félicien beklagte sich mit keinem Wort, aber er litt. Er war, der Fünfzehnjährige, keineswegs jungenhaft; er war schwerfälliger, nachdenklicher als die übrigen Carons, ernsthafter, erwachsener als der vierundvierzigjährige Pierre. Zweifellos war er dem berühmten Onkel dankbar für die Guttaten, die er ihm erwies. Trotzdem, und wiewohl sich Pierre mit Kindern gut verstand, blieb ihm Félicien fremd, es glückte ihm nicht, ihn vertraut zu machen. Félicien beobachtete mit Aufmerksamkeit alles, was Pierre tat, doch Pierre wurde sich nicht klar darüber, ob diese Aufmerksamkeit Bewunderung war oder Kritik. Auch heute fühlte er sich unbehaglich unter den großen, ernsthaften Augen des Jungen.

Er wandte den Blick ab und schaute nach der andern Seite des Tisches, wo Paul Theveneau saß. Er lächelte Paul zu, und der gab sein Lächeln glücklich zurück. Pauls Anhänglichkeit tat Pierre wohl nach der leisen Enttäuschung, die er stets beim Anblick Féliciens verspürte. Er war stolz darauf, daß er sich diesen Menschen gefischt hatte. Paul war ihm zuerst als Feind begegnet in einem bösen Handel, den Pierre mit Pauls Bruder hatte; doch Pierres Wesen hatte ihm rasch die bewundernde Freundschaft des jungen Menschen erobert.

Äußerlich ließ sich mit Paul nicht viel Staat machen. Wie er dasaß, das war ein bedauernswerter Anblick. Der Rock hing um ihn herum; mit kleinen, entfleischten Händen, immer ein wenig zappelnd, führte er die Speisen zum Mund. Doch über den fallenden Schultern hob sich hübsch und sehr jung das volle Gesicht mit großen, strahlenden, braunen Augen. Und er war brauchbar, der Junge, höllisch gescheit. Ein Jammer, daß er, wiewohl erst sechsundzwanzig, mit seinem kranken Kehlkopf nur mehr wenige Jahre vor sich hatte.

Mittlerweile hatte man von einem eben erschienenen Buch über Westindien zu sprechen begonnen, und der Alleswisser Philippe Gudin verbreitete sich in einem gelehrten Vortrag über die bedeutsame Rolle, welche die Inseln im Haushalt des Königreiches spielten. Aus dem Gedächtnis zitierte er die Ziffern, die Mengen an Zucker, Tabak, Indigo, Baumwolle, Kakao, Pfeffer, Kaffee, die man von Westindien erhielt, imponierende Ziffern.

„Wir hätten", griff Pierre ein, „aus diesen Besitzungen noch ganz andere Vorteile herausholen können, wenn man auf mich gehört hätte. Ich habe da einmal ein Projekt ausgearbeitet, das uns großartige Monopole gesichert hätte auf den Handel mit Negersklaven. Hätte Versailles den westindischen Sklavenhandel monopolisiert, wie ich es vorschlug, dann wäre Geld genug in den Kassen der Regierung, dann hätte der König die fortschrittlichen Reformen Turgots durchführen können, dann wäre mehr Freiheit und Gerechtigkeit im Land." Und mehr Geld für Amerika, dachte er im stillen. Laut schloß er: „Wenn endlich der neue Handelsvertrag mit Spanien perfekt wird, dann wird man vielleicht auf mein Projekt zurückgreifen."

Alle sprachen jetzt von Spanien. Die Monate, die Pierre in Madrid verbracht hatte, waren seine beste Zeit gewesen, heiß und wild. Vielleicht war unter den vielen Szenen, die sein Leben so dramatisch machten, die großartigste jene gewesen, in der er den Verführer seiner Schwester Lisette, den feigen, hinterhältigen Clavigo, gezwungen hatte, die Ehre der Schwester wiederherzustellen. Ja, Pierre hatte sein Leben in Madrid zu einem wunderbar komplizierten, hinreißenden Spektakel gemacht, gemischt aus Leidenschaft, Witz, Musik, aus Geld, großer Politik, Versen, Theater und hübschen, willfährigen Frauen. Dabei hatte er, Familienmensch, der er war, inmitten des wilden Betriebes noch Zeit gefunden, dem Vater und den Schwestern ausführlich zu schreiben, vergnügt, spannend und so anschaulich, daß sie sein Leben hatten mitleben können. Jetzt, da er wieder einmal von einer langen, erfolgreichen Ausfahrt zurückgekehrt war, zitierten sie diese frühen Briefe; sie erinnerten sich gegenseitig an Einzelheiten, lachten, waren glücklich.

Julie bat, er möge doch Félicien spanische Lieder vorsingen, Seguedillas und Sainetes, auch die andern bedrängten ihn. Félicien belebte sich, es war ein Fest, den Onkel singen zu hören. Man brachte die Gitarre.

Aber bevor er beginnen konnte, kam ein neuer Gast, Monsieur Lenormant d'Etioles.

Man erhob sich, ging ihm entgegen, freudig und geehrt. Monsieur Lenormant begrüßte Julie mit langsamer, zeremoniöser Anmut. Er war sorgfältig gekleidet, kostbar, doch unauffällig, etwas altfränkisch; es störte ihn nicht, daß seine Kleidung seine sechzig Jahre unterstrich.

Er wurde denjenigen unter den Gästen vorgestellt, die er noch nicht kannte. Mit besonderer Neugier betrachtete Tonton den mächtigen Herrn, von dem sie soviel gehört hatte und der ihres Bruders Pierre Freund war. Monsieur Lenormant war dicklich. Kleine, tiefliegende Augen schauten melancholisch aus einem fleischigen Gesicht, von der Nase zogen sich starke Falten zu den Winkeln des vollen Mundes. Es war das Gesicht eines Genießers, der Enttäuschungen erlebt hat und mißtrauisch geworden ist, doch nicht daran denkt, vom Genuß zu lassen.

Pierre hatte Monsieur Lenormant noch von London geschrieben, er werde in sehr wichtigen Geschäften nach Paris zurückkehren und freue sich herzlich darauf, ihn, Charlot, so bald wie möglich zu sehen. Leise hatte er gehofft, Lenormant werde schon an diesem Abend kommen, aber er hatte sich diese Hoffnung kaum selber einzugestehen gewagt; zuweilen ließ Lenormant sogar den Ministerpräsidenten tagelang warten. Daß er zu ihm schon heute kam, war Pierre die schönste Krönung dieses glücklichen Tages.

Der sechzigjährige Charles-Guillaume Lenormant d'Etioles war von altem Adel, er hätte jedes Hofamt und jeden großen Titel haben können. Aber er legte Gewicht darauf, daß man in der breiten Öffentlichkeit wenig von ihm höre, und begnügte sich, schlicht „Sekretär des Königs" zu heißen; Pierre, als er noch im Besitz seiner Ehrenrechte war, hatte sich zu diesem Titel klingendere zugekauft. Lenormant hatte die Steuern zweier Provinzen gepachtet und hatte seine Hand in manchen andern Unternehmungen. Er galt als ungewöhnlich klug und umsichtig, sein Glück war sprichwörtlich, er liebte die Welt der Geschäfte. Da er als Mitglied des alten Geburtsadels kaufmännische und industrielle Unternehmungen nicht betreiben konnte, zog er Strohmänner heran; sehr gerne verband er sich mit Pierre.

Pierre hatte den einflußreichen Herrn im Hause seiner Freundin Désirée Mesnard kennengelernt. Pierre täuschte sich nicht darüber, daß Lenormant seine Freundschaft zuerst nur deshalb gesucht hatte, weil er in Désirée verliebt war und fürchtete, Pierre könnte ihm bei Désirée schaden. Allmählich aber hatten die beiden Männer mehr und mehr Gefallen einer am andern gefunden, aus ihrer Verbindung wurde wahre

Freundschaft, sie nannten sich Charlot und Pierrot. Beaumarchais bewunderte in Lenormant den genialen Geschäftsmann, er suchte seinen Rat, und Lenormant freute sich des gelehrigen Schülers. Er half ihm in seinen schwärzesten Zeiten; er, Lenormant, war es gewesen, der ihm, als er durch seinen großen Prozeß Vermögen und Ämter verloren hatte, durch seine Beziehungen zu dem Ministerpräsidenten die Anstellung als Geheimagent in London verschafft hatte.

Lenormant seinesteils wußte Pierres gesellschaftliche Talente zu schätzen, seine Frische, seinen Witz, seine schnelle Auffassung, sein literarisches Werk und nicht zuletzt seine tiefe Kenntnis des Theaters. Lenormant veranstaltete auf seiner Privatbühne im Schloß Etioles anspruchsvolle Aufführungen, Pierres Rat und Mitwirkung waren ihm unentbehrlich.

Julie nötigte Monsieur Lenormant an die Tafel; geschäftig bemühte sie sich um ihn, setzte ihm Konfekt vor, Wein. Während er höflich an seinem Stückchen verzuckerten Ingwers knabberte, sprach man weiter über Spanien. Philippe Gudin, der glaubte, Pierre einen Gefallen zu tun, erinnerte ihn an sein Versprechen, Félicien spanische Lieder vorzusingen.

Doch mit dem Eintritt Lenormants war für Pierre Spanien versunken, er dachte nur mehr an Amerika. Er rechnete damit, daß sich Charlot an der Firma Hortalez und Compagnie beteiligen werde, er brauchte fünf bis sechs Millionen Livres, er war auf Charlots Hilfe angewiesen, und wenn Monsieur Lenormant mit im Geschäft war, dann kamen die andern von selber. Darüber hinaus war Pierre gespannt, was Charlot zu dem großen Unternehmen sagen werde, er brannte darauf, ihm zu erzählen. Mann des Augenblicks, der er war, wollte er das so bald wie möglich tun, jetzt, sogleich.

Liebenswürdig, doch energisch vertröstete er die Gesellschaft, daß er die spanischen Lieder ein andermal singen werde, bat Julie, die Tafel aufzuheben, und zog sich mit Lenormant, Paul Theveneau und dem Sekretär Maigron in sein Arbeitszimmer zurück.

Die Kerzen im Arbeitszimmer wurden angezündet, langsam aus dem Dunkel tauchte das weite, überreiche Gemach. In den Ecken standen Büsten des Aristophanes, des Molière, des Voltaire und des Hausherrn. Auch an den Wänden gab es Bilder und mannigfachen Zierat, doch in der Mitte der Längswand war ein großer, leerer Raum. Ausgespart war dieser Raum für ein Bild des verstorbenen Duverny, ein sehr gutes Porträt von der Hand des geschätzten Porträtmalers, von der Hand Duplessis'. Duverny hatte Pierre das Porträt vermacht, allein in jenem übeln Prozeß war das Testament angestritten und das Porträt den andern Erben zugesprochen worden. Pierre hatte sich darein verbissen, sein Erbteil zu erobern, und der kahle Fleck in dem reichen Zimmer sollte ihm ständige Mahnung sein.

Charlot, auf Pierres Bitte, setzte sich an den Schreibtisch. Es war aber dieser Schreibtisch ein mächtiges, mit viel Kunst geschmücktes Stück. Gebaut hatte ihn der Meister Pluvinet aus edeln Hölzern, die zu diesem Zweck von Übersee verschrieben waren, die Schnitzereien waren von Dupin, und wenn der Schreibtisch nicht der schönste im Königreich war, so war er bestimmt der kostspieligste.

Da war man also zu vieren. Charlot saß am Schreibtisch, aus tiefliegenden Augen unter halbgesenkten Lidern vor sich hin schauend. Der Sekretär Maigron nahm Papier zur Hand und eines jener modernen Schreibwerkzeuge, die Lenormant nicht leiden konnte, da sie als plebejisch galten, einen Bleistift. Maigron war seit Jahren Pierres vertrauter Sekretär. Sicherlich wartete er mit Interesse auf das, was Pierre zu eröffnen hatte. Doch er war schweigsam, er pflegte selten eine Meinung, niemals ein Werturteil zu äußern, auch jetzt verriet sein Gesicht keine Spannung. Paul Theveneau indes verbarg nicht seine Erregung; auf dem Rand seines Stuhles saß er, die großen, fiebrigen Augen auf Pierre gerichtet.

Der, stehend, zuweilen auf und ab gehend, erzählte. In fließender, beschwingter Rede, Wirkung kunstvoll auf Wirkung bauend, berichtete er von seinen Memoranden an den König und an die Minister, von seiner Unterredung mit Vergennes. Erklärte, wie er zwar drei Millionen Livres gefordert, sich aber ausgerechnet habe, daß ein Zuschuß von einer Million allenfalls genügen werde. Schloß dann mit bescheidener Beiläufigkeit, die Regierung habe ihm zwei Millionen in bindender Form zugesichert.

Selbst der unbeteiligte Sekretär Maigron schaute hoch bei der Nennung dieser Ziffer. Und Paul Theveneau zeigte unbeschränkte Begeisterung; aus dem jungen, geröteten Gesicht des Schwindsüchtigen strahlten die großen, schönen Augen, es hielt ihn nicht auf seinem Stuhl, er ging auf Pierre zu, ergriff seine Hand und sagte bewegt: „Endlich macht einer mehr als Worte. Endlich packt einer die Sache an. Ich bewundere Sie, Pierre."

Pierre wußte, daß Paul Theveneau bei all seiner Jugend ein sachlicher Geschäftsmann war, und es freute ihn, daß ihn sein Bericht dermaßen erregte. Aber das Wesentliche blieb die Wirkung auf Monsieur Lenormant.

Der schwieg. Er hielt das rundliche, traurige Gesicht unbewegt, und die schleierigen Augen unter der großen, runden Stirn verrieten nichts. Endlich konnte sich Pierre nicht länger beherrschen, er fragte geradezu: „Was denken Sie, Charlot?"

Alle schauten auf Monsieur Lenormant. Der, mit seiner leisen, fettigen Stimme, fragte sachlich, nachdenklich: „Und wer zahlt, wenn die Amerikaner geschlagen werden?" – „Sie werden nicht geschlagen", erwiderte stark Pierre, „das habe ich in meinen Berichten an den König mit guten Gründen bewiesen." Monsieur Lenormant ging nicht darauf ein. „Soviel scheint gewiß", sagte er, „die Aufständischen haben kein Geld." – „Aber sie haben Waren", antwortete eifrig Pierre, „Indigo, Tabak, Baumwolle." – „Wer sagt Ihnen", fragte Charlot zurück, „daß sie diese Waren gerade Ihnen schicken werden?" – „Sie kämpfen für die Freiheit", entgegnete feurig Pierre, „sie sind erfüllt von den Idealen Montesquieus, Rousseaus, solche Leute zahlen ihre Schulden."

Charlot entgegnete nichts. Er sah nur Pierre an, und seine gekrümmten Mundwinkel krümmten sich um ein weniges mehr. Die andern nahmen es vermutlich gar nicht wahr, aber Pierre kannte dieses Lächeln Charlots seit langem, er fürchtete es. Es kam aus dem Innern, dieses Lächeln, aus vielen Erfahrungen, die Gefühl und Überzeugung geworden waren, und vor diesem Lächeln verwelkte Glaube, und Zuversicht entblätterte. Pierre hatte erwartet, diesmal werde das Lächeln fernbleiben. Nun es doch da war, stieg in ihm von neuem groß und deutlich die Gefahr auf, die er mit seinem Unternehmen heraufbeschwor. Für einen Augenblick, mit schärfster Helle, erkannte er das ganze Risiko seines amerikanischen Geschäftes. Doch im nächsten Augenblick sagte er sich: Und trotzdem. Geschäft hin, Geschäft her: Amerika. Ich wag es.

Auch von Monsieur Lenormants Gesicht war das winzige Lächeln sogleich wieder geschwunden. Aber er schwieg noch immer. „Anderntteils", sagte er endlich, „anderntteils sind zwei Millionen Regierungszuschuß nicht schlecht."

„Nein, zwei Millionen Zuschuß sind nicht schlecht", mischte sich jetzt Paul Theveneau ein, voll beinahe bösartigen Triumphes. Sonst hielt sich in Gegenwart des Generalpächters der junge Mensch bescheiden zurück, doch heute riß die Größe des Unternehmens ihn hin. „Zwei Millionen Zuschuß sind gar nicht schlecht", wiederholte er und lief in dem großen Raum auf und ab, unbeherrscht. Er war ein bißchen grotesk, wie er so hin und her schlenkerte, sehr mager, der Rock hing um ihn herum, die Waden in den anliegenden Strümpfen waren bedauernswert. Doch Pierre sowohl wie Charlot schauten freundlich auf den glücklich erregten jungen Menschen, nicht einmal der Sekretär Maigron mißbilligte seinen Überschwang.

Von früher Jugend an hatte Paul Theveneau gesucht nach einem Manne, den er verehren, nach einer Sache, an die er glauben könnte. Dann hatte er Pierre gefunden. Er war begeistert von den raschen, genialen Einfällen des Älteren, er hörte ihm mit Hingabe zu, wenn er aus der Luft große Dinge zauberte, weltumspannende Pläne, und er war überzeugt, Pierre sei vom Schicksal zu einer historischen Rolle ausersehen, es fehle ihm nur der Anlaß. Jetzt hatte Pierre den Anlaß gefunden: Amerika.

„Ich hatte gehofft, Charlot", wandte sich Pierre von neuem sehr höflich an Monsieur Lenormant, „es werde Ihnen vielleicht nicht unangenehm sein, sich an diesem Geschäft zu beteiligen."

„Nichts ist ausgeschlossen", antwortete Monsieur Lenormant, mit seinen tiefliegenden Augen melancholisch vor sich hin schauend, „und es war jedenfalls freundlich von Ihnen, mein lieber Pierrot, mich als ersten in diese wichtige Angelegenheit einzuweihen. Machen Sie mir doch die Freude, morgen mit mir zu Abend zu essen. Bis dahin habe ich die Sache überschlafen."

Pierre kannte Charlot und sein Mißtrauen. Trotzdem war er enttäuscht, daß er nun wieder eine Nacht durch und wieder einen Tag durch werde warten müssen.

Es war spät geworden, Charlot verabschiedete sich. Einen leuchtertragenden Bedienten voran, ging er die große Treppe hinunter, und Pierre ließ es sich nicht nehmen, ihn bis vors Haus zu begleiten.

Als Pierre zurückkam, erwartete ihn oben auf der Treppe Julie. Sie fiel ihm um den Hals, halb lachend, halb weinend. „Du hast gehorcht?" fragte Pierre. „Natürlich", antwortete Julie. Es war neben dem großen Arbeitszimmer Pierres ein kleines, intimes Kabinett, in welches er manchmal Damen bat, die in geschäftlichen Angelegenheiten zu ihm kamen. Von dort pflegte Julie seine Konferenzen zu belauschen. „Es ist eine Gemeinheit", sagte sie zärtlich, „daß du deinem Charlot von deinen Erfolgen erzählst, aber nicht mir. Ich bin dir ganz böse, und ich bin so glücklich", und sie umhalste ihn von neuem. „Beruhige dich", redete er ihr zu und führte sie sacht zurück in das kleine Kabinett.

Es enthielt aber dieses Kabinett nichts als zwei Stühle, ein großes Sofa und eine Truhe. In dieser Truhe hielt Pierre seine teuersten Erinnerungen verwahrt. Es war dort der Plan der Erfindung, die er in frühen Jahren gemacht hatte und die jetzt von der Uhrenindustrie weit über die Grenzen Frankreichs hinaus akzeptiert war. Es waren dort die Manuskripte der Broschüren aus seinem großen Prozeß, die ihm Weltruhm gebracht hatten, und die Urschrift des „Barbier von Sevilla", es waren dort die Quittungen über die Summen für den Erwerb seines Adelstitels und seiner Hofämter, es lagen da die schönsten Liebesbriefe, die er erhalten hatte. Jetzt wird er in Bälde so weit sein, diesen Dokumenten ein neues, weltwichtiges zuzufügen.

Im Angesicht dieser Truhe also erzählte Pierre der Schwester. Er hatte beschlossen, ihr nichts zu sagen, er hätte sich gegen ihr Lauschen sichern sollen, bevor er mit Charlot sprach, und es war unklug, ihr noch mehr zu erzählen. Aber er hatte vor Charlot Zurückhaltung wahren und geschäftlich trocken berichten müssen, jetzt konnte er sich nicht länger zähmen. Feurig schwärmte er der Schwester vor, wie großartig alles werden wird. Mit glänzenden Augen schauten sie einander an, bauten ihre Träume immer höher. Dann band er ihr auf die Seele, keinem Menschen was zu sagen, auch dem Vater nicht; Alter mache geschwätzig, und es komme darauf an, daß die Sache in Heimlichkeit betrieben werde.

Sie sagten sich gute Nacht, küßten sich.

Emile, Pierres Kammerdiener, war noch auf, um ihn zu Bett zu bringen. Während er ihm schnell und geschickt aus den umständlichen Kleidern half, fragte er mit ehrerbietiger Vertraulichkeit: „Monsieur haben heute einen guten Tag gehabt?" – „Einen sehr guten", antwortete Pierre. „Ich wünsche allen guten Franzosen solche Tage."

Emile schlug die schweren Vorhänge zurück, hinter denen auf einer Estrade das prunkvolle Bett stand. Pierre ließ sich noch eine kandierte Frucht reichen, nippte an seinem Nachttrunk, dann legte er sich zurück, Emile deckte ihn zu und schloß die Vorhänge, so daß das Licht der Nachtlampe nur matt in den Alkoven drang. Pierre gähnte laut und glücklich, legte sich auf die Seite, zog die Beine hoch, machte die Augen zu.

Doch noch bevor er einschlief, wurde das Licht wieder stärker, offenbar wurden die Vorhänge zurückgeschlagen. „Was ist denn noch, Emile?" fragte Pierre, ohne die Augen zu öffnen.

Der da kam, war aber nicht Emile, es war Pierres Vater. Er setzte sich auf das breite, niedrige Bett, und er sah nun, der alte Caron, in Schlafrock, Pantoffeln und mit Nachtmütze recht gebrechlich aus. „Jetzt sag mir, mein Sohn", fing er an, „was eigentlich los ist. Ich begreife, daß du es vor den Mädchen nicht sagen wolltest, Weiber sind geschwätzig. Aber nun sind wir ja allein."

Pierre blinzelte. Die Beine des Alten kamen dürr und behaart aus dem Schlafrock hervor, doch die Augen, die er voll zärtlicher, neugieriger Erregung auf den Sohn richtete, waren lebhaft und jung.

Pierres Beziehungen zu seinem Vater waren zwiespältig. Der alte Caron entstammte einer Hugenottenfamilie, er war als Protestant zum Militärdienst gepreßt worden, er hatte dann seinen Glauben abgeschworen, war Hofuhrmacher geworden und sehr katholisch. Es hatte Zusammenstöße gegeben zwischen Vater und Sohn wegen Pierres Lebenswandel.

Pierre war ihm aus der Lehre gelaufen, war dann nach einigen vergeblichen Versuchen zu den Fleischtöpfen des Vaters zurückgekehrt, der Vater aber, ehe er den Reuigen wieder in Gnaden aufnahm, hatte ihm einen umständlichen, schriftlichen Vertrag abgezwungen, der Rechte und Pflichten des Sohnes genau festsetzte. Bei diesem Anlaß und mehrmals in der Folge prophezeite der Alte dem Sohn ein schlechtes Ende. Doch der Sohn nahm kein schlechtes Ende, vielmehr hatte er es so weit gebracht, daß er sich ein Adelspatent und hochklingende Ämter kaufen konnte. Damit sein Adel gültig werde, hatte er von dem Alten verlangen müssen, daß er sein bürgerliches Gewerbe aufgebe. Vater Caron hatte sich empört geweigert, auf sein geliebtes Handwerk zu verzichten, und Pierre hatte ihn daran erinnern müssen, daß er, als er seinen Protestantismus aufgegeben, weder äußerlich noch innerlich schlecht gefahren sei. Der Alte hatte sich schließlich gefügt, aber er blieb stolz.

Pierre liebte den Vater. Pierre glaubte, wenn er Stücke und politische und geschäftliche Intrigen bauen konnte, in denen hundert Rädchen sich zweckvoll genau ineinanderfügten, so habe er das Lehren und Erfahrungen seiner Uhrmacherzeit zu danken, und er vergaß das dem Alten nicht. Er nahm ihn ins Haus und wies ihm eine Rente an. Der Alte nahm die Rente, wies sie zurück, nahm sie wieder. Zog zu Pierre ins Haus, verließ es, zog wieder zurück. Als Pierre seinen Prozeß und mit ihm Titel und Würden verlor, hatte der Alte ihn verhöhnt: wofür habe er nun sein gutes, ehrliches Handwerk aufgeben müssen? In den letzten Jahren lebten die beiden ausgezeichnet zusammen, sie lachten zusammen über sich selber und über die dumme Welt. Wiewohl es immer noch vorkam, daß sie aufeinander einstichelten und sich treffende, bösartige Dinge sagten, wußten sie gut, daß sie einander liebten und zueinander gehörten. Zuweilen wohl führte Pierre den Vater im Park von Versailles spazieren und stellte ihn seinen hocharistokratischen Freunden vor. „Mein guter, alter Vater", sagte er zärtlich, und der Alte, sehr aufrecht in seinem bürgerlichen Rock, verneigte sich, anständig, nicht zu tief.

Jetzt also saß der alte Caron auf dem Bett des vergötterten Sohnes, dem er vorausgesagt hatte, daß er's zu nichts bringen werde, und wollte voll glücklicher Neugier von ihm hören, um welch ungeheures Stück weiter er es schon wieder gebracht habe.

Es war für Pierre ein Erlebnis gewesen, seinem Freund Charlot von seinem Erfolg zu berichten. Glück war es gewesen, mit Julie davon zu reden. Höchste Seligkeit war es, dem Vater zu erzählen.

Den Alten riß es hoch; mit flatterndem Schlafrock, erregt, lief er im Zimmer hin und her, gestikulierte, sprach vor sich hin, lief ans Bett zurück, streichelte den Sohn. Und der vergaß den Rest seiner Müdigkeit, richtete sich auf, vor dem Vater kannte er keine Scheu, vor ihm verstieg er sich noch höher als vor der Schwester. In das Dämmerlicht der Nachtlampe starrend, ein vor Seligkeit beinahe törichtes Lächeln überm Gesicht, breitete er vor sich und den Alten seine Visionen hin. Wie die Flotte des Hauses Hortalez und Compagnie, seine, des kleinen Pierrot, des Monsieur Pierre-Augustin de Beaumarchais Flotte, in See stechen werde, Berge von Kanonen, Gewehren, Pulver mit sich tragend, und wie diese Waffen, seine, Pierres Waffen, Englands Tyrannei zerschmettern und Freiheit in der Welt verbreiten würden. Ganz zu schweigen von den ungeheuern Reichtümern, den Schätzen an Indigo, Kattun, Tabak, welche diese Flotte der Familie Caron de Beaumarchais zurückbringen wird.

Vater Caron war gebildet, er hatte viel gelesen, und er war ein guter Franzose. Er war stolz auf den ungeheuern Anteil, welchen Frankreich an der Erforschung und Kolonisierung der Neuen Welt gehabt hatte, und er war erbittert über die Engländer, welche sein Land um seinen Anteil gebracht und gute, christliche Franzosen gezwungen hatten, so scheußliche Mittel zu gebrauchen wie die, sich zu verbinden mit Rothäuten, um Weißen die Schädelhaut abzuziehen. Jetzt also half sein Sohn dem Volke der Vernunft, den wackeren Boston-Leuten, den naturnahen Quäkern, auf daß diese es den Engländern gründlich heimzahlten.

In seinem heimlichsten Innern war Vater Caron niemals ganz losgekommen von der Vorstellung, sein Abfall vom hugenottischen Glauben sei Sünde gewesen, und für diese Sünde werde Gott ihn heimsuchen an Kindern und Kindeskindern. Wenn in seinem Leben etwas schiefgegangen war, hatte sich in ihm ein Schuldgefühl geregt wegen seines Verrates am Glauben. Jetzt zeigte sich, daß Gott Verständnis hatte für die Lage eines armen, zum Soldatendienst gepreßten Hugenotten. Gott billigte es, daß einer lieber ein anständiger, in Gottes Namen katholischer Uhrmacher sein wollte als ein hugenottischer Dragoner. Gott begriff, Gott verzieh. Sonst hätte er nicht seinen Sohn Pierre mit dieser welthistorischen Sendung betraut.

André-Charles Caron, zum erstenmal jedes Schuldgefühles ledig, streichelte die Hand seines Sohnes. „Amerika", sagte er vor sich hin. „Mein Pierre befreit Amerika."

Einen großen Teil seiner Arbeit pflegte Pierre im Schlafzimmer zu erledigen, des Morgens, unmittelbar nach dem Aufstehen, während er Toilette machte. Es war das eine Mode der großen Welt, die seinen Neigungen entgegenkam. Es schmeichelte ihm, wenn sich die Leute in seinem Haus versammelten, um ihm, während er sich ankleiden ließ, Bitten, Klagen, Angebote vorzutragen. Eine bunte Menge pflegte sich da einzustellen und ein wirres Gemisch von Ehrgeiz, Elend, Profitgier, Verehrung, Frechheit und Geltungsdrang vor ihn hinzubreiten.

Diesmal, da man sich erzählte, Pierre sei im Begriff, ein neues, ganz großes Unternehmen zu gründen, waren noch mehr Menschen da als sonst; bis hinaus auf den Korridor drängten sie sich.

Es hatte Pierre von jeher Vergnügen gemacht, Wohltaten zu spenden, Gnaden auszuteilen; jetzt durfte er's in reichem Maße. Die Firma Hortalez und Compagnie brauchte Agenten in allen Hafenstädten, sie brauchte Schreiber, Buchhalter, Laufburschen, betreßte Diener. Pierre konnte Manna vom Himmel regnen lassen.

Er saß an seinem Toilettetisch, der Kammerdiener Emile und der Friseur waren um ihn beschäftigt, er winkte, grüßte, tauschte freundliche, scherzhafte Worte aus, war sehr gnädig; wenn er nicht sogleich gewährte, dann gab er zumindest Aussicht, Hoffnung.

Da war der Schiffskapitän Adelon. Falls Pierre ein Schiff über den Atlantischen Ozean zu schicken haben sollte, der Kapitän hatte die Reise hundertdreiundzwanzigmal gemacht, er war ausgerüstet mit besten Empfehlungen; es war der Mühe wert, daß sich Monsieur Maigron seinen Namen notierte.

Da war Madame Chaix. Vor Jahren, Jahrzehnten hatte Pierre etwas mit ihr gehabt. Jetzt brachte ihm die immer noch appetitliche Frau in Erinnerung, daß sie mit dem Inhaber einer Schreinerwerkstatt verheiratet war. Pierre zweifelte nicht daran, daß er anläßlich der Neueinrichtung seines Geschäftshauses, des Hôtels de Hollande, mit dieser Werkstatt gute Erfahrungen machen werde, und Monsieur Maigron notierte sich die Adresse.

Pierre genoß den Wirbel ringsum, das Gefühl, geehrt zu sein, Macht zu haben. Alle kamen sie, Freunde jeder Art, Feinde jeder Art. In dieser ersten Nacht schon mußte es sich in der ganzen, großen Stadt herumgesprochen haben, daß Monsieur de Beaumarchais wieder in Fahrt sei, und Leute, die vorher selten ihren Weg zu ihm gefunden hatten, entdeckten plötzlich, daß sie mit ihm befreundet, mit ihm verwandt waren. Da war ein Sohn eines Vetters der zweiten Frau seines Vaters. Da war ein Neffe des Mannes seiner Schwester Tonton.

Solche, die Geschäft rochen, stellten sich ein, und solche, die sich den einflußreichen Schriftsteller nicht zum Feind machen wollten, große Herren unter ihnen. Da war der Baron de Trois-Tours, der Geld investiert hatte in der angesehensten Werft des Nordens, in der Werft Pelletier, da war Monsieur Gaschet von der Reederei Testard und Gaschet in Bordeaux. Und Pierre schwoll das Herz, als sich gar der Chevalier de Clonard einfand, der Syndikus der allmächtigen Compagnie des Indes.

Auch Monsieur Clairval war da von den Comédiens Italiens. Es bestand zwischen Pierre und dem großen Schauspieler eine alte, latente Feindschaft. Pierre hatte sein Stück „Der Barbier von Sevilla" zuerst den Leuten vom Théâtre des Italiens vorgelesen, sie waren entzückt, aber dann war die Aufführung doch nicht zustande gekommen. Monsieur Clairval, der die Rolle des Barbiers hätte spielen sollen, war selber Barbier gewesen und wünschte nicht, daß man an seine Vergangenheit erinnert werde. Dann war „Der Barbier" der große, ungeheure Erfolg der Konkurrenzbühne geworden, des Théâtre Français; Monsieur Clairval erinnerte sich nicht mehr, die Rolle je abgelehnt zu haben, und keineswegs wollte er verfehlen, seinen lieben Freund Pierre gleich nach seiner Rückkehr zu begrüßen.

Auch den Journalisten Métra sah man, der Pierre mehrmals besonders bösartig angegriffen hatte. „Wie teuer verkaufen Sie sich zur Zeit, mein Bester?“ fragte ihn freundlich Pierre, und: „Ein Kollege wie Sie“, erwiderte der Journalist, „hat immer höchsten Rabatt.“

Aber Pierre hörte schon nicht mehr hin. Triumphierend sah er hinter dem Journalisten den würdigen, markanten Kopf Monsieur Regniers auftauchen. Der angesehene Herr, Richter am Höchsten Gericht, scheute sich nicht, ihm, dem Mann mit der „Rüge“, dem „Bemakelten“, seine Aufwartung zu machen.

Und immer wieder Bittsteller, Bittsteller, Pierre übersah keinen. Er verstand es, Menschen zu nehmen, und selbst wenn er für einen nur wenige Worte hatte, sprach er diese Worte so, daß ihn der Angeredete mit dem Gefühl verließ, Pierre habe ihn besonders beachtet.

Pierre war glücklich inmitten des wirbelnden Betriebes, und er hätte wohl seine Morgenaudienz noch lange fortgesetzt. Da meldete man ihm, eine Dame erwarte ihn in seinem Arbeitszimmer, Mademoiselle Mesnard.

Das sah Désirée ähnlich. Sie lief ihm schlankweg ins Haus, sie kümmerte sich um keine Form. Kümmerte sich nicht darum, daß ihr die sonst gutmütige Julie ihre Abneigung bei jeder Gelegenheit bezeigte.

Julie sah in Désirée Mesnard den Urgrund alles Bösen, das Pierre betroffen hatte. Désirée war seinerzeit die Ursache gewesen einer Schlägerei zwischen Pierre und dem eifersüchtigen Herzog de Chaulnes, und der Herzog hatte durchgesetzt, daß der schuldlose Pierre ins Gefängnis kam. Das hatte sich ereignet in den entscheidenden Tagen seines großen Prozesses, so daß er seine Interessen nicht nach Gebühr hatte wahrnehmen können. Nach der Meinung Julies trug somit Désirée Mesnard und niemand sonst die Schuld, daß der Prozeß verlorengegangen war und in seinen Folgen Pierre soviel Unglück gebracht hatte. Julie begriff nicht, wie es Pierre nach alledem über sich brachte, Désirées Porträt in seinem Hause hängenzulassen; sie könne das Gesicht der Dame nicht mehr sehen, erklärte sie manchmal, und immer von neuem drängte sie, Pierre möge das Bild, ein sehr schönes

Porträt von der Hand Quentin de Latours, entfernen. Pierre lachte nur; es war ein großartiges Bild, und Désirée war ein großartiges Mädchen, und er hielt fest an seiner Freundschaft mit Désirée und an dem Porträt.

Er verabschiedete seine morgendlichen Gäste und ging in sein Arbeitszimmer. Dort saß Désirée. Nicht auf einem der feierlichen, unbequemen Stühle; vielmehr hatte sie Akten und Ziergegenstände beiseite geschoben und sich auf dem mächtigen Schreibtisch Platz gemacht. Dort saß sie, rotblond, nicht groß, sehr schlank, frech und bequem. Sie lachte, als sie Pierre sah. „War es eine gute Idee, daß ich gekommen bin?" fragte sie. Er beschaute fröhlich ihr hübsches, lausemädelhaftes Gesicht mit der etwas nach oben gebogenen Nase. „Es tut wohl, einen vernünftigen Menschen zu sehen, der nichts von einem will", sagte er und küßte ihr Hand, Hals und Nacken. „Na, alter Gauner", sagte sie, „man hört, du kochst etwas Großes zusammen. Ich sehe schon, wie ich dich wieder aus Fort l'Evêque herausholen muß." Das war das Gefängnis.

Pierre und Désirée kannten einander seit langem. Sie waren beide Kinder der Pariser Straße, sie liebten Paris, sie liebten leidenschaftlich das Theater. Sie hatten durch viele schmutzige Erfahrungen gehen müssen, um hochzukommen, sie wußten Bescheid, sie nahmen und liebten das Leben, wie es war, sie machten sich selber und machten einander nichts vor. Désirée war eine Schauspielerin von Ruf, in ihrem Haus verkehrten angesehene Schriftsteller, einflußreiche Männer des Hofes und der Geschäftswelt. Sie hielt sich an die Mächtigen, weil das nützlich war, doch die großen Namen der Aristokratie und der Wirtschaft blendeten sie nicht, sie sah, mit wie wenig Weisheit Frankreich regiert wurde, aus der Höhe ihres guten Verstandes schaute sie auf die Herren herunter. Ähnlich hielt es Pierre. Beide hatten sie sich tief hineingebohrt in den Kreis der Privilegierten. Beide hatten sie für die Privilegierten die gleiche, abgründige, leicht neidische Verachtung. Die ersten stürmischen Zeiten ihrer Leidenschaft waren lange vorbei, geblieben war eine feste Freundschaft. Es kam vor, daß sie sich, auch wenn sie beide in Paris waren, wochenlang, monatelang nicht sahen, doch beide wußten sie, daß sie aufeinander zählen konnten.

Désirée war vom Tisch gesprungen. Sie öffnete die Tür zu dem kleinen Kabinett, schaute nach, ob nicht Julie lausche. Ihr spitzbübisches Gesicht verzog sich kraus. „Die Luft ist rein", sagte sie, „schieß los."

Pierre erzählte von dem amerikanischen Unternehmen, sachlich, pathetische Worte wären vor ihr lächerlich gewesen. Désirée hörte aufmerksam zu. Sie bekannte sich, wie das ganze fortschrittliche Paris, herzhaft zu der Seite der Amerikaner, zu dem großen Experiment, einen Staat aufzurichten auf Grundlage der Freiheit, der Vernunft, der Natur. „Ich fürchtete schon", meinte sie, „du habest wieder was zusammengebraut wie ein Monopol auf den Sklavenhandel oder die Beschaffung einer neuen Mätresse für den König von Spanien, die für dich spionieren soll. Amerika", schloß sie mit Wärme, „das ist eine gute Sache."

„Und es ist angenehm", erläuterte verschmitzt Pierre, „daß sich diesmal die Begeisterung für die gute Sache auch bezahlt machen wird. Es ist ein ungeheures Geschäft, Désirée, du wirst sehen. Die Compagnie des Indes wird ein kleiner Weißfisch sein vor meiner Firma Hortalez." – „Mir ist", antwortete Désirée, „dergleichen hör ich nicht zum erstenmal." – „Aber heute", versicherte Pierre, „sag ich es nicht nur, heute ist es so." – „Meine besten Wünsche begleiten Sie, Monsieur de Beaumarchais", höhnte Désirée, „aber ich habe es oft erlebt, daß du die Idee hattest, und andere haben dann den Rahm abgeschöpft." – „Diesmal schöpfe ich", beharrte Pierre. „Diesmal fall ich nicht herein. Ich denke gar nicht daran. So ungeheure Aussichten hab ich noch nie gehabt." – „Jedenfalls ist es erfreulich, Pierrot", sagte warm Désirée, „daß es diesmal eine so unzweideutig gute Sache ist."

Daß es eine gute Sache war, wußte Pierre von allein; was er hören wollte, war ein tröstliches Wort über die geschäftlichen Aussichten. Schon gestern, noch bevor er mit Lenormant gesprochen, hatte er sich gefragt, ob er nicht vorher Désirée ins Vertrauen ziehen solle. Charlot war verliebt in Désirée, und Pierre hatte niemals Bedenken getragen, Frauen für seine Zwecke einzuspannen. Trotzdem hatte er in diesem Fall gezögert. Die Freundschaft Charlots und Désirées war verwickelt; er konnte, wenn er Désirée vorschob, seine Geschäfte ebenso leicht verderben wie fördern. Da sie indes von selber zu ihm gekommen war und er ihr so viel erzählt hatte, bedachte er sich nicht länger, ihr auch von seinen Hoffnungen auf Lenormant zu berichten.

Désirées krauses Gesicht, als er Lenormant nannte, verzog sich, eine senkrechte Falte erschien zwischen den Brauen, ihre Augen schielten nachdenklich nach ihrer Nase.

Désirées Freundschaft mit Lenormant war in ihrem sonst so klaren Leben das Wirre, Ungeklärte. Der kühle und leidenschaftliche Herr, der melancholische Genießer, der die Romantik verachtete und sich nach Romantik sehnte, war unterschieden von den übrigen Männern, die sie kannte. Er hatte auch für sie manchmal bösartige, ironische Worte; aber sie sah, wie tief er für sie entbrannt war und wie er diese Neigung zu bekämpfen suchte. Charlot zog sie an und stieß sie ab, sie schätzte und sie verachtete ihn. Sie hätte es rücksichtslos ausnützen sollen, daß er vor ihr schwach war. Mit jedem andern hätte sie's so gehalten; mit ihm hielt sie's anders. Sie wußte nicht genau, was sie von Charlot wollte, was sie mit ihm wollte. Sie hatte sich nie kostbar gemacht, sie war niemals sparsam umgegangen mit ihrem Leib und mit ihrer Liebe; das konnte man nicht, wenn man es in Paris zu etwas bringen wollte. So schlief sie denn auch dann und wann mit Charlot. Doch sie behandelte ihn schlechter als andere Männer. Sie ließ ihn merken, daß sie ihn nicht liebte, und wenn er mehr von ihr wollte, wenn er andeutete, sie solle ihre Unabhängigkeit aufgeben und seine erklärte Geliebte werden, dann zuckte sie die Achseln, machte ein koboldhaftes Gesicht, antwortete nicht.

Das Zerklüftete an ihm zog sie an. Gelockt schaute sie zu, wie er unversehens aus einer menschenfeindlichen Stimmung in eine zärtliche, sentimentale fiel. Sonst war sie sich klar darüber, welchen Verlauf eine Freundschaft nehmen werde. Mit Charlot war alles möglich, daß er sie umbrachte oder daß er sie heiratete.

Charlot war gut Freund mit Pierre. Aber sie war gewiß, Charlot war, auch wenn er's nicht merken ließ, eifersüchtig auf Pierre, und immer war in ihr leise Angst, er werde einmal furchtbar gegen ihn losschlagen. Keinesfalls war es geraten, daß sich Pierre mit dem unberechenbaren Manne in ein so riesiges Geschäft einließ. Charlot wird, wenn sie zusammen diese gewaltigen Lieferungen unternehmen, den schwächeren Pierre bald in seiner Hand haben, und dieser Gedanke machte ihr Unbehagen. Pierre war inmitten all seiner Intrigen ein harmloser, lustiger Junge, er konnte keine Feindschaft festhalten, er trug niemand was nach, er wollte vom Leben nichts als seine Freude. So einer war der bittern Bosheit nicht gewachsen, die manches Mal im Herzen Charlots aufstand.

„Ich an deiner Stelle würde mir's zweimal überlegen", warnte sie, „ehe ich Charlot in das Geschäft hineinnähme." – „Er ist mein Freund", sagte Pierre. „Gerade deshalb", erwiderte rätselhaft Désirée, und: „Er ist so groß", fuhr sie fort. „Am Ende verschlingt er alles, was mit ihm in Berührung kommt." Aber: „Keine Angst, meine Kleine", lachte unbekümmert Pierre. „Wer diesen Jonas verschlingt, wird ihn schnell wieder ausspeien müssen."

Lenormant, nach dem Abendessen, ließ Pierre noch eine ganze Weile zappeln, bevor er anhub, von dem Geschäft zu reden.

Monsieur Lenormant mochte Pierre auf seine Art gut leiden. Er sah wohl, wie eitel und oberflächlich Pierre war, doch er schätzte seine Gewandtheit und seinen anmutigen Witz, und wenn er ihn um seiner Leerheit willen ein wenig verachtete, so beneidete er ihn um seine Leichtigkeit, um sein Glück bei Frauen, um die Mühelosigkeit seiner Arbeit.

Charles-Guillaume de Lenormant hatte es trotz seiner hohen Geburt und seines Reichtums immer schwer gehabt. Er hatte seinerzeit – das war jetzt siebenunddreißig Jahre her – ein sehr junges, sehr schönes Mädchen geheiratet von anmutigster Geistigkeit, doch ohne Geld und ohne Verbindungen, Jeanne-Antoinette Poisson. Er war schwerblütig und hatte lange gezögert, ehe er sich zu dieser Heirat entschloß; während der ersten Jahre seiner Ehe indes freute er sich tief seines Entschlusses, und er hatte sich immer leidenschaftlicher in Jeanne verliebt. Dann, unversehens, hatte Jeanne ihn verlassen, um als anerkannte Geliebte des Königs unter dem neuen Namen Marquise de Pompadour Frankreich zu regieren. Es war für Lenormant ein Schlag gewesen, von dem er glaubte, er werde ihn nicht überleben. Später dann hatte die Frau ihm alles angeboten, einen Gesandtenposten, selbst ihre Rückkehr, aber er war stolz und würdevoll gewesen und hatte alles und sie selber abgelehnt.

Jetzt war er seit langem wieder heraufgetaucht aus den Tiefen seines Leides, doch als ein veränderter Lenormant, melancholisch, bitter, sarkastisch, genießerisch, auf hinterhältige Art abenteuerlustig. Hatte er früher mit Umsicht die schwierigen Geschäfte wahrgenommen, die mit seiner Steuerpacht zusammenhingen, so ließ er sich jetzt mit verbissener Freude in immer neue, verwickelte wirtschaftliche Unternehmungen ein, leitete sie mit souveräner Gewandtheit und außerordentlichem Glück und häufte so, trüb und verächtlich, ungeheures Vermögen. Bei aller Bitterkeit jagte er nach stets neuen Genüssen. Zwar stand über dem Hauptportal seines Schlosses Etioles in edeln Lettern der Spruch: „Vanitas, vanitatum vanitas, omnia vanitas." Aber der Besitzer von Etioles war stets umgeben von schönen Frauen, seine Feste waren berühmt um ihrer Pracht und ihres Geschmackes willen, und voll müder Gier raffte Monsieur Lenormant immer mehr Reichtum, Ansehen, Pracht, Geschäft, Einfluß, Politik, Theater, Frauen, Intrigen.

In Désirée Mesnard hatte sich Lenormant verliebt auf dem Umweg über ein Bild von ihr. Es war nicht das Porträt, das bei Pierre hing, es war vielmehr ein Pastell von Perronneau. Es war das gute Porträt eines hübschen, fröhlichen, natürlichen Mädchens. Aber als Lenormant die wirkliche Désirée kennengelernt hatte, war er erstaunt gewesen, wie weit das Porträt zurückblieb hinter dem Urbild. Lenormant, aus seiner vielen Kunst und Künstelei heraus, sehnte sich manchmal nach Kraft und Einfachheit; auf seiner Privatbühne ließ er gerne Possen spielen von saftigster Volkstümlichkeit. Jetzt, als er entdeckte, wieviel derber, gesunder Menschenverstand hinter Désirées liebenswerter Zartheit stak, wieviel Unbekümmertheit um Ruf und Gerede, wieviel frecher, realistischer, Pariser Witz, fand er das zum Entzücken. Es waren an ihr Züge, die er an der toten Jeanne geliebt hatte. Jeanne war auf ganz ähnliche Art lustig und gescheit gewesen, sie hatte die gleiche Mischung gehabt von Nüchternheit und Romantik und die gleiche Gabe, über dem Schmutz des Lebens seinen fröhlichen Glanz nicht zu vergessen.

Lenormant war siebenundfünfzig gewesen, als die einundzwanzigjährige Désirée in sein Leben trat. Er sah mit Vergnügen, daß seine Eigenart, die Mischung aus Trübsinn und Genießertum, sein Geschmack, sein Verständnis fürs Theater, seine bitter witzige Philosophie die junge Schauspielerin anzog; doch er täuschte sich nicht darüber, daß er ohne seinen Reichtum und seinen großen Namen kaum im Kreis der vielen jüngeren, amüsanteren Freunde Désirées bestanden hätte. Vielleicht wird es ihm gelingen, sie an sich zu binden; aber wenn dann ein anderer, Mächtigerer kommen wird, dann wird ihn diese Désirée genauso verlassen, wie seinerzeit Jeanne ihn verlassen hat um des Schloßherrn von Versailles willen.

Trotzdem betrachtete er es als ein großes Glück, daß diese junge Frau in sein Leben getreten war und daß er jetzt, da seine Süchte matter wurden, nochmals das Glück hatte, verliebt zu sein wie ein Junger. Wohl litt er, wenn er sah, wie unbekümmert Désirée sich diesem oder jenem Manne hingab, aber er war gewitzt, er wollte kein zweites Mal sein Glück durch Stolz und Würde gefährden, und er versuchte nicht, an ihre Unabhängigkeit zu rühren.

Er wußte, daß sein einziger ernsthafter Rival Pierre war. Er durchschaute genau die Beziehungen der beiden, er hielt ihre feste, auf eine Verwandtschaft im Geiste gegründete Freundschaft für gefährlicher als irgendeine romantische Neigung, und er beneidete Pierre heiß um Désirées Anhänglichkeit. Ihn, Lenormant, der so tief an den Menschen litt und dem sich die Dinge so gar nicht fügten, verdroß es, daß diesem Pierre Menschen und Dinge von selber zuflogen, daß ihm alles so gut hinausging, daß er Widerwärtiges von sich abschüttelte wie ein Hund Wassertropfen. So gut er Pierre leiden mochte, er hätte es ihm gegönnt, daß auch er einmal zu spüren bekam, was Undank ist, Verrat, Leiden.

Jetzt also war ihm Pierre gekommen mit diesen Lieferungen für Amerika. Die Idee Pierres, die Insurgenten als privater Unternehmer, in Wahrheit aber als Agent der französischen Regierung zu beliefern, blendete, sie war ein Fund. Wollte man aber aus dem Unternehmen mehr machen als eine Bühnenintrige, wollte man die Insurgenten so ausrüsten, daß sie regulären englischen Armeen standhalten konnten, dann benötigte man andre Summen als die lächerlichen drei oder vier Millionen, von denen Pierre sprach. Der Mann, der ein solches Geschäft durchführen wollte, mußte über unbegrenzten Kredit verfügen, er mußte auf Zahlung warten können, er mußte langen, langen Atem haben.

Seine, Lenormants, Hand war kräftig genug, diesen Bogen zu spannen, und die fetten Gewinne waren eine starke Lokkung. Aber war Pierre der rechte Mann, um mit ihm zusammen ein so riesiges Unternehmen anzupacken? Wird er nicht die Geschäfte viel zu phantastisch und romantisch betreiben wollen? Gewiß, die Chancen waren verführerisch, aber Lenormant hatte hohes Spiel genug in seinem Leben, und dicke Profite wogen die Gefahr nicht auf, mit Pierre Streit zu bekommen. In seinem Innern, ohne daß er's Gedanke werden ließ, war die Vorstellung, wie Pierre vor Désirée prahlte und sich spreizte: Jetzt also rüste ich die Amerikaner aus, jetzt mache ich Geschichte. Nein, er, Lenormant, wird Pierre nicht den Sockel der Millionen aufbauen, der dafür nötig war.

Mit seiner fettigen Stimme, in der Stille seines Arbeitszimmers, setzte er Pierre auseinander, das Geschäft biete hohe Gewinnchancen, doch sei das Risiko enorm. Nicht nur müsse man damit rechnen, daß jedes zweite Schiff von den Engländern genommen werde, auch die Aussicht, Zahlung zu erlangen, sei zu vag. Sosehr er, Lenormant, den Freiheitsdrang der Insurgenten bewundere, diese rühmliche Begeisterung sei keine genügende Sicherheit für ihre Zahlungsfähigkeit. Im günstigsten Fall werde man Jahre und Jahre warten müssen, ehe man Geld zu sehen bekomme. Nach flüchtigem Überschlag nehme er an, daß ein Grundkapital von etwa zehn Millionen nötig sei, wenn man durchhalten wolle. Er richtete, als er die hohe Summe nannte, die schläfrigen, tiefliegenden Augen bekümmert auf den andern.

Pierre, betroffen, antwortete schwunglos: „Ich dachte, die außerordentlichen Gewinnchancen, die Sie ja noch besser sehen als ich, würden Sie reizen, sich an der Firma Hortalez zu beteiligen." – „Ich habe soeben versucht, mein lieber Pierre", sagte mit gutgespielter, freundlicher Geduld Lenormant, „Ihnen klarzumachen, daß das Risiko des Geschäftes noch höher ist als seine Chancen. Ich stehe an der Schwelle des Alters, meine Freude an großen, gefährlichen Unternehmungen nimmt ab." – „Aber haben Sie nicht soeben erst die Steuerpacht Ihrer zwei Provinzen erneuert?" fragte Pierre. „Wo ist da", fragte mit aufreizender Ruhe Lenormant zurück, „für einen Mann, der warten kann, das Risiko? Der König hat Büttel und im Notfall Soldaten, die säumigen Schuldner zu zwingen. Kann die Firma Hortalez Soldaten gegen die Aufständischen vorschicken, wenn sie im Verzug sind?"

„Ich hatte geglaubt", sagte nicht ohne Bitterkeit Pierre, „mein Freund Charlot werde sich mit Freuden an dieser großen Unternehmung beteiligen. Ich hatte geglaubt, mein Freund Charlot werde der erste sein, mir und den Amerikanern zu helfen." – „Aber seien Sie doch nicht so ungestüm, mein Pierrot", beschwichtigte ihn liebenswürdig Lenormant. „Wer sagt Ihnen, daß ich Ihnen nicht helfen werde?"

Die Art, wie Charlot mit ihm spielte, brachte Pierre auf, andernteils wußte er aus Erfahrung, daß Charlot großzügig war und ihm freund. „Ich brauche Geld ja nur für die erste Zeit", sagte er unsicher, „wenn ich es überhaupt brauche."

Genauso hatte es Lenormant gewollt. Ein Darlehn wollte er Pierre gern zur Verfügung stellen. Wie er Pierre kannte, wird der bald in der Klemme sein und um Stundung bitten. Dann kam er, Charlot, unter allen Umständen auf seine Rechnung. Selbst wenn er zuletzt das Geld oder doch einen Teil des Geldes verlieren sollte, wird das Gespräch, in welchem Pierrot bittet und sich windet, diesen Verlust wert sein.

„Sehen Sie", erwiderte er, „so kommen wir leicht zusammen. Geld, insbesondere auf kurze Sicht, können Sie von mir ohne weiteres haben. Wieviel wünschen Sie?" – „Ich denke", sagte, immer unsicher, Pierre, „mit einer weiteren Million komme ich aus." – „Die Summe steht zu Ihrer Verfügung", erwiderte ohne Zögern Lenormant.

Pierre atmete auf und war zu gleicher Zeit bestürzt. Es war ein wichtiger Dienst, daß ihm Charlot die ungeheure Summe vorstreckte, aber hielt er das Risiko wirklich für so groß, daß er das Geld nicht in der Sache selber anzulegen wagte und die einmalige Chance nicht nützte? „Ich danke Ihnen, Charlot", sagte er, „ich danke Ihnen herzlich." In seiner Stimme war ungewohnte Verwirrung. „Es ist mir eine Freude, Ihnen zu helfen, mein Freund", wehrte liebenswürdig Lenormant ab. „Sie werden mich sehr entgegenkommend finden in allem, was den Zinsfuß anlangt.“ Er machte eine kleine Pause und schaute Pierre freundlich an. „Aber“, sagte er dann und drohte ihm scherzhaft mit dem Finger, „halten Sie das Geld zusammen, Pierrot.“ Und ganz leicht schloß er: „Ich leihe auf kurze Frist, und ich treibe ein, mein Lieber. Ich mache Sie darauf aufmerksam. Ich bin bekannt dafür, daß ich eintreibe.“

Das waren Scherze, wie Charlot sie liebte, unangenehme Scherze. Aber Pierre schüttelte das Unbehagen ab, noch bevor es ihn überkam. Er hatte die Zusage Charlots, das war das Wesentliche. War er nicht entschlossen gewesen, das Geschäft zu machen, auch wenn er alles in allem nur *eine* Million erhalten hätte? Jetzt bekam er zwei Millionen von der Regierung und eine von Charlot. „Nochmals schönen Dank, Charlot“, sagte er ebenso leicht und freundlich, wie Lenormant gesprochen hatte. „Schönen Dank im Namen Amerikas, Frankreichs und in meinem eigenen.“

Jetzt war schon eine Nacht vergangen und ein Tag und noch eine Nacht, und Pierre hatte seine Freundin Therese noch immer nicht aufgesucht. Gestern morgen hatte er sie in einem Billett auf den Abend vertröstet, gestern abend auf heute morgen. Er hatte eben zu viele Menschen auf seinem Boot; er kam niemals dazu, das zu tun, wonach es ihn gelüstete.

Wenigstens konnte man mit Therese reden. Sie verstand es, wie schwer es hielt, seine Zeit zu teilen zwischen der Befreiung Amerikas und der Liebe zu der Frau, die man heiraten wollte.

Denn von der ersten Begegnung an hatte er gewußt, daß dieses Mädchen für ihn die rechte sei, und immer wieder während der Jahre ihrer Verbindung hatte er mit dem Entschluß gespielt, sie jetzt zu heiraten, morgen, heute. Aber da war Julie. Sie war von Anfang an auf Therese eifersüchtig gewesen, und als Pierre einmal eine Andeutung gemacht hatte, er wolle Therese heiraten und ins Haus bringen, hatte es zwischen den Geschwistern heftigen Zank gegeben, und Julie hatte gedroht, das Haus zu verlassen. Dann freilich hatte sie mit stürmischer Reue dem Bruder erklärt, Therese sei reizend, jung und in jeder Hinsicht viel besser als sie selber, und selbstverständlich werde sie, Julie, mit ihr auskommen. Allein es war Pierre klar, daß, wenn er Therese ins Haus brachte, die leidenschaftliche Julie sich nach kurzer Zeit grollend zurückziehen werde, und er konnte Julie nicht entbehren. Nicht nur war sie die ideale Wirtschafterin für sein großes Haus, er brauchte auch gerade sie, um sich vor ihr zu spreizen, er brauchte ihre ständige, laute, schwärmerische Bewunderung. Therese aber, auch wenn er sie nicht formell band, wird ihn nie verlassen; ihrer fühlte er sich sicher.

Er legte den Weg zu ihrem Haus zu Fuß zurück. Es war ein kurzer Weg. Lächelnd bedachte er, wie oft und wie gern er diesen kurzen Weg gegangen war. Seine Interessen umspannten die ganze Erde, mehrmals war er um eines Geschäftes willen über weite Strecken des Erdteils gejagt; doch sein wahres Leben spielte sich ab innerhalb des kleinen Dreiecks zwischen seinem Wohnhaus, seinem Geschäftshaus und dem Haus Thereses. Dieser wilde Abenteurer war ein Familienmensch; nach wilden Tagen und wilden Nächten brauchte er eine bürgerlich-behagliche Stunde im Kreis der Familie, bestehend aus Vater, Schwestern, Neffen, Nichten, Onkeln, Vettern, Basen.

Er läutete an Thereses Wohnung. Die Magd öffnete. Aber da war auch schon Therese in der Tür ihres Zimmers, sie war im Negligé, so hatte er sich's, im stillen, erhofft, und keine kleinste Wolke Vorwurf wegen der Verzögerung war auf ihrem Gesicht. Er eilte auf sie zu, in seinen beiden Händen hielt er ihren Kopf, ihn leicht schräg nach hinten biegend; sie war groß, beinahe ebenso groß wie er selber. Tief schaute er in ihre lebendigen Augen. Langsam, gründlich küßte er ihre Stirn, folgte mit den vollen Lippen ihren hohen, kühnen Brauen, bis sie die Lider mit den langen Wimpern schloß, küßte ihren geschwungenen Mund, ließ die Hände heruntergleiten um ihr volles, starkes Kinn, ihren Hals, ihre Brust.

Therese, die Augen geschlossen, ruhte glücklich aus in der lang ersehnten Umarmung.

Vom ersten Augenblick an, da sie mit Pierre in Berührung gekommen war, hatte sie gespürt, dieser Mann war der Sinn ihres Lebens. Als sie damals, vor drei Jahren, kaum siebzehnjährig, seine Flugschriften las, hatte die klingende, funkelnde Attacke gegen die Ungerechtigkeit sie aufgerührt in ihren

Tiefen. Daß jemand so kühn sein konnte und gleichzeitig so leicht, so elegant, so beschwingt. Es ging einem ins Blut, riß einen mit. Sie war, die sonst Vernünftige, Zurückhaltende, unter einem Vorwand zu dem fremden Mann gegangen, und er war gewesen wie seine klingenden Sätze, und er hatte auf sie eingesprochen mit seiner biegsamen Stimme, schmeichlerisch, frech, gescheit, und sie hatte erkannt: diesen Mann liebte sie, für immer.

Therese war von ruhigem, sicherem Urteil. In den Jahren seither hatte sie herausgefunden, was alles an Pierre leer, eitel, frivol war; doch was sie an ihm liebte, war stark genug, sie das andere hinnehmen zu lassen. Es war seine Sache, für die er in jenen Streitschriften eingetreten war, aber es war auch die Sache aller derer, denen ein dreistes und hochmütiges System unrecht tat. Es war seine Sache, für die er kämpfte, wenn er sich lustig machte über die Adeligen, sie hatten ihn beleidigt, und sie versuchten ihn niederzuhalten, aber was ihn trieb, war auch ein anderes, es war mehr, es war eine tiefe, erkennerische Kampflust, gegen alle dummen Vorurteile in der Welt. Hinter seiner Prahlsucht und Schauspielerei stand Sinn fürs Große; und wenn er Unrecht und Mißbrauch sah, ob es ihn anging oder andere, trat er ohne Überlegen zum Streit an. So sah ihn Therese, so liebte sie ihn.

Jetzt, da er so lange fort gewesen war, hatte er ihr viel zu erzählen. Er hielt sie auf seinem Schoß, streichelte sie. Mehrmals schon hatte er jetzt erzählt, Charlot, der Schwester, dem Vater, es war das gleiche gewesen und doch immer anders; vor Therese nahm sein Erleben und sein Projekt eine wiederum neue Farbe an. Ihr setzte er auseinander die politische Bedeutung des Unternehmens. Alles hatten die Insurgenten: Menschen zur Genüge, das weite Land, ihre gute Sache, ihre Begeisterung, die moralische Unterstützung der ganzen Welt. Das einzige, was ihnen fehlte, waren Waffen. „Und die liefern wir ihnen jetzt", schloß er.

Thereses graue Augen leuchteten; sie hatte von Anfang an Partei genommen für die Insurgenten. Immer neue Details mußte er ihr berichten über die Aussichten der Amerikaner, und es freute ihn, daß sie nur Anteil daran nahm, nicht an den Aussichten seines Geschäftes. Seine Frau sollte in ihm den Schriftsteller sehen, den Kämpfer für die Freiheit, für die Vernunft. Er wärmte sich an ihrer Begeisterung, die frei war von der manchmal albernen Überschwenglichkeit Julies. Therese verlor auch in der Begeisterung niemals den Sinn fürs Reale. Sie ergänzte ihn großartig; sie konnte ihn zurückholen, wenn er sich verstieg.

Er verstummte. Wieder einmal, im stillen, überlegte er, ob er die Heirat nicht beschleunigen sollte.

Therese merkte, was in ihm vorging. Es war nicht angenehm, nur Pierres Freundin zu sein, nicht seine Frau, sie hätte sehr gewünscht, ihre Verbindung zu legalisieren. Aber sie kannte Pierre, sie besorgte, er werde, wenn er ihrethalb Julie verlieren sollte, den Verlust schwer verwinden, und seine Neigung könnte abnehmen. Das Gerede scheute sie nicht, sie war unabhängig, hatte etwas Geld. Sie drängte nicht. Auch jetzt wartete sie, schwieg.

Ihm, derweilen, tauchte wieder die Vorstellung auf, was für ein Gesicht Julie machen werde, wenn er ihr mitteilte: In einer Woche heirate ich Therese. Es war keine angenehme Vorstellung. Zu oft ließ er sich hinreißen von Regungen des Augenblicks. Er hatte so lange gezögert, er konnte gut noch ein wenig länger warten.

Er sagte: „Jetzt, da ich soviel Glück gehabt habe und in dieses neue, große Unternehmen hineingehe, mußt du mir erlauben, dir eine Freude zu machen. Mein Haus in Meudon, das kleine, mit dem verwilderten Garten, das du so gern hast, darf ich es dir schenken? Selbstverständlich laß ich es herrichten, und gründlich. Wir könnten manchmal hinausfahren und ein oder zwei Tage Ruhe haben und Natur."

Die folgenden Wochen verbrachte Pierre in wilder Tätigkeit. Er traf sich mit Reedern, mit Lieferanten, mit Finanzleuten aller Art, er hatte Konferenzen mit Herren vom Außenministerium, von der Marine, vom Arsenal. Es galt, Kanonen zu beschaffen, Gewehre, Munition, Uniformen, Wäsche, Schuhe, Decken, Zelte. Es galt, die Schiffe bereitzustellen, um all das, die Ausrüstung für dreißigtausend Mann, über den Ozean zu transportieren. Pierre hatte den Herren in Versailles in Aussicht gestellt, er werde einen großen Teil dieser Transporte noch im Herbst, bestimmt aber vor Jahresende auf den Weg bringen.

Wenn sich Pierre mit noch wilderem Eifer als sonst in diese Geschäfte stürzte, so geschah es, weil er eine Sorge übertäuben wollte, die immer höher in ihm aufstieg. Er hatte, wenn er rechtzeitig liefern wollte, sogleich große Zahlungen zu leisten. Seine eigenen Mittel und der von Lenormant eingeräumte Kredit erschöpften sich schnell, die Million Livres aber, die ihm Vergennes zugesagt hatte, kam nicht und kam nicht. Wenn Pierre im Außenministerium leise Andeutungen machte, wie sehr er die Zahlung benötigte, dann gab man ihm zu verstehen, daß die Summe geheimen Fonds entnommen werden müsse und daß lediglich Schwierigkeit der Buchung und unumgängliche bürokratische Routine die Zahlung verzögerten. Das klang glaubhaft. Aber Pierre hatte nichts in der Hand, die Regierung konnte in dieser delikaten Angelegenheit keine schriftlichen Zusagen geben, und er wurde die Furcht nicht los, man werde ihn schließlich sitzenlassen und erstaunte Augen machen, wenn er an die gegebenen Versprechungen erinnere.

Dabei zeigte sich rasch, daß die Lieferanten und Reeder genau wußten, wie sehr er auf sie angewiesen war, und ihre Preise erhöhten. Wenn Pierre wenigstens jene Waffenbestände aus den königlichen Arsenalen erhalten könnte, die man ihm im Außenministerium in Aussicht gestellt hatte. Dann wäre er einen Teil seiner Sorgen los und könnte den privaten Lieferanten zeigen, daß er auch ohne sie auskam.

Es wäre für das Arsenal ein leichtes gewesen, ihm zu helfen. Monsieur de Saint-Germain, der das Kriegsministerium vor einem Jahr übernommen hatte, war darangegangen, die Rüstung umzustellen; dadurch wurden viele Modelle von Geschützen und von Gewehren außer Gebrauch gesetzt. Es kam darauf an, daß er, Pierre, dem Kriegsminister seine Pläne schmackhaft zu machen wußte; dann wird er die alten Waffen zu sehr billigen Preisen, vielleicht zum bloßen Metallwert erstehen können. Voraussetzung dafür war, daß der Außenminister seinen Kollegen im Arsenal in einer nachdrücklichen Unterredung ins Bild setzte. Doch auch da wollte man im Außenministerium nicht begreifen, daß Eile geboten war, und Vergennes schob sein vertrauliches Gespräch mit dem Kriegsminister immer wieder hinaus.

Endlich erhielt Pierre Nachricht, Monsieur de Saint-Germain sei informiert und erwarte seinen Besuch. Schon am andern Tag stellte sich Pierre im Arsenal ein, wo der Kriegsminister residierte.

Pierre mußte den Wagen am Eingang des Arsenals zurücklassen und den Weg zum Büro des Kriegsministers zu Fuß machen. Das Arsenal war eine kleine Stadt für sich. Da waren Fabriken für jede Art von Waffen, Stapelplätze für Waffen, Bürogebäude, eine Kaserne. Pierre liebte das Arsenal. Er war Romantiker und Geschäftsmann, Waffen regten ihn an sowohl zu heroischen Gefühlen wie zu kaufmännischen Kalküls.

Heute indes hatte Pierre kein Interesse für die Dinge ringsum. Er war ausgefüllt von Gedanken an die bevorstehende Unterredung.

Pierre hatte den Minister seit beinahe einem Jahr nicht mehr gesehen. Damals hatte der Siebzigjährige den Eindruck eines auffallend jungen, straffen Mannes gemacht. Als Pierre jetzt vorgelassen wurde, war er überrascht, wie sehr Saint-Germain während der kurzen Zeit seiner Amtstätigkeit gealtert war. Der ziemlich kleine Herr in seiner schlichten Uniform hielt sich nach wie vor stramm aufrecht, doch man sah ihm die Anstrengung an, und sein erdfarbenes Gesicht war zerfurcht.

Der Minister hatte Grund zum Kummer. Paris hatte gejubelt, als im vorigen Jahr der junge König den strengen, redlichen, fortschrittlichen General, der als großer Soldat und guter Organisator galt, berufen hatte, um die Armee zu reformieren. Monsieur de Saint-Germain war mit Energie ans Werk gegangen. Er hatte die Bestände der Truppen und die Qualität der Rüstung erhöht und dabei die Ausgaben seines Amtes eingeschränkt. Doch er hatte, um das zu erreichen, viele einträgliche Stellen, die dem Hofadel vorbehalten waren, abschaffen und außerdem Offiziere von niedriger Geburt zu hohen Kommandostellen zulassen müssen. Dadurch hatte er sich viele Feinde bei Hofe gemacht, und man nahm an, der gutwillige, doch schwache König werde seinen Minister auf die Dauer nicht halten können. Pierre verstand gut das vergrämte Aussehen des alten Generals.

Er rechnete damit, daß Saint-Germain nach den Erfahrungen, die er hatte machen müssen, auch hinter seinem Vorschlag Intrigen wittern und ihm mit Mißtrauen entgegenkommen werde. Er sprach also vorerst nicht von den Kanonen und Gewehren, die er ihm entlocken wollte, sondern bemühte sich, ihm Vertrauen einzuflößen. Er wußte, mit welcher Leidenschaft Saint-Germain an seinen revolutionären militärischen Theorien hing, überall wollte er sie durchsetzen, überall wollte er experimentieren. Pierre ging ein auf diese Neigung des Alten. Was die Insurgenten vor allem benötigten, erklärte er, sei Belehrung, Organisation, Instruktion. Er, Pierre, der vorläufig sozusagen der einzige Repräsentant der Amerikaner in Frankreich sei, bitte also im Namen dieses Landes der Natur und der Vernunft den Minister um Rat. Nirgendwo seien die reformatorischen Prinzipien Saint-Germains besser am Platz als drüben in Amerika. Dort habe man nicht gegen eingewurzelte Vorurteile zu kämpfen. Dort könne man eine Armee organisieren streng nach den zehn Grundregeln, die der Minister in seinem „Lehrbuch der Kriegskunst" aufgestellt habe.

Saint-Germain hörte angeregt zu. Dieser Monsieur de Beaumarchais schien nicht der skrupellose Schieber zu sein, als der er ihm geschildert worden war. Der Minister ließ sich mit ihm in eine Diskussion ein. Pierre hatte sich gut informiert und zeigte Sachkenntnis. Mit Geduld und Verständnis hörte er zu, wie ihm Saint-Germain Einzelheiten seiner Reformen des langen und breiten erläuterte. Der Alte hatte eine gute Stunde.

Dann erst, allmählich, kam Pierre auf das Geschäft zu sprechen, auf die Bewaffnung seiner Insurgenten. Es handle sich da, führte er aus, nicht etwa um die Ausrüstung einer regulären Truppe, sondern um die Equipierung einer Miliz. Diese Miliz benötige simple Waffen, deren Bedienung kein langes Training voraussetzte. Mit den neuen Waffen, welche der Minister für die französische Armee vorgesehen habe, sei den Amerikanern wenig gedient; denn die wirksame Handhabung dieser neuen Waffen erfordere eine lange Lehrzeit. Und Pierre machte ein bekümmertes Gesicht.

Monsieur de Saint-Germain belebte sich und trug als eigene Idee vor, was ihm Pierre suggeriert hatte. Gerade unter diesen Umständen könne er, der Minister, Monsieur dienen und den Insurgenten unschätzbare Hilfe zukommen lassen. Durch die Umstellung der Rüstung seien Modelle von Geschützen und von Gewehren in großer Zahl für die Armee des Königs unbrauchbar geworden. Für eine Miliz aber, wie Monsieur sie schildere, stellten diese alten Modelle eine geradezu ideale Ausrüstung dar, und er wolle ihm, was an ausrangierten Beständen vorhanden sei, mit Vergnügen für die Zwecke der Insurgenten überlassen. Über die Details möge sich Monsieur mit seinem Ersten Sekretär, dem Prinzen Montbarey, ins Benehmen setzen.

Pierre atmete auf. Vor Geschäften mit naiven, redlichen Männern, wie der Minister einer war, hatte er stets ein gewisses Unbehagen, sie waren so unberechenbar. Mit dem Prinzen Montbarey wird er viel leichter fertig werden. Prinz Montbarey nämlich war ein wüster Spieler, immer in Schulden, und er trug kein Bedenken, sein Amt zur Regelung seiner verwickelten Finanzen zu benutzen. Er bediente sich zu diesem Zweck einer Freundin, der Opernsängerin de Violaine. Sooft ein höherer Posten in der Armee frei wurde, legte Mademoiselle de Violaine eine Liste von Anwärtern vor, die bereit waren, für diesen Posten zu zahlen, und es gelang dem Prinzen in den meisten Fällen, bei dem arglosen Saint-Germain seinen Kandidaten durchzudrücken.

Durch die Art, wie Pierre den Minister genommen hatte, waren ihm zwar die Waffenbestände gesichert. Aber Prinz Montbarey konnte, wenn er übeln Willens war, sehr hohe Preise ansetzen, er konnte die Transaktion mit dem Hause Hortalez und Compagnie komplizieren und endlos verzögern. Dagegen gab es nur ein Mittel: dem Prinzen in einer eleganten Form eine Kommission zukommen zu lassen. Pierre war nicht knauserig in diesen Dingen.

Die Firma Hortalez, setzte er Monsieur de Montbarey auseinander, habe eine große Sorge, das sei die Auswahl der Waffen, die man den Insurgenten schicken solle. Der Auftrag der Amerikaner laute zu allgemein, und bis sie Sachverständige herübergesandt hätten, vergehe eine viel zu lange Weile. Er selber und die andern Herren der Firma Hortalez seien Geschäftsleute und leidenschaftliche Anhänger der Insurgenten, doch nicht eigentlich militärische Sachverständige. Er wäre deshalb dem Prinzen sehr verbunden, wenn ihm der einen kundigen Berater nennen könnte. Natürlich verlange die Firma Hortalez solche Dienste nicht umsonst, die Firma sei gegründet auf geschäftsmäßiger Basis.

Lächelnd, aus schlauen, flinken, schwarzen Augen, beschaute Prinz Montbarey den lächelnden Pierre. Dann nannte er Namen, verwarf sie wieder und sagte schließlich, sich an den Kopf schlagend: „Jetzt habe ich Ihren Mann." Es war aber dieser Mann, wie es Pierre erwartet hatte, ein Herr aus dem Kreis von Montbareys Freundin, Mademoiselle de Violaine.

Pierre dankte dem Prinzen herzlich für seinen liebenswürdigen Rat und versprach, ihn zu befolgen. Dann trennte er sich wie von dem Minister so auch von seinem Ersten Sekretär im besten Einvernehmen und verließ das Arsenal sehr getröstet.

Seitdem der Konflikt zwischen der Krone von England und ihren amerikanischen Kolonien ausgebrochen war, hatte es in Paris Leute gegeben, die sich Hoffnung gemacht hatten, als Parteigänger für die Amerikaner eine Rolle zu spielen. Als diese Männer von den Verhandlungen Monsieur de Beaumarchais' Wind bekamen, wurden sie eifersüchtig und begannen zu stänkern.

Da war besonders ein gewisser Doktor Barbeu Dubourg. Er war Arzt, Politiker, Geschäftsmann, Schriftsteller, Philanthrop und der Übersetzer des Doktor Benjamin Franklin, jenes Mannes, der in Europa unter allen Repräsentanten der Insurgenten den höchsten Ruf genoß. Doktor Dubourg rühmte sich, auf dieser Seite des Ozeans als erster für die Sache der Amerikaner eingetreten zu sein. Er hörte von den Verhandlungen Monsieur de Beaumarchais' und suchte Pierre auf.

Da saß er, der behagliche, bürgerlich fette Herr, und setzte Pierre auseinander, er habe gehört, auch er, Pierre, interessiere sich für die Sache der Insurgenten. Es sei Pierre bestimmt nicht unbekannt, daß er, Doktor Dubourg, die Auszeichnung habe, den großen Benjamin Franklin seinen Freund zu nennen. So komme er nun, um zu hören, ob vielleicht Monsieur de Beaumarchais irgendwelche nützlichen Vorschläge zu machen habe, die er, Doktor Dubourg, an Franklin und die Amerikaner weiterleiten könnte.

Der schwere Mann, fleischiges Gesicht, kleine, freundliche Augen, vorgewölbter Mund, bürgerliche Tracht, mit seinem Stock spielend, schnupfend, viel schmatzend, war Pierre vom ersten Augenblick an zuwider. Seine selbstgefällige Bescheidenheit, seine geschwätzige Wichtigmacherei, seine naiv verschwörerische Art, alles reizte Pierre. Zwar sagte er sich, der Mann komme in allen Salons herum, er habe Einfluß, und es sei geraten, sich mit ihm zu verhalten; doch Pierre war gewohnt, seinen Sympathien und Antipathien freien Lauf zu lassen. Gegen seine bessere Erkenntnis erwiderte er mit hochmütiger Höflichkeit, er danke Monsieur Dubourg für seine freundlichen Absichten, aber er habe selber Mittelsmänner, die seine Ratschläge auf schnellem, sicherm Wege nach Philadelphia gelangen ließen. Doktor Dubourg, ein wenig aus dem Konzept, wiederholte vielwortig sein Anerbieten, Pierre seine Ablehnung. Man trennte sich kühl.

Doktor Dubourg war gutmütig, aber es war ihm kaum jemals vorgekommen, daß jemand ihn so hatte abfahren lassen wie dieser Monsieur de Beaumarchais. Doktor Dubourg setzte sich hin und schrieb einen Brief, er schrieb gern Briefe. Diesmal schrieb er an den Grafen Vergennes. Die Einfallskraft Monsieur de Beaumarchais', schrieb er, seine Redlichkeit, sein Eifer für alles, was gut und groß sei, stünden über allen Zweifeln. Trotzdem sei kaum jemand weniger geeignet für geschäftliche Verhandlungen als er. Monsieur de Beaumarchais liebe es, Prunk zu entfalten, auch heiße es, er halte Weiber aus. Kurz, er gelte für einen Verschwender, und kein ernsthafter Geschäftsmann in Frankreich wolle mit ihm zu schaffen haben. Graf Vergennes möge es nochmals überdenken, ehe er seine Absicht wahr mache, die amerikanischen Geschäfte durch die Hände Monsieur de Beaumarchais' gehen zu lassen.

Der Minister las. Was Doktor Dubourg vorbrachte, war ihm nicht neu. Aber Doktor Dubourg hatte bisher immer nur unbrauchbare Ratschläge erteilt, Beaumarchais sich in vielen Fällen bewährt. Vergennes las den Brief ein zweites Mal, lächelte, schickte eine Abschrift an die Firma Hortalez und stellte Monsieur de Beaumarchais anheim, selber das Schreiben zu erwidern.

Pierre erwiderte. „Mein sehr verehrter Doktor Dubourg",

erwiderte er, „was hat es mit den Angelegenheiten der Amerikaner zu tun, daß ich als verschwenderisch gelte und als ein Mann, der Weiber aushält? Ich tue das übrigens schon seit zwanzig Jahren. Erst hielt ich ihrer fünfe aus, vier Schwestern und eine Nichte. Jetzt sind von diesen ausgehaltenen Weibern leider zwei gestorben, ich halte ihrer also nur mehr dreie aus, zwei Schwestern und eine Nichte, freilich immer noch eine Verschwendung für einen Mann ohne Rang und Titel. Was aber würden Sie erst sagen, wenn Sie erführen, daß ich den Skandal so weit treibe, auch Männer auszuhalten, einen Neffen, jung und gut anzuschauen, und dazu den unseligen Vater selber, der diesen skandalösen ergebenst unterfertigten Wollüstling in die Welt gesetzt hat? Noch schlimmer bestellt ist es mit dem Luxus, den ich entfalte. Das kostspieligste Tuch ist mir nicht zu elegant, zuweilen, wenn es sehr heiß ist, treibe ich den Aufwand so weit, reine Seide zu tragen. Aber um Gottes willen, Monsieur, teilen Sie das nicht dem Grafen Vergennes mit, der könnte sonst die gute Meinung verlieren, die er von mir hat."

Von dem Tage an, da ihm der Minister durch die Übersendung des Briefes sein Vertrauen bewiesen hatte, ging es mit Pierres Geschäften aufwärts.

Mit dem Kriegsministerium kam ein Vertrag zustande, wie er ihn sich besser nicht hätte wünschen können. Das Arsenal lieferte ihm zweihundert Kanonen zum reinen Metallwert, nämlich für vierzig Sous pro Pfund; Gußeisen wurde der Firma Hortalez mit neunzig Francs für je tausend Pfund berechnet. Auch die Gewehre wurden erfreulich niedrig in Rechnung gestellt. Trotz der hohen Gratifikation für den Prinzen Montbarey hatte niemals noch in Frankreich ein Waffenlieferant Material zu so geringem Preis erstanden.

Und dann, endlich, kam auch das Geld, auf welches Pierre so sehnlich gewartet hatte, die Million des Außenministeriums, eine Million Livres Tournois, in Gold und in Wechseln.

Auf seinen riesigen Schreibtisch schüttete Pierre das Gold aus den Säcken, daß die Platte des Tisches ganz überdeckt war von den Münzen. Sie trugen die Züge vieler Fürsten, diese Goldmünzen, sie zeigten die Gesichter der verschiedenen Louis, des Vierzehnten, des Fünfzehnten, des Sechzehnten, auch die Gesichter Maria Theresias von Österreich, Friedrichs von Preußen, Karls von Spanien. Pierre genoß den Glanz und die Fülle, er sog in sich den Anblick der Wechsel, unterschrieben von dem Grafen Vergennes und gegengezeichnet von dessen Erstem Sekretär Conrad-Alexandre de Gérard. Er lächelte tief.

Was die Geschäftspartner jenseits des Ozeans anlangte, für welche die Firma Hortalez und Compagnie arbeitete, so wußten sie noch nichts vom Bestehen dieser Firma und ihrer Tätigkeit. Bisher hatte da Pierre ein wenig ins Blaue hinein gewirtschaftet. In London hatte sich ihm als Vertreter der Kolonien vorgestellt ein gewisser Mr. Arthur Lee, ein jüngerer Herr, begeistert von der Sache seines Landes und von sich selber. Man hatte Mr. Lee zugeraunt, nicht der offizielle Botschafter, sondern Monsieur de Beaumarchais sei der wahre Repräsentant Versailles', Pierre hatte nichts getan, ihn in dieser Meinung zu beirren, Mr. Lee hatte sich sehr um ihn bemüht, Pierre hatte ihm in geheimnisvollen Worten die volle Hilfe Frankreichs zugesagt und ihm in Aussicht gestellt, er werde ihn mit dem Grafen Vergennes zusammenbringen. Als indes Pierre, nach Paris zurückgekehrt, dem Minister von Mr. Lee sprach, wollte der vorsichtige Diplomat nichts von ihm hören, er hatte es abgelehnt, einen Mann zu empfangen, der in London als Vertreter der Aufständischen bekannt war. Jetzt glaubte der empfindliche Mr. Lee, Pierre habe es an dem notwendigen Eifer fehlen lassen, und war beleidigt. Er sagte seinen Pariser Besuch ab und war für weitere Verhandlungen mit der Firma Hortalez nicht zu haben.

Währenddessen aber hatte sich der Kongreß in Philadelphia entschlossen, einen Sonderbevollmächtigten für Frankreich zu ernennen, und bald erschien denn auch dieser Agent in Paris. Es war ein gewisser Silas Deane.

Noch bevor Pierre ihn aufsuchte, fand Mr. Deane seinen Weg in das Hôtel de Hollande. Er war ein gut bürgerlicher, etwas fremdartig angezogener Herr, er trug über dem dicken Bauch eine mit vielen Blumen bestickte Atlasweste. Es zeigte sich sogleich, daß er ein Geschäftsmann war, mit dem man Geschäfte geschäftlich bereden konnte. Im übrigen sprach er nur englisch, hatte keine Ahnung von den Pariser Verhältnissen, war sehr dankbar für die Dienste, welche die Firma Hortalez ihm anbot, und schon nach wenigen Tagen kam er mit allem, was ihn drückte, zu dem gefälligen Monsieur de Beaumarchais.

Doktor Dubourg versuchte, sich dazwischenzudrängen. Doch in Versailles erklärte man Mr. Deane unzweideutig, der Vertrauensmann der französischen Regierung sei Monsieur de Beaumarchais. Das war dem Amerikaner recht, Pierre gefiel ihm besser als Doktor Dubourg.

Monsieur de Beaumarchais und der Agent der Amerikaner verständigten sich mühelos, und rasch kam ein förmlicher Vertrag zustande. Die Firma Hortalez und Compagnie, vertreten durch Monsieur de Beaumarchais, verpflichtete sich, dem Kongreß der Vereinigten Kolonien, vertreten durch Mr. Silas Deane, die vollständige Ausrüstung für dreißigtausend Mann zu liefern; eine Aufzählung dessen, was die Firma als Minimum zu liefern sich verpflichtete, bildete einen Bestandteil des Vertrages. Der Kongreß der Vereinigten Kolonien seinesteils verpflichtete sich, die Lieferung jeweils binnen längstens acht Monaten zu bezahlen, und zwar zu mindestens fünfundvierzig Prozent in Wechseln, den Rest in Waren.

Bis in den Hals schlug Pierre das Herz vor Freude, als er diesen Vertrag unterschrieben und gesiegelt in Händen hielt. Sogleich fuhr er zu Monsieur Lenormant. Nun, was sagte Charlot jetzt? Auf und ab lief Pierre, triumphierend. Was alles hatte er in dieser kurzen Zeit erreicht. Die französische Regierung hatte ihre Million bezahlt, die spanische die ihre in bindender Form zugesichert. Das Arsenal des Königs lieferte den Großteil des nötigen Materials zu billigsten Preisen, und jetzt war da dieser herrliche Vertrag mit dem Bevollmächtigten des Kongresses. Hielt Charlot das Geschäft noch immer für riskant?

Der, mit schleierigen Augen, folgte dem Freund, wie er hin und her lief und stolz seine Erfolge herzählte. Dann, langsam, sorgfältig, überlas er das Dokument. „Binnen längstens acht Monaten, fünfundfünfzig Prozent in Waren, fünfundvierzig in Wechseln. Ein sehr guter Vertrag“, sagte er. Er schaute hoch. „Wer ist dieser Mr. Deane?“ – „Der Vertreter des Kongresses“, erwiderte leicht befremdet Pierre.

„Ich weiß", sagte freundlich mit seiner fettigen Stimme Lenormant, „das hat er ja ausdrücklich vermerkt. Aber wer ist der Kongreß? Wer oder was steht hinter dem Kongreß?" Und er schaute Pierre melancholisch an. „Dahinter steht", antwortete stürmisch Pierre, „ein arbeitsames Volk von drei Millionen, ein Land mit ungeheuern, ungehobenen Schätzen, dahinter steht . . ." – „Ich weiß", sagte Lenormant. „Aber wem gehören die Schätze? Sie können Unterschriften haben von den Rebellen, und Sie können Unterschriften haben von den Loyalisten." Er betrachtete nachdenklich die Unterschrift. „Mr. Silas Deane", er zuckte die Achseln.

„Hören Sie, Charlot", sagte Pierre, „man kann Zweifel haben an der Güte jeder Unterschrift. Aber Sie wissen ganz genau, hinter diesem Abkommen steht der entschlossene Wille, es zu halten. Dieser Vertrag wird erfüllt werden, von beiden Partnern. Auf alle Fälle werden Sie zugeben, daß die Firma Hortalez heute auf festeren Beinen steht als damals, da wir ihre Chancen zum erstenmal untersuchten. Sie haben mir damals Kapital zur Verfügung gestellt, großmütig und zu vernünftigen Zinsen. Ich fände es schäbig, wenn ich Sie jetzt, da die Chancen so ungeheuer gestiegen sind, nicht nochmals bäte: beteiligen Sie sich an dem Geschäft." Er sprach dringlich, mit Wärme.

Lenormant schaute vor sich hin, den runden Kopf mit der gewölbten Stirn gesenkt. Der Vertrag war nicht schlecht. Der Vertrag war sogar sehr gut, vorausgesetzt, daß ein starker Mann dahinterstand, der notfalls auf dem Umweg über die französische Regierung Druck auf die Amerikaner ausüben konnte. Wenn er, Charlot, sich an der Sache beteiligte, dann wird sehr viel dabei herausschauen, und ein Teil des Gewinns, der Löwenanteil, wird für ihn abfallen. Aber der Urheber dieser großen Sache wird der kleine Pierrot sein, ihm wird für immer die Idee gehören, ihm der Ruhm.

„Mein lieber Pierre", sagte er auf seine langsame, verbindliche Art, „die Dinge haben sich nicht ungünstig entwickelt, das gebe ich Ihnen zu, und es ist besonders liebenswürdig von Ihnen, mir unter diesen Umständen eine Änderung unserer geschäftlichen Beziehungen vorzuschlagen. Aber ich bin nun einmal ein Pedant. Ich halte gern an Verträgen fest und lasse es darauf ankommen, daß sich das in einzelnen Fällen schädlich erweist. Ich ziehe es vor", schloß er freundlich, „es bei unserm Abkommen zu belassen und bei den darin vorgesehenen Zinsen und Sicherheiten."

Pierre war betroffen. Er hatte angenommen, Charlot werde mit beiden Händen zugreifen. Er hatte geglaubt, mit dem amerikanischen Vertrag könne er jeden Teilhaber finden, den er wollte; er hatte es für Großmut gehalten, daß er nochmals zu Charlot kam. Dessen Haltung war ihm unverständlich. Sollte er sich geirrt, sollte er trotz allem das Risiko unterschätzt haben? Charlot hatte eine gute Witterung.

Voll von Sorge und Unmut fuhr er zurück ins Hôtel de Hollande.

Als er aber dieses sein Geschäftshaus betrat, als er die schönen Räume durchschritt, verflog seine üble Laune. Die Frechheiten, die Doktor Dubourg in jenem Brief an Vergennes geäußert, hatten Pierre angespornt, das Hôtel de Hollande nun gerade besonders üppig auszustatten. Auch heute, wie so oft, freute er sich des Prunkes, den er darüber verstreut hatte. Er hatte recht daran getan, dieses stolze Haus hinzustellen als Beweis für seinen Glauben an die gute Sache und das gute Geschäft.

Nochmals überlas er den Vertrag mit dem Kongreß. Schüttelte den Kopf, lächelte. Unsinn, die Bedenklichkeiten Charlots waren nichts als eine skurrile, trübsinnige Anwandlung.

Er rief Maigron, und strahlend, beschwingt diktierte er ihm einen Brief an den Kongreß der Vereinigten Staaten.

„Sehr verehrte Herren", diktierte er, „die außerordentliche Achtung, die mich erfüllt vor jenem tapferen Volk, das unter Ihrer Leitung seine Freiheit so großartig verteidigt, hat mich veranlaßt, an Ihrem edeln Unternehmen mitzuarbeiten. Ich habe ein großes Geschäftshaus gegründet, um Sie mit allem zu versorgen, was Ihnen in Ihrem gerechten Kriege dienlich sein kann. Ich habe förmliche Abmachungen mit Ihrem Pariser Bevollmächtigten getroffen und werde noch in diesem Jahre folgende Lieferungen an Sie abgehen lassen."

Er war auf und ab gegangen beim Diktieren, während der Sekretär Maigron mit einem seiner neumodischen Bleistifte stenographierte. Jetzt blieb er stehen, und langsam, damit der Sekretär mitkomme, las er von einer Liste:

„216 Kanonen
290 000 Rationen Pulver
30 000 Gewehre
200 Kanonenläufe
27 Mörser
13 000 Granaten
8 Transportschiffe

weiter: die vollständige Montur für 30 000 Soldaten, bestehend aus

30 000 Decken
30 000 Paar Schuhen
30 000 Paar Schuhschnallen und Strumpfbändern
60 000 Paar Wollstrümpfen
30 000 Taschentüchern
120 000 Knöpfen

weiter:

95 000 Ellen Tuch für Waffenröcke
42 000 Ellen Unterfutter
180 000 Ellen Leinwand für Soldatenhemden
15 000 Pfund Zwirn
1 000 Pfund Seide
100 000 starke Nähnadeln“

Es war eine endlose Liste, Pierre genoß sie ganz aus. Dann ließ er sie sinken, und: „Was meinen Sie, Maigron?“ sagte er. „Ich hätte nie gedacht, daß wir das würden schaffen können.“

Dann nahm er sein Diktat wieder auf. „Ihre Vertreter, meine sehr verehrten Herren“, diktierte er großartig, „werden in mir einen zuverlässigen Freund finden, in meinem Hause eine Heimstätte, Geld in meinen Truhen und jede Art Förderung ihrer Tätigkeit, mag diese offen sein oder geheim. Ich werde nach Möglichkeit in den Kabinetten Europas alle Widerstände wegräumen, die Ihnen im Wege stehen könnten. Ich werde in jeder Hafenstadt Frankreichs und Spaniens einen Agenten unterhalten, der bei der Ankunft Ihrer Schiffe dem Kapitän seine Aufwartung machen und ihm in jeder Weise behilflich sein wird. Der König von Frankreich und seine Minister werden genötigt sein, offiziell einzuschreiten gegen diese Verletzungen der Handelsverträge mit dem Ausland. Aber verlassen Sie sich darauf, meine Herren: mein unermüdlicher Eifer wird alle Schwierigkeiten aus dem Weg räumen. Ich werde dafür sorgen, daß die Verbote umgangen oder ganz beseitigt werden. Ich werde alle für unsere Geschäfte nötigen Operationen ermöglichen.

Betrachten Sie also von nun an, meine sehr verehrten Herren, mein Haus als das Zentrum aller Ihnen nützlichen Tätigkeit in Europa und mich selber als einen der glühendsten Anhänger Ihrer Sache, als einen Mann, dem nichts anderes am Herzen liegt als Ihr Erfolg und der bis ins Innerste erfüllt ist von der Ehrfurcht und der Achtung, mit welcher ich die Ehre habe zu zeichnen

Ihr ergebener

Rodrigue Hortalez und Compagnie."

„Nun, Maigron", schloß er, „ist das nicht ein außerordentlicher Brief?" – „Sicher werden die Herren in Philadelphia noch keinen solchen Geschäftsbrief bekommen haben", erwiderte trocken der Sekretär.

Pierre aber, nachdem Maigron gegangen war, überlas nochmals sein Abkommen mit Mr. Silas Deane, Vertreter des Kongresses der Vereinigten Kolonien. Dann, befriedigt, legte er das Schriftstück in die Truhe neben die Zeichnung seiner Erfindung, neben das Urmanuskript des „Barbiers", neben seine Liebesbriefe.

Doch sein Enthusiasmus wurde immer von neuem angewölkt von den Zweifeln Lenormants, und Pierre wurde das Bedürfnis nicht los, sich mit einem vernünftigen Menschen auszusprechen. Paul Theveneau war nicht der rechte, er war voreingenommen wie er selber. Pierre ging zu Désirée.

„Du kommst wie gerufen", empfing ihn Désirée. „In zwei Tagen beginnen die Proben." Das Théâtre Français hatte eine Neueinstudierung des „George Dandin" beschlossen, der Komödie von dem reichen Tölpel, der die arme Angélique heiratet um ihres Adels willen; sie betrügt ihn nach Strich und Noten, er entdeckt es, er überrascht sie, er hat stichhaltige Beweise, aber er ist hilflos, sie, Angélique, ist ihm zehnmal überlegen, sie setzt ihn ins Unrecht, und, im Bund mit ihren hochadeligen Eltern, zwingt sie ihn, auf den Knien Abbitte zu tun für das, was er von ihr zu erleiden hat. Désirée sollte die Angélique spielen, das war in Anbetracht ihrer Beziehungen zu Charlot eine gepfefferte Sache. Pierre, als sie ihm jetzt mitteilte, sie werde es tun, lächelte; er freute sich auf das Gesicht, das Charlot machen wird. „Du hast's gewollt, George Dandin."

Als man Désirée die Rolle angeboten, hatte sie zunächst mehr an Charlot gedacht als an George Dandin. Aber von dem Augenblick an, da sie sich entschlossen hatte zu spielen, war sie interessiert nur mehr an der Rolle. Désirée war besessen von ihrer Kunst, sie war Schauspielerin von innen her, schon war sie nicht mehr Désirée, sie war Angélique. Es bestand am Théâtre Français eine geheiligte Tradition über die Darstellung Molières; wieweit konnte sie diese Tradition lockern? Alle die Tage her hatte sie darüber gegrübelt, diskutiert, sich entschieden, verworfen, sich von neuem entschieden.

Jetzt kam da Pierre, einer der sehr wenigen, die was vom Theater verstanden. Sogleich bemächtigte sie sich seiner, schüttete vor ihn die Fragen hin, die ihr aufgetaucht waren, spielte ihm diese Szene vor, jene. Theatermensch, der er war, ließ er sich mitreißen, bald hatte er vergessen, weshalb er gekommen war. Sie disputierten über Gesten, über Betonungen, ereiferten sich, zerstritten sich, einigten sich, gingen auf in ihrer Arbeit.

Nach drei Stunden – er hatte *eine* Stunde bei ihr bleiben wollen – erklärte sie, atemholend: „So, jetzt machen wir eine Pause." Er, seufzend und vergnügt, erwiderte: „Gut, Désirée, ich esse bei dir zu Abend, und dann, in Gottes Namen, probieren wir weiter."

Sie waren angeregt von der gemeinsamen Arbeit, es wurde ein fröhliches Abendessen. Sie schwatzten vom Théâtre Français, was gut an seiner Tradition war, was schlecht, sie schwatzten über die Schauspieler und über die Möglichkeit von Reformen. Pierre liebte den „George Dandin", er verstand besser als jeder andere seinen saftigen, grausamen Humor, die Komödie ging sie beide an, ihn und Désirée nicht minder als Charlot. Mit kundigem Wort zeigte er Désirée die Technik, durch die Molière seine Wirkungen erzielte, und was von dieser Technik heute noch erlaubt war, was nicht.

Désirée hörte angeregt zu. Pierre war, wenn er vom Theater sprach, noch gescheiter, glänzender, als wenn er sich für die Freiheit ereiferte.

Allmählich aber kehrten seine Gedanken zurück zu seinem amerikanischen Geschäft. Gewandt lenkte er über, erzählte, und schließlich, zwischen zwei Weinen, las er Désirée seinen Brief an den Kongreß vor. Spielte ihn ihr vor; der Triumph seiner Ziffern, der Schwung seiner Sätze riß ihn mit. Désirée, dankbar und anständig, vergalt seine Hingabe für ihre Angélique mit ungeteilter Aufmerksamkeit für seine Geschäfte.

Aber ihr Gesicht, während er las, verzog sich mehr und mehr. „Kennst du die Männer", fragte sie, „aus denen sich dieser amerikanische Kongreß zusammensetzt?" – „Ich kenne sie nicht", erwiderte leicht verärgert Pierre. „Ich kenne Namen, aber es sind natürlich nur Namen. Näheres weiß ich von ihrem Franklin und ihrem Washington und ihrem Thomas Paine. In London kenne ich einen gewissen Arthur Lee; der ist nicht angenehm, aber erfüllt von Begeisterung und bestimmt ehrlich. Und dieser Silas Deane, den sie mir hierhergeschickt haben, für den lege ich die Hand ins Feuer." Désirée saß da, nicht groß, nachdenklich, vernünftig. Sie bestand: „Also du kennst sie nicht, die Leute, denen du diesen Brief geschrieben hast?" – „Nein, ich kenne sie nicht", gab Pierre zu, gereizt. „Aber ich weiß, daß sie, indem sie diesem Kongreß angehören, ihr Vermögen aufs Spiel setzen, mehr als ihr Vermögen. Das genügt mir."

Désirée stellte ihre Augen nach innen. „Ich bemühe mich", sagte sie, „mir vorzustellen, was das für Leute sind, die Mitglieder deines Kongresses. Es werden wohl zumeist ältere Männer sein, solche, die sich gewisse Stellungen und das Vertrauen ihrer Mitbürger errungen haben, Geschäftsleute, Rechtsanwälte, Männer solcher Art." – „Und?" fragte Pierre herausfordernd. „Können Geschäftsleute keine Idealisten sein?" – „Das ist durchaus möglich", gab Désirée zu. „Aber so viel ist gewiß: Geschäftsleute werden erstaunt sein über einen Brief wie den deinen." – „Man kann nicht über Waffen für die Freiheit so schreiben wie über Heringe", antwortete unwirsch Pierre. „Du hast für Pariser geschrieben", gab Désirée zurück, „für die Leser deiner Flugschriften. Ich fürchte, die wackeren Männer in Philadelphia werden dich nicht für einen seriösen Geschäftsmann halten." – „Für was denn sollen sie mich halten mit meinen Uniformen und meinen Kanonen?" fragte aufgebracht Pierre. Désirée antwortete: „Vielleicht zum Beispiel für jemand, der lediglich den Geschäftsmann spielt, um gratis gelieferte Beiträge der französischen Regierung weiterzuleiten."

„Du meinst, sie werden nicht zahlen?" fragte Pierre auffallend leise jetzt, betreten. Er dachte an Charlot, er dachte an die Anmerkung seines Sekretärs Maigron. Vielleicht hätte er wirklich besser statt eines aus dem Herzen quellenden Briefes an die Männer in Philadelphia ein trockenes Schreiben richten sollen. Vielleicht waren sie wirklich Leute, die nicht gerne zahlten und sich von einem Brief wie dem seinen in der Vorstellung bestärken ließen, was da über den Ozean komme, sei ein Geschenk des Königs von Frankreich. Aber sogleich tat er diesen Gedanken wieder ab. „Ach was", sagte er. „Ich habe meinen guten Vertrag mit dem sicheren Mr. Deane. Der Kongreß zahlt, da habe ich nicht den leisesten Zweifel. Ich habe es mit den Repräsentanten einer tugendhaften Nation zu tun."

„Hoffen wir's", sagte trocken Désirée. Dann sprach sie wieder von „George Dandin", und sie arbeiteten weiter. Aber Pierre war nicht mehr so bei der Sache wie vorher, und er entfernte sich bald.

Wenn der Auftrag der Versailler Regierung Pierre finanziell vorläufig nur Verluste brachte, so wollte er ihn zumindest dazu nützen, die „Rüge" loszuwerden, jenen durch Gerichtsbeschluß verfügten „Makel", demzufolge es ihm verwehrt war, irgendein Ehrenamt zu bekleiden. Drei Jahre waren es jetzt, daß er herumging in diesem grotesken Zwielicht, der erfolgreichste Theaterdichter des Landes, berühmt in ganz Europa um seiner Flugschriften willen, wohlgelitten bei Hof, von den Ministern mit wichtigen Funktionen betraut, verhätschelt von den Frauen, populär in den Salons der großen Welt ebenso wie in den Kneipen und Cafés der Stadt Paris, und zu gleicher Zeit anrüchig, durch Richterspruch „bemakelt".

Alle die Jahre hindurch hatte er's mit Gleichmut, ja mit einem Witzwort hingenommen, wenn man auf diesen seinen zweideutigen bürgerlichen Zustand hinwies. Doch sein Gleichmut war gespielt. Er hatte es satt, ein Hofnarr zu sein, den man beklatschte und verachtete.

Schon mehrmals hatte er dem Grafen Vergennes angedeutet, sein schwieriges Unternehmen verlange den ganzen Mann, der Gedanke aber an jenes schmachvolle Urteil und die umständlichen Bemühungen, ein Appellverfahren zu erreichen, hinderten ihn an der Entfaltung seiner vollen Kraft. Der Minister hatte seine Andeutungen nicht verstehen wollen. Jetzt aber, da er auf den klingenden Entgelt seiner Mühen so lange wird zu warten haben, duldete es Pierre einfach nicht, daß man ihm auch noch die Rehabilitierung verschleppte. Er ging zu dem Minister mit dem festen Vorsatz, das Zimmer nicht zu verlassen, ehe er die Wiederaufnahme jenes Verfahrens erreicht habe.

Resolut und mit Feuer erklärte er, wenn die Regierung des Allerchristlichsten Königs einen Mann mit einem so wichtigen und ehrenvollen Auftrage betraue wie ihn, dann müsse sie ihn endlich auch befreien von der „Rüge", die ein voreingenommenes Gericht ihm aufgedrückt habe. Das sei die Regierung ihrem eigenen Ansehen schuldig.

Graf Vergennes betrachtete Pierre aus runden, wohlwollenden, nachdenklichen Augen. Der Minister war ein Patriot, ein Philosoph und der Sache des Fortschritts zugetan. Seit langem war er entschlossen gewesen, den amerikanischen Insurgenten Hilfe zukommen zu lassen; denn er fürchtete, daß diese, wenn ihre Lage hoffnungslos werde, sich schließlich mit dem Mutterlande versöhnen könnten, und dann hatte Frankreich ein für allemal die günstige Gelegenheit verpaßt, England die Schmach von 1763 heimzuzahlen. Andernteils aber hatte der Minister viel besser noch als Pierre gewußt, daß es eine lange Weile dauern werde, ehe man einen Krieg werde riskieren können. So war ihm Pierres Vorschlag der heimlichen Hilfeleistung sehr zupaß gekommen, und der fähige, erfindungsreiche Beaumarchais schien ihm für dieses Geschäft der rechte Mann. Graf Vergennes verspürte also für Pierre Wohlwollen und eine gewisse Dankbarkeit.

Aber er durchschaute auch sehr gut die Schwächen Pierres. Er selber war leise, ironisch, geneigt, sich vorsichtig auszudrücken; das laute, komödiantische, geltungssüchtige Wesen

Pierres war ihm unangenehm. Er nahm es nicht recht ernst, daß Pierre „bemakelt" war; es war mehr lächerlich als tragisch, so etwa wie wenn ein übertrieben elegant angezogener Herr hinten auf dem Rocke einen Schmutzfleck hatte.

Zudem war Graf Vergennes langsam und pflegte sacht vorzugehen. Auch jetzt antwortete er: „Sie sind immer so stürmisch, mein Lieber. Ich habe Ihnen schon erklärt, ich bin bereit, Ihnen zu helfen. Aber muß das jetzt sein? Muß es gleich sein?"

„Ja, ja, ja", erwiderte Pierre, „es muß gleich sein. Ich fürchte", fuhr er fort, bösartig, frech und liebenswürdig, „ich fürchte, solange ich nicht von dieser ‚Rüge' befreit bin, werde ich nicht so arbeiten können, wie man es von mir erwartet. Ich fürchte, die Amerikaner werden weniger Kanonen und Munition bekommen, solange ich ‚bemakelt' bin."

Graf Vergennes war nicht der Mann, sich von einer so plumpen Drohung einschüchtern zu lassen. Aber er gewahrte den entschlossenen, ja finstern Ausdruck über Pierres Gesicht. Zum erstenmal hatte für ihn dieser Mann durchaus nichts Lächerliches an sich. Der Minister erkannte, wie tief jener ungerechte Spruch Pierre getroffen, welche Tapferkeit dazu gehört hatte, die angetane Unbill die drei langen Jahre hindurch mit Witzworten wegzuscherzen.

Vergennes spielte mit seinem Schreibkiel, seine Augen verschleierten sich nachdenklich. „Finden Sie nicht selbst, Monsieur de Beaumarchais", sagte er, „es müßte den Engländern auffallen, wenn die Regierung gerade jetzt die Wiederaufnahme Ihres Verfahrens anordnete? Und Aufsehen wollen wir doch unter allen Umständen vermeiden."

Pierre, ein wenig unwirsch, erwiderte: „Ich bin nun einmal auffällig von Natur. Jeder Begabte ist auffällig, weil es ihrer nämlich nicht sehr viele gibt." – „Danke für die Belehrung", erwiderte, ohne Empfindlichkeit, Vergennes. Pierre indes, und jetzt sehr liebenswürdig, sagte: „Verzeihen Sie, Herr Graf, wenn ich meine Haltung sollte verloren haben. Doch diese ganze Sache rührt mich tiefer auf, als Sie vielleicht denken. Im übrigen", fuhr er lachend, leichtsinnig und resigniert fort, „wird es ja doch Monate, vielleicht Jahre dauern, bis alle Formalitäten erfüllt sind und der Prozeß steigt."

Der Minister schmunzelte. „Da mögen Sie recht haben“, meinte er. Und: „Gut“, versprach er, „ich werde mit dem Kollegen von der Justiz reden. Die Amerikaner sollen ihre Kanonen und ihre Gewehre bekommen“, schloß er lächelnd.

Pierre bedankte sich ausführlich. Aber er wollte diesmal ganz sichergehen. „Sie haben, Herr Graf“, erwiderte er, „so zahlreiche Geschäfte im Kopf, daß es von mir unbescheiden wäre, Ihnen in meiner Sache noch weitere Tätigkeit zuzumuten. Die Regierung hat mich bisher unter vielen Titeln beschäftigt. Das hat mich ermutigt, einmal auch auf kurze Zeit die Funktion Ihres Sekretärs zu übernehmen. Ich habe mir erlaubt, Ihren Brief an den Herrn Generalstaatsanwalt vorzubereiten“, und mit dreistem, liebenswürdigem Lächeln reichte er dem Grafen das Schriftstück hin. Es lautete: „Dringliche Geschäfte des Königs verlangen, daß Monsieur de Beaumarchais in allernächster Zeit mehrere längere Reisen macht. Er hat aber Bedenken, das zu tun, bevor über die Wiederaufnahme seines Prozesses entschieden ist. Wenn Sie daher in diesem Sinne wirken wollten, Herr Generalstaatsanwalt, würden Sie sehr verbinden Ihren immer ergebenen . . .“ – „Sie brauchen nur zu unterschreiben, Herr Graf“, sagte spitzbübisch Pierre.

Der Minister fragte sich, ob er dem unverschämten Burschen über den Mund fahren solle. Entschied sich, es nicht zu tun. Lachte. „Sie sind noch frecher als die Menschen Ihrer Komödien“, sagte er und unterschrieb.

„Ich wußte, daß Sie Verständnis haben würden für meine Lage“, sagte voll ehrlicher Dankbarkeit Pierre und nahm das Schreiben an sich, um es selber und sogleich zu bestellen.

Er freute sich darauf, den Seinen von dem neuen Erfolg zu erzählen. Therese vor allem, die so leidenschaftlichen Anteil nahm an seinem Kampf für sein Recht, wird noch glücklicher sein als er selber. Es traf sich gut, daß er gerade ein Billett von ihr erhalten hatte, er möge doch bald zu ihr nach Meudon herauskommen.

Es geschah selten, daß ihm die zurückhaltende Therese solche Botschaften schickte, gewöhnlich nur dann, wenn sie etwas mit ihm zu besprechen hatte. Jetzt freilich wird das vermutlich anders werden. Sie wohnte nicht mehr so nahe, sie hatte das Haus in Meudon bezogen, das er ihr geschenkt hatte. Dieses Haus sah übrigens anders aus, als er sich's vorgestellt hatte. Er hatte Umbau und Einrichtung ganz Therese überlassen, und sie, zu seiner Verblüffung, hatte alles überaus einfach gehalten. Als er zum erstenmal das umgebaute und neu eingerichtete Haus sah, hatte er Mühe gehabt, seine Verstimmung zu verbergen, und es war ihm durch den Kopf gegangen, es habe auch sein Gutes, daß er nicht mit Therese zusammen lebte.

Heute indes, da er erfüllt war von seiner großen Neuigkeit, war es ihm willkommen, daß sie ihn aufgefordert hatte, sie zu besuchen. Er machte sich sogleich auf den Weg nach Meudon, er war vergnügt und voll Erwartung, der Wagen fuhr ihm nicht schnell genug. Als er des Hauses ansichtig wurde, fand er, im Grunde sei es gar nicht so übel. Waren schlichte Einrichtungen nicht große Mode? Therese, mit ihrem guten Geschmack, hatte sich den rechten Rahmen gebaut.

Sie kam ihm entgegen, und er merkte sogleich, daß sie anders war als sonst; zwar schien sie vergnügt, doch ungewohnt befangen. Kaum im Innern angelangt, sagte sie denn auch: „Ich muß dir was mitteilen, Pierre." Aber die sonst so ruhige, sichere Therese fand nicht die rechten Worte, sie lächelte, machte halbe Sätze, war verlegen und glücklich.

Pierre verstand nicht gleich. Dann, als er verstand, war er stürmisch froh. Ein Kind, er wird von Therese ein Kind haben. Seine erste Ehe war kinderlos geblieben, die Kinder aus der zweiten gestorben. Wahrscheinlich wuchs ihm in Spanien ein Kind heran, doch die Mutter hatte sich im Zorn von ihm getrennt, er hatte Näheres nie erfahren können. Ein Kind von Therese, das war großartig.

Und zur gleichen Zeit kam diese fröhliche Botschaft, beinahe am gleichen Tag, da er das Appellverfahren durchgesetzt hatte.

Mein Gott, Therese wußte ja noch gar nicht von seinem Erfolg. Er erzählte. Begeisterte sich. Therese ließ sich mitreißen von seiner Begeisterung. Sie hatte teilgenommen an seinem langen Kampf, jetzt also, durch seine Zähigkeit, seine Geschmeidigkeit, seine Energie, seine List, seine Geduld, hatte er gesiegt. Sie spürte die gleiche Erhöhung wie damals, da sie seine Flugschriften zum erstenmal gelesen, und mehr als das: Erfüllung. Eine leise Röte wölkte ihr großes, schönes Gesicht, ihr Mund öffnete sich ein wenig, lächelnd, glücklich. „Das ist ein guter Tag heute, Pierre", sagte sie, sie sprach sehr leise, aber ihre Stimme klang noch voller, tiefer als sonst.

Jetzt erst, da jemand seine stolze Freude so ganz mitspüren konnte, vollendete sich Pierres Glück. Ja, Therese verstand ihn, besser als jede andere, sie war in Wahrheit die Bestimmte. Sie gehörten zusammen, jetzt mehr als je. „Ja", nahm er ihre Worte auf, „das ist wahrhaftig ein großer Tag." Und mit Feuer fuhr er fort: „Und jetzt wird geheiratet, Therese, jetzt dulde ich keinen Einwand mehr." Aber er hatte den Satz noch nicht vollendet, da begann ihm das Haus von neuem zu mißfallen. „Sowie ich rehabilitiert bin", schloß er, „wird geheiratet."

Ihre großen, grauen Augen unter den hohen Brauen wurden eine Spur dunkler im Nachdenken. „Wenn du meinst, Pierre", sagte sie, auch dies leise und nicht so sicher wie sonst. „Wie lange", fuhr sie fort, „wird es dauern bis zu deiner Rehabilitierung?" – „Das kann sehr kurz dauern, zwei, drei Monate", antwortete er.

Das war richtig. Es konnte aber auch lange dauern bei der Willkür der Gerichte, und ein kleines Unbehagen war in ihm, daß er seinen Heiratsvorschlag befristet hatte. Doch nun war es einmal geschehen, und es war gut, daß sie es dabei bewenden ließ. Sie sprachen nicht länger darüber, dafür machte er ihr mit um so fröhlicherem Eifer Vorschläge über den Namen des Kindes. Sie kamen überein, ein Knabe solle Alexandre, ein Mädchen Eugénie heißen. „Da werde ich also", erklärte stürmisch Pierre, „das erste meiner Schiffe für Amerika ‚Alexandre', das zweite ‚Eugénie' nennen, damit für alle Fälle vorgesorgt ist."

Auf Schloß Etioles, der Besitzung Monsieur Lenormants, feierte man seinen einundsechzigsten Geburtstag. Monsieur Lenormants Feste waren berühmt, jedermann kam gerne.

Der schöne englische Park des Schlosses eignete sich zur Geselligkeit. Das Wetter war strahlend, ein leichter Wind wehte, es war nicht zu heiß. Die Damen waren zumeist in bunten Kleidern, mit großen, hellen Hüten. Zelte waren da, auf den Rasen waren Tischtücher gebreitet, man lagerte sich, aß, trank, trieb naive Spiele. Für jene, die aufregendere Spiele liebten als Blindekuh und Kricket, gab es Spieltische im Freien sowohl wie im Innern. Für die Zeit der größten Hitze waren Lager hergerichtet im Schatten der Bäume, auf den Terrassen, im Hause selber.

Jetzt, da es kühler wurde, war der ganze, große Park voll von Menschen. Man machte einander aufmerksam auf die vielen Damen und Herren vom Hofe. Der Herzog d'Ayen war da, Graf und Gräfin de Noailles, der junge Herzog de la Rochefoucauld, auch Madame de Maurepas, die Gemahlin des Ministerpräsidenten. Viel Aufsehen erregte Désirée Mesnard. Die Proben zu „George Dandin" ließen ihr wenig Zeit; doch Monsieur Lenormant, vielleicht gerade wegen der Angélique, hatte ungewohnt dringlich gebeten, sie möge kommen. Da war sie also; hell, zierlich, rothaarig, sehr sicher, ein klein wenig frech ging sie über den Rasen, umgeben von vielen Herren.

Madame de Maurepas war, wie häufig, in Gesellschaft ihrer intimsten Freundin, der Prinzessin Montbarey. Sie saßen, sie und die Montbarey, auf der Terrasse, tranken eisgekühlte Limonade und machten muntere, bösartige Anmerkungen über die andern Gäste. Madame de Maurepas sagte etwa, mit den Augen auf Désirée weisend: „Wie dünn das Räupchen ist. Dabei frißt es an einem so fetten Blatt."

Viele sehr junge Leute waren da, Kinder geradezu, Monsieur Lenormant liebte Jugend um sich. Auch die Prinzessin Montbarey hatte ihre Tochter mitgebracht, die vierzehnjährige Véronique, ein ernsthaftes Mädchen. „Es sind schlechte Zeiten für die Kinder", klagte Madame de Montbarey. „Wir Alten wurden noch richtig fürs Leben vorbereitet, wir wurden zur Lebenslust erzogen von unsern Klosterdamen. Aber jetzt. Schauen Sie meine Véronique an, Liebste. Wie sauertöpfisch hat man sie mir gemacht. Seitdem man uns die Religion weggenommen hat, werden unsere Kinder fad und moralisch. Und was ist das für ein Junge, mit dem sie sich ergeht? Sieht nicht auch er verdammt sauertöpfisch aus?"

Es war aber der Junge, mit dem sich Véronique unterhielt, Félicien Lépine, Monsieur Pierre de Beaumarchais' Neffe. Der junge Mensch mit dem eckigen, harten Gesicht und den großen, nachdenklichen Augen trug seinen langen, tabakbraunen Rock ungelenk durch die bunte, belebte Menge spazieren. Der etwas knochige Kopf des Mädchens neben ihm kam groß heraus über den magern, entblößten Schultern, die Taille über dem ungeheuern, geblümten, weißen Rock war rührend schmal. So, über ihre Jahre erwachsen und nachdenklich, wandelten die beiden Kinder herum unter dem lauten, fröhlichen Schwarm, als wären sie allein. Véronique hatte Félicien bei der Vorstellung prüfend und doch freundlich angeschaut, und er, der sonst, verstört durch die Neckereien seiner Kameraden, selten aus sich herausging, hatte sogleich Vertrauen zu ihr gefaßt. Scheu jetzt, in linkischen Sätzen, suchte er ihr von seinen innern Erlebnissen zu berichten. Das war für Véronique der rechte Ton. Aus großen, gefühlvollen Augen sah sie ihn an und gestand ihm, daß sie sich selber häufig einsam und fremd fühle inmitten ihrer Kameradinnen.

Am Eingang einer künstlichen Grotte ließen sie sich nieder. Da saßen sie auf wenig komfortabeln Felsensitzen, und während ein Springbrunnen plätscherte, bekannte Félicien dem Mädchen stolz und verlegen, daß er zuweilen verbotene Bücher lese. Sogar von dem vielgeschmähten und von den Behörden verfolgten Philosophen Jean-Jacques Rousseau hatte er zwei Bücher gelesen. Er sei aber, berichtete er Véronique, ein anderer geworden, seitdem er diese Schriften kennengelernt habe. Es erscheine ihm seither die Existenz der Menschen ringsum künstlich, frivol, verwickelt und sündhaft. Wir lebten unter lauter verrenkten Vorurteilen, weit entfernt von dem natürlichen Zustand, für den uns das höchste Wesen bestimmt habe, das uns geschaffen. Viel besser als unser Leben sei das der wahren Söhne der Natur, der sogenannten Wilden. Ob sie das nicht auch finde, fragte er Véronique und schob, verlegen, eifrig und melancholisch, die langen Ärmel seines Rockes zurück.

Véronique erwiderte, gehört habe sie schon von Jean-Jacques Rousseau. Félicien aber sei der erste, der ihr ein klares Bild gegeben habe von Rousseaus Ideen. Diese Ideen gingen ihr sehr zu Herzen. Auch sie habe wenig Freude an Festen wie diesem, auch sie sehne sich nach Einsamkeit und Natur.

Dann erzählte Félicien von seinem Onkel, Monsieur de Beaumarchais. Der stecke tief in der lauten Welt der Zivilisation, aber er habe Sinn auch für das andere, er sei allen großen Ideen aufgeschlossen. Geheimnisvoll fügte er hinzu, Monsieur de Beaumarchais sei wahrscheinlich sogar beteiligt an der Aufrichtung jenes Reiches der Freiheit, der Vernunft und der Natur, an dem man zur Zeit in der Neuen Welt baue. Trotzdem könne er, Félicien, seine Scheu nicht überwinden, mit Monsieur de Beaumarchais über das zu reden, was ihn zutiefst bewege. Sie, schloß er ungeschickt und glücklich, sei die einzige, mit der er davon sprechen könne.

Paul Theveneau kam zu ihnen. Er sah gerötet und erregt aus. Immer, mit der Gier des Kranken, vor dem nur mehr eine kurze Spanne liegt, sehnte er sich nach Menschen, nach Freundschaft, nach Liebe, nach Sensation, und die Gegenwart so vieler hübscher, junger, festlicher Frauen belebte ihn. Die strenge, etwas hochmütige Einfachheit Véroniques gefiel ihm sehr. Er begrüßte die beiden, setzte sich zu ihnen, versuchte mit ihnen in ein Gespräch zu kommen. Aber sie waren einsilbig, er begriff, daß er störte, ließ betrübt ab, entfernte sich.

Er ärgerte sich über seine Ungeschicklichkeit. Von Félicien, von einem kleinen Jungen, ließ er sich ausstechen. Wie ganz anders hätte sich Monsieur de Beaumarchais an seiner Stelle betragen. Sicher hätte er liebenswürdig und ohne Anstrengung Félicien zur Seite gedrängt und bewirkt, daß diese kleine Montbarey nur Augen für ihn selber gehabt hätte. Von jeher bewunderte er Pierre um der Leichtigkeit willen, mit welcher er sich Freundschaften schuf und Frauen gewann.

Er selber, Paul, konnte eigentlich nicht darüber klagen, daß er Unglück bei Frauen gehabt hätte. Aber wenn ihn eine Frau, um die er sich bemühte, nicht beachtete, dann wurde er sogleich schüchtern, mutlos, und tiefe Niedergeschlagenheit erfüllte ihn. Vielleicht kam diese seine Scheu aus dem Gefühl seiner traurigen Körperlichkeit. Dabei war er sich bewußt, daß sein Gesicht leidenschaftlich, gescheit und wohl auch anziehend genug war, um eine Frau seinen jämmerlichen Körper vergessen zu machen.

Er sah ein großes Mädchen allein auf einer Bank sitzen. Sie hatte lebendige, langbewimperte Augen, hohe, kühne Brauen, ein volles, starkes Kinn, Brust und Schultern kamen matt glänzend, blaßbräunlich aus einem kostbaren, malvenfarbigen Kleid von höchster Schlichtheit. Paul war oft mit Therese zusammen gewesen, aber nie hatte er sie so gesehen; ihm war, als sähe er sie das erstemal.

Pierre erschien ihm als ein Mann des Glückes. Sein Leben war ein ununterbrochener Strom atemraubender Ereignisse gewesen, und dieser Strom wurde immer breiter, rauschender. Er hingegen, Paul, wird nur mehr kurze Zeit zu leben haben, und was hatte er vom Leben gehabt? Und Pierre war sich vermutlich nicht einmal bewußt, wie glücklich er war. Er nahm, was ihm zufloß, hin als etwas Selbstverständliches.

Therese lächelte Paul entgegen. Der knabenhafte, eifrige und offenbar verliebte Mensch gefiel ihr, sie wußte um seine Krankheit, sie hatte Mitleid mit ihm. Pierre pflegte Pauls Tüchtigkeit mit starken Worten zu rühmen, und Therese spürte die Ergebenheit, mit der Paul an Pierre hing.

Sie rückte auf ihrer Bank ein wenig zur Seite, hieß ihn sich neben sie setzen. Sie sprachen von Pierres großem Unternehmen, er stellte ihr dar den Umfang dieser neuen Geschäfte, ihre Verlockung und ihre Gefahr. Therese war nicht sehr interessiert an den geschäftlichen Details, aber ihr wurde warm, wenn sie bedachte, daß Pierre ihr nur von der politischen Bedeutung des Unternehmens gesprochen und ihr sein persönliches Risiko verschwiegen hatte.

Sie wunderte sich, daß Pierre noch nicht da war. Auch Paul war erstaunt. Alle vermißten Pierre; er war die Seele der berühmten Feste, die Monsieur Lenormant gab.

Endlich kam er. Er umarmte Charlot und entschuldigte seine Verspätung. Als er schon habe abfahren wollen, sei der Kurier mit der überseeischen Post eingetroffen, und er habe der Versuchung nicht widerstehen können, sie sogleich zu lesen. Es habe sich auch gelohnt, fuhr er fort mit geheimnisvoll strahlendem Gesicht. Es sei Nachricht da aus Amerika von höchster Wichtigkeit, und er bat Monsieur Lenormant um Erlaubnis, ihm und seinen Gästen diese Nachricht mitteilen zu dürfen.

Auf eine kleine Erhöhung stellte er sich unter einen alten Ahornbaum, während sich die Gäste neugierig versammelten. Da stand er, um ihn herum geschmückt und erwartungsvoll die Herren und Damen aus Paris und aus Versailles, und während es still und immer stiller wurde, verkündete er:

„Meine Herren und Damen. Es ist soeben ein Dokument eingetroffen, welches der Kongreß der Vereinigten Kolonien von Amerika oder vielmehr der Kongreß der Vereinigten Staaten von Amerika zu Anfang Juli einstimmig angenommen und verkündet hat. Ich habe hier in meinen Händen den Wortlaut dieser Erklärung in Englisch. Erlauben Sie mir, ihn Ihnen zu übersetzen. Diese Übersetzung wird freilich flüchtig sein und nicht erreichen können die Wucht des ursprünglichen Textes, der gleichzeitig ruhig und beschwingt ist."

Und er verlas, übersetzend, das Dokument: „Wenn der Ablauf menschlicher Ereignisse ein Volk zwingt, die politischen Bande zu lösen, welche es mit einem andern Volk verbunden haben, um unter den Mächtigen der Erde die gesonderte und ebenbürtige Stellung einzunehmen, zu welcher die Gesetze der Natur es berechtigen, dann erfordert die gebührende Achtung vor der Meinung der Menschheit, daß dieses Volk die Gründe auseinandersetze, die es zu einer solchen Trennung zwingen.

Wir halten dafür, daß die nachfolgenden Wahrheiten keines weiteren Beweises bedürfen: daß nämlich alle Menschen gleich geschaffen sind, daß sie von ihrem Schöpfer ausgestattet sind mit gewissen unveräußerlichen Rechten, als da sind Leben, Freiheit und Streben nach Glück. Wir halten dafür, daß Regierungen unter den Menschen eingesetzt sind, nur um diese Rechte zu sichern, und daß die Rechte und Vollmachten dieser Regierungen abhängig sind von der Zustimmung der Regierten. Das heißt, daß es, wenn immer ein Regierungssystem diese Zwecke gefährdet oder zerstört, das Recht des Volkes ist, das Regierungssystem zu ändern oder abzuschaffen und eine neue Regierung einzusetzen, die auf solchen Prinzipien basiert und deren Formen und Befugnisse darauf abzielen, die Sicherheit und das Glück des Volkes zu fördern."

Pierre, sie lesend, begeisterte sich von neuem an diesen Sätzen. Es ging ihm nicht darum, das Dokument möglichst treu zu übertragen, vielmehr wollte er seinen Hörern die Wirkung übermitteln, welche das Schriftstück auf ihn gehabt hatte. Das gelang ihm. Selber hingerissen, riß er die andern hin. Da stand er auf der kleinen Erhöhung unter dem weiten Geäst und Gezweig des alten Ahorns, und zu ihm hinauf schauten die vielen erregten Gesichter. Einer der Hunde Lenormants war herangekommen, eine große, schwarzweiß gefleckte Dogge; Pierre, in der einen Hand sein Manuskript, streichelte mit der andern den Kopf des Hundes. So stand er da, gereckt, strahlenden Gesichtes, den zutraulichen Hund an seiner Seite. Manchmal machte Erregung seine klingende Stimme heiser, er bestrebte sich nicht, schön zu reden, er scheute sich nicht, Sätze abzubrechen, wenn ihm die Übertragung nicht sogleich glückte, und sie nochmals zu beginnen. Gerade dadurch wirkte, was er sprach, unmittelbar, als entstünde es jetzt erst.

„Vorsicht und Klugheit", las er, „erfordern, daß Regierungen, die sich lange Zeit gehalten haben, nicht verändert werden aus geringfügigen, vorübergehenden Ursachen. Es hat denn auch alle Erfahrung bewiesen, daß die Menschen mehr geneigt sind, Übel zu ertragen, solange sie ertragbar sind, als sie zu korrigieren durch Abschaffung der Formen, an die sie gebunden sind. Allein wenn eine lange Folge von Mißbrauch und Willkür unentwegt dem gleichen Ziele zustrebt, nämlich dem, einem Volk eine absolute Despotie aufzuzwingen, dann ist es dieses Volkes Recht und Pflicht, eine solche Regierung umzustürzen und neue Garantien zu schaffen für seine künftige Sicherheit. Solcherart war die leidende Geduld dieser Kolonien. Und solcherart ist jetzt die Notwendigkeit, welche sie zwingt, ihr früheres Regierungssystem zu ändern."

Was Pierre da las, war seinen Hörern nicht neu. Es waren Ideen, ihnen vertraut aus den Büchern des Montesquieu, des Helvétius, des Voltaire, des Rousseau. Doch während bisher diese Ideen lediglich aufgetaucht waren als Spiele des Witzes und Verstandes, wurden sie nun auf einmal Taten, politische Wirklichkeit, da sie nicht aus den Seiten von Büchern aufklangen oder aus dem Munde von Philosophen, sondern da sie verkündet wurden als die Leitsätze von Männern, die einen neuen Staat aufzubauen sich anschickten.

Tiefe Stille war. Selbst die Lakaien, die gewohnt und angewiesen waren, unermüdlich zu servieren, ließen ab; am Rande des Wiesenplanes standen sie, ihre Speiseplatten in den Händen, in steifer Haltung, die Köpfe vorgestreckt, zuhörend. So still war es in dem menschenvollen Park, daß man die Stimmen der Vögel vernahm und den leisen Wind. Alle schauten auf Pierre, gespannt, die meisten mit Bewunderung, einige voll Unmut, als wäre er selber der Urheber dieser Erklärung. Zahlreiche wußten, daß er Geschäfte hatte mit den Insurgenten, viele hatten gelächelt über diese Geschäfte des überrührigen Geschäftsmannes. Jetzt lächelte keiner mehr. Jetzt spürten alle, wußten alle, daß dieser Pierre Caron de Beaumarchais einen weltwichtigen Auftrag hatte, daß er darstellte den Anteil Frankreichs an dem gewaltigen Unternehmen, das die dort drüben begonnen hatten.

Und Pierre las: „Die Geschichte des derzeitigen Königs von Großbritannien ist eine Geschichte immer wiederholter Unbill und Willkür, eine Chronik von Taten, die alle zum eindeutigen Zweck haben die Schaffung einer absoluten Tyrannei über unsere Staaten. Dies zu beweisen, unterbreiten wir einer unvoreingenommenen Welt die folgenden Tatsachen. Er hat seine Zustimmung verweigert zu Gesetzen, die höchst nützlich und höchst notwendig waren für die öffentliche Wohlfahrt, er hat durch seine Gouverneure dringliche Gesetze suspendiert bis zur Einholung seiner Zustimmung und seine Pflicht, sich mit den vorgelegten Gesetzentwürfen zu befassen, aufs äußerste vernachlässigt. Er hat gesetzgebende Körperschaften einberufen nach Plätzen, wo sie nie vorher getagt hatten, die ungeeignet waren, unbequem, weit entfernt von der Niederlegungsstelle der öffentlichen Urkunden, zu dem einzigen Zweck, diese Körperschaften zu schikanieren und zu behindern."

Aus seinen großen, braunen, leuchtenden Augen starrte Paul Theveneau auf seinen Herrn und Freund. In unschöner Haltung stand Paul da, schlaff, mit kläglich fallenden Schultern, doch den schönen, begeisterten Kopf streckte er gierig vor, um einzusaugen, wie da Pierre die Anklage verlas, welche der Kongreß der Vereinigten Staaten erhob gegen den König von England. Paul vergaß die Frauen ringsum, er vergaß seine Krankheit, in ihm klang und läutete, was da verkündet wurde, die Absetzung des unwürdigen Königs, Freiheit, Amerika, der große Krieg, Waffen für Amerika, die große Sendung, und sein Freund war auserwählt, und er selber war berufen.

Auch die Gräfin Maurepas, die Frau des Ministerpräsidenten, hörte jetzt zu, still und gespannt. Als Pierre zu reden begonnen, hatte sie ihrer Freundin, der Montbarey, eine Witzelei zugeraunt. Aber da war etwas geschehen, was ihr noch niemals widerfahren war. Der junge Herzog de la Rochefoucauld hatte ihr scharf zugeflüstert: „Bitte, stören Sie nicht, Madame", und erstaunt mehr als gekränkt hatte sie mitten im Satz abgebrochen.

Für Therese hatte jemand ein Plaid über einen kleinen Rasenhügel gebreitet. Da saß das Mädchen, und ihr großes, lebendiges Gesicht schaute auf zu ihrem Freund und Geliebten. Versunken in sich, hörte sie auf die Worte, die aus seinem Munde kamen, sie trank sie in sich ein, sie sah sein von schöner Erregung glühendes Antlitz, sie liebte ihn sehr. Er hatte ihr die geschäftlichen Gefahren verschwiegen, die verbunden waren mit seinem Unternehmen. Es war die Sache, um die er kämpfte, die edle Sache der bürgerlichen Freiheit. Was er da verkündete und wie er's verkündete, das war von der gleichen Art wie jene Worte, die sie zu ihm hinübergerissen hatten, jene Sätze in den Flugschriften aus der Zeit seines übeln Prozesses, da er gekämpft hatte nicht nur für sich, sondern um Recht und Gerechtigkeit für alle, da er geführt hatte die Sache der Bürger aller Welt gegen die Aristokratie, gegen die Privilegierten.

Und Pierre las: „Der König von England hat Repräsentantenhäuser aufgelöst mehrere Male, weil sie sich mit Kraft und Mannheit widersetzten seinen Angriffen auf die Rechte des Volkes. Er hat eine Menge neuer Ämter errichtet und Schwärme von Beamten hierhergesandt, unser Volk zu schikanieren und unser Vermögen aufzuzehren. Er hat unter uns in Friedenszeiten stehende Heere gehalten ohne die Erlaubnis unserer gesetzgebenden Körperschaften."

Das starke, ausdrucksvolle Gesicht zur Maske erstarrt, hörte der Schauspieler Préville vom Théâtre Français zu. Die Worte der Kundgebung bewegten ihn, gleichzeitig aber war er ergrimmt über diesen Caron de Beaumarchais, der einem immerzu das beste Teil der wohlverdienten Wirkung wegstahl. Nicht nur schrieb man diesem Beaumarchais den Hauptanteil zu an dem Erfolg des „Barbiers von Sevilla", den er doch nur verfaßt, während sie, die Schauspieler, und vor allem er, Figaro-Préville, ihm den Sieg errungen hatten, sondern jetzt klaute er einem auch so relativ geringfügige Dinge weg wie den Erfolg bei dem heutigen Fest. Da bereitete man Wochen hindurch die kleine Farce vor, die nach dem Abendessen gespielt werden sollte, da hatte man jahrzehntelang die Technik der Rede und des Vortrags studiert, und dann kam so ein Dilettant, stellte sich unter einen Baum, kraulte einem Hunde den Kopf, las ohne viel Kunst, ohne Vorbereitung und sich verhaspelnd von einem Fetzen Papier ab, und für unsereinen war dann der Tisch leer.

Verklärt, strahlend, blickte Vater Caron auf seinen Sohn. Stramm aufrecht stand der Alte, stolz auf seinen bürgerlichen Rock. Der Priester, den er predigen gehört hatte, als er zum letztenmal einem hugenottischen Gottesdienst beiwohnte, war ihm erschienen als das höchste Symbol eines großen, gerechten, strafenden Zornes. Jetzt errichtete da einer ein noch gewaltigeres Monument der Empörung. Die Erinnerung an den Priester löste sich auf vor dem Bild des Mannes, der da unter dem Baume stand, den Tyrannen von England anklagte, die Freiheitsglocke läutete.

Und Pierre las weiter von den Untaten des Königs von England: „Er hat uns einer Rechtsprechung unterworfen, fremd unserer Konstitution und nicht anerkannt von unsern Gesetzen. Er hat Massen bewaffneter Truppen unter uns einquartiert. Er hat unsern Handel mit der übrigen Welt abgeschnitten. Er hat uns Steuern auferlegt ohne unsere Zustimmung. Er hat uns übers Meer geschafft, um uns wegen angeblicher Verbrechen zu prozessieren. Er hat unsere gesetzgebenden Körperschaften aufgehoben und sich selber das Recht und die Macht angemaßt, für uns Gesetze zu geben, wann immer es ihm beliebte. Er hat selber seiner Regierung hier entsagt, indem er uns außerhalb seines Schutzes stellte und Krieg gegen uns führte."

Unter denen, die, während Pierre solche Botschaft von der amerikanischen Freiheit verkündete, zu ihm hinaufstarrten, war auch ein behäbiger Herr, bürgerlich, etwas fremdartig angezogen, eine mächtige, geblümte Atlasweste über dem runden Bauch. Es war Mr. Silas Deane, der Vertreter der Vereinigten Amerikanischen Kolonien. Aufmerksam sah er dem Redner auf den Mund. Er merkte die Erregung der

Menge, er merkte, daß es um Amerika ging, aber er verstand nicht Französisch, er verstand kein Wort. Er war unter den Hunderten der einzige, der nicht begriff, daß er jetzt nicht mehr Vertreter der Vereinigten Kolonien war, sondern Vertreter der Vereinigten Staaten.

Weit getrennt von ihm, hinten in der Menge, stand der Doktor Dubourg. Er hatte sich mit Absicht nicht weiter vorn hingestellt. Was wird schon dieser Windhund und Wichtigmacher Pierre Caron groß zu sagen haben? Als es sich dann ergab, daß er Allerwichtigstes zu sagen hatte, war in ihm für einen Augenblick Ärger darüber, daß es nicht er selber war, der dieser erlesenen Gesellschaft die Botschaft brachte, sondern Monsieur Caron. Natürlich, der konnte sich einen Spezialkurier von Le Havre leisten, während ihn selber die Nachricht wohl erst morgen erreichen wird. Dann aber, in der nächsten Minute, dachte Doktor Dubourg nicht mehr an seine Feindschaft gegen Pierre Caron, er dachte nur mehr an den Inhalt der Botschaft, er ließ sich hinreißen von den edeln Worten, und im Geiste sah er seinen großen Freund, den Doktor Benjamin Franklin. Jetzt also hatte der es gewagt. Jetzt also hatte der es geschafft. Und in seinem Innern übersetzte Doktor Dubourg die schmissigen, schwungvollen Worte Pierre Beaumarchais' zurück in die gemessenen, getragenen seines verehrten Freundes.

Und Pierre las: „Der König von England hat unsere Meere geplündert, unsere Küsten heimgesucht, unsere Städte verbrannt, viele von uns umgebracht. Er schafft eben jetzt große Heere fremder Söldner herüber übers Meer, um das Werk von Tod, Raub und Tyrannei zu vollenden, das er begann mit einer Grausamkeit und Treulosigkeit, die selbst in den barbarischsten Zeitaltern kaum ihresgleichen hatte. Er hat Indianer gegen uns herangeführt, erbarmungslose Wilde, deren Kriegführung ein wahlloses Morden ist ohne Rücksicht auf Alter und Geschlecht. Während all seiner Unterdrückung haben wir in der ehrerbietigsten Weise um Zurücknahme der willkürlichen Maßnahmen ersucht. Die Antwort auf unsere wiederholten Bitten waren nur neue Kränkungen. Ein Fürst, der so gekennzeichnet ist durch alle Wesenszüge eines Tyrannen, eignet sich nicht zum Herrscher eines freien Volkes. Notgedrungen müssen wir uns deshalb in unsere Trennung schicken und unsere britischen Brüder ansehen als das, wofür wir den Rest der Menschheit ansehen, als Feinde im Krieg, als Freunde im Frieden."

Désirée saß auf einem Taburett, den Oberkörper vornübergeneigt, die Wange in die Hand gestützt, das hübsche, kecke Gesicht erstarrt in Nachdenken, die Brauen zusammengezogen. Sie hörte der Vorlesung zu wie der großen Szene eines Stückes von aufregend neuer Art. Es war merkwürdig, daß sie diese schlichten Sätze hoher Würde, die man bestimmt noch lange und noch oft hören wird, zum ersten Male aus dem Munde ihres leichtsinnigen, eleganten, witzigen Pierre vernahm. Sie sah, daß Pierre keinerlei Kunstmittel anwandte, daß er nicht posierte, sondern bis ins letzte erfüllt war von dem, was er da las. Sichtlich hatte er vergessen, daß dieses große Manifest auch etwas zu tun hatte mit seinem Geschäft. Sie spähte hinüber nach Charlot. Dessen Gesicht war mürrisch, etwas leer, so wie wohl die Gesichter von Leuten sind, welche Musik hören. Diesem Gesicht ließ sich nichts ablesen, und es war sehr wohl möglich, daß sein Träger in seinem Innern Beziehungen herstellte zwischen der Verkündigung der Menschenrechte und Pierres und seinem Geschäft.

Völlig benommen aber, hinaufgerissen ins Blaue waren die beiden Kinder, Félicien und Véronique. Sie hatten es seit langem geahnt, daß es das geben mußte in der Welt, daß es dasein *mußte*: die Reinheit, die Freiheit, die Wahrheit, das Ideal; doch es war nur Ahnung gewesen, nur Gefühl. Jetzt aber wurde diese Ahnung zum Wissen, zur Gewißheit. Jetzt erlebten sie die Freiheit, die Wahrheit, das Ideal. In sich ein tranken sie die Worte der Verkündigung, mit entrückten Gesichtern. Ohne es zu wissen, faßten sie sich bei den Händen, ihre Augen hingen gebannt an dem Munde des Mannes, aus dem die begeisternden Worte kamen.

Der aber, aufrecht stehend, triumphierend, rief hinaus unter die lautlose Menge die Schlußsätze seiner Erklärung: „Wir, die Repräsentanten der Vereinigten Staaten von Amerika, versammelt in Gemeinem Kongreß, anrufend den höchsten Richter der Welt für die Ehrlichkeit unserer Absichten, erklären somit und verkünden feierlich in Vollmacht und im Namen des guten Volkes dieser Kolonien: Diese Vereinigten

Kolonien sind und sollen rechtens sein freie und unabhängige Staaten. Sie sind entbunden aller Zugehörigkeit zur britischen Krone. Alle politische Verbindung zwischen ihnen und dem Staate Großbritannien ist und soll sein völlig aufgelöst. Und zur Durchführung dieser Erklärung, fest vertrauend auf den Schutz der göttlichen Vorsehung, setzen wir gegenseitig zum Pfand unser Leben, unser Vermögen, unsere Ehre."

Beinahe eine Minute noch, nachdem Pierre geendet, war lautlose Stille. Dann aber klatschten sie in die Hände, sie stürmten vor, auf Pierre zu, sie umdrängten ihn, umarmten ihn, redeten sinnlos auf ihn ein, die geschmückten, festlichen, zierlichen, zeremoniösen Herren und Damen von Paris und von Versailles. Wilde Begeisterung war, so als ginge es nicht um Ereignisse, die sich vor Wochen abgespielt hatten und in einer Entfernung von mehreren tausend Meilen, sondern als ob diese Erklärung sie unmittelbar anginge, als ob sie selber sie erlassen hätten, als ob dieser Mann da in ihrer Mitte sie abgefaßt hätte in ihrem Namen.

Einige allerdings spürten bald, daß solche Begeisterung nicht ganz schicklich sei und nicht allzulange vorhalten dürfe. Madame de Maurepas zum Beispiel meinte zu ihrer Freundin Montbarey: „Wer noch kann um seine Geschäfte eine solche Sauce von Begeisterung herummachen wie unser Toutou?" Sie pflegte aber Pierre ihren Toutou zu nennen.

Auch der Gastgeber, das Geburtstagskind, Monsieur Lenormant, teilte nicht den allgemeinen Enthusiasmus. Wohl hatte, sowie Pierre zu Ende war, sein Gesicht jenen Ausdruck mürrischer Versunkenheit verloren, und wenn man ihn aufforderte, die Erklärung der Insurgenten bewundernswert zu finden, dann nickte er höflich mit dem großen Kopf; aber in seinem Innern war er keineswegs einverstanden mit dem Ton der Kundgebung. Er war fortschrittlich, er sympathisierte mit der Sache der Insurgenten und gönnte den Engländern jede Niederlage. Doch er war ein überzeugter Anhänger der autoritären französischen Monarchie, er hielt aufgeklärten Despotismus für die beste Regierungsform, und er fürchtete, ein zu klarer Sieg der Insurgenten könnte den Geist der Rebellion und Anarchie auch im Königreich Frankreich schüren. Gewiß war das, was sich in Philadelphia ereignet hatte, begrüßenswert. Aber Monsieur Lenormant liebte kein Pathos, er hielt es für richtiger, alles Pathetische mit sich allein abzumachen und vor der Welt dem Unrecht mit Ironie zu begegnen. Die wackeren Leute im Westen mochten ihre Vorzüge haben, aber Geschmack hatten sie keinen, soviel war gewiß, und Pierre hätte etwas Vernünftigeres tun können, als ihre pathetische Erklärung mit soviel Rhetorik zu verlesen. Monsieur Lenormant war ein wenig verstimmt darüber, daß in seine Geburtstagsfeier durch die pathetische Szene ein falscher Ton gekommen war.

Er trat an Pierre heran, der noch immer dastand, umdrängt von Festgästen. Der freundliche, große Hund hatte ihn nicht verlassen, er schmiegte sich an ihn, Pierre kraulte ihm zuweilen den Kopf. Pierre verstand es, mit Hunden umzugehen, er liebte Hunde, seiner Hündin Caprice hatte er ein Halsband umgehängt mit der Inschrift: „Ich heiße Caprice, Pierre de Beaumarchais gehört mir, wir wohnen in der Rue de Condé." Jetzt also trat Monsieur Lenormant an ihn heran, um seinen vollen Mund war jenes winzige Lächeln, und er sagte: „Eine kraftvolle Erklärung, die Sie da verlesen haben, mein Freund. Jetzt haben also die Insurgenten wahrhaftig alles aufs Spiel gesetzt, ihr Leben und ihr Vermögen. Dazu gehört Mut, dazu gehört Tapferkeit." Er drückte Pierre die Hand – war es Glückwunsch? War es Beileid? – und entfernte sich.

Die zugegen waren, hatten höflich und verständnislos gelächelt. Pierre war betreten. Aber er verscheuchte rasch den kleinen Ärger. Er begriff Charlot; da dieser heute der zu Feiernde war, verdroß es ihn, daß ihn Pierre aus dem Mittelpunkt verdrängt hatte. Pierre nahm sich vor, ihn zu versöhnen.

Die Gelegenheit ergab sich, als man, nach üppigem Souper und Feuerwerk, hinüberging in den großen Theatersaal, zur Komödie.

Monsieur Lenormant, so gezirkelt und ausgesucht seine Manieren waren, liebte es, wenn auf seiner Privatbühne nicht nur höchst anspruchsvolle moderne Tragödien gespielt wurden, sondern zuweilen auch Schwänke, sogenannte „Paraden", von allerderbstem Naturalismus. Man sprach in diesen Possen mit größter Offenheit von den Dingen der Verdauung und des Geschlechtes, es wurde das Gröbste vom Groben geboten, das Äußerste an dem, was man aristophanische Natürlichkeit nannte. Die Herren und Damen des Hofes von Versailles und der Pariser Salons, nach der überfeinerten Geselligkeit und dem ausgeklügelten Zeremoniell ihres Alltags, hatten ihren Spaß an dieser vulgären Kost. „Man muß es verstehen", hatte einmal der Ministerpräsident Maurepas geäußert, „bald ein Gott zu sein, bald eine Sau, aber immer mit Anmut."

Pierre schrieb dergleichen Szenen mit leichter Hand, er war, wenn er wollte, Meister im Vulgären. Für diesen Abend hatte er drei kleine Possen vorbereitet; am meisten versprach er sich von der letzten. Zum Inhalt hatte dieser letzte Schwank den Kampf zweier Damen der Halle, Mesdames Séraphine und Héloise, zweier Fischweiber, die Entschädigung haben wollen für die Ware, die ihnen verlorenging, als der Karren mit ihrer Tonne umgeworfen wurde. Die beiden streiten untereinander, sie streiten mit den Passanten, sie streiten mit den Polizisten, sie streiten mit dem Richter, sie verfügen über einen unerschöpflichen Vorrat saftiger, anschaulicher, starkduftender Wendungen, und sie sind damit nicht geizig. Das Ganze mündete in einen Tanz und in eine Lobpreisung Monsieur Lenormants, des einzigen, bei dem Mesdames Séraphine und Héloise schließlich Gehör und Entschädigung finden.

Dargestellt werden sollte Madame Séraphine von Monsieur Préville, der in der Aufführung des Théâtre Français Pierres Figaro spielte. Madame Héloise sollte gespielt werden von Monsieur Monvel, dem Don Basile der gleichen Aufführung. Nun aber hatte Pierre ein wenig getrunken, er war gehoben von dem Erfolg seiner großen Verkündigung, er hatte Freude an Gegensätzlichem, es kam ihm ein Einfall. Er entschloß sich, Madame Héloise selber zu spielen. Das war nicht nur ein Riesenspaß, es war auch eine Ehrung für Charlot, dazu angetan, dessen Verdruß zu sänftigen.

Weder Monsieur Préville noch Monsieur Monvel waren sehr entzückt von dieser Idee. Doch sie wußten, daß sie nicht aufkommen konnten gegen den allmächtigen Autor des „Barbiers". Sauren Gesichtes fügten sie sich, und in den Rock und in die Holzschuhe Madame Héloises stieg Pierre. Gewaltige Brüste, in aller Eile, stopfte er sich; schnell, mit kunstvoller

Grobschlächtigkeit, schminkte ihn der Friseur. Da klopfte auch schon der Stock auf, und sie betraten die Bühne.

Wenn Pierre die beiden Herren vom Théâtre Français nicht für immer auf den Tod kränken wollte, dann mußte er erreichen, daß die improvisierte Aufführung besser wurde als die ursprünglich vorgesehene. Er nahm sich zusammen. Bald sah der Schauspieler Préville, daß er an Pierre einen Partner hatte, der dem Schauspieler Monvel zumindest nichts nachgab. Beide, nach den ersten paar Sätzen, waren in Fahrt, und sie steigerten sich in eine immer wildere Fastnachtslaune hinein. So, streitbar, klagend und schimpfend im saftigsten Argot, gingen Mesdames Séraphine und Héloise durch alle Stationen ihres Leidensweges.

Die Hörer aber, sowie sie ihre Lieblinge Beaumarchais und Préville erkannten, genossen die Überraschung und ergötzten sich an dem derben Verkleidungsspiel. Sie lachten, lachten immer mehr. In ihren Wespentaillen, die Gesichter unter der Schminke gerötet, bogen sich die Damen vor Lachen, sie erstickten beinahe, wild applaudierten sie. Und Monsieur Lenormant strahlte, er umarmte Pierre und verzieh ihm den Ärger, den er ihm bereitet hatte.

Erschreckend aber war die Wirkung des kleinen Schwankes auf die Kinder, auf Félicien und Véronique. Entsetzten Auges schauten sie auf den Mann, der sich dort oben auf der Bühne abarbeitete, gemeine Reden ausstieß, wüst tanzte, clownhaft schrie und grölte. War das der gleiche, der vor wenigen Stunden ihre Herzen hinaufgerissen hatte zum höchsten Gipfel? Oh, wären sie gegangen, ehe sie das mitansahen. Sie schämten sich seiner, schämten sich ihrer selbst. Ist der Mensch so beschaffen, daß er immer wieder aus der Bläue so schmählich hinunterstürzt in den Schlamm?

Pierre, umringt, gefeiert, gewahrte die beiden jungen Menschen am Rande des Saales. Er sah ihre Haltung, ihre Gesichter, er ahnte, was sie spürten, ein kleines Mißbehagen fröstelte ihn an. Er ärgerte sich. Er selber hatte es, als er so alt war wie Félicien, bereits mit Mädchen getrieben; dieser Junge, mit seinen Fünfzehn, war immer noch ein kleines Kind und gleichzeitig ein überheblicher Moralprediger. Und während Pierre weiter lächelnde Konversation machte, dachte es in ihm: Was für ein prüdes, sauertöpfisches Geschlecht wächst da heran. Sie haben keine Toleranz, sie haben keinen Sinn fürs Menschliche.

Mr. Silas Deane fortan ging beleibt, würdig und eifrig herum und vertrat die Vereinigten Staaten. Pierre zog ihn klug für seine Geschäfte heran, Mr. Deane verhandelte mit Reedern, mit Lieferanten aller Art und fühlte sich hilfreich.

Pierre brachte ihn mit einigen großen Herren zusammen, die erklärte Freunde der amerikanischen Sache waren, unter anderem mit dem Grafen de Broglie, Marschall von Frankreich, einem Manne von uraltem Adel und gewaltigem Reichtum. Der achtundfünfzigjährige Feldmarschall, dessen Kriegstaten ihm Ruf über die ganze Welt verschafft hatten, machte auf den Geschäftsmann aus Connecticut starken Eindruck. Graf de Broglie war bereit gewesen, sich, falls ihn die Amerikaner darum bitten sollten, zu ihnen zu begeben und als „Statthalter" die Leitung des Heeres und der Regierung zu übernehmen. Er hatte einen Mann nach Amerika entsandt, der ihm in der Schlacht von Roßbach das Leben gerettet hatte und der sein Freund und Faktotum war, einen gewissen Oberst de Kalb, um mit den Insurgenten Fühlung zu nehmen. Dieser Monsieur de Kalb, ein guter Militär und verständig, hatte von drüben viel wissenswertes Material mitgebracht. Freilich auch mußte er berichten, daß die Amerikaner vorläufig zögerten, das Anerbieten des Marschalls anzunehmen. Dieser Bescheid minderte aber nicht den Eifer Monsieur de Broglies für die Sache der Insurgenten.

Nun hatte Silas Deane Auftrag, einige fähige Offiziere, insbesondere Artillerie- und Pionieroffiziere, für das amerikanische Heer zu verpflichten. Er erzählte dem Marschall davon, und dessen Freund, der Oberst de Kalb, war willens, eine solche Verpflichtung einzugehen; da Monsieur de Kalb kein Geburtsaristokrat war – selbst das „de" seines Namens war fragwürdig –, war sein weiteres Avancement in der französischen Armee ausgeschlossen, auch die Ernennung zum Oberst war nur durch den Einfluß des Marschalls und unter Schwierigkeiten zuwege gekommen. Mr. Silas Deane war stolz und froh, den verdienten Militär im Auftrag des Kongresses als Generalmajor in den Dienst der amerikanischen Armee zu nehmen. Der neue General stellte Silas Deane andere Herren vor, die bereit waren, sich für die amerikanische Armee anwerben zu lassen, jüngere Offiziere zumeist, und Silas Deane, glücklich über soviel Enthusiasmus und Bereitwilligkeit, engagierte die Herren allesamt; er sagte ihnen einen Rang zu, jeweils einen Grad höher, als sie ihn in der französischen Armee bekleideten.

Doch als der amerikanische Delegierte Handgeld bezahlen und ihnen Überfahrt und erste Ausrüstung beschaffen sollte, ergaben sich Schwierigkeiten. Mr. Deane hatte vom Kongreß nur eine geringe Summe mitbekommen, man hatte ihn vertröstet auf den Erlös von Prisen, welche amerikanische Kapitäne in französische Häfen einbringen würden. Es kamen aber keine solchen Prisen, Mr. Deanes Mittel gingen zu Ende, und er konnte fällige Beträge an die Reeder, Lieferanten, Offiziere nicht bezahlen. Er schrieb Brief um Brief an den Kongreß, drängte darauf, daß man Geld und Waren zur Begleichung der Lieferungen Monsieur de Beaumarchais' bereitstellen, daß man ihm selber Geld schicken solle. Vom Kongreß kam keine oder nichtssagende Antwort.

Silas Deane war ein Patriot, ergeben der Sache der Freiheit. Um dieser Sache zu dienen, hatte er sein blühendes Geschäft in Connecticut im Stich gelassen, und er war stolz darauf, Vertreter der Vereinigten Staaten zu sein. Er war verständig und kannte die Welt. Er wußte, daß der Kongreß Geld zu beschaffen hatte für unmittelbare, dringlichste Nöte, daß kein Geld da war, daß der Krieg nicht gut ging. Sosehr er dadurch in Verlegenheit kam, er begriff, daß man die Bitten des weitab in Paris sitzenden Vertreters beiseite schob.

Was Mr. Deane nicht wußte, war, daß der Kongreß in seiner ablehnenden Haltung bestätigt und bestärkt wurde durch jenen Mr. Arthur Lee, den Pierre in London kennengelernt hatte. Gekränkt schon dadurch, daß ihm Monsieur de Beaumarchais die zugesagte Audienz in Versailles nicht verschafft hatte, war Mr. Lee doppelt erzürnt, daß der Kongreß nicht ihn zum bevollmächtigten Pariser Delegierten erwählt hatte. Von Natur mißtrauisch, hielt er nach den Reden, die Beaumarchais in London geführt hatte, die Firma Hortalez für eine Scheingründung, für Fassade. Mr. Lee trug keinen Anstand, diese seine Meinung seinen einflußreichen Brüdern in

Philadelphia und dem Kongreß zu übermitteln. Was die Firma Hortalez liefere, schrieb er, sei ein Geschenk des Königs von Frankreich an die Vereinigten Staaten; wenn Beaumarchais und Deane es anders darstellten, dann wollten sie unerlaubte Profite für sich selber herausschlagen. Der Kongreß las diese Briefe, der Kongreß hatte kein Geld, der Kongreß hielt sich für berechtigt, Glauben zu schenken den Berichten seines Londoner Vertreters Arthur Lee und taub zu bleiben vor den immer dringlicheren Vorstellungen seines Pariser Vertreters Silas Deane.

Als dieser am Ende seiner Mittel war und nicht einmal mehr die Kosten seines Aufenthalts im Hôtel d'Hambourg bestreiten konnte, blieb ihm nichts übrig, als sich an den gefälligen Monsieur de Beaumarchais zu wenden. Dick, verlegen, schwitzend in seiner geblümten Weste, erzählte er von seinen Schwierigkeiten. Pierre war betroffen. Wenn die Herren in Philadelphia ihrem Vertreter nicht einmal die paar hundert Dollar zur Verfügung stellten, die er fürs nackte Leben brauchte, wie wird das werden, wenn sie die Millionen bezahlen sollten, die sie der Firma Hortalez schuldeten? Im Geiste sah Pierre das winzige Lächeln Charlots, hörte er seine liebenswürdigen, fettigen Worte: „Jetzt haben also die Insurgenten alles aufs Spiel gesetzt, ihr Leben und ihr Vermögen." Aber Pierres Miene verriet nichts von seinen Sorgen. Vielmehr erklärte er lächelnd und großzügig, die Firma Hortalez freue sich, Mr. Deane die gewünschten Beträge vorzuschießen.

Mr. Deanes behäbiges Gesicht glänzte. Was für ein Glück, daß es hier in Paris einen Mann gab wie diesen Monsieur de Beaumarchais, der die Rüstung der Amerikaner aus der Erde stampfte, der Englisch sprach, der geduldig wartete auf Bezahlung dessen, was er dem Kongreß lieferte. Der noch Geld hergab, wenn man persönlich in Nöten war.

Für zwei oder drei Wochen war Mr. Deane gerettet. Aber was dann?

Die nächste Post aus Amerika brachte ihm Trost. Geld zwar sandte der Kongreß nicht, aber die Nachricht, man habe einen weiteren Vertreter für Paris ernannt, den Doktor Benjamin Franklin. Wenn dieser hochberühmte Mann hier die Leitung der Geschäfte übernahm, dann hatte er, Silas Deane, nichts mehr zu befürchten. Es werden freilich noch Monate vergehen, ehe Doktor Franklin in Paris eintreffen wird; aber es war tröstlich, zu wissen, daß die Zeit der Not befristet war.

Pierre war bei all seinem Temperament, seiner Eitelkeit und Verspieltheit ein unermüdlicher Arbeiter und glänzender Organisator. Die Vorratshäuser der Firma Hortalez füllten sich mit Waffen, Uniformen, Waren jeder Art, auf den Werften von Le Havre, Cherbourg, Brest, Nantes, Bordeaux, Marseille erstanden Schiffe zum Transport dieser Waren, Kapitäne und Matrosen wurden angeheuert, diese Schiffe übers Meer zu führen.

Die Firma Hortalez unterhielt Agenten in allen größeren französischen Hafenplätzen. Da waren, um nur die wichtigsten zu nennen, in den nördlichen Häfen die Herren Emmery, Vaillant und d'Ostalis, in den südlichen die Herren Chassefierre und Peyroux. Einige dieser Männer waren wacker und subaltern, andere gerissen und nicht zuverlässig. Es war an der Zeit, daß man da einmal nach dem Rechten sah.

Nun aber wurde die Tätigkeit der Firma Hortalez in den französischen Seestädten vom englischen Geheimdienst scharf überwacht, und der Staatssekretär Gérard legte Pierre stets von neuem äußerste Heimlichkeit ans Herz. Besonders die nördlichen Häfen wimmelten von Spionen. Pierre schickte also Paul Theveneau nach dem Norden, er selber begab sich, begleitet von seinem Freunde Philippe Gudin, inkognito, als Monsieur Durand, auf eine „Studien- und Vergnügungsreise" nach dem Süden.

Pierre reiste gern. Er hatte Aug und Herz offen für die Fremde, freute sich an neuen Städten, neuen Menschen. Und der behagliche, beschauliche, genießerische Gudin war ein Begleiter, wie er ihn besser sich nicht hätte wünschen können. Dem Freunde bis ins letzte ergeben, nicht gekränkt, daß ihn Pierre aus seinen verwirrten und manchmal dunkeln Geschäften völlig ausschloß, war der treue Philippe immer zur Stelle, wenn ihn Pierre haben wollte, und hielt sich fern, wo er ihn hätte stören können. Auch war Philippe Gudin ein guter Tischgenosse, dessen Freude an Speis und Trank die Freude des andern erhöhte, er hatte Humor und tat mit bei jedem Spaß. Dazu verfügte er über ein ungeheures, immer gegenwärtiges Wissen, das er auf Wunsch gerne vor Pierre hinbreitete.

So zogen die beiden kreuz und quer durch die mittäglichen Provinzen Frankreichs. Reich und reif im späten Herbst lag das Land. Sie ließen es sich wohl sein in den guten Herbergen, genossen die Landschaft, den Wein, die Frauen.

Genossen darüber hinaus den Duft der Geschichte. Philippe Gudin war ein begeisterter Altertumsforscher. Er war zu Hause in altem Mauerwerk, für ihn wandelten sich die Ruinen zurück in das, was sie gewesen waren, und belebten sich mit ihren früheren Insassen.

Pierre war empfänglich für solche Erinnerungen und schmückte gerne die Erzählungen des Freundes mit Witz und Phantasie aus. Der stimmte dann wohl sein altes Lied an: „Was für ein Jammer, Pierre, daß du nicht studiert hast. Was für ein Wissenschaftler wäre aus dir geworden. Was für ein Genie hat die klassische Tragödie der Franzosen an dir verloren." – „Ach, laß mich zufrieden", sagte dann leichtsinnig Pierre, „ich bin froh, wie es ist." Er selber vermeinte, er habe das Zeug in sich, ein tragischer Dichter vom Range Corneilles oder Racines zu werden, unter andern Umständen wäre er's wohl geworden, nun wird er im besten Fall den Ruhm eines Molière erreichen. Trotzdem war er im Grunde dem Schicksal dankbar, daß es ihm den Lebenslauf eines großen Geschäftsmannes bestimmt hatte. Er glaubte zu erkennen, daß, wie das Privileg der Geburt, so auch das des Geistes zu erblassen begann vor dem neuen Privileg des Geldes. Er aber, Pierre, besaß sie nun alle drei, die großen Privilegien. Mitbekommen hatte er den Geist; Geld und Adel hatte er sich erobert.

Zuweilen trennte er sich seiner Geschäfte wegen auf Stunden oder auch auf Tage von Gudin. Der widmete sich dann seinem Studium, schrieb, las und stellte Betrachtungen darüber an, wie er selber gleich einem Schatten, der um Gräber und Ruinen irrt, Tote heraufbeschwor zur Belehrung kommender Geschlechter, indessen sein großer Freund, um das Wohl seiner Mitmenschen besorgt, Reeden und Werften besuchte, tausend fleißige Hände in Bewegung setzte, tausend

Köpfe schöpferisch, organisatorisch leitete. Und er verglich Pierre mit einem Wiking, einem Seekönig, der da auszog, seinem Stamme neue Reiche zu erobern.

Manchmal auch, wenn man in Gesellschaft war und Pierre durch seine Laune und seinen Geist unbekannte Zechgenossen hinriß, konnte Philippe Gudin seinen Enthusiasmus nicht zügeln, er ließ durchblicken, daß Monsieur Durand eigentlich der berühmte Monsieur de Beaumarchais sei. Wenn man dann Pierre befragte, bestritt er es lebhaft und so, daß jeder erkennen mußte, er war es.

Auf solche Art schlitterte Pierre in der schönen Stadt Bordeaux in ein Ereignis hinein, das ihm zunächst viel Spaß, später aber mancherlei Ärger bereitete. In Bordeaux nämlich wurde auf der Werft der Herren Testard und Gaschet ein großes, altes Schiff für Pierre von Grund auf umgebaut. Pierre ging aus und ein im Kontor der Firma Testard und Gaschet, doch nur Monsieur Gaschet selber durfte wissen, wer er war. Nun war aber in Bordeaux ein neues, großes Theatergebäude errichtet worden, es sollte eröffnet werden mit dem „Barbier von Sevilla", man probierte das Stück. Pierre ging täglich mehrmals an dem Theater vorbei, die Versuchung war groß,.auf die Bühne zu gehen und den Schauspielern, die dort seine Menschen und seine Sätze probten, zu sagen: „Ich bin's, ich bin Beaumarchais." Doch er widerstand der Versuchung, er forderte auch den guten, schwatzhaften Gudin dringlich auf, sein Inkognito zu wahren, und der nickte eifrig und verschwörerisch: „Verlaß dich auf mich."

Als aber am Abend, im Gasthof, einer am Nebentisch erklärte, das Gesicht des Herrn komme ihm bekannt vor, konnte sich Gudin nicht enthalten, breit und verräterisch zu grinsen. Am Tag darauf war es herum, daß der berühmte Monsieur de Beaumarchais in der Stadt sei, um Amerika zu befreien und der Aufführung seines Stückes beizuwohnen. Wieder einen Tag später erschien eine Deputation der Schauspieler bei Monsieur Durand und bat ihn, sie bei den Proben des „Barbiers" zu unterweisen. Monsieur Durand fragte lächelnd und höflich, wieso ein einfacher Monsieur Durand erfahrenen, bewährten Künstlern Ratschläge sollte geben können. Die Schauspieler lächelten zurück und erwiderten, wenn Monsieur Durand darauf Gewicht lege, Monsieur Durand zu bleiben, so seien sie die ersten, diesen Wunsch zu achten; aber an den Proben möge er teilnehmen. Monsieur Durand nahm teil, sehr angeregt, und gab nützliche Weisungen, die ehrerbietig befolgt wurden. Die Aufführung wurde ein Triumph, die Schauspieler wiesen auf Monsieur Durand, der in einer Loge saß, das Publikum bereitete Monsieur Durand eine Ovation, und Pierre hob in lächelnder Abwehr die Hand und rief: „Aber, meine Freunde, ich bin Monsieur Durand."

Vergnügt nach diesen Erlebnissen kehrte er nach Paris zurück. Da aber, sogleich, bekam er zu spüren, daß sein Trank am Grunde des Bechers einen bittern Satz hinterlassen hatte.

Als er sich nämlich bei dem Grafen Vergennes meldete, empfing ihn nicht der Minister, sondern Monsieur de Gérard. Pierre verhandelte nicht gerne mit Monsieur de Gérard. Der war korrekt, aber er hatte nichts von der philosophisch-humoristischen Freundlichkeit Vergennes'. Heute war Gérard von besonderer Kälte.

„Es ist Ihnen nicht unbekannt, Monsieur", fuhr er bald nach der ersten Begrüßung auf Pierre los, „daß Lord Stormont mehrmals persönlich im Außenministerium vorgesprochen hat, um an der Hand von Dokumenten hinzuweisen auf die verdächtige oder vielmehr nicht mehr verdächtige Tätigkeit des Hauses Hortalez und Compagnie. Wir haben Sie, Monsieur, von Anfang an darauf aufmerksam gemacht, daß wir Ihrethalb Schwierigkeiten mit England haben werden, und wir haben Sie dringlich ersucht, sich jeder Unvorsichtigkeit zu enthalten. Statt dessen hat jetzt in Bordeaux, während dort verdächtige Arbeiten an zwei größeren Schiffen vorgenommen wurden, ein Monsieur Durand einer Aufführung des ‚Barbiers von Sevilla' beigewohnt, und jedermann hat gewußt, wer dieser Monsieur Durand war. Was stellen Sie sich eigentlich vor, Monsieur, wenn Sie sich solche Streiche leisten? Ist Ihnen nicht die Idee gekommen, daß es die Regierung des Königs ist, die dafür einzustehen hat?"

Pierre, sich die Lippe zerbeißend vor Ärger, antwortete, wenn die Engländer auf die Firma Hortalez aufmerksam geworden seien, dann nur dadurch, daß andere, Unverantwortliche, unverantwortliches Geschwätz gemacht hätten, und er nannte den redlichen, wohlmeinenden, geschwätzigen Wichtigmacher Barbeu Dubourg.

Aber der Staatssekretär wies diese Entschuldigung scharf zurück. „Bitte, Monsieur", sagte er, „halten Sie uns nicht für dümmer, als wir sind. Wir wissen Bescheid, über Sie sowohl wie über Doktor Dubourg, und wir haben Ihre Unvorsichtigkeiten satt. Sie müssen sich entscheiden, ob Sie sich in Zukunft als Beauftragten dieses Ministeriums betrachten und entsprechend benehmen wollen, oder als einen Privatmann, der sich jede Laune erlauben darf." Ohnmächtigen Unmutes voll entfernte sich Pierre.

Nicht nur in Paris, auch im Norden gab es Schwierigkeiten. Dort lagen, berichtete Paul, drei Schiffe abfahrbereit, aber die Engländer suchten ihr Auslaufen mit allen Mitteln zu verhindern, sie legten täglich neue Proteste beim Marineminister ein, und die französischen Behörden, wiewohl entgegenkommend, mußten strenge Untersuchungen simulieren. Unter diesen Umständen wagte Paul nicht, die Geschäfte den Herrn Emmery und Vaillant zu überlassen, sondern er wollte im Norden bleiben, bis die Schiffe ausgelaufen waren.

Am liebsten wäre Pierre selber hingefahren. Er traute sich Erfindungsgabe und Geistesgegenwart genug zu, um an Ort und Stelle mit den Intrigen der Engländer fertig zu werden und in der rechten Stunde, ob mit oder ohne formale Erlaubnis der Hafenbehörden, Order zur Ausfahrt zu geben. Auch hätte er brennend gern mitangesehen, wie seine ersten Schiffe in See stachen. Aber er dachte grimmig an Monsieur de Gérard, es war leider ausgeschlossen, daß er selber nach Brest ging.

Im übrigen war es verdammt anständig von Paul, daß er so lange im Norden blieb. Pierre wußte genau, wie sehr Paul sein Paris liebte; Pauls Leidenschaft für die wunderbare Stadt wurde verstärkt durch das innere Wissen, daß seine Jahre befristet waren, und er wollte sich vollstopfen mit Leben. Zudem ging es in den Winter, und der Aufenthalt am Atlantischen Meer konnte Paul nicht bekömmlich sein.

Pierre erzählte Therese von den drei Schiffen, die, beladen mit Waren, in Brest und Le Havre auf die Abfahrt warteten. Das eine hieß „Alexandre", das andere „Eugénie", das dritte „Victoire". Wenn man abergläubisch war, konnte man Meditationen darüber anstellen, was es bedeute, wenn dies oder wenn jenes der drei Schiffe zuerst auslaufen werde. Therese fragte, ob denn der lange Aufenthalt am nördlichen Meer nicht schädlich für Pauls Gesundheit sei. „Auch ich mache mir Sorge", erwiderte Pierre, „und habe es ihm angedeutet. Aber er will durchaus bleiben, und er schreibt, es könne nicht mehr lange dauern."

Wirklich schickte eine Woche später Paul Nachricht, er werde nun in den allernächsten Tagen zurückkehren. Die „Victoire" sei in See gestochen, und wenn nicht in der Zwischenzeit neue unvorhergesehene Hindernisse einträten, dann seien jetzt, da Pierre diesen Brief lese, auch die beiden andern Schiffe auf See, die „Alexandre" und die „Eugénie".

An seinem großen Schreibtisch saß Pierre, vor sich den Brief, tief lächelnd. Er starrte auf den leeren Fleck an der Wand, der bestimmt war für das Porträt Duvernys, das man ihm in jenem Prozeß gestohlen hatte. Aber er sah nicht den Fleck. Nichts sah er als die Schiffe, seine Schiffe, wie sie seine Waffen übers Meer trugen nach Amerika zum Kampf für die Freiheit und zur Gründung einer besseren Welt.

Zweites Kapitel

Franklin

Der alte Mann stand an der Reling, gut eingehüllt in seinen Pelz, es war in diesem frühen Dezember sehr kalt; auch den großen, schweren Schädel hielt er wohlverwahrt in der Pelzkappe. Unter der Kappe fielen schütter und lang die weißen Haare auf den Kragen des Mantels.

Ein sehr kräftiger Wind blies, selbst hier in der ruhigen Bucht von Quibéron tanzte das Schiff gewaltig auf und ab. Der Alte, während er durch die große, eisengerahmte Brille auf die Küste schaute, klammerte sich unwillkürlich mit beiden Händen fest ans Geländer.

Es war keine lange Fahrt gewesen, die Überfahrt nach Europa, kaum fünf Wochen hatte sie gedauert, aber angenehm war sie nicht gewesen. Nicht als ob ihm der ewige starke Wind zu schaffen gemacht hätte, er litt niemals unter Seekrankheit, der alte Benjamin Franklin; aber schon als er die Reise antrat, hatte er sich infolge der langen Sitzungen im Kongreß und des Mangels an Bewegung müd und erschöpft gefühlt, und die unzuträgliche Schiffskost hatte ihn noch mehr heruntergebracht. Da das frische Geflügel für seine Zähne zu hart war, hatte er sich im wesentlichen nähren müssen von Pökelfleisch und Schiffszwieback und hatte so etwas wie leichten Skorbut bekommen; Schorf auf seinem kahler werdenden Kopf quälte ihn und Ausschlag an andern Stellen seines Körpers.

Doch das schlimmste wohl war das ständige Bewußtsein der Gefahr gewesen. Vor seinen beiden Enkeln zwar, vor dem siebzehnjährigen William und dem sechsjährigen Benjamin, hatte er sich gleichmütig gegeben wie immer. Hatte Tag für Tag die Temperatur der Luft und des Wassers gemessen, hatte seine Studien über den Golfstrom weitergeführt, hatte mit den beiden Enkeln methodisch an der Vervollkommnung seines und ihres Französisch gearbeitet. Aber hinter dieser gespielten Ruhe war immer der unbehagliche Gedanke gestanden: Hoffentlich überrascht uns kein englisches Kriegsschiff. Denn dann hing sein Leben an einem Faden.

Nun, es war alles gut abgelaufen, sehr gut, die „Reprisal" hatte zuletzt sogar zwei kleine feindliche Handelsschiffe kapern können, eines mit einer Ladung von Holz und Wein, das andere mit einer Ladung von Flachssamen und Alkohol, und jetzt war die Küste in Sicht, die Gefahr war vorbei.

Da stand er am Geländer, ein wenig schwach in den Beinen, in den Knien vor allem, und vor ihm lag Frankreich, das Land, das er für Amerika und seine Sache gewinnen wollte.

Der Kapitän, Lambert Wickes, trat zu ihm, ein lärmender, fröhlicher Mann. „Wie geht es heute, Doktor?" schrie er ihm zu durch den Wind. „Danke", antwortete Franklin, „fein wie immer." – „Ich fürchte", schrie der Kapitän, „wir werden's auch heute noch nicht schaffen können." Man hatte vorgehabt, die Loire-Mündung hinaufzufahren nach Nantes. Franklin schaute die Küste auf und ab, die vor ihm lag. „Wie heißt der Ort?" fragte er. „Auray", erwiderte der Kapitän. „Dann gehe ich hier an Land, wenn das möglich ist", entschied Franklin. „Gewiß", antwortete Kapitän Wickes. „Ich treffe die Vorbereitungen. Es wird ein paar Stunden dauern bei diesem Wind." Und er entfernte sich.

Franklin blieb. Der Anblick des lebendigen Meeres, der kräftige Anhauch des Windes taten ihm wohl. In wenigen Stunden also wird er an Land sein, in dem Land, wo er seine nächsten Jahre, vermutlich seine letzten, verbringen wird; denn er war ein alter Mann, nur wenige Wochen fehlten ihm zum vollendeten einundsiebzigsten Jahre.

Er war kein alter Mann. Daß er jetzt in ein neues Unternehmen hineinging, ins gänzlich Unsichere, das den ganzen Mann erforderte, machte ihn jung. Er war ein Staatsmann und ein Forscher von Weltruf; doch im Grunde war er nicht weiter voran als damals, mit siebzehn, da er, aus der Lehre gelaufen, nach London gekommen war, ohne Mittel, angewiesen allein auf sich selber und das bißchen, was er gelernt hatte. Genauso kahl wie damals England betrat er heute

Frankreich. Seine Frau war gestorben, sein einziger Sohn hatte sich zu den Engländern geschlagen, ins Lager der Gegner, und war in den Vereinigten Staaten mit Recht als Verräter geächtet. Er, der Alte, hatte alle seine flüssigen Mittel dem Kongreß als Darlehn zur Verfügung gestellt, das war eine schlechte Vermögensanlage für die kurze Zeit, die ihm noch zu leben blieb. Da war das Beste, was er hatte, das einzige, die Aufgabe, die vor ihm lag, die harte, vertrackte, beinahe unlösbare. Die notwendige, gesegnete Aufgabe, Frankreich für die Sache der Amerikaner zu erobern.

Vorhin, als er mit dem Kapitän Wickes erwogen hatte, ob er hier an Land gehen solle, war sein Gesicht unter der Pelzmütze das eines schlauen, alten Mannes gewesen, die Augen hatten scharf, geradezu mißtrauisch durch die eisengerahmte Brille geblickt, der lange Mund sich gedehnt in einem leisen, verschlagenen Lächeln. Jetzt, allein, nahm er die Brille und die Pelzmütze ab, er bot sein Gesicht dem Winde dar, und es war, wiewohl es sich kaum veränderte, das Gesicht eines anderen Mannes. Die großen, besinnlichen Augen waren frisch und jung, die hohe, weite Stirn, von welcher der Wind das dünne Haar zurückblies, war gebieterisch, das ganze, gerötete Antlitz mit den tiefen Falten quer über die Stirn und entlang der Nase und mit dem schweren, mächtigen Kinn war überaus kräftig, erfahren, entschlossen, kämpferisch.

Er sah das Land seiner Zukunft, er spürte geradezu leibhaft die gewaltige Aufgabe, die nun unmittelbar vor ihm lag, und er fuhr ihr entgegen, fuhr in sie hinein, bereit, ja begierig.

Die beiden Jungen kamen herauf, der siebzehnjährige William Temple Franklin und der sechsjährige Benjamin Bache Franklin. Lachend, sich einer am andern festhaltend, durch die Bewegung des Schiffes bald auf die eine Seite getrieben, bald auf die andere, kamen sie auf ihn zu. Sie waren erfreulich anzusehen, seine beiden Enkelkinder. Der Kleine, Benjamin Bache, der Sohn seiner Tochter, war ein frisches Kind mit einem zarten, blond beflaumten Gesicht. Und was gar den andern anging, William, den Siebzehnjährigen, sah er nicht zum Entzücken aus, der Junge? Wie hübsch und vorwitzig er die große, gerade Nase hinausreckte in den Wind. Und was für einen netten, lustigen, lebensfrohen, roten Mund er hatte über dem etwas schweren Kinn. Das hat er von ihm, dem Großvater, das schwere Kinn. Sonst hat er leider ziemlich viele Eigenschaften des Vaters, darüber darf man sich nicht täuschen lassen durch die Hübschheit und Nettigkeit des Bengels.

Die beiden Knaben waren sehr angeregt. Sie hatten von den Matrosen erfahren, daß keine Aussicht bestand, so bald nach Nantes zu kommen, und sie fragten eifrig, ob man sich nun hier ausbooten lassen werde. Sie freuten sich sehr, als der Doktor ja sagte und sie beauftragte, sich sogleich ans Packen zu machen. „Hast du mein Bad richten lassen?" fragte er William. Der, bestürzt, antwortete, er habe es vergessen. Er vergaß vieles; dafür hatte er eine Reihe anderer Eigenschaften, die sehr liebenswert waren. Auch jetzt zeigte er seine Reue so stürmisch, daß der Großvater seinen Ärger sogleich vergaß.

Das Baden auf dem schwankenden Schiffe war anstrengend. Der Doktor hatte darauf verzichtet, viel Gepäck mitzunehmen, doch nicht verzichtet hatte er auf die Badewanne, die er für seine Sonderbedürfnisse sorgfältig konstruiert hatte; sein langes, heißes Bad war ihm wichtig. Die Wanne war gebaut aus sehr festem, edelm Holz, und sie hatte eine hohe, muschelförmig geschwungene Rückenlehne, so daß man bequem in ihr saß. Auch konnte sie mit einem Deckel verschlossen werden, dergestalt, daß nur Schultern, Hals und Kopf des Badenden herausragten. Auf diese Weise spritzte das Wasser nicht, und es konnten Leute, mit denen sich der Alte während seines langen Bades unterhalten wollte, auf der Wanne sitzen.

Heute hatte der Badende keine andere Gesellschaft als die seiner Gedanken; seine Enkel waren mit dem Packen beschäftigt. Er saß in der Wanne, seine müden Glieder freuten sich des warmen Wassers, sacht und vorsichtig kratzte er an seinem Schorf und ließ die Gedanken spazierengehen.

Nein, sehr gewissenhaft ist er nicht, William, der Junge. Sowie ihm etwas anderes, Angenehmeres in den Sinn kommt, vergißt er, was ihm aufgetragen ist. Seinem Vater, William, dem Verräter, kann man das nicht nachsagen. Der, bei aller Genußsucht, vergißt nie die Karriere. Er sieht gut aus, der ältere William, er hat nicht das Schwere, Langsame, das ihm eignet, dem alten Benjamin. Er ist viel eleganter, er hat etwas Gewinnendes. Der junge William hat sich dagegen gesträubt, aus der Nähe des Vaters fort und mit ihm, dem Alten, nach Frankreich zu gehen. Aber da hat er zugegriffen, der Alte. Da gab es keinen Augenblick des Zögerns. Der Junge mußte mit herüber, nach Paris. Der Junge soll aufwachsen in einer gesunden Atmosphäre, fern dem mißratenen Vater, der sich durch die Lockungen und Gelder der Londoner Regierung hat verführen lassen und der jetzt in Litchfield sitzt, im Gefängnis, mit Recht. Aber man muß sehr aufpassen auf den kleinen William. Die böse, rücksichtslose Rechenhaftigkeit des Vaters hat er nicht, wohl aber eine gedankenlose Lebenslust. Und er weiß genau, daß man ihm vieles, alles nachsieht, weil er ein so hübscher Bengel ist. Ja, lebenslustig sind wir, wir Franklins. Ich habe den älteren William nicht im Ehebett gezeugt, der hat seinen William nicht im Ehebett gezeugt, und es sieht nicht aus, als ob dieser kleine William in Frankreich nur eheliche Kinder zeugen wird. Das hat sich vererbt, meine Lebenslust. Viele meiner Eigenschaften haben sich vererbt auf Sohn und Enkel, und es ist sonderbar, wie verschieden wir gleichwohl sind, alle drei, bei so großer Ähnlichkeit. Eine Winzigkeit genügt, und das Wesen eines Menschen ist von Grund auf anders.

Der Doktor schellte, ließ sich heißes Wasser nachgießen.

Auch die Eltern des kleinen Benjamin sind nicht gerade bedeutend. Die Mutter, Sally, ist eine nette, wohlmeinende Frau, er, der Doktor, hat sie sehr gern, sie hat ihren gesunden Menschenverstand, aber bedeutend ist sie nicht. Und ihr Mann, Richard Bache, ist ein wackerer Mann, genau das, aber auch nicht ein Quentchen mehr. Natürlich war es den Eltern nicht recht, daß er ihnen den kleinen Benjamin wegnahm. Doch es ist keine Frage, daß er in Frankreich, unter seiner Aufsicht, besser erzogen werden wird als in Philadelphia unter der Leitung von Mr. und Mrs. Bache. Überdies hat er ja seinen Schwiegersohn entschädigt, er hat ihn zu seinem Stellvertreter im Postministerium gemacht. Da kann nicht viel verdorben werden, da ist der wackere Richard gut am Platz. Seine, des alten Benjamin, Feinde werden natürlich Geschrei erheben über jede Maßnahme, die Richard trifft und nicht trifft. Sollen sie. Er hat weiß Gott für Amerika und die amerikanische Sache genug geopfert; es muß ihm erlaubt sein, auch den Seinen ein bißchen weiterzuhelfen.

Es sind viele in Philadelphia, die froh sind, wenn sie gegen ihn losknurren können. Auch als er mit seinem Vorschlag kam, Sondergesandte nach Frankreich zu delegieren, haben sie immer neue, mißtrauische Einwände gehabt. Die alte, tiefe Feindschaft vom Französisch-Indianischen Krieg her ist nicht tot. Nach wie vor betrachten viele die Franzosen als Erbfeinde, als Götzendiener, als Sklaven einer absoluten Monarchie, als leichtsinnige Burschen, denen man nicht trauen kann. Es hat Mühe gekostet, die Kollegen in Philadelphia zu bekehren. Sie haben es schließlich begriffen, daß Frankreich in dem Krieg gegen den König von England der gegebene Bundesgenosse ist und daß man ohne Frankreichs Hilfe nicht siegen kann. Aber viel Hoffnung haben sie ihm nicht mit auf den Weg gegeben, als sie ihn herüberschickten. Es ist auch beinahe aussichtslos, die französische Allianz zustande zu bringen. Sei dem wie immer, er hat schon mancherlei Aussichtsloses unternommen, und es ist geglückt. Der Mann im Bade dehnte sich, die Lippen verpreßt, daß sie noch schmaler wurden. Auch dies wird glücken.

Geld hat man ihm auch keines mitgegeben, der Kongreß hat kein Geld, er wird seine Not haben, den eigenen Unterhalt halbwegs würdig zu bestreiten. Dreitausend Dollar, damit soll er die Vertretung der Vereinigten Staaten einrichten und aufrechterhalten. Die „Reprisal" hat noch eine Ladung Indigo, die er verkaufen und verwenden kann. Üppig ausgestattet ist er nicht, der Vertreter der Neuen Welt. Er muß ins Blaue hinein leben.

Dabei weiß er das Geld zu schätzen und ist auf seinen Vorteil bedacht. Ist auch nicht allzu ängstlich in der Wahl der Mittel, wenn es darum geht, sich den Sack zu füllen. Aber es gibt Grenzen, und er kennt sie. Da haben zum Beispiel die Engländer ihm Geld, Ämter und hohe Titel angeboten, wenn er für eine Verständigung einträte. Der Mann im Bad verfinstert sich. Es gibt Leute in Philadelphia, die ein solches Angebot sehr ernsthaft bedenken würden. Sein Sohn William zum Beispiel hat dergleichen Angebote sehr ernsthaft bedacht. Er aber, der Mann im Bade, kennt die Grenze und würde, bevor er einer solchen „Verständigung" das Wort redete, bedenkenlos einen Strick um seinen alten Hals nehmen.

Die in Philadelphia werden ihm wenig Dank wissen für die Mühe, die er in Paris haben wird. Nirgendwo in der Welt schaut man auf den alten Benjamin Franklin mit so kritischen Augen wie in Philadelphia. Nicht nur die vielen Tories dort hassen ihn, die Loyalisten, die Shippen, die Stansbury, die Kearsley und wie sie alle heißen, sondern auch unter den Republikanern, sogar im Kongreß hat er seine Gegner, die „Aristokraten", die ihn nicht mögen, und der Beschluß, gerade ihn als Gesandten nach Paris zu schicken, ist nur nach langem Hin und Her zustande gekommen. Der Mann im Bade lächelt, ein weises, grimmiges, mildes und bitteres Lächeln. Da sind welche, denen ist er nicht repräsentativ genug für Paris. Zwar ist er, abgesehen von dem General Washington, der einzige Amerikaner von Weltruf, aber er ist und bleibt der Sohn eines Seifensieders, er kann es nicht aus der Welt schaffen, daß er eine Zeitlang kein Geld gehabt hat, und er ist nur Doktor honoris causa und hat nicht regulär studiert.

Nein, er wird aus Philadelphia wenig Anerkennung zu hören bekommen und wenig guten Rat, dafür viele dringliche Aufforderungen, mehr aus der französischen Regierung herauszuholen, und viele bittere Vorwürfe, daß er nicht mehr herausgeholt hat. Er wird sich nicht darüber ärgern. Er ist älter geworden, weiser, er kennt die Menschen.

In London sagen sie ihm nach, nur aus verletzter Eitelkeit habe er die Versöhnung der Kolonien mit dem König zu Fall gebracht, nur um sich zu rächen für jene schmachvollen Vorgänge im Geheimen Kronrat.

Wenn er an jene Vorgänge dachte, dann kam dem Alten bei aller Abgeklärtheit noch immer das Blut ins Wallen. Gut, es war nicht ganz korrekt gewesen, daß er, ein Beamter des Königs, jene Briefe des Königlichen Gouverneurs veröffentlicht hatte, welche die Scharfmacherei und den bösen Willen der Regierung klärlich bewiesen. Aber die Lage war so gewesen, daß die Veröffentlichung der Briefe ein erlaubtes Mittel war, und jeder der Herren, die an jener Sitzung teilnahmen, hätte sie an seiner Stelle genauso veröffentlicht; daran war kein Zweifel. Trotzdem behandelten sie ihn, da sie ihn einer formalen Ungehörigkeit überführen konnten, wie den niedrigsten Lumpen. Wie er dagesessen war, eine Stunde lang, und die wüsten Beschimpfungen des Kronanwalts hatte über sich ergehen lassen müssen. Wie sie sich zugelächelt hatten, der Erste Minister und alle die Lords, wie sie genickt hatten und die Köpfe zusammengesteckt und ihn angestarrt, als wäre er ein Monstrum verbrecherischer List und Gemeinheit. Seinen guten, schweren, blauen Manchesteranzug hatte er angehabt, der Anzug war neu damals, und er war neben dem Kamin gesessen, was ihn noch mehr hatte schwitzen machen. Aber gezeigt hat er es nicht, wie es in ihm wütete. Nicht verzogen hat er sein Gesicht, kein Wort erwidert hat er. Schweigen war noch die vernünftigste Antwort auf die Verdrehungen und albern frechen Beschimpfungen des Kronanwalts und inmitten dieser feindseligen Lords. Wie der Mann gedonnert hat, wie er auf den Tisch gehauen hat. Es war widerwärtig, es war von den übeln Erfahrungen seines Lebens die übelste. Achtundsechzig Jahre alt war er damals, ein Wissenschaftler von Weltruf, der Vertrauensmann seines Landes, und mußte sich herunterputzen lassen wie ein Schulbub, der seinem Vater Geld aus der Lade gestohlen hatte.

„Zorn ist eine zeitweilige Verrücktheit", das hat er oft geschrieben, und das hat er sich auch vorgesagt damals, und er hat sein Gesicht ruhig gehalten. Aber innerlich hat er gekocht vor Zorn, und soviel ist gewiß, es ist, als er damals am Kamin saß, reglos, schwitzend, und den Beschimpfungen des Kronanwalts zuhörte, eine Veränderung in ihm vorgegangen und eine tiefe Erkenntnis: daß nämlich keine Verständigung möglich war und möglich sein wird mit den Lords des Königs von England. Siebzehn Jahre lang war er zu Gast gewesen in den Häusern dieser großen Herren, er war dort ein und aus gegangen, sie hatten sich liebenswürdig mit ihm unterhalten, hatten seiner Gelehrsamkeit, seinem Forschergeist, seiner Philosophie jede Anerkennung gezollt; jetzt aber saßen sie da und hörten sich grinsend an, wie dieser Schreier von einem Kronanwalt ihn gassenjungenhaft verleumdete. Jetzt kam es an den Tag. Jetzt zeigte es sich, wie sie sich freuten, ihn verhöhnen zu können. Sie verhöhnten ihn, weil er nicht einer ihresgleichen war, kein Adeliger, sondern ein einfacher Bürger aus dem Mittelstand, der Sohn des Seifensieders, der es gewagt hatte, aufzutreten und den Mund aufzutun für die andern kleinen Leute.

Tief eingebrannt hat sich ihm diese Stunde. Und wenn der Zorn von damals verraucht sein sollte, nicht verraucht ist die Erkenntnis.

Und nicht verraucht auch ist der Grimm über das, was jener Verhandlung folgte, der Grimm über das Verhalten seines Sohnes William. Er hat William damals sachlich berichtet und ihm geraten, sein Regierungsamt aufzugeben. „Du weißt nun, wie man mich behandelt hat", hat er ihm geschrieben, „ich überlasse es Dir, darüber nachzudenken und Deine Folgerungen zu ziehen." Der Junge hat nachgedacht und seine Folgerungen gezogen. Er hat seinen Freunden in England erklärt, daß er die politischen Ansichten seines Vaters keineswegs teile. Darüber kann er jetzt im Gefängnis von Litchfield nachdenken.

Das Wasser in der Wanne wurde lau. Soll er klingeln und sich ein zweites Mal heißes Wasser zugießen lassen? Es lohnt nicht mehr. Er muß sich bald zurechtmachen für die Ausbootung. Noch zwei Minuten will er in der Wanne bleiben.

Es hat keinen Sinn, ergrimmt zu sein. Man muß das Leben nehmen, wie es ist, dumm, großartig, gescheit, schlecht, verrückt und sehr, sehr angenehm. Man muß die Schwächen der Menschen hinnehmen als etwas Gegebenes, man muß sie in seine Rechnung einsetzen und aus ihnen Vorteile für die gute Sache ziehen.

So hat er's gehalten, so wird er's weiter halten. Verzagt hat er nie, auch in den übelsten Situationen nicht. Er glaubt an sein Land, er glaubt an die Vernunft, er glaubt an den Fortschritt. Er weiß, was ihm eignet, und er weiß, was ihm fehlt, und er glaubt, daß er auch heute noch zu diesem Fortschritt beitragen kann. Er ist alt, etwas wackelig trotz seines robusten Aussehens, behindert durch die Gicht und einen lästigen Ausschlag, behaftet mit einem zweifelhaften Sohn, einem reaktionären Opportunisten. Aber er fühlt sich mit alledem noch kräftig genug, in dieses Frankreich zu gehen und es zu gewinnen für sein Amerika.

Langsam, vorsichtig, stieg der Greis aus der Badewanne, leise ächzend, nicht ohne Wohlbehagen. Da saß er, triefend, groß, dicklich, vornübergeneigt, an dem durch ein Eisengitter gesicherten Kohlenbecken und trocknete sich behutsam ab, das dünne Haar klebte an dem mächtigen Schädel.

Dann, völlig nackt, ging er hinüber zu der Lade, in welcher er seine wichtigsten Dokumente verwahrte, sein Beglaubigungsschreiben, Instruktionen des Kongresses, andere geheime Papiere. Er entnahm dieser Lade ein Dokument: „Vorschläge eines Friedens zwischen England und den Vereinigten Staaten, welche der sehr ehrenwerte Herr Benjamin Franklin der Regierung Seiner Majestät des Königs von England zu unterbreiten beauftragt ist", und es folgten die Bedingungen eines solchen Friedens. Es hatte sich aber Franklin dieses Dokument mitgeben lassen für den Fall, daß sein Schiff und er von den Engländern sollten gefangen werden. Für diesen Fall wollte er ein Dokument bei sich haben, das ihm die geheiligte Eigenschaft eines Friedensabgesandten verleihen und ihn so vielleicht vor dem Strick bewahren sollte. Jetzt, im Angesicht der Küste Frankreichs, brauchte er das Dokument nicht mehr; im Gegenteil, in Frankreich kann es ihm nur hinderlich sein. Er nahm das umständliche Schriftstück aus der Lade, zerschnitt es in kleine Fetzen, warf die Teile in das Kohlenbecken, sah zu, wie sie verbrannten.

Das kleine Boot mit Benjamin Franklin, William Temple Franklin und Benjamin Franklin Bache tanzte über die spritzenden, graugrünen, weißbeschäumten Wellen und erreichte beschwerlich das Ufer. Erstaunte, mißtrauische, dörfliche Bretonen nahmen die Reisenden in Empfang. Man beschaffte umständlich eine schäbige Kutsche. Die alten Gäule setzten sich in einen armseligen Trab, die „Reprisal" feuerte zum Abschied eine Salve, und Franklin fuhr hinein in das Land seiner Aufgabe und seiner Hoffnung.

In Nantes wohnte er im Hause des Agenten Gruet, der mit dem Kongreß handelte. Franklin war erschöpft und hätte gern ein paar Tage Rast gehabt. Es gab aber wenig Ruhe. Zwar hatte der Kongreß die Bestallung der Vertreter für Frankreich nicht bekanntgegeben, und Franklin ließ nichts von seiner politischen Sendung verlauten. Aber er war ein Forscher von Weltruf, und man schrieb ihm die Loslösung seines Landes von der Krone zu. Es kamen viele, ihm ihre Aufwartung zu machen.

Man überhäufte ihn mit Fragen, aus denen er ersah, wie abgründig tief die Unwissenheit der Frager über sein Land war. Er hörte mit ruhiger Freundlichkeit zu, antwortete karg und entschuldigte seine Einsilbigkeit mit seinem armseligen Französisch.

Sein Wirt, der Geschäftsmann Gruet, war redselig und hielt es für seine Pflicht, seinen Gast über die Zustände Frankreichs zu unterrichten. Mit Erstaunen erfuhr der Fremdling, daß die Geschäfte Amerikas in Paris und Versailles nicht, wie er vermutet hatte, von seinem Freund und Übersetzer Dubourg betrieben wurden, sondern von einem gewissen Rodrigue Hortalez, alias Caron de Beaumarchais.

Von Beaumarchais hatte Franklin natürlich gehört. Er hatte auch Streitschriften in der Hand gehabt, welche dieser Mann anläßlich eines Rechtsfalles veröffentlicht hatte. Sie waren ihm zu brillant, diese Pamphlete, zu schnell, zu oberflächlich, zu rhetorisch, sie entbehrten der Weisheit. Monsieur de Beaumarchais, fand Franklin, war ein Sensationsjournalist, und es war ihm nicht angenehm, daß in Frankreich gerade dieser Mann als der wichtigste und tatkräftigste Vertreter der amerikanischen Sache angesehen wurde.

Die Kaufleute der reichen Stadt Nantes ließen es sich nicht nehmen, Franklin einen großen Ball zu geben. Nun hatte der Doktor zwar ein Staatskleid mit, den kostbaren, blauen Manchesteranzug, den er damals in London in jener schmachvollen Sitzung getragen hatte. Doch dieser Anzug lag wohlverpackt in einem vielfach verschnürten Koffer, und eigentlich wollte ihn Franklin nicht vor seiner Ankunft in Paris herausnehmen. Er beschloß, einen schlicht bürgerlichen, braunen Rock anzuziehen.

Der braune Rock schien den Bewohnern der Stadt Nantes die rechte Tracht für einen selbstgenügsamen Weisen aus dem naturnahen Westen. Franklins Erscheinen wurde ein großer Erfolg. Seine freundlichen, langsamen, betrachtsamen Manieren stachen wirkungsvoll ab von der hurtigen, skeptischen, blitzend galanten Art, wie sie nach dem Vorbild der Pariser Salons bei einheimischen Gesellschaften üblich waren. Insbesondere die Frauen waren hingerissen von der altfränkischen, gravitätischen Liebenswürdigkeit des berühmten Mannes. Die ganze Stadt sprach von nichts anderm als von ihm. Wo er sich zeigte, huldigte man ihm, und die Pelzmütze, die eisengerahmte Brille wurden zum Symbol.

Unter den vielen Besuchern, die dem Doktor während seines Aufenthaltes in Nantes ihre Aufwartung machten, war ein junger Mensch, knabenhaft, sehr mager, mit fallenden Schultern, mit großen, braunen, ungewöhnlich strahlenden Augen in dem hübschen, vollen Gesicht, ein gewisser Paul Theveneau.

Paul war an der Küste geblieben, um Franklin sogleich nach seiner Ankunft seinen Respekt zu bezeigen. Jetzt also stand er vor ihm und strahlte ihn an, sichtlich ergriffen von dem Gefühl, in der Atemnähe des verehrten Mannes zu sein. Franklin, bewegt von soviel naivem Enthusiasmus, lächelte ihm freundlich zu. Als indes der Junge erklärte, er sei hier, um als Vertreter der Firma Hortalez und ihres Chefs, des Monsieur de Beaumarchais, Franklin zu begrüßen, verschwand das Lächeln und die Freundlichkeit, und bestürzt nahm Paul wahr, wie das fleischige, massige Antlitz auf einmal keineswegs mehr das eines gütigen Weisen war. Aus großen, strengen Augen sah der Alte ihn an, die Brauen schienen sich noch höher zu wölben, der lange Mund war verschlossen, die Furchen der hohen Stirn vertieft; mächtig, verwittert, drohend saß der Kopf auf den breiten Schultern. „Und sie sind schon auf See, sagen Sie, diese Transporte des Monsieur de Beaumarchais?“ fragte Franklin; die nicht laute Stimme klang höflich, Abneigung, Argwohn waren kaum merklich.

Paul hatte bisher englisch gesprochen, nicht ohne Mühe, jetzt fiel er in sein gewohntes Französisch zurück. Da er sich in der Verteidigung fühlte, rühmte er mit doppelter Wärme die Leistung seines bewunderten Freundes Pierre. Die drei Schiffe „Victoire“, „Alexandre“, „Eugénie“ seien auf See, erklärte er, sie brächten nach Amerika achtundvierzig Kanonen, sechstausendzweihundert Gewehre, zweitausendfünfhundert Granaten, dazu Uniformbedarf in größtem Umfang. Außerdem warteten in den Lagerhäusern Monsieur de Beaumarchais’ auf den Transport Waffen und Monturen für insgesamt dreißigtausend Mann, und aus dem Kopf zählte er die einzelnen Posten auf.

Franklin hörte zu, das große Gesicht unbewegt. Was der junge Mensch da ankündigte, das war eine Dienstleistung von beträchtlicher Bedeutung für Kongreß und Armee. Aber er konnte den Widerwillen nicht loswerden, den ihm der Name Beaumarchais erregt hatte, und nicht den Unmut, daß sein Freund, der wackere, würdige Dubourg, ausgeschaltet schien. „Ich darf wohl annehmen", sagte er, „die französische Regierung hat Monsieur de Beaumarchais nach Kräften unterstützt." – „Ja und nein, Herr Doktor", erwiderte Paul. „Gewiß war man in Versailles daran interessiert, daß Kriegsbedarf nach Amerika geliefert werde, aber ebenso bemüht war man, dem englischen Gesandten keinen Anstoß zu geben. Lassen Sie's mich sagen, wie es ist, Doktor Franklin", fuhr er mit Wärme fort. „Diese Waffen für Ihr Land hat mit Einsatz seines ganzen Talentes und mit Übernahme großen Risikos Monsieur de Beaumarchais allein beschafft, mein Freund, aus eigenem Antrieb und unter Überwindung ungeheurer Schwierigkeiten." Franklin betrachtete aus seinen weiten, gewölbten, ruhigen Augen den Erregten. „Es ist sehr erfreulich", sagte er gemessen, „daß Waffen für unsere Soldaten unterwegs sind. Wir können sie gut brauchen. Wir sind unser nicht viele, und auf die Dauer wird es schwerhalten, allein den Kampf für die Sache der Menschheit zu führen. Ich danke Ihnen für Ihre Mitteilung, Monsieur", schloß er, auch er sprach jetzt französisch, ein langsames, abgehacktes, hölzernes Französisch.

Paul sah, daß er entlassen war. Er war betreten. Er hatte dieser Zusammenkunft mit hoher Erwartung entgegengesehen, und nun behandelte ihn Franklin wie einen faulen Lieferanten. Er konnte es nicht fassen, daß dieser Mann, der für seine Sache Amt, Vermögen, Leben eingesetzt hatte, so kalt war, so zweiflerisch überlegen; doch Paul bemühte sich, kein voreiliges Urteil zu fällen. Er zog sich bescheiden zurück und beschloß, ein zweites Zusammensein mit ihm zu suchen.

Die Gelegenheit ergab sich, als Monsieur Gruet drei Tage später zu Ehren Franklins ein Abendessen für einen kleinen Kreis von Freunden veranstaltete.

Mit freudigem Erstaunen nahm Paul wahr, wie anders sich der Doktor dieses Mal gebärdete. War Paul bei jener ersten Begegnung bestürzt gewesen über die ablehnende Starrheit des Mannes, heute begriff er, warum sich alle Welt von ihm bezaubern ließ. Er selber ließ sich gerne bestricken von Franklins gravitätischer Anmut. Es war seltsam, wie die umständlichen kleinen Scherze und etwas hausbackenen Anekdoten, die der Doktor in die Unterhaltung einstreute, wie alles, was er sagte, auch wenn es weiter keine Bedeutung hatte, auf besondere Art durchtränkt schien von seinem Wesen.

Man sprach an diesem Abend viel von religiösen Dingen. Die freigeistigen Anschauungen der Pariser Gesellschaft hatten abgefärbt auf die Tafelrunde, die sich hier in Nantes versammelt hatte. Man amüsierte sich über die abergläubischen Vorstellungen der Bauern in der Umgebung, man witzelte bösartig über die Verwandtschaft dieser Vorstellungen mit denen der katholischen Kirche und erzählte frivole Anekdoten über die Geistlichen.

Franklin hörte freundlich und reserviert zu. Man erwartete wohl, daß auch er sich äußern werde, doch er schwieg. Schließlich fragte ihn einer geradezu, wie denn nun er über die Geistlichen denke. „Ich möchte da nicht verallgemeinern", antwortete er in seinem langsamen Französisch. „Es gibt unter den Geistlichen ernsthafte Männer, die sich bemühen, ihren Glauben mit den Erkenntnissen der Wissenschaft in Übereinstimmung zu bringen. Es gibt auch andere, die ihre Freude daran haben, gegen die Wissenschaft loszudonnern." Und behaglich erzählte er von Erfahrungen, die er selber gemacht hatte, als er seinen Blitzableiter installierte. Hatte da zum Beispiel ein Geistlicher erklärt, solche Tätigkeit heiße Gott versuchen; wenn man sich daran mache, die Artillerie des Himmels zu kontrollieren, so sei das ein Unternehmen, dem die Kraft eines Sterblichen nicht gewachsen sei. Ein anderer hatte gepredigt, der Blitz sei eines der Mittel, die Menschheit für ihre Verbrechen zu strafen und sie vor der Verübung weiterer Verbrechen zu warnen; der Versuch, die volle Auswirkung des Blitzes zu verhindern, bedeute somit einen Eingriff in die Rechte der Gottheit und sei Sünde.

Aber die Freigeister ließen nicht locker; sichtlich wollten sie aus Franklin ein unzweideutiges Bekenntnis herausholen, das sie verwerten könnten. „Man hat uns berichtet, Doktor Franklin", sagte einer, „Sie hätten in einem Traktat über ‚Freiheit und Notwendigkeit, Lust und Pein' das Fortleben der Seele nach dem Tode angezweifelt und den theologischen Unterschied zwischen Mensch und Tier bestritten." – „Hab ich das?" sagte freundlich Franklin. „Ja, ja, ich habe in meiner Jugend manches geschrieben, was ich besser nicht geschrieben hätte, und ich bin nur froh, daß diese Traktätchen keinen Erfolg hatten und also auch keine Verbreitung fanden." Und er trank von seinem Wein, einem guten Burgunder, den der Hausherr seinem kennerischen Gast vorgesetzt hatte.

Paul nahm an, jetzt müßten die Zudringlichen endlich gemerkt haben, daß der Doktor dafür hielt, das seien Fragen, die jeder mit sich allein abzumachen habe. Aber die Freigeister ließen sich nicht einschüchtern, und ihr Wortführer fragte dreist und geradezu: „Würden Sie uns darüber belehren, Doktor Franklin, wie Sie jetzt über diese Dinge denken?" Der Alte schaute den Sprecher an, voll und gelassen, und schwieg so lange, daß die andern schon betreten wurden. Dann aber tat er den Mund auf und sagte freundlich: „So wie damals denke ich nicht mehr, das ist gewiß. Jetzt, im Gegenteil, frage ich mich zuweilen: wozu eigentlich sollte man die Möglichkeit der Existenz eines höchsten Wesens und der Unsterblichkeit der Seele schlechthin leugnen?" Der Freigeist biß sich auf die Lippen. „Trotzdem, verehrter Doktor Franklin", bestand er, „gehören Sie zu uns. Sie haben niemals durch irgendeine Äußerung, die hätte mißdeutet werden können, dazu beigetragen, den Aberglauben auf dieser Erde zu vermehren." – „Ich fürchte, Monsieur", antwortete lächelnd Franklin, „ich muß Sie enttäuschen. Ich war nämlich immer darauf bedacht, die Freude anderer an ihren religiösen Gefühlen nicht zu stören, auch wenn mir ihre Meinungen schwer erträglich oder geradezu absurd erschienen. Ich bin in diesem Bestreben ziemlich weit gegangen. Sie müssen wissen, wir haben in meinem Philadelphia Sekten jeder Art, auch solche, die einander scharf widersprechen. Ich habe allen ohne Unterschied Freundlichkeit bezeigt und jeder Sekte für die Errichtung oder Erneuerung ihrer Kirche was beigesteuert. Wenn ich heute sollte sterben müssen, bin ich im Frieden mit allen. Ich finde nämlich, Monsieur, wenn man schon tolerant ist, dann soll man nicht gerade gegen die Gläubigen intolerant sein." Er sagte das aber freundlich und ohne jede Schärfe, so daß nicht einmal die Freigeister aufgebracht waren.

Immerhin wollten sie das letzte Wort behalten. „Könnten Sie uns darüber aufklären", fragte ihr Sprecher, „warum Sie sich niemals öffentlich zum Glauben an ein höchstes Wesen bekannt haben?" Franklin, mit einem kleinen Schmunzeln, erwiderte: „Ich kann mir nicht vorstellen, daß ein höchstes Wesen auf ein solches öffentliches Bekenntnis sollte Gewicht legen. Wenigstens habe ich niemals wahrgenommen, daß es einen Unterschied gemacht hätte zwischen Gläubigen und Ungläubigen, indem es etwa die Ungläubigen durch besondere Kennzeichen seines Mißfallens brandmarkte."

Paul mischte sich ein. Ehrerbietig fragte er: „Würden Sie uns ein Wort darüber sagen, Doktor Franklin, ob und wieweit Ihr Glaube an Gott Ihre praktischen Handlungen bestimmt?" – „Ich denke", antwortete Franklin, „wir verehren das höchste Wesen am besten dadurch, daß wir uns anständig verhalten zu den andern Geschöpfen, die es hervorgebracht hat. Um solche Anständigkeit habe ich mich zeitlebens bemüht."

Der Freigeist seinesteils, der sich noch immer nicht geschlagen geben wollte, drängte: „Aber Sie bezweifeln doch wenigstens die Göttlichkeit des Jesus von Nazareth? Oder auch das nicht?" fragte er herausfordernd, da ihm Franklin nachdenklich das große Gesicht zuwandte. „Diese Frage habe ich nicht studiert", antwortete der Doktor, „und ich halte es für überflüssig, mir jetzt noch darüber den Kopf zu zerbrechen. Sehen Sie, junger Herr, ich bin alt und werde wohl in absehbarer Zeit Gelegenheit haben, die Wahrheit ohne viel Mühe zu erfahren."

So, umwegig und halb ironisch, in seinem unbeholfenen Französisch, antwortete Franklin den naseweisen Freigeistern. Paul freute sich. Was der Alte da geäußert hatte, besagte alles und besagte gar nichts, und Paul bewunderte die überlegene Klugheit und Schelmerei, mit welcher er die lästigen Frager abgeführt hatte.

Andern Tages reiste Franklin ab, nach Paris. Paul wäre ums Leben gern mitgefahren. Er war zuzeiten schüchtern und zuzeiten frech, und er konnte, wenn er sich was in den Kopf gesetzt hatte, sehr beharrlich sein. Jedem andern hätte er seine Begleitung angetragen, doch Franklin mit einem solchen Vorschlag zu kommen, scheute er sich.

Wohl aber fand er sich ein, seiner Abfahrt beizuwohnen. Unten im Hof stand angeschirrt die große, bauchige Reisekutsche Monsieur Gruets, man traf die letzten Vorbereitungen. Franklin war noch oben im Zimmer, um ihn ein paar Leute. Man brachte ihm den Pelzmantel, die Pelzmütze, die mächtigen Handschuhe, den aus Holz vom Apfelbaum geschnitzten Stock.

Der Doktor, während man ihm in den Mantel half, sprach mit Paul in seiner ruhigen, freundlichen Art. „Ich danke Ihnen, mein Freund", sagte er, „für die wertvollen Informationen, die Sie mir gebracht haben." Paul errötete tief vor Stolz, daß ihn der Alte seinen Freund nannte. Franklin war jetzt fertig, massig stand er in seinen Pelzen, mächtig unter der Kappe schaute das Gesicht her mit dem vorgeschobenen, schweren Kinn und den starken Brauen, Paul war dünn und winzig neben dem gewaltigen Greis. „Es ist eine harte Nuß, die ich da in Paris zu knacken habe", sagte er, beschwerlich atmend in seinen Pelzen, leicht ächzend, so leise, daß nur gerade Paul ihn hören konnte. Sie standen jetzt am Fenster, drunten in dem verschneiten Hof luden kräftige Packer die letzten Stücke in den Wagen. Es waren Kisten, umspannt mit eisernen Rahmen, Behältnisse, in denen Franklin die wichtigsten seiner Akten und Bücher mit sich führte. Einer der Männer hob an, ein zweiter half, die schwere Kiste wollte nicht hoch. Ein dritter kam dazu. Aber der erste winkte ab. „Laß nur", kam seine keuchende Stimme vom Hof herauf durchs Fenster, „laß nur, es geht schon, ça ira", und er hob die Kiste krachend in den Wagen.

„Ça ira, mon ami, ça ira", sagte mit seiner ruhigen, freundlichen Stimme der Alte zu Paul, und ein ganz kleines Lächeln war um seinen langen Mund, während er, sich stützend auf Paul, etwas mühsam hinunterging zu der Reisekutsche, wo seine Enkel ihn erwarteten.

Letzte Station machte man in Versailles. Man hätte nach Paris durchfahren können, doch Franklin fühlte sich zu müde. Er nahm Zimmer im Gasthof „De la Belle Image".

Noch vor dem Abendessen kam Besuch aus Paris, ein großer, dicker, imposanter Herr, über dem Bauch eine mit vielen Blumen bestickte Atlasweste, Silas Deane. Er war freudig erregt, leuchtete übers ganze Gesicht, wollte die Hand Franklins nicht loslassen. Sogleich stürzte er sich ins Erzählen, wußte nicht, wo anfangen, wo aufhören. Die komplizierten Verhandlungen mit dem Grafen Vergennes, der Spionagedienst und die ständigen Beschwerden des englischen Botschafters, die Schiffe, die immer wieder zurückgehalten wurden, die Offiziere, die er angeworben hatte und nicht zahlen und nicht transportieren konnte, der Kongreß, der ungenügende Antwort und kein Geld schickte. Was für eine Erleichterung, daß endlich Franklin da war, um ihn der schweren Verantwortlichkeit zu entheben. Alle seine Sorgen schüttete der redselige Mann sogleich vor den schweigsamen Franklin hin. Dann, ohne Übergang, kichernd, berichtete er, der englische Botschafter habe, als die bevorstehende Ankunft Franklins ruchbar wurde, darauf gedrängt, Vergennes müsse ihm den Aufenthalt in Paris verbieten. Vergennes habe das auch zugesagt, aber auf den Rat des findigen Monsieur de Beaumarchais habe man den Kurier mit der Weisung, Franklin möge nicht nach Paris kommen, nach Le Havre beordert, wo diese Weisung Franklin nicht erreichen konnte. Und jetzt, da er einmal hier sei, werde man ihn natürlich nicht ausweisen. Ja, wenn wir unsern Monsieur de Beaumarchais nicht hätten!

Während Mr. Deane seinen berühmten Amtsgenossen so ins Bild setzte, kam ein aufgeputzter, kleiner Negerbote mit einem Brief für Franklin. Monsieur Caron de Beaumarchais teilte dem großen Mann aus dem Westen vielwortig mit, er würde sich glücklich schätzen, wenn er ihm noch heute seine Aufwartung machen dürfte. Franklin sah mit Unbehagen auf das schön geschriebene, leicht parfümierte Billett. Ließ dann höflich erwidern, er fühle sich zu müde, Monsieur de Beaumarchais heute zu empfangen.

Die Reise und das Gerede Mr. Deanes hatten ihn wirklich erschöpft, und er war froh, als sein Besucher sich empfahl. Da aber traf ein neuer Gast ein, den er nicht abweisen wollte, Doktor Barbeu Dubourg.

Doktor Dubourg umarmte Franklin, klopfte ihm den Rükken; die beiden alten, schweren Männer füllten das kleine Zimmer des Gasthofs „De la Belle Image" beinahe ganz aus. Wieder und wieder versicherte Doktor Dubourg, wie jung und wohlerhalten Franklin, und Franklin, wie jung und wohlerhalten Dubourg aussehe. In ihrem Innern waren beide betrübt, wie alt der andere geworden sei, und Franklin sagte sich melancholisch: Da lüg ich wieder einmal, zehn Grabsteine können's nicht besser.

Dubourg war das Herz voll, und der Mund ging ihm über. Lustig und wirr durcheinander erzählte er. Erzählte von den gemeinsamen Freunden, von der Akademie, von neuen Werken über die Prinzipien der Physiokraten, von der Entlassung des Finanzministers Turgot, von seinen eigenen Übersetzungen der Werke Franklins, von dem traurigen Zustand der Staatsfinanzen, von dem neuen Finanzdirektor Necker, von Vergennes, von Intrigen des Hofes. Er sprach englisch, er sprach es nicht schlecht, aber in der Erregung geriet er immer wieder ins Französische.

Ein dutzendmal wiederholte er, was es für ein Segen sei, daß man endlich Franklin hier habe. Nichts gegen den beflissenen, patriotischen Silas Deane, aber der habe denn doch nicht das Format, das revolutionäre Amerika zu vertreten. Da sei es kein Wunder, daß sich ein sensationslüsterner Komödienschreiber wie dieser Monsieur de Beaumarchais vor Hof und Stadt als *der* Anwalt Amerikas habe aufspielen können, so als ob alle europäische Tätigkeit für die Dreizehn Staaten in seinem Hause zusammenliefe.

Franklin selber, als ihm vorhin Silas Deane enthusiastisch von den Geschäften Monsieur de Beaumarchais' berichtet, hatte Unbehagen verspürt, und er begriff sehr gut den Zorn seines Freundes Dubourg, der sich beiseite geschoben fühlte. Aber er dachte auch an den Enthusiasmus, mit dem der junge Paul Theveneau seinen Chef rühmte. „Man erzählt mir", sagte er, „dieser Beaumarchais habe ansehnliche Lieferungen bereits auf See gebracht, einige sechstausend Gewehre, ich habe die Ziffern nicht im Kopf." – „Ja, gewiß", gab Dubourg zu, „aber wenn man das Arsenal des Königs und den Geheimfonds des Außenministeriums hinter sich hat, dann ist das keine Kunst." – „Stammt das ganze Geld von der Regierung des Königs?" erkundigte sich Franklin. „Ein weniges haben natürlich auch andere beigesteuert", räumte unwirsch Doktor Dubourg ein. „Aber mag er's herhaben, woher er will", ereiferte er sich, „das schlimme bleibt, daß Paris gerade diesen

Menschen als Repräsentanten Amerikas ansieht. Er ist so unernst“, und er wiederholte es auf französisch, „er ist so durch und durch unseriös. Nun“, tröstete er sich, „das hört jetzt auf. Da Doktor Franklin da ist, hat natürlich dieser Beaumarchais ausgespielt.“ Und er klopfte Franklin zärtlich den Rücken.

Dann, beim Abendessen, sprach man von literarisch-geschäftlichen Dingen. Monsieur Rouault, der Verleger, wollte Franklins volkstümliches Büchlein „Der Weg zum Wohlstand“ in Dubourgs Übersetzung in einer großen Auflage herausbringen unter dem Titel: „La Science du Bonhomme Richard.“ Doktor Dubourg glaubte, die Übersetzung sei ihm besonders geglückt, der behagliche Ton liege ihm. Und während man reichlich und mit sehr gutem Appetit aß, las Doktor Dubourg Franklin dessen Kalendergeschichten und Sprüche auf französisch vor.

Andern Tages, begleitet von den Herren Deane und Dubourg, fuhr Franklin nach Paris. Dort installierte man sich im Hôtel d'Hambourg, wo Mr. Deane bisher gewohnt hatte. Man war sehr beschränkt im Raum, und William, der die Akten auspacken und ordnen sollte, kam in der Enge nicht zurecht. Es war alles sogleich in heller Unordnung, und der Junge stand mit einem hübschen, hilflosen, doch keineswegs schuldbewußten Lächeln davor.

Das Gerücht war Franklin von Nantes nach Paris vorausgeeilt. Kaum hatte sich die Nachricht von seiner Ankunft verbreitet, so stellten sich Bewunderer ein, um ihm ihre Aufwartung zu machen. Unter den ersten Pierre de Beaumarchais. Franklin empfing ihn nicht allein, sondern zusammen mit zwei andern Besuchern. Er war zu ihm sehr höflich, sprach auch anerkennend von Beaumarchais' Leistung für Amerika, blieb aber unpersönlich und hörte freundlich hinweg über Pierres Anregung, er hoffe, er werde bald Gelegenheit haben, sich mit dem Doktor gründlich auszusprechen. Pierre war verblüfft. Doch mit seiner gewohnten Leichtherzigkeit tröstete er sich schnell. Hatte nicht schon Paul ihm erzählt, Franklin habe zuerst auch ihn sehr kühl behandelt, dann aber seine Haltung geändert? Pierre zweifelte nicht daran, daß er den Amerikaner bald für sich gewinnen werde.

Der empfing indessen andere Besucher, es war ihrer eine Reihe, die nicht enden wollte. Man verbeugte sich vor ihm, schüttelte ihm die Hand, umarmte ihn, sprach mit flinkem Französisch auf ihn ein. Er saß da, massig, freundlich, ehrwürdig, das dünne, weiße Haar fiel ihm über die Schulter, er verzog manchmal den breiten Mund zu einem liebenswürdigen Lächeln, hörte viel, sprach wenig.

Vor der Tür des Hôtels d'Hambourg wartete eine große Menge, um den Vertreter Amerikas, der Philosophie und der Freiheit zu Gesicht zu bekommen. Er erschien und war so, wie ihn das Gerücht beschrieben hatte. Er trug die eisenumrahmte Brille und die berühmte Pelzmütze. Man war begeistert. Eigentlich hatte er ausfahren wollen, der Wagen stand bereit. Jetzt, obwohl behindert durch die glitschige Straße und die Kälte, legte er seinen Weg zu Fuß zurück, von dem hübschen, jungen William anmutig unterstützt. Überall begrüßte man den großen Mann ehrerbietig und gerührt. Der lächelte heiter und verschmitzt. Wenn er seinem Lande auf so billige Art einen Dienst leisten konnte, dann wird er den Parisern zu Gefallen seine Pelzmütze gern bis hinein in den Mai tragen.

In den nächsten Tagen widerhallten die Zeitungen, die Salons der Gesellschaft, die Kaffeehäuser von dem Namen Franklin. Lord Stormont war empört, sprach bei Vergennes vor. Der Polizeiminister dachte daran, die Erwähnung des Namens Franklin in der Öffentlichkeit unter Strafe zu stellen, doch Graf Vergennes fürchtete das Lächerliche einer solchen Verordnung, sie unterblieb.

Die Begeisterung wuchs. Was für ein Mann, dieser Erfinder des Blitzableiters, Begründer der Unabhängigkeit Amerikas, Autor von philosophischen und physikalischen Werken höchsten Ranges! Wo gab es einen zweiten, der so große Leistungen mit solcher Schlichtheit verband? So und nur so, patriarchalisch, bepelzt und bebrillt, konnte der wahre Weise ausschauen, der Naturphilosoph, der Bonhomme Richard, der die edelsten Lehren des Altertums mit neuzeitlicher Wissenschaft organisch mischte. Mit der Schnelligkeit, die den Parisern eignete, verbreiteten sie den Ruhm ihres „Franquelin". Monsieur Léonard, der Friseur der Königin, der erste Haarkünstler der Welt, erfand eine neue Haarmode für die Damen, einen hohen, gekrausten Aufputz, der Franklins Pelzmütze nachahmte, und er nannte diese Haartracht „Coiffure à la Franquelin". Über den Kaminen der Pariser Salons erschien Franklins Bild, an den Wänden der Kaffeehäuser, auf Schnupftabakdosen, Taschentüchern. An allen Straßenecken wurde es verkauft, die Schnellmaler hatten zu tun.

Doktor Dubourg brachte seinem Freund ein solches Porträt von der Straße mit. Lächelnd betrachteten die beiden Männer das Bild. Franklin war dargestellt mit der Pelzmütze, der eisengerahmten Brille, dem Stock, gefertigt aus dem Holz des Apfelbaums, jeder Zoll des massigen Körpers ein Biedermann, in Wahrheit ein Bonhomme. Umrahmt war das Porträt von einem lateinischen Vers, der besagte: „Dem Himmel entriß er den Blitz, dem Tyrannen das Zepter." Beinahe immer war Franklins Bild umrahmt von diesem klingenden, antikischen Vers. Es stammte aber der Vers von dem Baron Turgot, dem früheren Finanzminister, einem der Führer der Physiokraten, einem Freunde Franklins.

„Es ist ein guter Vers", sagte, noch das Bild betrachtend, Franklin. „Ja", antwortete Dubourg, „wenn einer ein Freund und Bewunderer von Ihnen ist, dann Turgot." – „Ein Jammer, daß sie ihn gestürzt haben", sagte Franklin. „Aber ich hatte von Anfang an gefürchtet, er werde nicht geschmeidig genug sein für Versailles. Ein Staatsmann darf die Geduld nicht verlieren, er muß sich darein fügen, Umwege zu machen." – „In der amerikanischen Sache jedenfalls", sagte der immer polternde Dubourg, „hat Turgot Geduld genug gezeigt. Keinen Sou hat er hergegeben für Amerika, solang er Finanzminister war. Ich habe ihm zugeredet wie ein Geistlicher einem Sterbenden. Er hat immer die gleiche Antwort gehabt: ‚Die Sache Amerikas liegt in der Linie des Fortschritts, also wird sie siegen auch ohne unser Geld. Und wir brauchen unser Geld für unsere eigenen Reformen.'" – „Hatte er da von seinem Standpunkt aus nicht recht?" fragte Franklin zurück. Doktor Dubourg schaute ihn vorwurfsvoll an.

Immer wieder versetzte diese Sachlichkeit Franklins seine Freunde in Staunen. Doktor Dubourg und die vielen Pariser Intellektuellen, die mit Amerika sympathisierten, konnten zwar begreifen, daß der Hof kühl blieb vor ihrem demokratischen Eifer: aber mußte nicht auch Versailles einsehen, welch ungeheure Chance der amerikanische Krieg bot, den

Engländern die Niederlage und den Friedensvertrag von 1763 heimzuzahlen? Diese Intellektuellen wüteten gegen die Zögertaktik der mattherzigen französischen Minister. Die sollten, zum Teufel, endlich die Vereinigten Staaten anerkennen und einen Handelsvertrag mit ihnen schließen.

Franklin hingegen fand die Haltung der französischen Regierung sehr verständig, ja, es war die einzig mögliche. Der Zustand der französischen Finanzen war beängstigend; ein Krieg, auch ein siegreicher, müßte zum Zusammenbruch führen. Aus solchen Gründen hatte sogar ein so glühender Anhänger der amerikanischen Ideen wie Turgot sich mit Händen und Füßen dagegen gesträubt, durch Unterstützung Amerikas einen Krieg mit England heraufzubeschwören. Des weiteren konnte Frankreich Krieg nur führen im Einverständnis mit seinen Alliierten, Spanien und Österreich. Das absolutistische Österreich aber war an einem Sieg des republikanischen Amerika nicht interessiert, und Spanien besorgte, seine eigenen Kolonien könnten sich durch einen solchen Sieg zum Aufstand hinreißen lassen.

Franklin also überschaute diese Sachlage, er teilte nicht die empörte Ungeduld der Dubourg und ihresgleichen, sondern fügte sich darein, abzuwarten und die Minister nicht durch Demonstrationen in Verlegenheit zu bringen.

Wenn aber die französische Regierung vorsichtig sein mußte, so war dem Volke keine derartige Beschränkung auferlegt. Bei den Parisern um Unterstützung für seine Sache zu werben, blieb Franklin unbenommen. Und die öffentliche Meinung zu erobern, das hatte er gelernt von frühauf, als Drucker, als Verleger, als Schriftsteller, als Staatsmann. Ein Ingenieur der Seelen zu sein, das war sein Beruf, dafür war er geboren. Wenn ihn der Hof nicht als Gesandten Amerikas anerkennen konnte, nun, so war er eben Gesandter beim französischen Volk. Das war nicht wenig, und das machte Spaß.

Leider aber war Franklin nicht der einzige Vertreter der Vereinigten Staaten in Paris. Der Kongreß hatte, als er ihn ernannt, Silas Deane mit gleichen Rechten und Pflichten ausgestattet und ebenso Arthur Lee, jenen übelnehmerischen, intriganten Herrn in London.

Mit Silas Deane verstand sich Franklin nicht schlecht. Freilich war der gutmütige, patriotische Mann zu subaltern für große Politik, er sah in der amerikanischen Revolution nichts als ein weitverzweigtes Handelsunternehmen. Aber er war wenigstens brauchbar für kaufmännische Dinge. Er beschränkte sich auf das, was er verstand, und anerkannte freimütig und ehrerbietig Franklins Überlegenheit.

Arthur Lee indes kam nach Paris mit der Absicht, alles, was Franklin tat und sagte, zu bemäkeln und zu sabotieren. Er half nicht, er störte nur.

Arthur Lee entstammte einer angesehenen Familie Virginias. Er war eine Art Wunderkind gewesen und hatte schon vor vollendetem zwanzigstem Jahr glänzende politische Broschüren veröffentlicht. Die ganze Familie Lee war fortschrittlich, radikal, und es war Arthurs Bruder, Richard Henry Lee, gewesen, der den Antrag formuliert und im Kongreß eingebracht hatte, die Kolonien für unabhängig zu erklären; Arthur Lee selber, jetzt siebenunddreißig, hatte seit Jahren für Amerika in Europa gewirkt.

Es war ihm eine große Genugtuung, daß ihn der Kongreß nach Paris entsandt hatte. Aber zu seiner Enttäuschung und Erbitterung mußte er schnell erkennen, daß er hier verschwand im Schatten des Doktor Franklin.

Es war nicht das erstemal, daß sich sein Weg und der Benjamin Franklins kreuzten. Schon in London hatten die beiden gemeinsam oder, richtiger, nebeneinander gewirkt als Agenten der Kolonie Massachusetts. Schon damals erschien es dem jungen, fanatischen, grelle Worte und Gesten liebenden Arthur Lee schwer erträglich, zusammengespannt zu sein mit dem alten, ruhig wägenden Doktor honoris causa – er nannte ihn niemals anders –, und er hatte sehnsüchtig darauf gewartet, daß ihm der Alte endlich Platz mache. Statt dessen sah er sich jetzt, in Paris, in den Jahren, da sich das Schicksal seines Vaterlandes entschied, von neuem beengt und überall behindert durch den phlegmatischen, maßlos überschätzten Greis.

Hager, mit düstern Augen, ging Arthur Lee durch die vollgestopften Räume des Hôtels d'Hambourg, mißtrauisch, streitsüchtig, gab Ratschläge, mißbilligte. Er hatte die Kränkung nicht vergessen, die ihm Beaumarchais angetan, er hielt ihn für einen Schwindler und glaubte, immer neue Beweise zu entdecken für seinen Argwohn, er unterschlage die Gelder, welche Versailles für Amerika bestimmt habe. Er warnte Silas Deane vor Beaumarchais, und als Deane für Beaumarchais eintrat, wurde ihm sein Verdacht auch gegen Deane zur Gewißheit. Er warnte Franklin vor Beaumarchais und Deane, und als Franklin erklärte, er habe sich noch kein Urteil über Beaumarchais gebildet, war Lee überzeugt, es sei also auch der Doktor honoris causa mit Deane und Beaumarchais im Geschäft.

Immer tiefer wurde in Arthur Lee der Groll gegen Franklin. Was war schon an dem? Er hatte ein paar Erfindungen gemacht, die vielleicht nützlich waren, darüber hatte er, Arthur Lee, kein Urteil. Aber was er verstand, das war, daß der Alte eine überaus lässige, schwächliche Politik trieb, und was war auch anders zu erwarten von einem Manne, der zeitlebens unzuverlässig gewesen war und überdies einen Tory zum Sohn hatte? Er war ein Heuchler, dieser Benjamin Franklin. Was für ein billiger Trick, immer den braunen Rock zu tragen und die Pelzmütze und schamlos und verschlagen vor den naiven Franzosen den genügsamen Philosophen zu mimen. Dabei hatte Arthur Lee mit eigenen Augen gesehen, wie der listige Alte sich in den Salons der großen Herren von London und Philadelphia genauso elegant getragen hatte wie die andern, und auch das Leben, das er hier führte mit üppiger Küche und alten Weinen und jungen Frauen und Kutsche und Dienerschaft, war nicht gerade das eines Diogenes.

Es waren also Franklin seine beiden Kollegen mehr Behinderung als Hilfe.

Offen zutage trat das, als die drei Emissäre der Vereinigten Staaten empfangen wurden von dem Außenminister Charles Grafen Vergennes.

Franklin hatte daran gezweifelt, daß man sie in Versailles empfangen werde, und es war ihm eine Erleichterung gewesen, als ein höflicher Sekretär des Außenministeriums im Hôtel d'Hambourg vorsprach mit der Botschaft, es werde dem Grafen Vergennes eine Ehre sein, die drei amerikanischen Herren zu sehen. Allerdings, fügte dieser Sekretär sogleich hinzu, wisse Graf Vergennes nichts davon und wolle nichts davon wissen, daß die Herren im Auftrag des Kongresses von Philadelphia kämen; er empfange sie lediglich als Privatleute.

Arthur Lee schäumte. Das sei eine ungeheure Beleidigung, und selbstverständlich müsse man es daraufhin ablehnen, den Minister zu besuchen. Es kostete die beiden andern Mühe, den ungebärdigen Herrn eines Besseren zu überreden. Franklin aber wußte, daß Vergennes die heimliche Hilfeleistung für Amerika nur mit größter Mühe bei dem widerstrebenden König durchgesetzt hatte, und er schätzte es als ein Zeichen mutigen Wohlwollens, daß er die drei Kommissare empfing.

Mit großen, freundlich prüfenden Augen schaute er auf den Minister. Der war so, wie er ihn sich gedacht hatte, behaglich, liebenswürdig, gewandt, höflich, häufig leicht ironisch und immer auf der Hut; das waren Eigenschaften, für die Franklin Verständnis hatte.

Vielwortig und offenbar ehrlich gab Graf Vergennes seiner Freude Ausdruck, dem großen Philosophen, mit dessen Werk er wohlvertraut sei, zu begegnen. Das waren keine leeren Komplimente. Graf Vergennes hatte Franklins Schriften gelesen, ohne die Übersetzungen Doktor Dubourgs abwarten zu müssen; er las mühelos Englisch.

Der Minister, bei aller Wohlerzogenheit, wandte sich vornehmlich an Franklin. Silas Deane fand das selbstverständlich; er saß da, fett, schweigend, und freute sich der Wirkung seines großen Kollegen. Arthur Lee aber war ergrimmt, daß er für den Grafen Vergennes nicht zu existieren schien. Er versuchte manchmal einen geistreichen Satz ins Gespräch einzuwerfen, der Minister hörte höflich hin und wandte sich sogleich wieder an Franklin.

Vergennes stellte eine Frage über gewisse Befugnisse des Kongresses. Setzte aber, noch bevor Franklin antworten konnte, hinzu, er stelle diese Frage natürlich nur als Privatmann, der an Staatsphilosophie interessiert sei. In seiner Eigenschaft als Minister des Allerchristlichsten Königs könne er keine Kenntnis nehmen von der Existenz der Dreizehn Vereinigten Staaten; für ihn existierten sie nach wie vor nur als Kolonien des Königs von England, die sich in einem bedauerlichen Konflikt mit ihrem Souverän befänden. „Wenn aber“, fuhr er fort, „der Minister Vergennes die Haltung der Kolonien tief beklagt, so versteht Monsieur de Vergennes durchaus die Stellungnahme des Kongresses. Monsieur de Vergennes hat von Anfang an eine gütliche Lösung des Konflikts für unmöglich gehalten. Ich kenne die englische Regierung, ich kenne ihre harte Selbstsucht. Grimm erfüllt mich, wenn ich an den Schmachfrieden denke, den die Engländer uns im Jahre dreiundsechzig aufgezwungen haben. Jeder Franzose, wenn von Dünkirchen die Rede ist und von dem englischen Kontrollkommissar, der Frankreich zum Hohne dort sitzt, ballt die Faust." Es war seltsam, wie der heftige Inhalt dieser Worte kontrastierte mit der Haltung des Ministers; der sprach leise, im Konversationston, mit seinem Federkiel spielend.

Franklin, während er den Grafen Vergennes so reden hörte, mußte daran denken, daß ohne die Siege der Amerikaner England schwerlich in der Lage gewesen wäre, so harte Friedensbedingungen zu stellen und einen kontrollierenden Kommissar nach dem geschleiften Dünkirchen zu entsenden. Er selber, Franklin, hatte in jenem Krieg Waffen geliefert gegen Frankreich, und es war in diesem Krieg gewesen, daß General Washington, den sie jetzt hier in Paris so feierten, seine praktischen Kenntnisse und seinen Ruhm erworben hatte.

Im späteren Verlauf des Gespräches erklärte der Minister, wenn er sich erlauben dürfe, den Herren einen Rat zu geben, so empfehle er ihnen, von größeren Kundgebungen vorläufig abzusehen. In Paris ließen es sich sowieso eine Menge Leute angelegen sein, für Amerika mit flammenden Worten einzutreten. Seiner Überzeugung nach werde die bloße Gegenwart eines Mannes wie Franklin stärker wirken als die stärksten Worte.

Arthur Lee, in seinem Innern, wütete. Was erfrecht sich dieser fette Froschesser, dachte er. Statt uns die Anerkennung und die Allianz anzubieten, auf die wir Anspruch haben, speist er uns mit niederträchtigen Ratschlägen ab. Wir sollen still in der Ecke sitzen. Das könnte ihm passen.

Franklin indes, zu Arthur Lees zornigem Erstaunen, saß massig und liebenswürdig und sagte in seinem langsamen Französisch: „Es gibt bestimmt niemand, der in der Lage wäre, unsere Situation in diesem Lande besser zu überschauen als Sie, Herr Graf. Das macht uns Ihre Ratschläge doppelt wertvoll."

Vergennes lächelte. „Ich danke", antwortete er, „es wird Ihnen nicht unangenehm sein, wenn aus unserer Zusammenkunft mehr herausspringt als bloße Ratschläge. Vielleicht unterhalten Sie sich nach Beendigung unseres Gespräches noch mit Monsieur de Gérard."

Man verabschiedete sich. Vergennes versicherte, ihm liege viel daran, sich des öftern mit Doktor Franklin auszusprechen. Er schlage aber vor, solche Zusammenkünfte nicht in dem offiziellen Versailles stattfinden zu lassen, sondern in Paris und privat. Wenn die Regierung, im Gegensatz zu den Wünschen Lord Stormonts, die Anwesenheit Monsieur Franklins in Paris nicht beanstande, dann deshalb, weil ja Doktor Franklin, wie man ihm, dem Minister, berichtet habe, sich dort aufhalte, um als Mitglied der Akademie mit seinen Kollegen Gedanken auszutauschen und um seine Enkel der Wohltat französischer Erziehung teilhaftig werden zu lassen.

Arthur Lee richtete die großen, düster glühenden Augen seines hageren Gesichtes gespannt auf Franklin. Wird der Alte auch noch diese gemeine Beleidigung hinnehmen, ohne zurückzuschlagen? Wird er seinen niedrigen Opportunismus so weit treiben? Erregt starrte er auf Franklins mächtiges, fleischiges Gesicht. Es zeigte keinerlei Empörung, dieses Gesicht, im Gegenteil, etwas wie liebenswürdige Amüsiertheit, und: „Ich verstehe durchaus, Herr Graf", erwiderte der alte Mann. „Es redet sich sowieso besser am Kamin eines angenehmen Wohnzimmers als im offiziellen Empfangsraum." Da aber konnte sich Arthur Lee nicht länger zähmen. „Ich finde es bedauerlich", sagte er mit seiner scharfen, flackerigen Stimme, „daß die Vertreter der Dreizehn Vereinigten Staaten von Amerika den Außenminister des Königs von Frankreich nur über die Hintertreppe sollen aufsuchen dürfen."

„Aber Monsieur, Monsieur...", sagte Graf Vergennes, er suchte den Namen des eifrigen jungen Herrn, er hatte ihn offenbar vergessen. Aber schon sagte begütigend Franklin: „Monsieur Lee, mein verehrter junger Kollege, hat offenbar Ihr Französisch nicht ganz verstanden, Herr Graf. Er weiß so gut wie ich, daß es bei einem ernsthaften Gespräch auf den Inhalt ankommt und nicht auf die Stühle, auf denen die Teilnehmer sitzen."

Man trennte sich, und die amerikanischen Herren begaben sich ins Zimmer Monsieur de Gérards. Dort sprach man von Ziffern und Fakten. Es ergab sich, daß der Staatssekretär

Weisung hatte, den Herren Emissären ein Darlehn von zunächst zwei Millionen zur Verfügung zu stellen, unbefristet und unverzinslich.

„Großartig", sagte Silas Deane. „Ein schäbiges Trinkgeld", sagte Arthur Lee. Benjamin Franklin sagte nichts.

Franklin hatte von Kind auf durch angenehme und bittere Erfahrungen gelernt, wie sehr die Handlungen der einzelnen und der Gemeinschaft durch Ökonomisches bestimmt werden. „Ein Mann ohne Geld", pflegte er zu sagen, „hat es schwer, anständig zu bleiben; ein leerer Sack steht nicht aufrecht." Er war sich klar darüber, daß die letzten Ursachen der amerikanischen Revolution ökonomische waren. Ihm selber, nun er in leidlichem Wohlstand lebte, war das Ökonomische nur Mittel, nie wurde es ihm zum Zweck. Wenn man die Beweglichkeit des Besitzes steigerte, so schuf man dem Bürgertum die Möglichkeit schnelleren Gelderwerbs und gab ihm eine wirksame Waffe an die Hand, dem Feudaladel Privilegien zu entwinden, welche dem Aufstieg der Menschheit im Wege standen. Nur als Waffe interessierte ihn das Ökonomische, im übrigen schob er es an die Peripherie seines Denkens und seiner Politik.

Leider aber wurde in diesen Pariser Tagen der größte Teil seiner Zeit aufgefressen von Geschäften, bei denen es um Ökonomisches ging. Die drei Bevollmächtigten wußten, daß sie auf Geldsendungen vom Kongreß nicht rechnen durften. Sie sollten eine repräsentative Gesandtschaft unterhalten, sie sollten Lieferungen nach Amerika schicken, und das Geld für alles das mußten sie in Frankreich aufbringen. Da gab es zwei Wege. Der eine war ständiges Betteln bei der französischen Regierung, der andere die Ausstellung von Kaperbriefen für Reeder, die es riskierten, unter amerikanischer Flagge gegen Gewinnbeteiligung Kaperei zu treiben.

Es war indes nicht leicht, die gekaperten Schiffe und Waren zu verwerten. Da war zum Beispiel der Kapitän Lambert Wickes, Franklins geräuschvoller Seebär. Er hatte außer den beiden ersten Prisen zwei weitere aufgebracht und wollte nun seine Beute stolz in größter Öffentlichkeit verkaufen. Da aber mischten sich die französischen Behörden ein; Frankreich hatte den Engländern in feierlichen Verträgen zugestanden, es werde keinem fremden Schiff, das unter der Flagge einer mit England verfeindeten Macht segelte, Erlaubnis geben, seine Häfen anzulaufen, geschweige denn dort Beute zu veräußern. Der Seebär verstand nicht, was man von ihm wollte. Er beging Heldentaten, und statt ihn zu feiern, verlangten die französischen Federfuchser, er solle sich verkriechen und seine Beute heimlich verklopfen wie ein Dieb. Er schimpfte gewaltig. Er reiste nach Paris und erfüllte die engen Räume des Hôtels d'Hambourg mit derber Seemannssprache, mit Flüchen und Klagen.

Franklin redete dem Empörten gut zu. Erklärte ihm, die französische Regierung habe nun einmal Verträge mit England, und es sei Neutralitätsbruch, wenn sie Wickes erlaube, von ihren Häfen aus friedliche englische Schiffe zu überfallen. Der Seebär wollte von solchem bürokratischen Geschwätz nichts wissen. Er verlangte von Franklin, daß er den Herren in Versailles den Kopf zurechtsetze.

Franklin machte bei den französischen Behörden milde Vorstellungen; im Prinzip schien es ihm absurd, um so geringfügiger Dinge willen Versailles zu verärgern. Doch seine Kollegen widersprachen. Der Seebär hatte auch vor ihnen gebrüllt und geklagt. Sie wollten, daß Franklin dem Minister schärfer zusetze. Arthur Lee fragte höhnisch, wo da die Freundschaft des Monsieur de Vergennes bliebe, wenn er nicht einmal Mittel finde, den heldischen Kapitän vor England zu schützen.

Nicht einmal Franklins Freund und Bewunderer Dubourg teilte seinen Standpunkt. Vielmehr reizte es ihn selber, sich an Kaperunternehmungen zu beteiligen. Geld und Schiffe für solche Zwecke waren leicht zu haben; selbst der vorsichtige Monsieur Lenormant war nicht abgeneigt, Kapital in einem solchen Geschäft zu investieren. Und als Franklin mild spottete über die Seeräuberromantik des Freundes, war dieser gekränkt. Warum ein so großartiges Mittel verschmähen, Geld für die Freiheit und Amerika zu beschaffen?

Auch jene von Silas Deane für den Dienst in der amerikanischen Armee angeworbenen Offiziere bereiteten Franklin allerlei Kopfzerbrechen. Die Versailler Regierung untersagte ihnen die Ausreise; anders wäre es Neutralitätsbruch gewesen. Franklin, der befürchtete, die Überschwemmung der amerikanischen Armee mit hohen französischen Offizieren werde die amerikanischen Militärs verstimmen, hätte gerne die Gelegenheit wahrgenommen, die Verträge loszuwerden. Silas Deane indes war stolz darauf, daß er die Herren mit ihren großklingenden Namen und Titeln für Amerika gewonnen hatte, und er lag dem Doktor in den Ohren, er möge sein Bestes tun, ihnen die Ausreiseerlaubnis zu erwirken.

Mit derartigen Geschäften war Franklins Tag ausgefüllt. Dabei war er überzeugt, daß diese ganze Tätigkeit mehr schade als nütze. Zweifellos war Vergennes wohlmeinend und wußte von allein, wann der rechte Moment gekommen war, bei seinen Ministerkollegen und beim König die Anerkennung der Vereinigten Staaten und die Allianz durchzudrükken. Man durfte ihn nicht immer stoßen und drängen. Die amerikanisch-französische Freundschaft war ein zartes Gewächs, das die Berührung durch übereifrige, täppische Hände nicht vertrug.

Daß Franklin, wie es ihm Vergennes vorausgesagt hatte, durch seine bloße Gegenwart wirkte, konnte er aus mancherlei Symptomen ersehen. Der Herzog von Choiseul, des alten Königs Ministerpräsident, der unter dem jungen in Ungnade gefallen war, bemühte sich um Franklin, bat, ihm seine Aufwartung machen zu dürfen, lud ihn in sein Haus. Selbst der Herzog Louis-Philippe de Chartres, Großvetter des Königs, der die alte Familienfeindschaft gegen den Hof eifrig betrieb, suchte Franklin in seinen Kreis zu ziehen und in den seiner schönen und begabten Freundin, der Schriftstellerin Madame de Genlis. Der Doktor war höflich, doch zurückhaltend; er hielt es für falsch, sich mit der Opposition einzulassen. Arthur Lee hingegen wollte dem König und der Regierung beweisen, daß man eine Macht sei; ihm schien es das Gegebene, sich mit der Opposition zu verbünden und dem König und den Ministern die Faust zu zeigen. Franklin hatte seine liebe Not, mit sanfter Schlauheit Ungeschicklichkeiten zu verhüten.

Auch der Rahmen, in dem sich seine wenig erfreuliche Tätigkeit abspielte, war unbehaglich. Die Räume, welche die amerikanische Delegation innehatte, waren sehr eng, und wenn die Registratur des jungen William immer in Unordnung war, so konnte er sich mit einigem Recht auf diese Enge berufen. Von Anfang an hatte Franklin gefunden, daß das Hôtel d'Hambourg nicht das Richtige für ihn sei. Mit den Wochen wuchs in ihm die Überzeugung, daß er besser daran tue, nicht in der Stadt Paris selber zu residieren, sondern irgendwo in der Umgebung. Auch dort würde mancher lästige Besucher ihn aufzufinden wissen, aber doch nicht jeder.

Doktor Dubourg, als ihm Franklin von seinen Nöten und Erwägungen erzählte, fand eine Lösung. Sein Freund Ray de Chaumont, ein eifriger Anhänger der amerikanischen Sache, besaß ein schloßartiges Landhaus in der Nähe von Paris, in Passy, das Hôtel Valentinois. Monsieur de Chaumont, berichtete Doktor Dubourg, fühle sich verlassen und verloren in dem riesigen Besitz. Der eine Flügel des Hauses liege so gut wie abgetrennt vom Hauptgebäude mitten in einem wunderbaren Garten. Wenn Franklin dort seinen Wohnsitz nehmen wollte, würde sich Monsieur de Chaumont glücklich schätzen.

Franklin fuhr nach Passy. Der Flügel, um den es sich handelte, erwies sich als ein geräumiges, wohlgebautes, guteingerichtetes Landhaus, so eingebettet in den weiten Garten, daß, wer es innehatte, in Wahrheit im Garten wohnte. Diesen Garten liebte Franklin vom ersten Augenblick an, da er ihn sah. Es war ein strenger Ziergarten, der zwanglos überging in einen englischen Park. Terrassen führten hinunter zum Fluß, überall öffneten sich Blicke auf die Stadt Paris, die schön und weit am andern Ufer lag. Alleen und eine Auffahrtsrampe führten an das Tor des Gartenhauses; doch der wohlbeleibte und von der Gicht geplagte Franklin beschloß sogleich, den Weg über die Stufen der Terrassen zu nehmen, wann immer es ihm gelingen sollte, seinen Hang zur Bequemlichkeit zu überwinden.

Mehr und mehr während der Besichtigung verliebte er sich in Haus und Garten. So hatte er sich's geträumt. Hier wohnte er in der Stadt – denn Passy lag unmittelbar vor Paris – und gleichwohl auf dem Lande, hier hatte er Platz für seine Bücher und für all den Krimskrams, den er liebte, hier konnte er eine Werkstatt einrichten, um nach Belieben zu basteln, hier stand es ihm frei, sich abzuschließen vor den Silas Deane und Arthur Lee und andern Lästigen.

Ein wenig zaghaft fragte er Monsieur de Chaumont nach dem Mietpreis. Der erwiderte, es werde ihm eine Ehre sein, dem großen Mann das Haus, das er ohnedies nicht benötige, mietefrei zur Verfügung zu stellen.

Eine kleine Weile zögerte Franklin. Monsieur de Chaumont besorgte Lieferungen für Amerika und rechnete sicherlich auf Gegendienste für sein Angebot. Dann aber, sitzend in dem kleinen Aussichtsturm, die liebliche, friedliche Landschaft überblickend, denkend an den Lärm und die Enge des Hôtels d'Hambourg, nahm er das Angebot an. Mochte Arthur Lee an seine Freunde in Amerika berichten, was er wollte.

Den Tag darauf, als Franklin aufwachte, fiel ihm ein, daß heute sein Geburtstag war. In Philadelphia hatte die Familie aus diesem Tag viel hergemacht, es gab Kuchen, Geschenke, großes Familienessen, die Enkel sagten Verse auf. Der Doktor war neugierig, ob wohl William an seinen Geburtstag denken werde.

Er lag in dem breiten Bett, abgeschlossen unter den Vorhängen des Alkovens; einen Spalt des Fensters hatte er trotz der Januarkälte aufgelassen, er hielt auf frische Luft. Er steckte den Fuß aus dem Bett, die Kälte, fand er, tue ihm gut.

Einundsiebzig Jahre. Da sollte er anfangen, ein bißchen auf sich achtzugeben. Noch viel zu häufig ist ihm sein Behagen wichtiger als seine Gesundheit. Er sollte mehr zu Fuß gehen, er sollte sich den Wein nicht so oft nachschenken lassen. Das Leben hier in Frankreich ist verführerisch. Offenbar gefällt er den Frauen, trotz seiner Einundsiebzig. Vielleicht wird er noch einmal heiraten, die Franklins sind ein kräftiges Geschlecht.

Wahrscheinlicher ist, daß William nicht an seinen Geburtstag denkt. Er denkt an seine Vergnügungen, der Junge, für andere Gedanken hat er keine Zeit. Er ist nett, gutmütig, geweckt. Vielleicht entwickelt er doch noch irgendeine Begabung.

Es hielt den Doktor nicht länger im Bett. Er stand auf, schwer, ein wenig ächzend. Er pflegte lange vor den andern aufzustehen und vor dem Frühstück noch eine Stunde zu lesen oder zu arbeiten.

Im Schlafrock ging er hinüber in den Wohnraum, wo die Bücher untergebracht waren. Das Zimmer war warm, aber voll Rauch, man verstand hier nicht zu heizen. Franklin machte sich am Kamin zu schaffen. Dann warf er den Schlafrock ab und saß nackt da, wie er es des Morgens liebte.

Viel zu dicht in dem engen Raum standen die Bücher, zwei Reihen hintereinander, unübersichtlich. In Passy wird das anders werden. Sechs, sieben Wochen wird es noch dauern bis zu seiner Übersiedlung, schneller läßt sich das Haus nicht instand setzen. Er hat noch einen anstrengenden Winter vor sich hier in Paris.

Er schob den Stuhl an das Gestell, aus dem er Bücher benötigte. Es war ein geräumiger Stuhl, konstruiert für des Doktors Bequemlichkeit, er hatte ihn aus Philadelphia mitgebracht; der Sitz ließ sich umschlagen, dergestalt, daß man ihn auch als Leiter benutzen konnte. Er holte sich Bücher her, häufte sie um sich, begann zu lesen. Er wird sich heute viel Zeit lassen; vielleicht werden sie dann, er und seine Kollegen, eine Viertelstunde zu spät bei Monsieur de Gérard eintreffen. Das darf sich ein Mann leisten an seinem einundsiebzigsten Geburtstag.

Um acht Uhr frühstückte man, wie immer. William begrüßte ihn laut und fröhlich und machte Scherze darüber, daß heute einmal nicht er, sondern der Großvater sich verspätet habe. Im stillen gestand sich Franklin, er habe wahrscheinlich durch seine Verspätung den Jungen auf seinen Geburtstag aufmerksam machen wollen; es betrübte ihn, daß William trotzdem nicht daran dachte.

Um sich zu entschädigen, ließ er sich Pfannkuchen aus Buchweizenmehl servieren, das tat er sonst nur des Sonntags, er hatte das Mehl aus Amerika mitgebracht. Er aß langsam, mit Behagen, und sah im Geiste sein Philadelphia, die Christkirche, die Akademie, Markt und Rathaus, die Deutsche Kirche, das Haus der Regierung, der Zimmermanns-Gilde, die große Werft, Sassafras Street, Chestnut Street, Mulberry Street.

Nach dem Frühstück machte er sich an die Arbeit. Diktierte. Er ging dabei hin und her, er hielt darauf, wenn nicht in der freien Luft, so doch im Zimmer mindestens drei Meilen jeden Tag zu gehen, das Zimmer also sechshundertmal auf und ab zu laufen.

Die Post, die ihm vorlag, war ausgiebig, mannigfach und im ganzen wenig erfreulich. Da bat ein Chevalier de Neuville um einige Louis, die ihn vom Hungertode retten sollten. Doktor Ingenhousz, Leibarzt der Maria Theresia, wollte von seinem Freund Franklin Auskünfte über gewisse wissenschaftliche Experimente haben. Eine Madame Hérissant bat den Doktor, ausfindig zu machen, wo sich ihr Sohn befinde, sie habe Grund, anzunehmen, er sei in Amerika. Mr. Arthur Lee erklärte kalligraphisch und umständlich, nachdem Franklin auf seine mündlichen Proteste nicht reagiere, gebe er hierdurch zu den Akten, daß er von den Herren im Außenministerium ständig ignoriert und beleidigt werde; falls Franklin nicht endlich einschreite, behalte er, Arthur Lee, sich vor, selber geeignete Schritte zu tun. Eine unleserliche Unterschrift setzte gehässig auseinander, wie falsch und laienhaft gewisse Theorien Franklins über den Blitz seien. Ein Mr. Russel aus Boston, der aus verwickelten Gründen aus Marseille nicht weiterkam, bat seinen großen Landsmann um Rat und Hilfe. Ein Abbé Lecombe hatte Geld im Spiel verloren und beschwor Franklin, ihm auszuhelfen, er seinesteils werde für den Sieg der amerikanischen Waffen beten. Vierzehn Matrosen von der „Reprisal" beschwerten sich über die unerträgliche Behandlung, die sie von dem Seebären Wickes erführen, der Seebär fluchte in schlechter Orthographie, doch in farbigen Worten über die Unbotmäßigkeit der vierzehn Matrosen. Ein Monsieur Philippe Gueffier teilte mit, er habe ein Epos gegen die Engländer vollendet, das auf seine Freunde starken Eindruck mache, und er bat um finanzielle Unterstützung zu Zwecken der Veröffentlichung.

Mit diesen Briefen also hatte sich der Doktor an seinem einundsiebzigsten Geburtstag zu befassen. Dann aber hatte er dennoch seine Überraschung und sein Geschenk. Es war nämlich auch Post aus England eingetroffen. Freunde auf der Insel hatten trotz des englischen Geheimdienstes Mittel gefunden, Botschaften an ihn gelangen zu lassen.

Da war ein Brief von Georgiana Shipley, der Tochter des Bischofs Jonathan Shipley, eines guten Freundes. Georgiana mochte jetzt achtzehn sein oder höchstens neunzehn. Ihr Vater, schrieb sie, halte es angesichts des Krieges für sehr unvorsichtig, daß sie mit ihrem Sokrates in Verbindung trete, aber sie könnte seinen Geburtstag nicht vorbeigehen lassen, ohne ihm zu sagen, wie innig sie seiner gedenke. Weder ihre

Gefühle noch die ihrer Familie seien durch die Ereignisse im geringsten verändert. „Ich kann", schloß sie, „meinen Neid nicht bezähmen auf Ihren Enkel, dem es freisteht, Ihnen Aufmerksamkeiten und Liebe zu beweisen." Mehr als einmal las Franklin den in großen, kindlichen Zügen geschriebenen Brief.

Dann waren da Berichte der Londoner Vertrauensleute. Die englische Regierung, teilten sie mit, sei durch Franklins Ankunft in Paris sehr beängstigt. Der König habe ausdrücklichen Befehl gegeben, jeden Schritt scharf zu überwachen, den der „hinterlistige Mann aus Philadelphia" in Paris tue. Lord Rockingham aber, der ja die Politik der englischen Regierung gegen die Kolonien von Anfang an mißbilligt habe, verkünde jedem, wie sehr die Chancen der Amerikaner durch Franklins Wirksamkeit in Paris erhöht würden. Der Berichterstatter habe mit eigenen Ohren gehört, wie sich der Lord vor einer größeren Gesellschaft ungefähr folgendermaßen ausgelassen habe. Die widerwärtigen Vorgänge damals im Geheimen Kronrat hätten Franklin nicht abgehalten, über den Ozean zu fahren. Er habe die Gefahr auf sich genommen, gefangen und ein zweites Mal vor ein ähnliches Tribunal geschleift zu werden. Wenn die Herren, die in jener scheußlichen Gerichtsszene mitgetan hätten, sich Franklin jetzt in Versailles vorstellten, dann müßten sie ein Gefühl haben wie Macbeth vor Banquos Geist. Zwei jener Herren seien in der Gesellschaft gewesen, vor welcher sich Lord Rockingham so geäußert habe. Sie hätten geschwiegen.

Franklin war noch bei der Lektüre seiner Briefe, als Silas Deane und Arthur Lee eintrafen, um ihn zu der Konferenz mit Monsieur de Gérard abzuholen. Arthur Lee mahnte zänkisch, es sei höchste Zeit. „Entschuldigen Sie", sagte freundlich der Doktor. „Ich hatte zu tun. Ich habe das, was Sie zu den Akten gegeben haben, zu den Akten legen müssen." Er erhob sich. „Aber jetzt sind wir bereit, meine Pferde und ich", sagte er. Arthur Lee schaute ihn an, peinlich erstaunt; Franklin trug den gewohnten, braunen Rock und machte keine Miene, ihn zu wechseln. „Finden Sie, ich sollte mich umziehen?" fragte er mit einem ganz kleinen Lächeln. „Offen gestanden, ja", antwortete Arthur Lee. „Aber", fügte er bitter hinzu, „wie ich Sie kenne, werden Sie es ja doch nicht tun." – „Sie haben es getroffen", sagte Franklin, und man brach auf.

Der fatale Monsieur Beaumarchais hatte jeden zweiten Tag bei Franklin angefragt, wann er Gelegenheit haben werde, sich mit dem verehrten Mann über die amerikanischen Dinge auszusprechen. Silas Deane hatte wieder und wieder erklärt, daß man der Hilfe Monsieur de Beaumarchais', welcher der amerikanischen Sache größere Dienste geleistet habe als irgendwer sonst, auch in Zukunft nicht werde entraten können, und er hatte seinem Erstaunen Ausdruck gegeben, daß Franklin die Begegnung so lange hinauszögerte. Er hatte leider recht. Franklin mußte seine Abneigung gegen diesen Monsieur bezähmen, er durfte sich nicht länger sträuben, ihn zu empfangen. Er schickte ihm Botschaft, er erwarte ihn andern Tages um halb zwölf.

Am frühen Morgen dieses andern Tages saß Franklin, wie so häufig, nackt in seinem Arbeitszimmer, lesend, schreibend. Aber er hatte keine Freude an seinen Büchern und an seinen Papieren. Er litt an diesem Morgen an seiner Gicht mehr als üblich, auch war ihm, als jucke ihn sein Ausschlag stärker. Er beschloß grimmig, sich für diesen Monsieur nicht erst groß und beschwerlich anzuziehen, sondern ihn einfach im Schlafrock zu empfangen.

Pierre seinesteils war den ganzen Morgen ausgefüllt von der Erwartung der bevorstehenden Unterredung, von Hoffnungen und Sorgen. Es gab auf dieser Seite des Meeres keinen zweiten, welcher der amerikanischen Sache so wertvolle Dienste geleistet hatte wie er. Drei Schiffe des Hauses Hortalez waren auf See, wahrscheinlich war ihre Ladung schon in den Händen der Amerikaner. Weitere riesige Vorräte stapelten sich, neue Schiffe waren im Bau, neue Verträge unterzeichnet, bald wird die Flotte, welche das Haus Hortalez für die amerikanischen Lieferungen erworben und gebaut hat, lediglich den Geschwadern des Königs und der Indischen Compagnie nachstehen. Es war rätselhaft, warum ihm Doktor Franklin nicht nur nicht entgegenkam, sondern sich geradezu vor ihm zurückzog. Daß er selber, sein Wesen, sein Verhalten, seine Tätigkeit, seine Schriften, daran sollte schuld sein können, war ihm unvorstellbar. Wahrscheinlich hatte man diesem Fremdling seine Tätigkeit in falschem Licht geschildert oder Äußerungen von ihm verdreht. Er kannte das. Er war ganz sicher, er werde, sowie er nur Gelegenheit habe, den Amerikaner von Angesicht zu Angesicht zu sehen, dessen Scheu vor ihm sogleich zerstreuen.

Groß fuhr er vor dem Hôtel d'Hambourg auf, in seiner Staatskutsche, höchst sorgfältig angezogen. Er war verblüfft über den einfachen Rahmen, innerhalb dessen der Amerikaner lebte, und über die Schlampigkeit der Einrichtung; sie erinnerte ihn an die Umwelt einiger seiner literarischen Freunde. Besonders erstaunt war er über Franklins Schlafrock; er wußte nicht, sollte er diese nachlässige Tracht für ein Zeichen mangelnder Achtung nehmen oder für ein Symptom von Vertraulichkeit.

Da saßen sie einander gegenüber. Der schwere Mann mit dem zerfalteten Greisengesicht, dem gewaltigen Kinn und den großen, kalten, prüfenden Augen wirkte trotz seines nachlässigen Aufzuges überlegen, ja gebieterisch. Pierre aber, mit all seiner ausgeklügelten Eleganz und seinen sichern, lockern und doch gezirkelten Manieren, saß da wie ein Bittsteller. Franklin, vielleicht um die Bedeutung der Zusammenkunft zu mindern, hatte seinen Enkel zugezogen, den jungen William. Der musterte aufmerksam die prächtige, allen Regeln letzter Mode entsprechende Tracht des Besuchers, er prägte sich sichtlich jede Einzelheit ein, und dieses respektvolle Studium entschädigte Pierre ein wenig für die Kühle des Alten.

Pierre begann in schnellem, wohlklingendem Französisch Franklins Verdienste zu rühmen. Unter Heranziehung vieler Vergleiche pries er die Kraft und List, mit welcher der große Mann dem Thron des englischen Tyrannen die Stützen entzogen habe. Der Doktor hörte unbewegt zu, und Pierre zweifelte, ob er sein erlesenes Französisch auch verstehe.

Franklin aber, nach einer Weile, erwiderte langsam, die Worte suchend: „Wenn man ein Ereignis von so großer historischer Bedeutung betrachtet, wie es der Kampf der Vereinigten Staaten von Amerika um ihre Unabhängigkeit ist, dann soll man die Verdienste des einzelnen nicht überschätzen." Für einen winzigen Augenblick erwog Pierre, ob nicht diese sententiöse Antwort auf seine, Pierres, Tätigkeit gemünzt sei, ob nicht der Alte ihm zu verstehen geben wolle, er überschätze seine eigene Wichtigkeit. Doch sogleich wies er diesen Gedanken von sich und erwiderte ehrerbietig, solche philosophische Haltung füge sich trefflich in das Bild des hervorragenden Gelehrten. Man konversierte in der Landessprache, und das mühevolle, fehlerhafte Französisch Franklins stach seltsam ab von dem hurtigen, beschwingten Pierres; trotzdem klangen die wenigen Worte, die der Greis äußerte, bedeutender als die zahlreichen, schönen und originellen des Jüngeren.

Der Doktor hatte sich vor Beginn der Unterredung zurechtgelegt, was er dem Herrn sagen wollte. Der wird noch eine lange Weile warten müssen, bevor er für seine Lieferungen irgend etwas wie Zahlung erhalten wird. Doktor Franklin kannte seinen Mr. Arthur Lee und kannte seinen Kongreß. Er war also gewillt, dem Herrn ein paar schöne Worte zu geben; die kosteten nichts, und er sah, wie der andere danach dürstete. Allein der seltsame Widerwille, den er beim ersten Hören des Namens verspürt hatte, steigerte sich, nun er Pierre leibhaft vor sich sitzen sah, überelegant angezogen, weithin wohlduftend, sichtlich ausgefüllt vom Gefühl seiner Bedeutung. Der Doktor konnte seine Antipathie nicht überwinden und begnügte sich, trocken zu erklären: „Es ist erfreulich, Monsieur, daß sich auch auf dieser Seite des Ozeans so viele wackere Männer für unsere Sache einsetzen. Es ist mir ein Vergnügen, wieder einen dieser Männer kennenzulernen."

Es war Pierre nicht angenehm, daß ihn der Alte als einen von vielen ansah. Er erwiderte mit einer kleinen Schärfe: „Meine Bestrebungen, der amerikanischen Armee die Bekleidung und die Waffen zu schaffen, ohne die man ja nicht kämpfen kann, waren mir eine besonders ehrenvolle Beschäftigung. Ich darf sagen, daß mir angesichts der großen Sache auch die Gefahren, welche meine Tätigkeit mit sich brachte, wie Nebel vor der Sonne erschienen."

„Gefahren?" fragte der Doktor zurück, er wußte nicht, ob er das französische Wort richtig verstanden habe. „Sie meinen das Risiko?" erkundigte er sich dann, etwas lebhafter als früher. „Sie dürfen es auch Risiko nennen", räumte Pierre höflich ein, er sprach jetzt englisch, „ich kann die Nuancen des Wortes nicht genau abwägen. Aber ich denke, die meisten

Ihrer und meiner Landsleute werden es als eine ernsthafte Gefahr bezeichnen, wenn man einen Gegner vor sich hat, der allgemein als rauflustig, rachsüchtig und rücksichtslos bekannt ist." – „Ein Duell, Monsieur de Beaumarchais?" fragte angeregt der junge William. „Sie haben für unsere Sache ein Duell ausgefochten?" – „Mehrere", antwortete Pierre. „Das letzte mit dem Marquis de Saint-Brisson, einem naseweisen Lümmel, der mir frech kam, als ich die amerikanische Freiheit ausspielte gegen die mannigfachen Übelstände, welche die Überheblichkeit unseres Geburtsadels mit sich bringt."

Es verdroß den Doktor, daß dieser Bürger und Schriftsteller Pierre Caron auf so läppische Art die Unsitten der Aristokratie mitmachte. „Und haben Sie ihn überzeugt", fragte er also gemütlich, „Ihren Marquis de Saint-Brisson? Haben Sie ihn mit Ihrem Florett von der Richtigkeit unserer Prinzipien überzeugt? Glaubt er jetzt an unsere Sache?" Und da Pierre, etwas überrascht, schwieg, fuhr er fort: „Wenn man in meinem Alter ist, Monsieur, glaubt man nicht mehr an die Nützlichkeit von Duellen", und behaglich begann er eines jener Geschichtchen zu erzählen, die er liebte. „Saß da einmal ein Monsieur in einem Kaffeehaus und verlangte von einem Monsieur am Nebentisch, der möge sich weiter wegsetzen. ‚Warum das, Monsieur?' – ‚Weil Sie stinken, Monsieur.' – ‚Das ist eine Beleidigung, Monsieur, und dafür müssen Sie mir mit dem Degen Genugtuung geben.' – ‚Wenn Sie darauf bestehen, Monsieur, dann werde ich Ihnen mit dem Degen Genugtuung geben. Aber ich sehe nicht, was wir dabei gewinnen könnten. Denn wenn Sie mich umbringen, Monsieur, dann stinke ich auch, und wenn ich Sie umbringe, dann stinken Sie, wenn möglich, noch mehr als jetzt.'"

Pierre fand es übel angebracht, wie ihn der Alte durch diese hausbackene und abgeschmackte Geschichte zurechtzuweisen suchte. In Frankreich, erklärte er ablehnend, müsse man wohl den Kampf gegen die Privilegien eines übermütigen Adels auf andere Weise führen als in Philadelphia. Und dann, mit jähem Übergang, sprach er davon, wie außerordentlich schwierig es sei, Waffen für Amerika aufzubringen und zu transportieren. Er sprach offen von dem ungeheuern Risiko, welches dieses Geschäft für den Unternehmer bedeute, und er beklagte die Wortkargheit des Kongresses, der Briefe entweder überhaupt nicht erwidere oder aber Silas Deane und ihn selber mit nichtssagenden Antworten abspeise.

Franklin meinte, die Verträge Monsieurs seien ja wohl vor der Zeit seiner Ankunft abgeschlossen. Er glaube, es werde Versailles nicht angenehm sein, wenn über diese Verträge viel gesprochen und korrespondiert werde. Ihm scheine es angemessen, daß Monsieur diese Dinge weiter wie bisher mit Mr. Deane abmache, einem ausgezeichneten Kaufmann und verdienten Patrioten. Damit machte er einen großen Punkt, schloß bedeutend den Mund und schaute Pierre voll, höflich und nichtssagend an.

Der begriff. Franklin glaubte offenbar, aus Rücksicht auf Vergennes sei äußerste Vorsicht geboten, und darauf, nicht etwa auf Mißbilligung seiner Person, war die Reserviertheit des Alten zurückzuführen. Das war tröstlich. Pierre sprach also nicht mehr von dem Geschäft, sondern machte Konversation über die Freiheit wie vorher. Wenn auch, meinte er, die Formen des Kampfes verschieden seien in Amerika und in Frankreich, im Grunde sei es trotzdem der gleiche Kampf. „Auf so verschiedene Gebiete sich meine Tätigkeit erstreckte", sagte er, „ich glaube, Herr Doktor, ich habe mich auf jedem als Soldat im Kampf für die Freiheit bewährt. Ich hoffe, man wird einmal selbst scheinbar Abliegendes, sagen wir zum Beispiel meine Komödie ‚Der Barbier von Sevilla', als eine erfolgreiche Schlacht in diesem Kampfe bezeichnen."

Franklin sah dem schwatzhaften Mann immer mit dem gleichen, höflich prüfenden Ausdruck ins Gesicht. „Ich kenne leider Ihre Komödie nicht", erwiderte er.

Pierre fuhr zurück, verblüfft. Er hatte noch niemals einen Menschen getroffen, der diese Komödie, doch wohl das berühmteste Lustspiel der Epoche, nicht kannte. Er lächelte ein wenig verzerrt und sagte, es werde ihm eine Ehre sein, Franklin zur nächsten Aufführung des Werkes im Théâtre Français Karten zur Verfügung zu stellen. Ohne seine Hilfe werde es schwer sein, eine Karte zu erhalten, da man sich um den Eintritt nächtelang anstellen müsse. Franklin dankte höflich, meinte indes, er fürchte, in diesen Wintermonaten werde ihm seine Gesundheit nicht erlauben, des Abends auszugehen, außer in dringlichen Fällen. Der junge William hingegen erklärte eifrig, wenn Monsieur de Beaumarchais ihm die Karte verschaffen wolle, so wäre er ihm besonders verbunden.

Man sprach noch eine Weile Gleichgültiges. Dann erhob sich der Doktor, die Audienz sichtlich beendigend, und erklärte formell, Amerika wisse die Dienste der französischen Freiheitsfreunde wohl zu würdigen. Aber es klang frostig, und Beaumarchais, obwohl er's nicht zeigte, konnte schwerlich befriedigt sein, als er ging.

Franklin bereute denn auch seine Kälte. Der Mann war unsympathisch, gewiß, aber man brauchte ihn nun einmal. Er hätte sich bezähmen und die Komplimente des Herrn mit Komplimenten erwidern müssen.

Nun er's einmal falsch gemacht hatte, wollte er wenigstens *einen* Vorteil aus seinem Fehler ziehen. Offen erklärte er seinem Enkel William, er hätte sich das Vergnügen, Monsieur de Beaumarchais zu zeigen, was er von ihm hielt, versagen sollen. Man müsse in jeder Situation höflich sein, kluge Höflichkeit trage Zinsen, und er erzählte ihm die Geschichte von der Egge.

„Wurden da zwei Knechte ausgesandt, eine schwere Egge zu transportieren. Sagte der eine, der sich von der harten Bürde drücken wollte, ein Schlaukopf: ‚Was hat sich unser Herr eigentlich gedacht, daß er nur uns zwei beide allein geschickt hat, diese Egge zu schleppen? Zwei Mann sind da doch viel zuwenig.‘ – ‚Unsinn‘, sagte der andere, der sehr stolz war auf seine Stärke. ‚Zwei Mann? Ich allein kann sie tragen. Hilf mir sie aufheben, und du wirst sehen.‘ Der Schlaukopf aber, als der andere die Last auf den Schultern hatte, fuhr fort: ‚Donnerwetter, was für eine Kraft du hast, der reine Simson. So gibt es keinen zweiten in Amerika. Aber jetzt ist's genug. Laß sie mich mitschleppen.‘ Der andere indes war durch dieses Lob mehr erhoben als durch die Last beschwert. ‚Nichts da‘, sagte er, ‚ich trag sie weiter, ich trag sie allein nach Haus.‘ Und so tat er.

Ich hoffe“, schloß Franklin, „Monsieur de Beaumarchais wird uns die Egge weiterschleppen. Wenn er's tut, ist es nicht mein Verdienst. Ich hätte lügen sollen“, bekannte er reuig. „Ich hätte dem Herrn sagen sollen, daß wir ohne seine Lieferungen und ohne seine schöne Beredsamkeit die Waffen längst hätten strecken müssen. Ich hätte höflich sein sollen.

Mach's also du klüger, mein Junge, und nimm dir kein Beispiel an deinem Großvater."

Die Wintertage Franklins blieben erfüllt von lästigen Geschäften. Silas Deane schickte Lieferanten und Reeder, die ihre Dienste anboten, und drängte darauf, daß Franklin engere Verbindung mit Beaumarchais halte. Doktor Dubourg schickte Lieferanten und Reeder, die ihre Dienste anboten, und drängte darauf, daß man sich von Beaumarchais unabhängig mache. Beide schickten Leute, die Empfehlungen für Amerika haben wollten. Arthur Lee mäkelte herum an jedem Wort, das Franklin sprach oder schrieb. Franklin hörte Doktor Dubourg, Silas Deane und Arthur Lee an, erwiderte Freundliches, Unverbindliches, und ließ die Dinge treiben.

Graf Vergennes hatte ihm nahegelegt, vor der Öffentlichkeit wissenschaftliche Ziele zu verfolgen, nicht politische. Das tat er gerne. Er besuchte die zahlreichen Bibliotheken, die Königliche, die von Sainte-Géneviève, die Bibliothek Mazarin, überall mit höchster Verehrung empfangen.

Dann zeigte er sich in der Akademie. Er war Mitglied dieser exklusiven Vereinigung, der anzugehören alle Gelehrten der Welt als höchste Ehre anstrebten. Nur sieben ihrer Mitglieder waren Nicht-Franzosen, Franklin war der einzige Amerikaner.

Franklin war schon während eines früheren Aufenthalts in Paris in der Akademie erschienen. Diesmal, nachdem er seine Philosophie in die Tat umgesetzt hatte, erregte sein Besuch noch mehr Aufsehen. Eingeführt wurde er von den Doktoren Leroy und Le Veillard. Einunddreißig von den vierzig Mitgliedern waren anwesend, alle baten sie darum, ihm vorgestellt zu werden, und hatten für ihn Worte der Ergriffenheit und der Ehrfurcht.

Dann trat man in die Tagesordnung ein. Zunächst hielt d'Alembert einen Vortrag über die Entwicklung der Sitten, nicht ohne Franklin mehrere Male ehrenvoll zu erwähnen. Dessen Französisch war noch nicht gut, und es gelang ihm nur mit Mühe, den Einzelheiten des Vortrages zu folgen. Immerhin passierte ihm diesmal kein Mißgeschick wie bei seinem letzten Pariser Aufenthalt. Damals hatte er es aufgegeben, solche Vorträge zu verstehen, er hatte blind das Vorbild der andern befolgt, gelacht, wann sie lachten, applaudiert, wann sie applaudierten, und so war es denn geschehen, daß er einmal, als der Vortragende ihn rühmte, ebenso kräftig und überzeugt in die Hände klatschte wie die andern. Im übrigen interessierten ihn die Vorträge nicht sehr. Sedaine sprach über Fénélon, La Harpe rezitierte aus dem Epos „Pharsalia“, Marmontel sprach über Wanderungen der Kelten. Franklin hörte allen mit würdiger Aufmerksamkeit zu, wiewohl es ihm nicht leichtfiel, die großen Augen aufzuhalten, und er mehrmals heftige Lust verspürte, sich zu kratzen. Die Mühe lohnte insofern, als sich jeder der Vortragenden bestrebte, Franklins Persönlichkeit und sein Werk in Verbindung zum Thema des Vortrags zu bringen, was vielerlei Verrenkungen nötig machte, deren sich Franklin geschmeichelt erfreute. Dann, am Ende der Sitzung, beantragte der Vizepräsident, Monsieur Turgot, der große Nationalökonom, Franklins Anwesenheit in dem Sitzungsbericht zu verzeichnen, und demgemäß wurde beschlossen.

Alle diese Geschäfte Franklins, die wenigen erfreulichen und die vielen unerfreulichen, spielten sich ab in dem feuchtkalten Pariser Winter, und die Enge und Unbehaglichkeit des Hôtels d'Hambourg trugen dazu bei, ihm seine Tätigkeit zu verleiden. Er fühlte sich erschöpft, er sehnte sich, nach Passy überzusiedeln, schon nannte er es „sein“ Passy. Doch die Installierung und die Einrichtung des Hôtels Valentinois wurde und wurde nicht fertig.

Wenigstens waren die Nachrichten, die von jenseits des Meeres kamen, erfreulich. General Washington hatte die Offensive ergriffen, den Delaware überschritten und bei Trenton einen Überraschungssieg über eine starke feindliche Truppe erfochten. Wenige Tage später hatte er bei Princetown den englischen General Mawhood geschlagen und dessen Rückzug nach New York erzwungen.

Franklin, der geschickte Propagandist, wußte aus der glücklichen Botschaft höchsten Nutzen zu ziehen. In allen Zeitungen erschienen Artikel, von ihm inspiriert, die den Sieg feierten und stolze Prophezeiungen daran knüpften.

Überall war man enthusiasmiert, und der Doktor bekam bald die angenehmen Folgen zu spüren. Arthur Lee, der sich in Paris an allen Ecken und Enden durch Franklin behindert fühlte, hielt es nach diesem Sieg für an der Zeit, nach Spanien zu gehen und dort, unabhängig von anderen, für die Sache der Vereinigten Staaten zu wirken. Franklin beeilte sich, seinem Kollegen Pässe und Empfehlungen zu verschaffen; dann drückte er Arthur Lee kräftig die Hand, wünschte ihm gute Reise und einen langen, erfolgreichen Aufenthalt in Madrid und sah aufatmend seinem Wagen nach.

Auch Franklins Stellung zu dem Grafen Maurepas, dem Ministerpräsidenten, wurde durch die Siegesnachricht erfreulich verändert. Madame de Maurepas hatte es Franklin nicht vergessen, daß er, als er vor zehn Jahren zum erstenmal nach Paris gekommen war, sie und den Grafen aufgesucht hatte. Damals nämlich war Maurepas noch nicht der allmächtige Staatsmann gewesen, sondern er hatte auf seinem Schlosse Pontchartrain gelebt, dorthin in milde Verbannung geschickt von dem alten König wegen eines bösartigen Epigramms gegen die Pompadour; Franklin aber hatte den Gestürzten, dem er sich durch liberale Ideen verbunden fühlte, in seiner Verbannung aufgesucht.

Maurepas machte aus seiner freundschaftlichen Verehrung für Franklin kein Hehl. Aber die Politik, die er in der amerikanischen Frage trieb, war und blieb unentschieden.

Das hatte gute Gründe. Die letzte Ursache seiner Ernennung war ein Mißverständnis gewesen. Louis' des Sechzehnten Vater, der bigotte Dauphin, hatte in dem freigeistigen Ministerpräsidenten Choiseul einen Feind gesehen, der junge Louis, kaum zur Macht gelangt, hatte Choiseul weggeschickt und ihn durch seinen erbittertsten Gegner ersetzt, durch Maurepas. Der junge Louis war fromm wie sein Vater, überzeugt von der unmittelbaren Verbindung des Königtums mit Gott und der Kirche. Der alte Maurepas jedoch war in seinem tiefsten Wesen genauso freigeistig wie Choiseul, tolerant in religiösen Dingen und liberalen Ideen aufgetan.

Nun aber war Maurepas sechsundsiebzig Jahre alt, und die Jahre hatten ihn immer zynischer gemacht. Jetzt hatte er nur mehr *einen* Ehrgeiz, den, im Amt zu sterben. So nahm er denn jede Rücksicht auf die fromme Grundstimmung seines jungen Monarchen; auf der andern Seite indes trachtete er, den Ruf eines fortschrittlichen Mannes zu wahren, und nahm also, wo immer es anging, Rücksicht auf die Meinung der fortschrittlichen Pariser Salons. In der amerikanischen Frage war es sehr schwierig, diese beiden Rücksichten zu verbinden, da die Meinung der Pariser und die des Königs einander entgegenstanden.

Maurepas' eigene Meinung in der amerikanischen Frage schillerte. Wäre er Privatmann gewesen, so hätte er sich mit leicht ironischem Wohlwollen zur Seite der Insurgenten bekannt. Ein Gemeinwesen aufzubauen auf den Prinzipien der Vernunft und der Naturreligion, das war ein reizvoller Versuch, besonders, wenn dieses Experiment jenseits des Ozeans unternommen wurde, so daß eine Nachahmung hierzulande frühestens lange nach seinem, Maurepas', Tode zu befürchten war. Die Stellung des Staatsmannes Maurepas war nicht so eindeutig. Gewiß mußte man jede Aktion unterstützen, die England schwächte; doch konnte der Sieg von Rebellen welcher Art immer der absoluten Monarchie Frankreich nicht erwünscht sein. Versailles war mit seiner eigenen Rüstung noch nicht fertig. Versailles' Ziel mußte sein, den Konflikt zwischen Amerika und England so lange zu schüren, bis sich Versailles selber stark genug fühlte, den alten Streit mit England auszutragen. Versailles war also in dem Krieg Englands mit den amerikanischen Kolonien gegen England, aber nicht für die Rebellen. In diesem Sinne beriet der alte Minister den jungen König. Er empfahl, den Rebellen zu helfen, doch nur in sehr engen Grenzen. Er zeigte volles Verständnis für Louis' tiefen Widerwillen gegen die Insurgenten und für seine Besorgnis, ein Sieg der Rebellen im Westen könnte den aufsässigen Geist im eigenen Lande schüren.

Maurepas also war den Rebellen gegenüber sorglich neutral geblieben. Da, eines Morgens, ein wenig unerwartet, schlug die Gräfin vor, einen Empfang für Franklin zu veranstalten. Maurepas überlegte eine kleine Weile. Es war kühn, wenn man im Hause des Ministerpräsidenten den amerikanischen Emissär empfing, den Versailles offiziell nicht anerkannte. Andernteils lebte Doktor Franklin in Paris als Privatmann, er war ein Wissenschaftler von Weltruf und ein guter, alter Bekannter, dem man Höflichkeit schuldete. Nachdem der Ministerpräsident Maurepas den Amerikaner aus Gründen hoher Politik nicht empfangen konnte, stand zu vermuten, daß es die öffentliche Meinung dem Privatmanne Maurepas hoch anrechnen würde, wenn er dieses Versäumnis gutmachte, besonders jetzt, nach den militärischen Erfolgen der Insurgenten.

Im Grunde also kam dem Minister der Vorschlag Madame de Maurepas' sehr gelegen. Sie saßen, er und die Gräfin, beim Frühstück, im Palais von Versailles, in einem der kleinen, doch sehr komfortabeln Räume, welche, in der Nähe seiner eigenen Gemächer, der junge König seinem Mentor angewiesen hatte. Der Minister, sonst sehr formell, hatte bei der Gräfin Erlaubnis eingeholt, im Schlafrock zu erscheinen; der ausgedörrte, sechsundsiebzigjährige Herr hatte sich an diesem kalten Wintertag behutsam in viele Tücher einpacken lassen. Mit auffallend schnellen, lebendigen Augen, aus seinen Schals heraus, schaute er auf die Gräfin; sie war ihre guten fünfundzwanzig Jahre jünger als er, hübsch gewachsen und sah, mit ihren schwarzen, unsteten Augen in dem ovalen Gesicht, noch recht anziehend aus. „Ein Empfang für unsern Franquelin", meinte er und klopfte an seinem Ei herum. „Eine liebenswürdige Idee, nicht ganz unbedenklich, aber liebenswürdig. Und wie stellen Sie sich die Einzelheiten vor?" – „Ich denke mir", antwortete Madame de Maurepas, „daß die Einladungen nur von mir ausgehen, nicht von Ihnen: de part Madame de Maurepas. Der Doktor Franquelin ist ein alter Freund von mir; ein kleiner Empfang, das ist das wenigste, was ich für ihn tun kann. Natürlich würde ich meine Gäste in die Rue de Grenelle bitten." In der Rue de Grenelle lag das Pariser Stadtpalais der Maurepas, das große, altertümliche, wenig benutzte Hôtel Phélypeau. „Eine liebenswürdige Idee", wiederholte der alte Minister. „Das Hôtel Phélypeau ist freilich ein ungewöhnlich scheußlicher Rahmen für ein Fest, und es heizt sich so schlecht. Aber schließlich ist Franquelin der Vertreter eines primitiven Volkes, und er wird sich schon keinen Rheumatismus holen. Und vielleicht", seufzte er, „werden auch andere verschont bleiben." – „Wenn ich Sie recht verstehe, Jean-Frédéric, werden Sie also erscheinen?" fragte sie. Maurepas legte behutsam den Eilöffel auf die Untertasse und küßte ihr lebhaft die Hand. „Es wird mir ein Vergnügen sein, Madame", erwiderte er, „unsern Freund Franquelin zu begrüßen."

So beschloß man den Empfang für Franklin. Madame de

Maurepas stellte die Liste der Einzuladenden mit Sorgfalt zusammen; geladen wurden alle Angehörigen des Hochadels, soweit sie als liberal galten. Die geschmäcklerischen Salons von Versailles und Paris fanden es eine besonders würzige Idee der Gräfin, inmitten der stolzesten Aristokratie den braunröckigen Repräsentanten republikanischer Freiheit auftreten zu lassen.

Der Doktor durchschaute das Wesen der Veranstaltung von Anfang an; er wußte, daß er vorgeführt werden sollte wie ein Tanzbär. Doch er wußte auch, daß es nicht in unfreundlicher Absicht geschah. Noch stand Paris unter dem Eindruck der Erfolge von Trenton und Princetown, und man mußte das Eisen schmieden, solange es heiß war. Er wäre lieber in modischer Tracht erschienen wie jedermann, aber es wäre zu unhöflich gewesen, die Gesellschaft zu enttäuschen, die ihn im braunen Rock des Quäkers erwartete.

Es waren erlesene Gäste, die Madame de Maurepas zu seinen Ehren versammelt hatte. Niemals während seiner früheren Monate in Frankreich hatte der Doktor so viele Träger altberühmter Namen um sich gesehen. Da war jener junge Herzog de la Rochefoucauld, der von Anfang an glühend für die Sache der Amerikaner eingetreten war. Da waren die Gräfinnen Polignac und die Prinzessin Rohan, vom Hofe der Königin, mit ihnen der Marquis de Vaudreuil; Marie-Antoinette selber war von äußerster Reserve den amerikanischen Rebellen gegenüber, doch manche der Herren und Damen ihres nahen Freundeskreises ließen es sich nicht nehmen, die modische Schwärmerei für die Sache der Insurgenten mitzumachen. Da waren mehrere Mitglieder der Familie Noailles; eine Tochter dieser Familie war verheiratet mit einem Marquis de Lafayette, einem sehr jungen Herrn, der mit Silas Deane verhandelte, um in die amerikanische Armee einzutreten. Da war der Feldmarschall de Broglie, der es Franklin nicht nachtrug, daß die Amerikaner noch immer zögerten, ihn zu ihrem Statthalter zu machen.

Franklin, in Begleitung seines Enkels William Temple, war kaum erschienen, als man ihm schon von allen Seiten zu den Siegen General Washingtons gratulierte. Er dankte würdig und erklärte, der Enthusiasmus, mit dem man in Paris die Nachricht der amerikanischen Siege aufgenommen habe, werde dem Kongreß und der Armee eine wertvolle Ermunterung sein.

Die Gesellschaft, die sich seinerzeit in der Stadt Nantes um Franklin versammelt hatte, war solid und bürgerlich gewesen, die hier im Salon der Gräfin Maurepas war hocharistokratisch und überfeinert. In Nantes waren die Frisuren fünf- bis siebenmal so hoch gewesen wie der Kopf der Trägerin; hier waren sie, wie der an diesen Dingen interessierte junge William bald herausfand, kaum eineinhalbmal so hoch. Aber die Trägerinnen dieser Frisuren bildeten um Franklin genau den gleichen neugierigen und begeisterten Kreis, den jene in Nantes um ihn gebildet hatten, sie stellten Fragen, deren Beantwortung genausoviel Geduld erforderte, und die Aristokratinnen vom Hôtel Phélypeau waren genauso hingerissen von der altfränkischen, gravitätischen Liebenswürdigkeit des Doktors wie jene Damen der Provinz. „Ist er nicht entzückend", sagten sie, „unser Philosoph aus dem wilden Westen? Man braucht ihn nur anzuschauen, und man hat ein deutliches Gefühl von der Einsamkeit der großen Wälder."

Ein älterer Mann wandte sich an Franklin. Der Herr, sehr sorgfältig, etwas altmodisch gekleidet, hatte ein fleischiges Gesicht und einen vollen, genießerischen Mund, die Mundwinkel aber waren gekrümmt und mißtrauisch; tiefliegende, etwas schläfrige Augen tauchten in die braunen, gewölbten Franklins. Dem war Monsieur Lenormant schon früher vorgestellt worden, und er hatte sogleich erkannt, daß dieser Herr mit Vorsicht zu behandeln war.

Monsieur Lenormant fehlte selten bei Gesellschaften, die im Hôtel Phélypeau gegeben wurden. Er gehörte zu den Intimen des Hauses. Nicht als ob der Ministerpräsident geschäftliche Verbindungen mit ihm unterhalten hätte; Graf Maurepas war an Gelddingen uninteressiert, er benutzte sein Amt nicht, sich finanzielle Vorteile zu verschaffen, ganz Paris wunderte sich, daß der sonst so intelligente Mann so töricht war. Vielmehr hatte er Charlot um seiner selbst willen gern; er teilte mit ihm viele Neigungen, Geschmack, Genußsucht und die Freude an überfeinertem und an sehr derbem Theater.

Charlot war erstaunt gewesen, als er hörte, daß man den amerikanischen Rebellen ins Hôtel Phélypeau gebeten hatte. Gewiß, es war große Mode, mit den Insurgenten zu sympathisieren, und es war der Mühe wert, sich den Mann anzuschauen, der den Brand im Westen angefacht hatte. Aber Jean-Frédéric de Maurepas war nun einmal keine Privatperson, er blieb auch im Hôtel Phélypeau der Erste Minister des Allerchristlichsten Königs, und als solcher sollte er sich's versagen, aus purem Snobismus mitzusäen an dem bedenklichen Westwind. Freilich war er alt, Jean-Frédéric, und er rechnete wohl damit, daß erst seine Nachfolger den Sturm ernten würden.

Auf alle Fälle wollte Monsieur Lenormant die Gelegenheit wahrnehmen, dem amerikanischen Geschäftsträger etwas auf den Zahn zu fühlen. Mit harmloser Hinterhältigkeit fragte er, wie sich denn nun jetzt, nach den Siegen, im Kopf eines so maßgebenden Herrn wie des Doktor Franklin die militärische Lage der Insurgenten male. Er erwartete, Franklin werde, wie das unter zehn Diplomaten neun getan hätten, in stürmische Zuversicht ausbrechen. Doch Franklin schaute sich seinen Mann an und erklärte vag, die Folgen dieser Schlachten ließen sich von hier aus nicht überblicken; bei der außerordentlichen militärischen Begabung seines verehrten Freundes, des Generals Washington, brauche man sich aber um den letzten Ausgang des Krieges nicht zu sorgen.

Charlot gab im stillen zu, daß solche Zurückhaltung sehr klug sei. Sie hatten den rechten Mann herübergeschickt, die Meuterer, einen durchtriebenen Fuchs, einen falschen Biedermann, gewillt und fähig, den Hof und die Pariser Geschäftswelt hereinzulegen. Er war ein bißchen clownhaft angezogen, der Vertreter der Rebellen. Er selber, Charlot, hätte sich nicht um die Krone Frankreichs so zur Schau gestellt wie dieser schamlose Greis mit seiner eisenumrahmten Brille und dem nackten, dünnen, von keiner Perücke versteckten Haar. Aber unleugbar hatte diese Komödianterei Effekt. Und dem gelehrten Charlatan selber schien es weiter nichts auszumachen, wenn er sich so prostituierte. Er hatte ein beneidenswert glückliches Temperament. Ein Geschäftsmann mußte vorsichtig sein mit einem so ausgeglichenen Alten.

Nun endlich kam auch Maurepas, absichtlich verspätet; er wollte zeigen, daß er diesen Empfang nicht sehr ernst nehme. Er umarmte Franklin, der dürre, nicht große, sorgfältig angezogene und hergerichtete Franzose und der mächtige, massige Amerikaner klopften einander die Schulter. Dann erzählte Maurepas jedermann, wie angenehm es sei, keine Hausherrenpflichten zu haben, er weile hier nur als Gast seiner Frau. Er hörte sich die Loblieder an, die man auf Franklin sang, und zu den Herren sagte er: „Ja, er ist ein Seneca und ein Brutus in einem; hoffentlich hat er mehr Glück als diese beiden Politiker." Zu den Damen aber sagte er: „Ich liebe ihn auch, unsern Franquelin; aber wahrhaftig, Frau Marquise, wenn Sie so weiterschwärmen, machen Sie mich noch eifersüchtig."

Später erklärte er, für eine kleine Weile wolle er jetzt seinen Freund Franklin für sich allein haben. Begleitet von seinem Sekretär, Monsieur Sallé, führte er den Doktor in seine Privaträume. Da der Minister als seinen eigentlichen Wohnsitz die Gemächer betrachtete, welche ihm im Schloß von Versailles zur Verfügung standen, hatte er in dem alten, verwinkelten und während seiner langen Verbannung vernachlässigten Pariser Stadtpalais nur diejenigen Zimmer mit Liebe ausgestattet, in denen er selber wohnte und schlief.

„Ich muß Ihnen doch", sagte er, „den Raum zeigen, der mir in diesem Hause der liebste ist", und er führte Franklin in ein nicht großes, mit zierlichen Möbeln eingerichtetes Kabinett, dessen Wände mit schweren Seidenvorhängen bedeckt waren. „Bitte, machen Sie sich's bequem", forderte er ihn auf. Dann, lächelnd, zog er die Vorhänge zurück.

Es hingen aber an den Wänden delikat gemalte Bilder nackter oder zumeist nackter Frauen, Bilder zeitgenössischer Meister. Da war Venus, eben den Wellen entstiegen, die Arme anhebend, den rosigsilbrigen, blond beflaumten Schoß ein bißchen vorgestreckt, und jeder in Paris wußte, wer Venus war; da war zweimal eine der Freundinnen des alten Königs, Miß O'Murphy, nackt, auf einem Ruhelager, die zarte Wölbung ihres Hintern dem Beschauer zukehrend. „Als wir, der junge König und ich", erzählte Graf Maurepas seinem Besucher, „uns die bisher verschlossenen kleinen Gemächer der alten Majestät zum erstenmal anschauten, stießen wir auf diese Bilder. Der junge König ist nicht eben ein passionierter Kunstfreund, die Zeichnungen und Bilder, die ihn am meisten interessieren, sind die Landkarten; er fürchtete, die Nähe dieser Gemälde könnte ihn in der Arbeit stören. Er bat mich, sie wegbringen zu lassen. Deshalb hängen sie bis auf weiteres hier, als Leihgabe, zugänglich nur den Kennern unter meinen Freunden", und die Augen des alten Kunstliebhabers Maurepas glitten zärtlich die kostbaren Leinwände hinauf und hinunter.

Der alte Franklin war Wissenschaftler, für Kunst hatte er nicht allzuviel Verständnis. Die Lehre vom Schall interessierte ihn mehr als der Streit, ob Gluck oder Piccini bessere Musik mache, und Newtons Farbenlehre war ihm wichtiger als die malerischen Gesetze des Tizian oder des Rembrandt. Er hatte Freude am Anblick und wohl auch am Kuß einer gesunden, hübschen, wenn möglich etwas drallen Frau; für die zarte Verderbtheit, für die überfeinerte Sinnlichkeit dieser Gemälde hatte er kein Organ. Aber er sah, wie stolz und verliebt Maurepas die Bilder betrachtete, und er sagte höflich: „Außerordentlich. Welches Licht, welche Fleischtöne. Es ehrt mich, daß Sie mich des Anblicks Ihrer Schätze würdigen." Der Minister nahm mit Bedauern wahr, wie geringes Verständnis der Mann aus Philadelphia der Kunst entgegenbrachte, doch er verbarg seine Enttäuschung.

Jovial ging er zu der Sache über, die er mit Franklin bereden wollte. „Ich liebe es nicht sehr", sagte er, „mich amtlich zu geben, und hier gar, in diesen Räumen, fällt alles Amtliche von mir ab. Hier bin ich nichts als Mensch." Und, vertraulich, fuhr er fort: „Darf ich Sie als Privatmann fragen, mein lieber Doktor, wie kommen Sie mit meinem Freund und Kollegen Vergennes zurecht?" – „Ausgezeichnet", erwiderte ohne Zögern Franklin. „Graf Vergennes ist mir gegenüber völlig aufrichtig, und ich weiß das zu schätzen." – „Es ist mir eine große Freude", sagte Maurepas, „daß wir bei Ihnen auf Verständnis stoßen. Wir sind uns, Vergennes und ich, über die Richtlinien unserer amerikanischen Politik einig."

Franklins große, gewölbte Augen betrachteten nachdenklich und abwesend die obszönen Bilder, den Schoß der Venus, die zarten Hüften Miß O'Murphys. Wenn ihn Maurepas vor diese Malereien geführt hatte, so war das zweifellos nur geschehen, um Gelegenheit zu einer vertraulichen politischen Aussprache zu haben. Er, Franklin, durfte sich nicht auf leere Höflichkeit beschränken, er mußte vorstoßen. „Offen gestanden", klagte er, „fällt mir das untätige Warten, zu dem Versailles mich verurteilt, nicht leicht. Passiv zu bleiben ist hart für den Vertreter eines Volkes, das, aufs äußerste gereizt, einen Kampf um seine Existenz führt. Ich muß damit rechnen, daß meine Zurückhaltung in meiner Heimat mißdeutet wird, ganz abgesehen davon, daß meine Kollegen mit einer solchen Politik keineswegs einverstanden sind." Maurepas lächelte. „Ja, ja", meinte er, „wir Alten haben zuweilen unsere Not mit den jüngeren Herren. Es dauert Jahrzehnte, ehe man lernt, daß Politik mit dem Verstand gemacht sein will, nicht mit dem Herzen", und mit einem kleinen Seufzer zog er die schweren Seidenvorhänge wieder vor die Bilder.

Franklin war froh, die ärgerlichen, verwirrenden Darstellungen, die ihm überdies anatomisch nicht zu stimmen schienen, nicht mehr sehen zu müssen. Er schwieg, wartete ab, was Maurepas weiter sagen werde. Der, nach einer kleinen Weile, fragte geradezu: „Sie finden, das Opfer Ihrer Zurückhaltung ist mit unsern zwei Millionen nicht hoch genug bezahlt?" Das fand Franklin, und er antwortete: „Es ist, wie ich sagte. Die Zögerpolitik der Regierung macht unsere Situation hier ein bißchen lächerlich." – „Ein Doktor Franklin", erwiderte höflich Maurepas, „wirkt niemals lächerlich. Noch niemals hat sich Paris vor einem Weisen aus der Fremde so tief verneigt wie vor Ihnen." – „Wir sind dankbar", antwortete Franklin, „für die Liebe und Begeisterung, die unsere Sache bei den Parisern findet. Aber wir hatten gehofft, die offenbare Gemeinsamkeit unserer Interessen werde intimere Beziehungen herstellen auch zwischen Versailles und den Repräsentanten der Dreizehn Staaten."

Maurepas verzog die trockenen Lippen zu einem dünnen Lächeln. Der Mann aus dem Westen war bekannt für seine Simplizität; aber er konnte, wenn er wollte, auch anders, und es war ungehörig, ein Gespräch mit ihm, Maurepas, durch derart gemeinplätziges Zeug herunterzudrücken. Zwinkernden Auges betrachtete er sich seinen Amerikaner. Der saß da, massig, voll von bauernschlauer, rechenhafter Aufrichtigkeit, Vertreter einer Sache, die der Welt vielleicht nützlich, aber der französischen Monarchie bestimmt nicht ungefährlich war. Maurepas mußte es diesem falschen Biedermann zeigen, daß er ihn und seine Politik durchschaute.

„Ich werde alt", sagte er, „und halte es für an der Zeit,

meine Erfahrungen zum Nutzen der Welt niederzulegen. Ich schreibe an meinen Memoiren, das heißt", verbesserte er sich, auf den Sekretär weisend, „mein guter, verlässiger und schweigsamer Sallé schreibt meine Memoiren. Sallés Bestreben ist, meine aufrichtige Meinung zu äußern. Ich habe vor meinem alten Freunde Franklin keine Geheimnisse. Berichten Sie, mein lieber Sallé, was schreiben wir in unsern Memoiren über die Beziehungen Versailles' zu den aufständischen Kolonien?"

Franklin hatte von diesen Memoiren schon gehört. Der sechsundsiebzigjährige Maurepas machte kein Hehl aus seiner Absicht, ungeschminkte Denkwürdigkeiten zu hinterlassen, die gleich nach seinem Tode veröffentlicht werden sollten. Wollte er einen Freund oder einen Feind einschüchtern, dann drohte er schelmisch: „Sehen Sie sich vor, mein Teurer, Sie könnten eine ungünstige Figur in meinen Memoiren machen", und beobachtete mit Vergnügen das etwas verzerrte Lächeln des Angeredeten.

Franklin hatte sich von Anfang an gefragt, wozu der Minister den Sekretär mitgebracht habe. Jetzt, durch seine eisenumrahmte Brille, beschaute er sich den Mann, der bisher dagesessen war, farblos, schweigsam, wie nicht vorhanden. Die beiden, der Minister, der einen andern zu seinem Schatten entkörperte, und der andere, der sich so entwesen ließ, waren ein lehrreiches Beispiel dessen, was der Despotismus aus den Menschen machte. Und nun tat Monsieur Sallé den Mund auf, und die Stimme war, wie Franklin vermutet hatte, erloschen und schollerig. „Wir sind alt", sagte diese Stimme her wie die eines Schreibers, der Akten herunterliest, „und haben mancherlei gesehen. Wir haben Menschen sich drehen und wenden sehen mit so unverschämter Schnelle, daß wir solchen Wechsel und solche Schwankungen nicht glaubten, wenn wir sie nicht selber erlebt und manchmal auch selber gemacht hätten. Da haben zum Beispiel erst vor kurzem die englischen Kolonisten in Amerika einen blutigen Krieg gegen uns geführt. Sie sind barbarisch eingefallen in Territorien, die wir besiedelt und zivilisiert hatten. Und vor noch kürzerer Zeit, als sich England gezwungen sah, einem Teile Kanadas französische Lebensart zu belassen, haben diese englisch-amerikanischen Kolonisten das französische Regime, die französischen Sitten, die katholische Kirche mit wüstesten Beschimpfungen verfolgt. Und jetzt kommen diese gleichen englisch-amerikanischen Kolonisten zu uns und fragen harmlos lächelnd: ‚Sind wir nicht Freunde? Haben wir nicht dieselben Interessen?‘ “

Der alte Benjamin Franklin, mit seinem großen, breiten Mund, lächelte und sagte: „Sind wir nicht Freunde? Haben wir nicht die gleichen Interessen?“ Und er legte einen ganz kleinen Ton auf das „Sind“ und das „Haben“. Dann fuhr er liebenswürdig fort: „Aber ich darf das Lob, daß wir diese Erkenntnis als die ersten gehabt hätten, nicht ohne weiteres annehmen. Wenn mich nicht alles trügt, dann kam, bevor wir uns mit Paris ins Benehmen setzten, von dort jemand zu uns, ein Mann, entsandt vom Grafen Vergennes, ein gewisser Monsieur Achard de Bonvouloir, und erklärte uns, wir dürften auf jede Unterstützung von seiten Frankreichs rechnen, wenn wir uns von England lossagten.“

„Hatte er etwas Schriftliches, Ihr Monsieur de Bonvouloir?“ fragte der Minister. Und da Franklin schwieg, setzte er liebenswürdig belehrend hinzu: „Nun also. Dann existiert er doch nicht. Dann tritt er in Erscheinung doch nur, wenn wir ihn brauchen können. Können wir ihn brauchen?“ fragte er den Sekretär.

Aus dem Munde Monsieur Sallés erscholl es farblos: „Das französische Reich und die englischen Kolonien Amerikas haben zwei gemeinsame Interessen: England zu schwächen und miteinander Handel zu treiben. Darüber hinaus sehen wir nur Gegensätze. Die absolute Monarchie Frankreich hat kein Interesse daran, ihren Untertanen das Schauspiel einer siegreichen Empörung vorzuführen.“

Nun also wußte Franklin, zu welchem Zweck der alte Diplomat ihn allein hatte sprechen wollen. Er wollte ihm auf seine verschnörkelte Art klarmachen, daß es rein persönliches Wohlwollen war, wenn er und Vergennes ihn unterstützten, er wollte ihm vorführen, daß er, Franklin, ein Mann war, der nichts zu bieten hatte und sehr viel verlangte. Aber so simpel lag die Sache nun doch nicht. Wenn Frankreich es geschehen ließ, daß Amerika sich England unterwerfen mußte, dann war es nur eine Frage der Zeit, daß England und Amerika vereint herfielen über Frankreichs westindische Besitzungen, über die reichen Zuckerinseln. Das war kein starkes Argument, aber, richtig präsentiert, ließ es sich hören.

Doch Maurepas glaubte, dem andern jetzt zur Genüge gezeigt zu haben, daß er sich nicht dumm machen ließ. Noch bevor Franklin erwidern konnte, sagte er: „Aber ich habe Sie lange genug den Gästen der Gräfin entzogen“, und sie schickten sich an, in den Empfangssaal zurückzukehren.

Dort hatte sich, während Franklin weg war, die allgemeine Aufmerksamkeit dem hübschen Jungen zugewandt, den der Alte mitgebracht hatte, seinem Enkel. Der hatte rasch herausgefunden, daß er in Gegenwart des Großvaters am besten daran tat, den zärtlichen, ehrfürchtig bemühten Enkel zu spielen. Sobald aber der Alte aus dem Weg war, wurde William aktiv. Er trug sich sorgfältig, modisch, er hatte gelernt, den Damen Komplimente zu sagen, und er hatte die Erfahrung gemacht, daß sein schlechtes Französisch diese Komplimente nur würzte. So hatte er jetzt eine gute Zeit.

Noch ein anderer Herr war mittlerweile gekommen, der Madame de Maurepas' Gäste interessierte: Monsieur de Beaumarchais. Es war erstaunlich, ihn, einen Mann von gekauftem Adel und so zweifelhaftem Ruf, inmitten dieser erlesenen Versammlung zu finden. Aber die Gräfin hatte bedacht, daß der Name ihres Toutou mit der amerikanischen Sache so verknüpft war, daß es ihn tief hätte kränken müssen, wenn sie ihn heute ausgeschlossen hätte.

Die Einladung hatte Pierres Selbstgefühl erhöht. Trotzdem hatte er geschwankt, ob er kommen solle. War es nicht falsch, wenn er nach der höflichen Nichtachtung, die ihm Franklin bezeigte, jetzt den Eindruck erweckte, als liefe er dem Alten nach? Davon abgesehen konnte Pierre den Abend schwer frei machen. Nicht nur war er überhäuft mit Geschäften, er brauchte auch Zeit für seine Leute. Viel zuwenig kümmerte er sich um Therese, die Mutter seines zukünftigen Kindes. Auch der Zustand seines alten Vaters machte ihm Sorge; wohl war Vater Caron noch immer frisch und munter, doch diese Frische kostete ihn Anstrengung, man sah, wie er verfiel.

Trotzdem hatte sich Pierre zuletzt entschlossen, zu kommen; gerade weil sie so schwierig war, reizte ihn die Aufgabe, Franklins Widerstand zu überwinden. Er war Meister in der

Kunst, Menschen zu fischen; es wäre lächerlich gewesen, die Werbung um seinen Mann so schnell aufzugeben.

Im übrigen kam auch Pierre nicht allein. Er war in Begleitung seines jungen Neffen Félicien Lépine. Der Junge war sonst sehr zurückhaltend; doch als er gehört hatte, Franklin werde dasein, hatte er sich überwunden und den erstaunten Onkel gebeten, ihm eine Einladung zu diesem Abend zu erwirken. Es trieb ihn, den bewunderten Mann aus der Nähe zu sehen.

Vielleicht auch hatte er gehofft, die Prinzessin Montbarey werde dasein und ihre Tochter Véronique. Er hatte richtig gerechnet. Und da Franklin vorläufig nicht sichtbar war, so näherte er sich scheu dem Mädchen. Véronique begrüßte ihn ernsthaft, und sie blieben beieinander. Sie warteten auf Franklin, und daß sie gemeinsam warteten, war Freude.

Auch Pierre wartete. Er war sehr zuversichtlich, er war gut in Form, und weit im Umkreis hörte man zu, wenn er sprach. Er erzählte von den Siegen bei Trenton und Princetown und erging sich mit Sachkenntnis über die militärische Lage. Er sprach mit Wärme.

Unter denen, die ihm zuhörten, war Charlot. Jener geheime Wetteifer, wer von ihnen beiden in der amerikanischen Sache recht behalten werde, dieser leise, unterirdische Wettstreit hatte sich verschärft und gab ihren geschäftlichen und menschlichen Beziehungen eine besondere Farbe. Die militärischen Siege der Amerikaner erhöhten Pierres geschäftliche Chancen, und daß jetzt Charlot unter seinen Zuhörern war, verlieh seinen Worten noch mehr Witz und Glanz. Charlot hörte eine Weile still und freundlich zu, wie das seine Art war. Aber er merkte wohl die leise Herausforderung in Pierres Worten. „Ihre Zuversicht ist erfreulich, mein lieber Pierrot", sagte er schließlich. „Ich habe vorhin Gelegenheit gehabt, mit Doktor Franklin zu sprechen. Er ist nicht ganz so optimistisch." Um Charlots Lippen war jenes fatale Lächeln, und ein kleines Frösteln überkam Pierre. Aber es verging schnell, er sprach mit doppelter Überzeugung weiter, und er hatte das Ohr seiner Zuhörer. Von neuem verfielen Véronique und Félicien dem Zauber, der von ihm ausging. Sie wußten, für diesen Mann hatte es nicht erst der Ankunft Franklins und nicht erst des modischen Anreizes bedurft, ihn zum Anwalt Amerikas zu machen. Gläubig hörten sie seine Worte und begannen zu zweifeln, ob sie ihm nicht an jenem Abend in Etioles unrecht getan hätten.

Mittlerweile waren Franklin und Maurepas zurückgekehrt. Der Doktor war nicht darauf gefaßt gewesen, Monsieur de Beaumarchais hier zu sehen; sein Freund Dubourg zum Beispiel hätte schwerlich in dieser exklusiven hocharistokratischen Gesellschaft Zutritt gefunden. Aber er bezwang sich und begrüßte Pierre mit besonderer Herzlichkeit. Der war erstaunt und freute sich, daß der launische Alte seine unverständliche Haltung jetzt offenbar bereute. Er gratulierte ihm zu den Siegen bei Trenton und Princetown mit solchem Schwung, als ob Frankreich sie persönlich errungen hätte. Ein Gespräch kam zustande, die andern sammelten sich um die beiden, Pierre war erfüllt von Genugtuung, zusammen mit Franklin Mittelpunkt zu sein.

Von neuem, gerade um es Charlot zu zeigen, erging er sich über die militärischen Chancen der Amerikaner. Er hatte diese Frage studiert, er hatte darüber in seinen Memoranden an den König und an die Minister ausführlich berichtet. Die Amerikaner, setzte er auseinander, seien unbesieglich durch die Weite ihres Raumes. Die trainierten Truppen der Engländer könnten zwar die Städte nehmen, Washingtons Abteilungen aber hätten die Möglichkeit, sich immer weiter in das grenzenlose Hinterland zurückzuziehen, in die weglosen, unzugänglichen Wälder, um von dort aus durch ständige Vorstöße einen Aufreibungskrieg zu führen gegen die englischen Generale.

Franklin hörte freundlich und aufmerksam zu, wie das seine Art war. Er hatte sich vorgenommen, Geduld und Verständnis für diesen Monsieur aufzubringen, er anerkannte sein rhetorisches Talent, seinen Witz, seine Leichtigkeit, die Gewandtheit seiner Übergänge. Auch war, was er vorbrachte, nicht ganz unrichtig. Es war natürlich gefärbt mit der Romantik, mit der man nun einmal hierzulande die amerikanischen Dinge ansah, aber nicht abzustreiten war die Möglichkeit, daß man schließlich wirklich genötigt sein könnte, einen schlimmen Rückzug in siedlungsloses Hinterland anzutreten. Doch wiewohl sich der Doktor dies alles vorhielt, fand er es schwer erträglich, den aufgeputzten, wohlduftenden Herrn in seinem geschwinden Französisch von diesen bösen, herzdrükkenden Dingen reden zu hören, und trotz seines Willens zur Geduld kehrte seine alte Gereiztheit zurück.

„Es wäre bitter, Monsieur", sagte er, „wenn wir zu dieser Methode der Kriegführung gezwungen würden. Es wäre eine kostspielige Methode. Ein großer Teil unserer Bevölkerung wohnt in Städten. Wir haben da Boston, Baltimore, New York, Philadelphia, welche Stadt nach London die größte ist unter allen englisch sprechenden Städten. Stellen Sie sich vor, wenn Sie den Aufenthalt in Paris vertauschen sollten mit einem Leben in den Wäldern."

Pierre war enttäuscht, erbittert. Es war sein überzeugtes Herz gewesen, das da sprach, und was er gesagt hatte, ließ sich rechtfertigen vor dem Verstand. Und nun hatte dieser Franklin ihn beschämt vor Charlot. Er schaute Charlot nicht an; es fiel ihm schwer, seinen Unmut zu verbergen.

Da aber richtete Franklin den Blick voll auf ihn, ein freundliches Lächeln ging über sein ausgedehntes Gesicht, und er sagte: „Im übrigen haben Sie recht, Monsieur. England hat dreimal mehr Menschen als wir, es hat trainierte Armeen, eine große Flotte und viele gemietete Söldner, aber es hat keine Chance, weder politisch noch militärisch. England wird unsere Unabhängigkeit anerkennen müssen, es wird zugeben müssen, daß wir aus diesem Konflikt stärker herausgehen, als wir hineingegangen sind." Und er erzählte eine seiner Geschichten: „Erspähte da einmal ein Adler ein Kaninchen, tauchte hinunter, packte es und riß es hinauf in die Luft. Aber das Kaninchen war eine Katze und krallte sich ihm in die Brust. Der Adler öffnete seine Fänge und wollte die Katze fallen lassen. Doch der Katze war der Sturz zu gefährlich, sie krallte sich fester und sagte: ‚Wenn du mich los sein willst, Adler, dann mußt du mich gefälligst da niedersetzen, wo du mich hergeholt hast.'"

Das war eine hausbackene Fabel für die Herrschaften, die großgeworden waren mit den Fabeln und frivolen Geschichten Lafontaines. Aber sie ging ihnen ein, sie lächelten beifällig, nachdenklich. Sie spürten, daß hinter den schlichten, altväterlichen Worten eine große Überzeugung stand und daß der Alte, wenn er nur gewollt hätte, seine Meinung auf eine ihnen mehr gemäße, geistreiche Art hätte ausdrücken können.

Pierre hätte eigentlich zufrieden sein müssen, daß ihm Franklin nun doch noch recht gegeben hatte. Er lächelte auch beifällig, ja, er klatschte leicht in die Hände. Doch es überfiel ihn, während er mit seinem Nachbar witzig und überlegen weiterplauderte, mit einemmal ein Gefühl der Hilflosigkeit. Was ihn bedrückte, war die Erkenntnis, daß dieser Mann soviel größer war als er selber und daß er, Pierre, vor ihm versank.

Für einen Augenblick war ihm, als erlebe er einen Sturz, einen Zusammenbruch wie nie vorher. Da war er sein ganzes Leben lang überzeugt gewesen, es komme nicht darauf an, zu sein, sondern zu scheinen. Pas être, paraître. Auf diese Überzeugung hatte er seine innere und seine äußere Existenz gestellt. Nicht die Gedanken, die einer dachte, zählten, sondern diejenigen, die er von sich gab. Nicht das Geld, das einer besaß, zählte, sondern das, welches er in der Gegenwart anderer springen ließ. Nicht die Ideale, die einer in der Brust trug, zählten, sondern diejenigen, zu denen er sich vor der Welt bekannte. Das war Pierres Credo gewesen. Und nun saß da vor ihm ein Mann, strengte sich nicht an, war nicht geistreich, redete wenig, und was er redete, war hausbacken von Inhalt und hölzern im französischen Wort. Und trotzdem wirkte durch seine bloße, schlichte, freundliche, ehrwürdige Gegenwart dieser Mann mehr als er selber durch das prasselndste Feuerwerk des Geistes. Wozu eigentlich hatte da er, Pierre, sein Leben lang seine anstrengende Rolle gespielt, die Rolle des Mannes, der selbst in der widerwärtigsten Situation überlegen lächelt und alle Gefahren mit einem Witz abtut?

Doch die Verzweiflung dieses Erlebnisses dauerte nur einen Augenblick, sie verdichtete sich kaum zu Worten, und das Gesicht Pierres, während das Bewußtsein seiner inneren Leere ihn überschlich, blieb das gleiche, höflich lächelnde. Es mochte sein, daß er trotz seiner aufmerksamen Miene nicht alles gehört hatte, was sein Gesprächspartner, der junge Chevalier du Buysson, zu ihm sagte, aber das Wesentliche hatte er aufgefaßt, daß nämlich dieser Offizier einer aus der Gruppe jener jungen Aristokraten war, die hinüber nach Amerika wollten, um aktiv an dem Freiheitskriege teilzunehmen. Pierre verscheuchte vollends die schreckhaften Empfindungen, mit denen ihn Franklins Gegenwart erfüllt hatte, er tat, als habe sein Ohr und sein Herz ganz dem Chevalier gehört, er beglückwünschte ihn vielwortig und erklärte mit Schwung, er werde dem Chevalier mit Freuden bei der Einschiffung und der Überfahrt behilflich sein.

Franklin saß da, massig, freundlich, ruhevoll, der junge William lehnte in anmutiger Haltung an seinem Sessel; Pierre, der Chevalier du Buysson, eine Reihe anderer Gäste standen und saßen herum. Der Chevalier hatte so gesprochen, daß Franklin ihn hören mußte, wahrscheinlich waren seine Worte mehr für Franklin bestimmt gewesen als für Beaumarchais. „Auch ich“, sagte jetzt der Doktor, „finde Ihr Vorhaben höchst löblich, Chevalier. Trotzdem bitte ich Sie, die Meinung eines alten Mannes, der die Verhältnisse drüben kennt, zu bedenken, ehe Sie einen endgültigen Entschluß fassen. Monsieur de Beaumarchais hat recht gehabt, als er vorhin auseinandersetzte, dieser Krieg werde anders geführt als europäische Kriege. Man hat mir erzählt, daß vor einer Schlacht des letzten Feldzuges der Befehlshaber Ihrer Armee den englischen Kommandanten aufforderte: ‚Sie haben den ersten Schuß, Monsieur.‘ Von solchen Höflichkeiten kann in unserem Kriege nicht die Rede sein. Unser Krieg ist keine Folge glänzender, farbiger, heroischer Schlachten, er ist vielmehr und wird wohl auch weiter sein eine endlose Folge von höchst unheldischen Strapazen, von kleinlichen, widerwärtigen, zermürbenden Schwierigkeiten und Übeln. Bedenken Sie das, Chevalier, ehe Sie hinübergehen. Die Sache, auf die Sie sich da einlassen wollen, ist hart, bitter, trocken und langwierig.“

Ringsum war man verstummt. Der Alte hatte ohne viel Ton gesprochen wie immer, doch seine Sätze waren so eindringlich gewesen, daß der glänzende Saal und die geschmückte Gesellschaft versanken; statt dessen sah man vor sich Ödnis, Schmutz, Verlassenheit, Hunger, Krankheit, erbärmliches Sterben. Der Alte erkannte, daß er weit gegangen war. Er drückte die Schultern ein wenig zurück, schüttelte den mächtigen Kopf, daß die schüttern Haare tiefer auf den Rock fielen, hob um ein winziges die Stimme. „Aber es wird *doch* gehen“, sagte er. „Es wird gehen. Ça ira.“

Félicien und Véronique, bei weitem die Jüngsten in der Gesellschaft, saßen da, schauten, hörten. Sie hatten Bilder Franklins gesehen, sie kannten den Spruch: „Dem Himmel entriß er den Blitz, dem Tyrannen das Zepter." Er war genauso wie seine Bilder und war ganz anders. Seine leibhafte, atmende Gegenwart hob einen hoch und erdrückte einen. Sie spürten brustschnürende Angst, als er von dem jämmerlichen und gefährlichen Einerlei des Krieges sprach und von dem kahlen Tod am Ende. Und sie atmeten auf, als er die Trübsal abschüttelte. Sie hatten alles aufgetrieben, was sie über Amerika lesen konnten, sie hatten alle aufgesucht, die ihnen darüber berichten konnten. Aber jetzt zum erstenmal wurde ihnen Amerika wirklich. Jetzt zum erstenmal spürten sie: diese neue, freie Welt war da. Sie hob sich herauf, die alten Mächte kämpften gegen sie, allesamt, aber sie wird nicht mehr unterzukriegen sein. Auf die beiden jungen Menschen überging die ruhige Zuversicht, die gesammelt war auf dem weiten Antlitz des alten Mannes.

Drittes Kapitel

Louis und Toinette

Hell, heiter, feierlich bewegte sich der Zug durch die Spiegelgalerie. Voran Gardeoffiziere, dann Louis und Toinette, dann die Herren und Damen des Dienstes, so wandelte der farbige Schwarm dahin zwischen Reihen tief sich Neigender, und die Spiegel gaben den Glanz hundertfach wider. Es war nicht einfach, an dem Zuge teilzunehmen, das Parkett war schlüpfrig, man konnte nur vorsichtig gleiten, die Füße heben durfte man nicht; zudem war man behindert, die Herren durch ihre Degen, die Damen durch die ungeheuer weiten Röcke. Aber die diesen Zug bildeten, hatten keine Mühe, sie hatten Übung, und alles war leicht, festlich, königlich, mit Ausnahme des Königs selber, der sich dick, ungelenk, watschelnd vorwärtsschob. Er hatte, der junge Louis, diesen Weg unzählige Male zurückgelegt, zur Messe und von der Messe, doch immer noch bereitete er ihm sichtliche Schwierigkeiten. Er lächelte verlegen über das ganze, fette, knabenhafte Gesicht und setzte linkisch die schweren Füße, so daß die spalierbildenden Höflinge Sorge ankam, der König möge im nächsten Augenblick hinfallen und die um ihn in seinen Fall mit hineinreißen.

Um so leichter und anmutiger wirkte an seiner Seite Toinette. Manche unter den Zuschauern hatten wohl des öftern bösartig Spöttisches geäußert über das hochmütige, verspielte, lasterhafte Geschöpf, über die Fremde, die dahergekommen war aus ihrem Wien, nicht zum Nutzen des holden Frankreich. Doch jetzt, vor dem Angesicht Toinettes, vor dem mädchenhaft liebenswürdigen Anblick dieser dünnen, großen, strahlend jungen und höchst damenhaften Frau, verstummten Spott und Bosheit, und es blieb nur Schauen. Blendend weiß und edel kamen Hals, Schultern, Arme, Büste aus den Spitzen des Kleides, zart und hoch hob sich die Gestalt, die starkblauen Augen unter den geschwungenen, dunkelblonden Brauen leuchteten heraus aus dem langen, ovalen Gesicht, über der sehr hohen Stirn glänzte getürmt das herrliche, aschblonde Haar; die leicht gekrümmte Nase und die volle, etwas hängende Unterlippe störten nicht, sie bewahrten das Gesicht davor, harmonisch-langweilig auszuschauen. So, wunderbar leichten Ganges, schritt Toinette dahin, sie schritt nicht, sie schwebte, groß, zierlich, kindhaft freundlich und doch sehr hochmütig, ganz die Tochter der Maria Theresia, die Schwester des Kaisers Josef, die Frau des Königs von Frankreich.

Lächelnd neigte sie den Kopf nach dieser Seite, nach jener, anmutig und hoch über der Menge der Höflinge zog sie einher, die liebliche, strahlende, junge Königin.

Doch die Gedanken, die hinter der heitern Stirn auf und nieder gingen, waren keineswegs angenehm. Toinette hatte heute nacht wenig geschlafen. Sie hatte teilgenommen an einer Gesellschaft der Prinzessin Rohan, sie hatte gespielt, lange gespielt und hoch verloren. Sicherlich hatten Graf Mercy und der Abbé Vermond, die Berater, welche ihre Mutter ihr auf den Nacken gesetzt, schon davon erfahren. Sie werden ihr Vorwürfe machen, werden wahrscheinlich auch der Mutter nach Wien darüber berichten. Überdies wird es jetzt, nach diesem Verlust, bestimmt schlecht um ihre Kasse stehen, und sie wird Louis wieder um Geld angehen müssen.

Es sind viele Leute bei der Prinzessin Rohan gewesen, zu viele, und darunter manche, die nicht hingehörten, darin haben Graf Mercy und der Abbé recht. Es ist viel Gesindel unter den Leuten, mit denen sie da an einem Tisch gesessen und gespielt hat. Diese Marquis de Dreneux und de la Vaupolière, die abwechselnd die Bank hielten, haben sich vermutlich ihre Titel wirklich nur angemaßt, dieser Mr. Smith aus Manchester ist ein indischer Emporkömmling, eine sehr zweifelhafte Persönlichkeit, und wenn der Herzog de Fronsac behauptet, die Herren verbesserten zuweilen ihr Glück durch ihre Geschicklichkeit, so mag er nicht ganz unrecht haben.

Sie hätte um Mitternacht aufhören sollen. Sie hat es auch gewollt, sie war schon aufgestanden. Aber dann hat sie sich von dem Prinzen Karl, ihrem Schwager, doch bewegen lassen, sich wieder hinzusetzen und ihren Verlust einzuholen. Erst da, nach Mitternacht, hat sie dann ganz groß verloren. Aber aufregend war es, wenn sie ganz ehrlich sein will, war es herrlich, und wenn es das Schönste auf der Welt ist, sehr hoch zu gewinnen, dann ist es das Zweitschönste, sehr hoch zu verlieren.

Aber sie darf doch nicht so weitermachen, es wäre unvernünftig, sie ist jetzt einundzwanzig, da darf sie sich nicht mehr so gehenlassen. Sie hat sich auch fest vorgenommen, sie wird heute abend nicht spielen. Sehen lassen wird sie sich im Kreis ihrer Freunde, sie würden sich lustig machen, wenn sie nicht käme. Aber wenn ihr Schwager Karl ihr noch so heftig zusetzen wird, sich Revanche zu holen, und wenn er sie noch so sehr aufziehen wird, sie wird fest bleiben, keine Macht der Welt wird sie an den Spieltisch bringen.

Man war vor den Gemächern der Königin angelangt, das Cortège löste sich auf. Toinette ließ sich auskleiden. Dann, allein, atmete sie auf, tief, sehr jung, streckte sich, gähnte laut.

Drei Stunden hatte sie jetzt vor sich, ehe sie sich fürs Souper ankleiden lassen mußte. Vorgesehen war für diese Zeit eine Beratung mit dem Architekten Mique, mit dem sie gründlich die Neuanlage der Gärten ihres Trianon hatte durchsprechen wollen. Außerdem hatte sich der Abbé Vermond angesagt; der kam bestimmt, um ihr im Auftrag der Mutter die Leviten zu lesen. Wenn es viel war, blieb ihr dann noch eine Stunde, sich auszuruhen. Nein, sie wird weder den Abbé empfangen noch den Architekten. Sie wird schlafen, sie wird die ganzen drei Stunden schlafen, um heute abend frisch zu sein und der Versuchung des Spieltisches zu widerstehen.

Da saß sie in ihrem weiten, feierlichen Schlafzimmer, und hinter schweren, kostbaren Vorhängen stand mächtig das Bett. Sie saß da, im Negligé, eine einundzwanzigjährige Frau, sehr gesund, leichten Herzens, leichten, sehr hübschen Kopfes, voll von Lebenslust, im Augenblick außerordentlich müde. Sie schaute auf das mächtige Staatsbett, voll Widerwillen. Sie dachte an die Zeremonien, die sich des Morgens und des Abends rings um dieses Bett abspielten, wenn sie aufstand und wenn sie sich niederlegte, an die Damen ihres Dienstes, die ihr da nach strenger Etikette das Hemd reichten und die Strümpfe und die Waschschüssel, jede etwas anderes, und für jede mußte sie ein freundliches Gesicht haben und ein freundliches Wort, und hundert Augen folgten jeder ihrer Bewegungen.

Lächelnd, spitzbübisch, in ihren Pantoffeln, auf den Zehen verließ Toinette ihr feierliches Schlafzimmer. Lief über einen der dunkeln Korridore, die sich dahinter verwinkelten, lief über einen zweiten, sie kannte sich aus im Labyrinth des unendlich großen Gebäudes. Lief in eines der vielen „Nebenzimmer"; es war ein Zimmer, nie benutzt, nur dafür bestimmt, daß, falls Toinette einmal schwanger sein sollte, eine Dame ihres Dienstes dort übernachten könnte. Nur wenige wußten von diesem Zimmer, niemand vermutete sie dort. Toinette lief hinein, schlug die Tür zu, verriegelte sie. Warf das Negligé ab, legte sich, völlig nackend, in das schmale Bett, das keineswegs prunkvoll war. Streckte sich, gähnte gewaltig, legte sich auf die andere Seite, zog die Beine hoch. Fiel in einen tiefen, traumlosen, herrlichen Schlaf, während im Vorzimmer des feierlichen Raumes der Architekt und der Abbé warteten.

Als sich Toinette in den Gemächern der Prinzessin Rohan einfand, wurde sie, wie immer, begrüßt vom Gekläff der kleinen Hunde und vom Geschrei des Papageis. Die Prinzessin trennte sich niemals von ihren Hunden Chérie, Aimée und Joujou, und sie ließ sich nicht stören durch das Krächzen ihres Papageis Monsieur. „Les amants arrivent – Die Liebespaare treffen ein", pflegte der Papagei zu rufen, das war alles, was er gelernt hatte; er war uralt, es hieß, er stamme noch aus der Zeit des Regenten, er sei damals großgezogen worden in einem berühmten Absteigequartier der Hocharistokratie, daher seine Ankündigung.

Es war spät, die Gäste waren alle versammelt, am Pharao-Tisch war die Partie bereits im Gang. Aber man unterbrach sie nicht, Toinette hatte sich im Kreis ihrer Freunde, des Fliederblauen Klüngels, jedes Zeremoniell verbeten.

Prinzessin Rohan und Gabriele Polignac, Toinettes nächste Freundin, kamen ihr entgegen. Gabriele, mit ihrer sanften, warmen, lässigen Stimme, sagte: „Da bist du ja, Toinette." Die Prinzessin Rohan aber machte ihr wortreiche Vorwürfe, daß sie nicht früher gekommen sei; sie habe viel versäumt.

Ihre blassen Augen schauten noch hysterischer als sonst, und klagend, doch gleichzeitig triumphierend erzählte sie, sie habe wieder eines ihrer Gesichte gehabt. Angekündigt zunächst durch das jammervolle Heulen und Bellen ihres Hündchens Aimée, habe einer ihrer großen Toten sie besucht. Diesmal sei es der Kardinal Richelieu gewesen, und sie habe auch mit ihm gesprochen. Alle hätten die Anwesenheit des toten Kardinals wahrgenommen, für die weniger Scharfsichtigen sei das Benehmen ihrer drei Hunde, ihre Angst, wie sie dem Toten ausgewichen seien, wie sie sich geduckt und die Schwänze eingeklemmt hätten, ein deutliches Zeichen gewesen. Auch der Papagei sei verstummt, mit gesträubten Federn. Sie verlangte das Zeugnis ihrer Gäste. „War es nicht, als wäre der Kardinal leibhaft unter uns, meine Herren?" fragte sie. „Es war angenehm unheimlich", rief vom Spieltisch her mit seiner kräftigen Stimme Graf Jules Polignac, Gabrieles Mann. Und der Marquis de Vaudreuil bestätigte: „Zweifellos hat die Prinzessin mit dem Kardinal gesprochen. Aber", fuhr er fort, und er versteckte die Ironie unter gutgespieltem Nachdenken, „ganz so bedeutend war die tote Eminenz nicht wie die lebendige."

Toinette pflegte, wie der ganze Fliederblaue Klüngel, nachsichtig zu lächeln über die Eigenheiten der Prinzessin Rohan, über ihre Menagerie und über ihre Visionen. Trotzdem waren die freigeistigen Herrschaften merkwürdig angezogen von diesen Visionen, sie beschäftigten sich mit ihnen, sie diskutierten die Aussprüche der Toten, und in aller Mokerie war ein Körnchen Glauben.

Die Prinzessin Rohan hatte ein hübsches, etwas hageres, zerarbeitetes Gesicht mit großen, fahrigen Augen; in ihren Worten und Gesten war etwas Brennendes, Fanatisches. Sie wurde von ihrem Mann, den sie leidenschaftlich liebte, grob vernachlässigt, sie flüchtete zu den Toten. Sie war reich, sie gab, immer inmitten ihrer Hunde und Katzen, große Empfänge. Sie konnte verblüffend gescheite Dinge sagen, sie verschwendete Geld und Zeit für ihre Freunde, die bösartige Gesellschaft von Versailles und Paris nahm ihre Anwandlungen mit gutmütiger Ironie in Kauf.

Prinz Karl begrüßte Toinette. „Das haben Sie gut gemacht, Schwägerin", sagte er, „daß Sie meinem Rat gefolgt sind. Also los, holen wir uns Revanche." Prinz Karl, der jüngste

Bruder des Königs, war kaum zwanzig. Während Louis und Prinz Xavier, die älteren, übermäßig dick waren, sah Karl schlank und hübsch her; er war ein richtiger Lausbub, lustig, für jeden Streich zu haben, ein willkommener Teilnehmer, ja, der Urheber vieler von Toinettes Vergnügungen.

Toinette schielte hinüber nach dem Spieltisch, hörte das leise Klirren der Münzen, das matte Aufschlagen der Karten. Doch sie beherrschte sich. „Nein", sagte sie, „ich spiele heute nicht. Ich bin nur gekommen, euch zu sehen. Ich hatte einen angestrengten Tag, die Messe, den Empfang der Gesandten. Aber hier bin ich", und sie schaute strahlend um sich.

Auf die Dauer indes konnte sie das verlockende Bild des Spieltisches nicht ertragen. Sie nahm ihre Freundin Gabriele um die Schulter und führte sie in das kleine Kabinett nebenan.

Der Marquis de Vaudreuil, der ansehnlichste unter den Herren des Fliederblauen Klüngels, saß, ein wenig abgesondert von den übrigen, auf einem Sofa mit Diane Polignac, der Schwester des Grafen Jules, der Schwägerin Gabrieles. Einen Augenblick dachte er daran, den beiden Damen, wie sie langsam und anmutig, umschlungen, durch den großen Raum gingen, ein freundlich ironisches Scherzwort zuzurufen; aber es wäre geschmacklos gewesen. Er unterließ es und begnügte sich, ihnen mit den Augen zu folgen, begehrlich, mit einem kleinen, spöttischen Lächeln. Wieder, wie häufig, während er mit Diane Polignac gewandt weiterschwatzte, verglich er, der Kenner, Toinette und Gabriele. Toinette war jung, lebhaft, fröhlich, ihr Gesicht zeigte kindlich unbekümmert jede Regung; angezogen und doch beinahe ergrimmt nahm Vaudreuil wieder einmal wahr, wie seltsam hochmütig im Rahmen dieses kindlichen Antlitzes die habsburgischen Merkmale wirkten, die Unterlippe, die ein bißchen hing, die kühne Nase. Gabriele ihresteils hatte die gleiche hohe Stirn wie Toinette, doch ihre weit auseinanderliegenden Augen waren viel tiefer blau unter den schwarzen Brauen, die Nase bog sich auf reizvolle Art ein wenig nach oben, das Gesicht der Achtundzwanzigjährigen mit den leicht verschlafenen Augen strahlte weiß unter dem heftig schwarzen Haar. Die zahllosen Bewunderer Gabrieles rühmten die „himmlische Reinheit" dieses Antlitzes, und Vaudreuil lächelte, daran denkend, was alles sich hinter der engelhaften Miene versteckte.

Toinette setzte sich mit Gabriele in das kleine Kabinett. Der Vorhang, der das Kabinett von dem Empfangsraum trennte, war zurückgeschlagen, so daß, was in dem Kabinett vorging, außen sichtbar blieb. Toinette hielt also ihr Antlitz beherrscht, freundlich lächelnd; doch aus dem lächelnden Munde kamen Worte unbeherrschter Klage. Schön, da man es von ihr verlangte, brachte sie Vernunft genug auf, sich des Spielens zu enthalten. Aber war es nicht schmählich, daß sie, die Königin, so gar keine Freiheit hatte? Auf Schritt und Tritt war sie behindert durch eine blöde Etikette, nicht einmal in ihren wenigen freien Stunden durfte sie tun, was ihr Freude machte, und für all den Zwang und die Entbehrung erntete sie nichts als Vorwürfe. Wahrhaftig, jedes Fischweib der Halle hatte es besser als die Königin von Frankreich.

Gabriele Polignac streichelte zärtlich den schönen Arm und die lange, zart fleischige, sehr weiße Hand Toinettes. „Möchtest du tauschen mit einem Fischweib?" fragte sie mit ihrer trägen, dunkeln Stimme. Toinette lachte, jung, kindlich. „Auf was für Ideen du kommst, Gabriele", sagte sie.

Durch den Ausschnitt der Tür sahen sie Vaudreuil. Er schwatzte noch immer mit Diane Polignac. Gabrieles Schwägerin hatte ein hageres, dunkles Gesicht mit einer scharfen Nase, sie war eher häßlich, doch bei weitem die Klügste, nicht nur unter den Polignacs, sondern im ganzen Fliederblauen Klüngel. „Warum gibt er sich eigentlich soviel mit ihr ab?" fragte Toinette. Gabriele erwiderte nicht, langsam glitten ihre großen Augen über Vaudreuil und Diane. Toinette wußte, jedermann wußte es, daß Vaudreuil Gabrieles Liebhaber war, doch kaum je sprachen die beiden Frauen darüber. Heute, unvermutet, fragte Toinette: „Bist du eigentlich niemals eifersüchtig, Gabriele?" Gabriele, immer mit den Augen auf Vaudreuil und Diane, streichelte langsam und stärker Toinettes Arm. „Mir liegt an niemand außer an dir, Toinette", sagte sie.

„Aber warum wirklich redet er nur mit Diane?" fragte nochmals Toinette. Gabriele, nach einem ganz kleinen Schweigen, erwiderte: „Ich denke, er hat Sorgen. Uns läßt er nichts merken, dazu ist er zu stolz, aber mit Diane kann er darüber reden, weil sie nicht schön ist."

Toinette wußte, was das für Sorgen waren, auf welche Gabriele anspielte. François Vaudreuil war reich, doch das Geld zerrann ihm unter den Händen. Nun hatte Diane Polignac angeregt, Toinette möge ein altes Hofamt wiederaufleben lassen, die Stelle eines „Intendanten der Schauspiele und Vergnügungen der Königin". Toinette brauchte einen solchen Intendanten, der Marquis de Vaudreuil war dafür geeignet wie kein zweiter, und das Amt war mit einem hohen Gehalt verbunden.

Nachdenklich schaute Toinette. Eine solche Bestallung Vaudreuils würde ihren Haushalt mit neuen sechzigtausend Livres belasten. Louis und der Finanzminister Necker werden saure Gesichter ziehen; auch ihre österreichischen Berater, der Botschafter Mercy und der Abbé Vermond, werden ihr neue Vorhaltungen machen, wie überaus kostspielig ihre Freundschaft mit Gabriele sei. Dabei war das Sonderbare, daß Gabriele niemals etwas für sich selbst verlangte; sie hatte keine Bedürfnisse. Als Toinette sie entdeckt hatte, sogleich hingerissen von der himmlischen Anmut dieses sanften Gesichtes, war Gabriele arm gewesen, so arm, daß sie den weitaus größten Teil des Jahres auf ihrem traurigen, dürftigen Landsitz hatte verbringen müssen, fern in der Provinz, und nur auf zwei, drei Wochen nach Versailles hatte kommen können, um sich bei Hofe zu zeigen. Doch Gabriele hatte sich aus dieser Armut nichts gemacht, Toinette hatte List und Mühe aufwenden müssen, um sie zur Annahme der Gelder zu überreden, die ihr und den Ihren ein Leben in Versailles ermöglichten. Es war freilich eine zahlreiche und eine ausgehungerte Familie, die der Polignacs, und so bedürfnislos Gabriele für sich selber war, sie konnte nicht nein sagen, wenn Graf Jules, ihr Mann, und seine Schwester Diane sie bestürmten, der Freundin von den Nöten der Familie zu erzählen. Da ging sie denn schließlich zu Toinette, das sanfte, lässige Gesicht leicht überrötet, die schläfrigen, verwirrenden Augen noch größer und mädchenhafter als sonst, und deutete an, ihre Leute seien wieder einmal in der Klemme. Toinette aber war die Vorstellung unerträglich, daß irgendwo im Bereich ihrer liebenswerten Gabriele Geldsorgen sein sollten, und es war ein Kitzel, ein ungeheures Vergnügen, die Freundin zu trösten und ihren Leuten zu helfen. Renten von mehr als einer halben Million Livres jährlich habe sie so über die Polignacs ausgeschüttet, hatte Mercy ihr jüngst vorgerechnet. Das klang nach Leichtsinn und Verschwendung. Aber sollte sie dulden, daß sich alberne Ziffern einmischten in das einzige Glück ihres Lebens, in die Freundschaft mit Gabriele?

„Du hast recht", sagte sie, „man muß etwas für unsern Freund François tun. Aber er wird es nicht annehmen, wenn ich ihn bitte, mein Intendant zu werden. Er ist so unheimlich hochmütig." – „Wenn irgendein anderer ihm dergleichen vorschlägt", antwortete Gabriele, „wird er's mit Hohn zurückweisen. Nur Sie können mit ihm reden, Toinette."

Vaudreuil hatte sich mittlerweile von Diane verabschiedet und kam jetzt quer durch den Saal auf das Kabinett zu. Kein anderer hätte die Vertraulichkeit der Königin und ihrer Freundin zu stören gewagt, aber er trat ein mit lässiger Selbstverständlichkeit. Er setzte sich zu den Damen. Er bewundere Toinette, sagte er, daß sie sich so lange und so standhaft des Spielens enthalte.

Es war er, François Vaudreuil, der in Wahrheit den Fliederblauen Klüngel beherrschte. In den Salons von Versailles und von Paris galt der junge Prinz Karl für die Seele des Kreises: aber Vaudreuil lenkte den Prinzen. Er tat es klug, er ließ es ihn nicht merken, auch niemand sonst, er blieb im Schatten. Doch er fiel auf, ob er's wollte oder nicht. Das volle, starke Gesicht des Dreißigjährigen mit dem üppigen, frechen Mund, mit den braunen, etwas finstern Augen unter den dicken, tiefschwarzen Brauen und mit der kühnen, schöngewölbten Stirn war überaus männlich. Vaudreuil war interessiert an geistigen Dingen, er hatte beinahe alle Pariser Schriftsteller von Namen zu Freunden; in den Liebhaberaufführungen des Hochadels war er der beste und der am meisten gesuchte Darsteller. Unzählige Gerüchte hefteten sich an seinen Namen. Weit über Paris hinaus erklärte man, unter den Männern Frankreichs wirkten auf die Phantasie der Frauen am meisten der Schauspieler Lekain, der Schriftsteller Beaumarchais und der Marquis de Vaudreuil.

„Sie haben recht, François", sagte Toinette, „es ist verwunderlich, daß ich nicht spiele. Es bleibt einem nichts anderes übrig als das Spielen, so monoton sind unsere Vergnügungen. Meine Feste und Veranstaltungen kommen mir noch dilettantischer vor als diejenigen, die ich als Kind in Schönbrunn gesehen habe. Meine gute Campan und auch die Lamballe haben keine Einfälle. Wir haben soeben davon gesprochen, Gabriele und ich. Ich möchte das Amt eines Intendanten wieder einführen", schloß sie beiläufig und tapfer.

Vaudreuil saß da, elegant, lässig, doch seine starken Brauen hatten sich um ein kleines mehr zusammengezogen. Er schaute von einer der beiden Damen zur andern, und es war erstaunlich, wie gewalttätig mit einemmal sein Gesicht aussah. Die braunen Augen waren erschreckend düster, die dicken Brauen drohend, gefährlich; Vaudreuil war gefürchtet um seiner jähen, heftigen Zornesausbrüche willen.

Gabriele erhob sich eilig. „Ich denke, ich sollte wieder zu den andern gehen", sagte sie und entfernte sich.

„Ernstlich, François", sagte Toinette, als sie allein waren, „ich brauche einen Intendanten, das werden Sie zugeben. Und es gibt keinen außer Ihnen."

Wer vom Hauptsaal in das kleine Kabinett hineinblickte, der gewahrte einen Vaudreuil, der in vorbildlicher Haltung dasaß und mit der Königin eine ehrerbietig galante Konversation führte. Toinette indes sah, wie leidenschaftlich es über sein bemüht lächelndes Gesicht wetterte. Toinette kannte ihren François. Ihre Beziehungen waren kompliziert und erregend. Louis war ein Mann bloß dem Namen nach; ein körperlicher Fehler hinderte ihn, die Ehe zu vollziehen. Die Behinderung hätte durch eine einfache Operation, eine Art Beschneidung, behoben werden können; doch der junge Louis, schwerfällig und gehemmt, lehnte es ab, diese Operation vornehmen zu lassen. Sechs Jahre jetzt war Toinette mit ihm verheiratet. Die Kaiserin Maria Theresia und der alte König Louis hatten ihr unter der Anteilnahme ganz Europas mit feierlichen Zeremonien den Dauphin ins Bett gelegt, aber damit hatte es auch sein Bewenden gehabt, nichts weiter war erfolgt in diesen sechs Jahren. Das französische Volk, voll untertäniger Ehrfurcht vor dem gesalbten König, schob den Vorwurf auf Toinette, die dem Lande den Thronfolger schuldig blieb. Die Damen der Halle, die Fischweiber, sangen derbe, unflätige Spottverse, die Literaten verbreiteten elegante, obszöne Epigramme. Bei Hofe aber, und besonders im Kreise des Fliederblauen Klüngels, wußte man Bescheid. Die Galanterien der Herren wurden dringlicher, bedeutungsvoller, und der verwöhnte Vaudreuil setzte sich das ehrgeizige Ziel, mit der Königin von Frankreich, der Tochter der Cäsaren, zu schlafen. Die ungeweckte Toinette ließ sich die Huldigungen der Herren gerne gefallen, sie flirtete mit Eifer, und die dreisten, kennerischen Schmeicheleien Vaudreuils machten sie neugierig auf einen Mann, der sich so zu seinem Vorteil von Louis unterschied. Sie duldete seine streichelnden Hände, seine geübten Zärtlichkeiten. Gewährte ihm vieles. Aber das Letzte gewährte sie ihm nicht. Auf seine bald sanften, bald gewalttätigen Bitten und Forderungen hatte sie immer nur *eine* Antwort: sie sei fest entschlossen, dem König von Frankreich nur einen legitimen Dauphin zu gebären, sie setze sich nicht der Gefahr aus, ein Kind von einem andern zu empfangen.

Es gab unter den Freunden Vaudreuils keinen einzigen, der es abgelehnt hätte, Intendant der Königin zu werden. Ihm war das Angebot wie ein Schlag. Auf und ab mit seinen schönen, finstern, gefährlichen Augen schaute er Toinette. Sie sah, welche Anstrengung es ihn kostete, sein höfliches Lächeln festzuhalten, und sie mußte daran denken, wie er ihr einmal in böser Laune in Gegenwart vieler die Hand geküßt und dabei ihr Gelenk so gewalttätig gepackt hatte, daß ein blauroter Streif tagelang sichtbar blieb.

„Sie wollen mich mit einer Rente abspeisen?" fragte er, die tiefe, geschmeidige Stimme dämpfend. „Mit einem Almosen? Das ist Ihr verdammter habsburgischer Hochmut. Aber so entkommen Sie mir nicht. Ich will nicht Ihre Intendanz, Toinette, ich will etwas ganz anderes." Es klang bitter, es klang höhnisch, es klang drohend, es klang erregend. „Nehmen Sie Vernunft an, François", bat sie. „Was ist gewonnen, wenn eines schönen Tages Ihre dummen Gläubiger Sie zwingen, Bankrott anzusagen? Das einzige ist, daß Sie in Versailles nicht mehr empfangen werden und ich Sie nicht mehr sehen kann." – „Dann werden Sie mich eben in Gennevilliers besuchen", erwiderte Vaudreuil. „Die eine oder andere meiner Klitschen wird man mir wohl lassen." – „Aber das ist doch alles Tollheit", ereiferte sich Toinette. „Ich sage Ihnen, ich bin fest entschlossen, einen Intendanten einzusetzen. Wenn Sie das Amt nicht nehmen, dann nimmt es eben Besenval oder d'Adhémar oder wer weiß ich. Und die sind alle Stümper." – „Hören Sie, Toinette", sagte Vaudreuil, „ich arrangiere Ihnen gern einmal eine Aufführung oder auch ein Fest. Aber kommen Sie mir nicht mit Ihrem Amt." – „Sie sind ungeheuer eingebildet, François", sagte Toinette; „der Marquis de Vaudreuil läßt sich von der Königin Frankreichs nichts schenken, aber die Königin soll sich von ihm was schenken lassen. Ich bitte Sie", sagte sie dringlich und rückte ihm ohne Rücksicht auf die draußen ein wenig näher, „nehmen Sie das Amt an, lassen Sie mich nicht im Stich."

Vaudreuil war in Gelddingen von großartiger Unbekümmertheit. Irgendwoher kam immer Geld, ein François Vaudreuil ohne Geld war nicht denkbar. Es lag ihm wirklich nichts an dem Amt, das ihm Toinette aufdrängen wollte. Aber sie war sehr liebenswert, wie sie so auf ihn einredete, er begehrte sie sehr. „Schön, Toinette", sagte er. „Ich werde mir's überlegen. Vielleicht werde ich der Intendant Ihrer Schauspiele und Vergnügungen. Aber das sage ich Ihnen gleich: wenn ich das Amt übernehme, dann muß ich machen dürfen, was ich will. Wenn ich einen meiner Literaten vorschicke, meinen Chamfort oder Marmontel oder Beaumarchais, dann sagen Sie mir nicht: ‚Das kann ich Louis nicht zumuten.' Ich sag es Ihnen voraus: wenn ich Ihr Intendant bin, dann werden Ihre Schauspiele und Feste anders ausschauen als jetzt. Dann wird Ihnen der Dicke eins knurren." – „Ich kann Ihnen nicht erlauben", sagte Toinette, „den König den ‚Dikken' zu nennen", aber sie lächelte.

Sie ließ sich von ihm zurück in den Hauptsaal führen. „Les amants arrivent", krächzte der Papagei Monsieur. Doch niemand achtete darauf, man war seine Ankündigung gewohnt.

Vom Spieltisch her rief Prinz Karl: „Jetzt haben Sie Ihre Beharrlichkeit lange genug bewiesen, Schwägerin. Seien Sie doch nicht so entsetzlich tugendhaft." Und da sie zögerte, drängte er weiter: „Ich muß sowieso zu Louis dem Strengen und ihn um Geld bitten. Wenn Sie Pech haben, dann bitte ich gleich für Sie mit." Vom Spieltisch her kam das liebliche, leise Klirren des Goldes und die gedämpften Rufe der Spielenden. Langsam trat Toinette näher, sogleich sprangen Prinz Karl und Jules Polignac auf, ihr Platz zu machen. Noch immer zögerte Toinette, aber auf ihrem Gesicht war Kampf. „Nehmen Sie meinen Platz, Madame", forderte Graf Jules sie auf,

„er hat mir Glück gebracht.“ – „Ich setze jetzt für Sie“, rief Prinz Karl, „zwanzig Louis zu Beginn.“ – „Hören Sie doch auf mit Ihren Späßen, Karl“, antwortete Toinette, aber sie trat näher an den Tisch und wartete gespannt, was herauskomme. Karl gewann, es waren jetzt hundert Louis. „Es ist Ihr Geld, Schwägerin“, sagte er leichtsinnig. „Nein, nein“, erwiderte Toinette. Dann, zögernd, sagte sie: „Aber Sie können mir fünfzig Louis leihen. Ich habe nichts mitgenommen, um nicht in Versuchung zu geraten“, und sie setzte sich hin und begann zu spielen.

Nachdem man eine Weile gespielt hatte, rief plötzlich die Prinzessin Rohan: „Die Hunde, sehen Sie die Hunde, sehen Sie Joujou.“ Es war eigentlich nichts weiter an den Hunden zu sehen, sie kläfften ein wenig, doch das taten sie oft. Wohl aber hatte die Rohan ihre starren Augen, ihr ganzes Gesicht war verkrampft, verstört. „Sehen Sie sie nicht?“ fragte sie mit einer erstickten, todängstlichen Stimme. „Pikzehn“, sagte Toinette. Aber: „Hört doch auf mit euerm Spiel“, rief Diane, und Gabriele, leise und liebenswürdig, fragte: „Wer ist es denn jetzt?“ – „Aber seht ihr sie denn nicht?“ rief heftig flüsternd die Rohan. „Seht ihr denn nicht, daß es Adrienne ist?“

Es war aber Adrienne eine große Schauspielerin der kaum abgelebten Epoche gewesen, die größte ihrer Zeit, sie hatte, wiewohl sanft und ruhig, wilde Schicksale gehabt, sie war schließlich von einer Gegnerin aus der Aristokratie auf tückische Art beseitigt worden, und der Erzbischof von Paris hatte der Toten ein ehrliches Begräbnis verweigert. Zahllose Streitschriften waren damals erschienen, eine besonders berühmte, die ganz Frankreich und Europa aufgewühlt hatte, aus der Feder Voltaires.

Diese Adrienne also war es offenbar, von welcher die Rohan sprach, und obwohl die meisten hier im Saal spottsüchtig waren und schwach im Glauben an Gott, so glaubten sie doch ein wenig an die Gegenwart der toten Adrienne. Leicht überfröstelt standen sie. Der Herzog de Fronsac fragte flüsternd: „Was sagt sie denn, die Tote?“, und eine Dame, ein bißchen ängstlich, erkundigte sich: „Ist sie sehr erbittert gegen uns?“ – „Sie ist nicht erbittert“, gab die Rohan Bescheid, „sie ist nicht rachsüchtig, sie ist eher traurig.“ – „Aber was sagt sie denn?“ bestand Gabriele. „Sie ist traurig über uns“, erwiderte die Rohan. „Sie sagt, es hat übel begonnen, und es wird nicht gut enden.“

Ein kleines Schweigen war. Dann sagte Prinz Karl: „Ich denke, jetzt können wir mit dem Spiel fortfahren, meine Herren und Damen.“ – „Pikzehn“, sagte Toinette, und man spielte weiter.

Am Tag darauf, beim Lever, verabschiedete Toinette die Hofdamen des Dienstes noch schneller als gewöhnlich. Die Verabschiedeten entfernten sich ehrfurchtsvoll mit sauern Gesichtern und empörtem Geflüster. Zweiundvierzig Damen hatten Toinette beim Aufstehen geholfen, hundertundelf andere ihre Aufwartung gemacht; für alle diese, wiewohl sie doch der Blüte der Aristokratie angehörten, hatte Toinette genau neunzehn Minuten gehabt. Für die Schneiderin – und niemand zweifelte, daß Toinette jetzt im Begriff war, mit der Schneiderin zu konferieren –, für die Schneiderin wird sie wieder zwei bis drei Stunden haben. Dabei hatte Rose Bertin nicht einmal Zutritt zu den königlichen Gemächern, und man mußte das Zeremoniell drehen und wenden, um ihr Eintritt zu verschaffen in eines der „Nebenzimmer“.

Wenn die Damen an diese „Nebenzimmer“ dachten, steigerte sich ihre Erbitterung. Wer weiß, wie viele solche „Nebenzimmer“ Toinette sich erschlossen hatte in dem riesigen, kaum übersehbaren Labyrinth des Schlosses von Versailles, und wer weiß, was in diesen „Nebenzimmern“ vorging. Rundum erzählte man sich von einem Erlebnis des Obersten der Schweizer Garde, des alten, wackeren Besenval, der doch selber zum Fliederblauen Klüngel gehörte und nicht eben ein keuscher Josef war. Es war darum gegangen, ein Duell zu verhindern zwischen zwei feurigen jungen Herren des Fliederblauen Klüngels, und Toinette hatte den Obersten zu sich gebeten. Er war geführt worden über einen Korridor und eine Treppe hinauf und über einen andern Korridor und eine Treppe hinunter, und so entfernt und sturmfrei wie das „Nebenzimmer“, in welchem Toinette ihn schließlich empfangen hatte, gab es kein zweites in Paris.

Toinette war wirklich gleich vom Lever weg, aufatmend, in eines dieser „Nebenzimmer“ gegangen. Da war sie jetzt mit Gabriele und mit der Putzmacherin Bertin. Sie war strahlender Laune. Sie hatte gestern nacht gewonnen. Wenn sie verlor, war das Tücke des Schicksals; wenn sie gewann, war es persönliches Verdienst und eine starke Bestätigung. Sie war also heute noch frischer und heiterer als sonst. Vergnügt sah sie im Spiegel, wie wenig der kurze Schlaf ihrem Aussehen hatte anhaben können; sie war sehr gnädig zu Rose Bertin.

Da saßen die beiden Damen, und die Bertin breitete ihre Schätze vor sie hin. Eine Flut von Spitzen, Hüten, Bändern, Federn, Handschuhen, Fächern, Stoffen, von Flitter und Schmuck aller Art ergoß sich über den kleinen Raum und glänzte zehnfach zurück aus den vielen Spiegeln. Toinette und Gabriele, angeregt und fröhlich, wühlten in dem kostbaren Tand, die kleine, dickliche Bertin, deren rundes, stupsnäsiges, aufgewecktes Bauernmädelgesicht in drolligem Gegensatz stand zu ihrem mondän überfeinerten Geschmack, gab sachkundigen Rat, es waren zwei angenehme Stunden.

Im Vorzimmer warteten mittlerweile der Abbé Vermond und der Architekt Mique. Eigentlich hätte Toinette zuerst den Abbé empfangen sollen. Doch die Besprechung mit dem Architekten lag ihr am Herzen, und sie wollte sich nicht die Laune verderben durch die sicherlich unerquickliche Unterredung mit dem Abgesandten ihrer Mutter.

Der Architekt Mique trat ein, und sogleich vertiefte man sich in Pläne und Aufstellungen.

In den Umbau ihres Schlosses Klein-Trianon und seiner Gärten hatte Toinette ihr ganzes Herz gelegt. Von dem Augenblick an, da sie den zierlich strengen Bau zum erstenmal gesehen, hatte die damals Fünfzehnjährige beschlossen, dieses kleine, weiße, einfache, kostbare Schloß müsse ihr gehören. Überall sonst mußte sie sich der Etikette fügen: dieses Haus sollte sich ihr anpassen. Hier in diesem Trianon wollte sie nicht Königin von Frankreich sein, sondern Toinette, eine junge Frau, die leben wollte nach ihren Wünschen.

Sie hatte sich denn auch, gleich nachdem Louis König geworden war, das Schloß von ihm schenken lassen und angefangen, es nach ihrer Manier umzubauen und einzurichten. Sie bekannte sich mit ihrem ganzen Wesen zu der neuen Richtung, die den Pomp der vorigen Generation ablehnte und schlichte, der Antike nachgebildete Linien bevorzugte. Es war eine elegante, raffinierte Einfachheit, und es war kostspielig, das Leichte, scheinbar Gebrechliche, solid zu machen. Toinette aber hängte ihr Herz daran, ihr Trianon nach diesen Richtlinien umzubauen, und die Architekten, Maler, Gartenkünstler erkannten sofort, daß sie mit einer Frau zu tun hatten, die genau wußte, was sie wollte. Toinette hatte Ideen, sie nahm nichts unbesehen hin, sie duldete keine Abweichung von dem, was ihr vorschwebte, sie redete den Künstlern ein, und die meisten ihrer Ratschläge waren gut.

Mit dem Hause selber war man fertig, es ging jetzt um die Gärten. Toinette verabscheute den steifen Prunk der gezirkelten Parks, welche das Schloß von Versailles umgaben, sie wollte Natur, einen vorbildlichen Englischen Garten. Er sollte auf kleinstem Raum enthalten alles, was zur „Natur" gehörte, Fluß und Inseln und Brücken und Bäume und Blumen und Tal und Hügel und selbstverständlich auch ein Dörfchen mit lebendigen Landleuten und lebendigem Getier, mit einer Mühle und einem Kuhstall und auch mit einem Marktplatz für ländliche Feste.

Jetzt also vertiefte sich Toinette in die Einzelheiten des Planes. „Schade", unterbrach sie sich plötzlich, „daß das Modell noch nicht da ist, das Sie mir versprochen haben." Es liege nicht an ihm, entschuldigte sich Monsieur Mique; es liege daran, daß das Geld für das Modell noch nicht genehmigt sei. Die ganzen vorbereitenden Arbeiten könnten viel weiter sein, wenn es nicht immer neue Schwierigkeiten gäbe wegen der Genehmigung der Mittel.

Toinette empörte sich, sie schickte sogleich nach Monsieur d'Angivillers, dem Intendanten der königlichen Bauten. Während man auf ihn wartete, sprach sie weiter mit dem Architekten, liebenswürdig und angeregt. Sowie indes der Intendant erschien, wurde sie ganz erzürnte Herrscherin. Sie wäre ihm besonders verbunden, erklärte sie mit beißender Liebenswürdigkeit, wenn er sie darüber belehren wollte, warum eigentlich ihre Befehle nicht ausgeführt würden. Der Intendant erblaßte vor ihrer bitteren Höflichkeit. „Ich habe mir mehrmals erlaubt", antwortete er, „Madame in aller Untertänigkeit darauf aufmerksam zu machen, daß mein Budget erschöpft ist. Ich habe strenge Anweisung, weitere Beträge nur auszuhändigen nach ausdrücklicher Genehmigung des Herrn Finanzministers. Monsieur Necker hat bisher seine Zustimmung nicht erteilt." – „Hat da nur Monsieur Necker zu bestimmen", erkundigte sich Toinette, „oder vielleicht auch der König?" Und: „Stellen Sie die verlangten Summen bereit", herrschte sie den Intendanten an, leise, doch so, daß kein Widerspruch möglich war. Monsieur d'Angivillers verneigte sich, ging. „Sie sehen, Monsieur", sagte Toinette und lachte fröhlich, „es ist ganz einfach. Man braucht nur klar und französisch zu sprechen."

Jetzt aber konnte sie's nicht länger hinausschieben, jetzt mußte sie sich dem Gespräch mit Abbé Vermond unterziehen. Mit Bedauern verabschiedete sie den Architekten und ließ den Abbé bitten.

Vermond war verbittert, daß ihn Toinette gestern überhaupt nicht empfangen und heute so lange hatte warten lassen, und obwohl er sich mühte, versteckte er schlecht seinen Ärger. Abbé Vermond stammte aus bescheidener Familie, es war ein unerwarteter Glücksfall gewesen, daß ihn damals seine Obern der Kaiserin Maria Theresia als Erzieher ihrer Tochter empfohlen hatten. In Wien dann hatte sich Vermond nicht nur die Schätzung der alten Kaiserin, sondern auch das etwas widerwillige Vertrauen seiner jungen Schülerin erworben. Er war Toinettes Berater auch in Versailles geblieben, und ihre Mutter hielt darauf, daß sie nichts Wesentliches unternehme, ohne es vorher mit dem Abbé zu bereden.

Dessen Amt war nicht leicht. Toinette pflegte seine behutsamen Ermahnungen mit kleinen Scherzen abzutun. „Einmal", so etwa sagte sie, „wird auch die Zeit kommen, wo ich vernünftig werde, Herr Abbé, aber lassen Sie mir bis dahin meine Amüsements." Im Grunde mußte er sich darauf beschränken, ihr fehlerhaftes Französisch zu verbessern und der Kaiserin nach Wien treulich Bericht zu erstatten über alles, was das liebenswerte und ach so leichtsinnige Kind anrichtete.

Doch brachte dem Abbé sein Amt auch manche Freude. Bescheiden und geschickt wußte er das Gerücht zu verbreiten, die eigentliche Regentin Frankreichs sei Toinette und der Regent Toinettes er. Viele glaubten das, es sammelte sich ein kleiner Hofstaat um den Abbé, und häufig wärmte er sich an der Wahrnehmung, daß er, der Sohn des Handelsmannes Vermond in Sens, bei seinem Lever eine Reihe von Würdenträgern um sich sah, die Anliegen jeder Art vor seine Füße streuten.

Freilich hatte die Position Abbé Vermonds auch ihre schwache Stelle. Der sonst so umgängliche junge König Louis hatte ihn vom ersten Augenblick an nicht ausstehen können. Der Abbé war dem Wiener Hof von dem Ministerpräsidenten Choiseul empfohlen worden, er gehörte zur Partei dieses Politikers, und Louis, ohne darüber zu sprechen, konnte sich von dem Verdacht nicht frei machen, sein Vater, der Dauphin, sei von den Leuten dieses Choiseul aus dem Weg geräumt worden. Der Dauphin war unter merkwürdigen Umständen gestorben, es hieß, man habe ihn vergiftet, und Louis hielt es für sehr wohl möglich, daß der Abbé Vermond mit im Komplott gewesen war. Jedenfalls hatte er, kaum zur Macht gelangt, Choiseul ungnädig entlassen und durch Maurepas ersetzt, und dem Abbé Toinettes bezeigte er bei jedem Anlaß seine Antipathie. Niemals richtete er das Wort an ihn, und hätte nicht der Abbé an Maria Theresia eine starke Stütze gehabt, so hätte ihn sicher Louis längst fortgeschickt.

Der Abbé, sehr häßlich, riesiger Mund mit wilden, gelben Zähnen, hatte heute seine Aktenmappe bei sich. Toinette sah diese Aktenmappe mit Mißbehagen; was daraus kam, pflegte unerquicklich zu sein. Vorläufig indes ließ Vermond die Mappe ungeöffnet und machte höfische Konversation. Beugte sich über die Pläne des Trianon, die noch auf dem Tisch lagen, zeigte sich interessiert, rühmte den Erfindungsgeist Toinettes, ihren Geschmack.

Sie aber wußte, daß er nachträgerisch war, immer gekränkt, und daß er ihr's bestimmt nicht verzieh, daß sie ihn hatte warten lassen. Bald denn auch fragte er besorgt, ob denn diese neuen Umbauten nicht sehr kostspielig seien, und als Toinette nur mit einem leichtherzig hochmütigen Achselzukken erwiderte, wies er hin auf das viele mißgünstige Gerede, das über ihre Verschwendung in Paris umgehe. Sie indes antwortete unschuldig: „Mein lieber Abbé, wo ist derjenige, über den kein Gerede umgeht?", und sie lächelte ihm ins Gesicht; vielleicht dachte sie an jenes Geschwätz über die Vergiftung ihres hochseligen Schwiegervaters, des Dauphins.

Doch Vermond fühlte sich heute stark, er hatte wirklich in seiner Aktentasche ein Schriftstück, geeignet, seinen Worten Nachdruck zu geben, er wagte sich einen Schritt weiter. Wenn sie nur Königin von Frankreich wäre, meinte er, dann hätte sie gewiß das Recht, das Gerede zu verachten. So aber habe ihr Gott die schwere und segensreiche Pflicht auferlegt, Verbindungsglied zu sein zwischen den beiden großen katholischen Herrscherhäusern der Welt, zwischen Habsburg und Bourbon. Sie müsse also auch bei ihren harmlosesten Handlungen an die Folgen denken, die sie auf die Politik der Geheiligten Majestät ihrer Mutter haben könnten. Immer feindseliger spreche Paris von der „Fremden", immer höher häuften sich die Pamphlete gegen die „Österreicherin". Toinette, mit reizend gespielter Bestürzung, meinte, sie habe wirklich nicht daran gedacht, daß es Paris erregen und die habsburgische Politik stören könnte, wenn sie im Trianon ein paar Bäume verpflanzen lasse. Aber sie verstehe nichts von Politik. Und ob denn nun also der Abbé ihr rate, endgültig auf ihr Klein-Trianon zu verzichten.

Vermond wäre ihr am liebsten streng gekommen, aber er wagte es nicht. Zweimal, bei ähnlichen Anlässen, hatte er mit seinem Rücktritt gedroht. Das zweitemal hätte man ihn um ein Haar gehen lassen, und er hatte sich peinvoll winden und drehen müssen, um die Sache wieder einzurenken. Er hatte es schwer, Gott hatte ihm eine harte Prüfung auferlegt. Dieser verdammte junge König verstand seine Verdienste nicht zu würdigen und suchte nur nach einem Vorwand, ihn wegzujagen. Und diese nette, junge Königin, die er so gerne auf den rechten Weg geführt hätte, war leider geschlagen mit dem Übel des Leichtsinns und verderbt durch die Gesellschaft der Spötter. Wenn es um ihr Pläsier ging, konnte sie überaus verbockt sein. Diesmal war sie es, und es blieb ihm nichts übrig, als den Rückzug anzutreten. Aus seinem bösen, gewaltigen Mund mit den wilden Zähnen kamen also sänftigende Worte. Er erklärte, er habe ihr nur im Sinne ihrer Frau Mutter allgemeine Ratschläge geben wollen; im übrigen wünsche er herzlich, ihr Schlößchen möge so hübsch geraten, wie sie sich's träume.

Dann aber, und nicht ohne kleine Schadenfreude, holte er wirklich aus der gefürchteten Aktentasche sein Schriftstück heraus. „Ich habe die Ehre“, erklärte er sehr förmlich, „Ihnen wieder einmal einen Brief Ihrer Frau Mutter zu überreichen“, und er gab ihr das versiegelte Schreiben.

Vor diesen Briefen hatte Toinette Angst. Sie wußte, ihre Mutter hatte sie mit einem Spionagedienst umgeben, und was immer sie tat, wurde der Kaiserin auf schnellstem Wege berichtet. Man wußte in Wien um ihre Eskapaden, ihre Toiletten, ihre Frisuren, ihre Bälle, ihre Flirts, ihre Spielverluste, um alle ihre Amüsements, und ein ständiger Regen freundlicher und strenger Ratschläge und Vorwürfe ging auf sie nieder.

Nun hegte Toinette tiefen Respekt vor der Mutter; unter allen Lebendigen war Maria Theresia nicht nur dem Range nach die Erste, sie war auch die Bedeutendste. Was sie ihr schrieb, war weise und richtig und kam aus dem Herzen. Toinette fürchtete die Mutter, schätzte sie, liebte sie. Manchmal, häufig, kam sie sich hier in Versailles verlassen vor, verkauft und verraten inmitten der Fremde und der Etikette. Sie war überzeugt, der einzige Mensch, dem sie ganz vertrauen konnte, war die Mutter. Voll von widerstrebenden Gefühlen also nahm sie den Brief, den ihr Vermond überreichte. Sie erbrach das Siegel und beschaute, bevor sie es las, das dicht beschriebene Blatt als Ganzes. Der erste Teil zeigte die Hand des Sekretärs, der zweite aber die Schriftzüge ihrer Mutter. Es mußte etwas Bedeutungsvolles sein, das ihr dieser Brief eröffnen wird.

Sie las. Zunächst langsam. Dann konnte sie sich nicht bezähmen und überflog das Ende des Briefes. War überrascht. Las nochmals, das Ganze, gründlich. Ließ das Blatt sinken, schaute vor sich hin, das Gesicht verwirrt, tief nachdenklich.

Was in dem Briefe stand, erfüllte sie mit Schreck und Freude. Ihr Bruder kommt, Josef, der Römische Kaiser. Josef, der hochbegabte Herrscher, der Freigeist, vorläufig nur Mitregent Maria Theresias, auf dessen Regierungsantritt aber ganz Europa voll Furcht und voll Hoffnung wartet. Josef, von dessen glänzendem Äußern und von dessen Geist sie ihren Freunden unzählige Male vorgeschwärmt hat. Josef, der ewige Schulmeister, der sie schon, als sie noch ein Kind war, um ihrer Blödheit willen gescholten und verhöhnt hat und der ihr jetzt alle paar Monate ungeduldige, vorwurfsvolle, sarkastische Briefe schickt. Josef, der Seppl, zu dem Toinette voll Liebe, Respekt, Schuldbewußtsein und Ärger aufsieht.

Auf alle Fälle wird es ihre Stellung in Versailles stärken, wenn sich der glänzende Bruder hier zeigt. Wenn man dann in Paris von Habsburg spricht, wird man viel mehr an den intellektuellen, freigeistigen, bürgerlich bescheidenen Josef denken als an die vergnügungssüchtige, verschwenderische Toinette. Andernteils wird sie peinliche Auseinandersetzungen mit ihm zu überstehen haben. In seinen Briefen behandelt er sie wie ein kleines Mädchen, das seine Aufgabe nicht gelernt hat; dabei hat er häufig recht, er ist so unangenehm gescheit, er hat auch nur ihr Bestes im Auge. Er ist großartig und unerträglich, und sie weiß im voraus, seine scharfe, höhnische Art wird sie bis aufs Blut reizen.

Sie sah hoch, hinüber zu dem Abbé, der sie mit freundlichem Grinsen beobachtete. „Sie wissen um den Inhalt des Briefes, Herr Abbé?“ fragte sie. „Ja, Madame“, erwiderte er. „Weiß wohl der König davon?“ fragte sie weiter. „Ich denke, noch nicht“, antwortete der Abbé. „Ich denke, man wird ihn wohl erst später benachrichtigen. Ihr erlauchter Bruder, Madame, kommt inkognito. Ich denke, er kommt nicht in offizieller Mission“, und der Abbé grinste noch freundlicher.

Eine heiße Welle stieg plötzlich in Toinette hoch. Wenn Josef nicht in offizieller Mission kam, was dann konnte er hier in Versailles wollen? Offenbar nur *eines*. Offenbar nur das, was sie am tiefsten anging. Ganz sicher war es so. Josef wird Louis zureden, endlich jene kleine Operation vornehmen zu lassen, die es ihm ermöglichen soll, seine ehelichen Pflichten zu erfüllen im Interesse Habsburgs und Bourbons. Das ist keine offizielle Mission, das ist eine private Mission, das ist die wichtigste, heiligste Mission, die es gibt.

Josef pflegt durchzusetzen, was er sich vorgenommen hat; Josef hat selbst der Mutter, dem stärksten Menschen der Welt, einiges abgetrotzt. Josef wird den schwankenden, gleitenden Louis sicherlich dazu bringen, das Hindernis beseitigen zu lassen. Und dann? Dann wird sie dem Lande den Erben gebären, den man von ihr fordert. Dann wird sie alles geleistet haben, was Habsburg und Bourbon und Gott füglich von ihr verlangen können. Dann wird sie in Wahrheit Königin sein. Dann wird sie frei sein und leben dürfen, wie sie will.

Eine Flut verwirrender Vorstellungen überschwemmte Toinette. Sie raffte sich zusammen. „Ich danke Ihnen, Herr Abbé", sagte sie, sehr damenhaft. „Sie begreifen sicher, daß ich nach dem Inhalt dieser Nachricht allein bleiben möchte." Und der Abbé zog sich zurück, sehr ehrerbietig, nur leicht grinsend.

Louis saß an dem kleinen Tisch im Erker seiner Bibliothek. Dieser Erker war sein Lieblingsplatz in dem riesigen Gebäude. Da saß er und blinzelte hinunter mit seinen kurzsichtigen Augen auf die Höfe und Einfahrtsalleen – das Fenster gewährte einen weiten Blick – und bestrebte sich, zu erraten, wer da komme und gehe.

Heute waren seine Gedanken weitab von solchem Spiel. Er saß an dem kleinen Tisch, das junge, feiste Gesicht in beide Hände gestützt, in sich versunken. Er war in Grün gekleidet, er hatte auf die Jagd gehen wollen. Er ging gern auf die Jagd, Reiten und Jagen war eine der wenigen Beschäftigungen, die ihm Freude machten; auch rieten ihm die Ärzte, möglichst oft auf die Jagd zu gehen, da ohne Bewegung die Fülle seines Leibes seine Gesundheit gefährde. Gerade heute brauchte er Bewegung. Er hatte zuviel gegessen, das unterlief ihm des öftern; wenn er in Gedanken war, stopfte er unwillkürlich mehr und mehr in sich hinein.

Trotzdem hatte er die Jagd aufgegeben. Monsieur Sallé, der Sekretär des Ministerpräsidenten, hatte für diesen um eine sofortige Audienz gebeten. Und wenn der alte Maurepas, sein Mentor, ihn trotz ernstlicher Erkältung zu sprechen wünschte, dann handelte es sich um Wichtiges, dann mußte er, Louis, auf sein Vergnügen verzichten und ihn anhören.

Was Maurepas will, wird sicher Unerfreuliches sein. Was man von ihm will, ist immer Unerfreuliches. Die Entschlüsse, die man von ihm will, sind beinahe stets solche, gegen welche sein Instinkt sich sträubt. Aber es ist so lästig, sich immer zu wehren, immer nein zu sagen. Und die andern haben immer Argumente an der Hand. Es sind falsche Argumente, aber es kostet Mühe, sie zu widerlegen. Am Ende läßt er sich lieber breitschlagen und unterschreibt.

Der junge, plumpe, schwerfällige Mensch stand auf und ging hin und her. Die Bibliothek war umfangreich, Louis las gerne, vor allem Geographisches, Historisches, Politisches. Er hatte diesen Raum umbauen lassen und ihn vollgestopft mit Dingen, die ihm gefielen. Da waren Globen, Landkarten, Uhren, Kunstwerke aller Art. Porzellan vor allem; in Sèvres, in seiner Porzellanfabrik, hatte er sich Statuetten der großen toten Dichter herstellen lassen, der Lafontaine, Boileau, Racine, La Bruyère. Des weiteren hatte er seine Bibliothek mit allerlei Bronze- und Schmiedewerk geschmückt. Davon verstand er was; er beschäftigte sich selber mit Metallarbeit und hatte sich oben im Schloß, unterm Dach, eine Werkstätte eingerichtet.

Vor dem Kamin machte er halt. Er streichelte das kunstvoll feine Gitter, es war merkwürdig, wie zart seine fetten, ungeschlachten Hände an das Eisenwerk rührten. Blicklos glitten seine Augen den Kamin entlang. Wieviel lieber hätte er sich mit seinen Büchern beschäftigt als mit den Dingen, die ihm sein Mentor vorsetzen wird. Was für eine mühsame, unbehagliche und niemals endende Aufgabe war es, zu regieren. Warum war er nicht geboren zum Beispiel als ein einfacher Landedelmann? Wie schön wäre es, wenn er nach Belieben auf die Jagd gehen könnte, schreiben, lesen, ein bißchen aus dem Englischen übersetzen, sich mit Geographie und mit Geschichte abgeben, Zeitungen studieren, besonders die verbotenen, englischen. Statt dessen mußte er regieren, Entscheidungen treffen, mußte sich wehren gegen Habgierige und Ehrgeizige, mußte immerfort handeln nach der kleineren Vernunft gegen die größere, gegen sein besseres Wissen und seinen Instinkt.

Seine Meditationen wurden unterbrochen durch die Ankunft des Prinzen Karl. Louis' Beziehung zu seinem jüngsten Bruder war zwiespältig. Der gutmütige Louis fühlte sich nach dem Tode des Vaters als Oberhaupt der Familie und verpflichtet, seinen Brüdern ein Helfer zu sein. Das wurde ihm aber von den beiden schwer gemacht. Von frühester Jugend an hatten sie den ungelenken ältesten Bruder verhöhnt, Prinz Xavier aus dem Hinterhalt, der höchst respektlose Karl offen und vor andern.

„Ich erwarte Maurepas", sagte Louis, als Karl jetzt eintrat. „Ich habe nicht viel Zeit. Fassen Sie sich, bitte, kurz. Was wünschen Sie?“

„Geld“, sagte Karl.

Nun hatte Prinz Karl aus Louis während der knappen drei Jahre, da dieser regierte, außer seiner Apanage ein Schloß mit großem, rententragendem Landbesitz erpreßt und sich zudem von ihm mehrmals beträchtliche Schulden zahlen lassen, das letztemal vor kaum vier Monaten. Es war zu stürmischen Auseinandersetzungen gekommen, Karl hatte Louis empfohlen, sich nicht Roi de France et de Navarre zu nennen, sondern Roi de France et l'Avare. Louis hatte schließlich die Summe gezahlt, doch hatte ihm Karl das feierliche Versprechen geben müssen, in Zukunft haushälterischer zu sein.

Finster und unglücklich schaute Louis auf den Bruder. „Du hast mir doch versprochen . . .“, er beendete den Satz nicht, in seiner Stimme war Kummer, Teilnahme, hoffnungsloser Groll. „Dann habe ich eben gelogen“, erwiderte schlicht Prinz Karl; „das ist eine Angelegenheit, die ich mit dem lieben Gott auszumachen habe. Gib mir schon das Geld“, fuhr er fort. „Was bleibt dir sonst übrig? Sperr dich nicht lange. Spiel nicht Louis den Strengen, es steht dir nicht.“ Als Dreizehnjähriger hatte einmal Louis erklärt, sein Ehrgeiz werde sein, als Louis der Strenge in der Geschichte weiterzuleben, und Karl hatte Freude daran, ihm das ins Gedächtnis zurückzurufen.

Louis raffte sich auf. „Ich werde dir das Geld nicht geben“, erklärte er mit schriller Stimme. „Ich werde dir einen Vormundschaftsrat bestellen aus meinen Ministern.“ – „Eine ausgezeichnete Idee“, höhnte Karl. „Ganz Paris wird dann fragen, wann du einen Vormundschaftsrat bestellen wirst für Toinette.“

Nun aber war Louis überzeugt, daß es Karl war, der Toinette in ihre Streiche und Vergnügungen hineinhetzte und in ihre leichtsinnigen Schulden. Niemals, bis an sein Ende nicht, wird Louis Karls freche Wette vom vorigen Jahr vergessen. Damals, anläßlich des langwierigen Umbaus des Trianon, hatte Karl mit Toinette um hunderttausend Livres gewettet, er werde sein Schlößchen Bagatelle binnen sieben Wochen niederreißen und völlig neu aufbauen. Das Schloß war wirklich in der festgesetzten Zeit abgetragen und völlig neu gebaut worden. Neunhundert Mann hatten Tag und Nacht daran gearbeitet, und als Baumaterial fehlte, hatte Karl sein Regiment Schweizer Garden beordert, auf den Straßen in und rings um Paris alle Wagen mit Baumaterial festzuhalten und nach Bagatelle zu schaffen. Im ganzen Land war Empörung gewesen. Prinz Karl hatte sich gerühmt, er habe hunderttausend Livres verdient, um die er also den Bruder nicht anzugehen brauche, und er, Louis, hatte Toinette die hunderttausend Livres für Karl zahlen müssen. Und da saß dieser gleiche Karl, verlangte, daß er, Louis, für neue, sinnlose Ausschweifungen zahle, und verhöhnte ihn obendrein.

„Ich verbiete Ihnen", empörte er sich, „die Königin Toinette zu nennen." – „Schön", fügte sich Karl, frech lächelnd, „ganz Paris wird also fragen, wann du einen Vormundschaftsrat bestellen wirst für die Königin. Oder auch: für die Österreicherin", setzte er hämisch hinzu.

Louis war des sinnlosen Gezänkes müde. „Wieviel ist es denn?" fragte er. „Fünfhundertsiebenundachtzigtausend und einige hundert", antwortete Karl, „ich begnüge mich aber mit fünfhunderttausend." Louis saß trüb und schlaff. „Ich schicke dir den de Laborde", sagte er; de Laborde war sein Intendant, „damit er sich mit deinen Gläubigern auseinandersetze." – „Das sieht dir ähnlich", sagte Karl, „dieses kleinliche Mißtrauen." – „Und wenn er mir berichtet hat", schloß Louis, „dann werde ich mit Necker überlegen, was zu tun ist." – „Aber nicht zu lange, wenn ich bitten darf", sagte Karl. Beide wußten, daß Louis die Summe genehmigen werde.

Louis, allein, seufzte, schnaufte, fühlte sich bedrückt. Er knöpfte sich das Wams auf und ein bißchen auch die Hose, um sich's leichter zu machen. Immer war er unordentlich anzuschauen, häufig schmutzig, Kammerdiener und Friseur hatten ihre liebe Not mit ihm.

Es war ein verpatzter, unglücklicher Tag. Und nun stand ihm noch Maurepas bevor. Wahrscheinlich wird es wieder um Amerika gehen. Sie ließen ihm keine Ruhe mit diesen verfluchten Meuterern. Man hätte den Doktor Franklin nicht nach Paris lassen sollen. Es gab schon Freigeister und Atheisten genug in der Stadt; man brauchte keinen neuen von Übersee zu holen. Und er, Louis, sollte den Rebellen auch noch Geld geben. Es war nicht recht, es war bestimmt nicht recht. Aber wenn er seinen Herren das sagte, dann deckten sie ihn zu mit Gründen, mit Gründen.

Seufzend zog er den Atem durch die dicken Nüstern der gekrümmten Nase und stieß ihn geräuschvoll wieder aus. Alle wollen Geld von ihm, Karl, Toinette, die Amerikaner. Eine wulstige Masse jungen Fleisches, hockte er an dem mächtigen Schreibtisch, unbehaglich wartend.

Endlich kam Maurepas. Louis, beflissen, höflich, ging ihm entgegen, auffallend schnell mit seinen schaukelnden Schritten. Der alte Herr hatte sich trotz seiner Erkältung sorgfältig zurechtgemacht. Die Gräfin hatte ihm dringlich geraten, er solle sich schonen, er solle Louis zu sich herüberbitten oder doch wenigstens den kurzen Weg hinüber zu Louis im Schlafrock zurücklegen. Aber der Ministerpräsident ließ es sich nicht nehmen, das Zeremoniell zu wahren. Wenn es sich um amtliche Besprechungen handelte, hielt er darauf, den Monarchen in dessen eigenen Räumen aufzusuchen, im Staatskleid, wie es die höfische Sitte verlangte.

An dem großen Tisch, auf dem zwischen Papieren und Schreibzeug die kleinen Porzellanstatuen der Dichter standen, saßen sie, der junge Louis unordentlich angezogen, in schlechter Haltung, infolge seiner Fettheit weit älter aussehend als seine zweiundzwanzig Jahre, Maurepas, hergerichtet, hager, viel zu jugendlich für seine sechsundsiebzig, bemüht, sich gerade zu halten. Seine Aktenmappe lag vor ihm, Louis' weit auseinanderstehende, braune Augen schielten nach ihr, kurzsichtig.

Er habe, begann Maurepas, einen Brief erhalten von seinem österreichischen Kollegen. Kaunitz gebe eine ausführliche und sehr lichtvolle Darstellung des habsburgischen Standpunkts zu allen schwebenden Fragen. Wenn es aber nur das wäre, dann hätte er, Maurepas, den König nicht bemüht. Der Alte setzte sich anmutig zurecht und lächelte Louis an, als brächte er eine freudige Überraschung. „Ich falle mit der Tür ins Haus, Sire", sagte er. „Ihr erlauchter Schwager, der Römische Kaiser, ist auf dem Weg nach Versailles."

Louis' gern wandernde Augen standen jäh still, er hielt den Mund ein wenig offen, blöde vor Überraschung. Hinter seiner schrägen, fliehenden Stirn dachte es, langsam, doch nicht ohne Logik. Er hatte ja gewußt, daß ihm Maurepas Unangenehmes werde zu sagen haben. Wenn Josef kam, dann wird er, Louis, eine Menge unerquicklicher Dinge mit ihm durchsprechen müssen, vor allem diese widerwärtige Sache wegen der bayrischen Erbfolge. Der Kurfürst von Bayern war alt, die Angelegenheit wird bald aktuell werden, Maria Theresia hatte zwar erklärt, sie erhebe keinerlei Ansprüche, doch um so bedrohlichere Äußerungen lagen vor von seiten Schwager Josefs. Louis' Herren hatten seit Monaten darauf gedrängt, er möge Josef unmißverständlich klarmachen, daß Österreich in dieser Angelegenheit auf französische Unterstützung in keiner Weise zu rechnen habe. Wenn Josef jetzt kommt, wird er, Louis, gezwungen sein, ihm das ins Gesicht zu sagen. Seine Herren, Maurepas und Vergennes, werden von ihm erwarten, daß er noch weitergeht, daß er Josef zurechtweist wegen seiner unvorsichtigen Äußerungen. Er, der Jüngere, der langsam von Wort ist, soll dem sehr viel älteren Schwager, der berühmt ist wegen seiner schnellen, blitzenden, wehrhaften, sarkastischen Diktion, scharfe und energische Dinge sagen, Aug in Aug. Louis' runde, schwere Schultern wurden noch schlaffer.

Maurepas sah ihn immerzu an, freundlich und erwartungsvoll, als hätte er ihm eine wunder wie angenehme Mitteilung gemacht. Louis' dicke Wangen zuckten, seine Hände zupften nervös an den Ärmeln, er knöpfte am Wams, aber er schwieg und wartete, man hörte nichts als das Ticken der Uhren. Maurepas erriet, was in ihm vorging. Er räusperte sich umständlich, zog sein Schnupftuch, schneuzte sich, ach, wie war er behindert durch seine Erkältung. „Ich glaube, Sire", sagte er, „dieser Besuch wird eine reine Freude werden, unbeschwert von politischen Auseinandersetzungen. Der Kaiser besucht uns inkognito, er reist als Graf Falkenstein und hat sich jedes Zeremoniell verbeten. Es ist also lediglich eine Familiensache. Ich nehme an, die Römische Majestät reist diesmal sogar mit der Erlaubnis und dem Segen der erlauchten Frau Mutter. Schwager Josef besucht Schwager Louis und sagt seiner Schwester Toinette guten Tag."

Louis wendete das Auge von Maurepas. Mechanisch streichelte er die Porzellanfiguren des Schreibtisches. Dann, den Kopf in die Arme gestützt, brütete er. Sein mühevoll, doch gut arbeitender Verstand erspürte den Grund, aus dem der

Schwager inkognito kam. Doch Louis wollte es nicht wahrhaben, er drückte sich vor der Erkenntnis. Schließlich, mit Anstrengung, fragte er den Alten: „Warum kommt Josef? Was will er?“ Und da der Minister nur leicht grinste, schrie Louis plötzlich unerwartet schrill: „Was will er?“

Maurepas war nicht erschreckt über den plötzlichen Ausbruch. Er kannte Louis und vermochte sich vorzustellen, was in ihm vorging. Der schüchterne, gehemmte junge Mensch hatte über die Schwierigkeiten, welche der Vollziehung seiner Ehe im Wege standen, mit niemand gesprochen außer mit ihm und mit dem Arzt. Es war nicht Mangel an Mut, wenn Louis vor der Operation zurückscheute, sondern eine Mischung von frommen oder, wie es der Freidenker Maurepas in seinem Innern bezeichnete, abergläubischen Vorstellungen und einer kindlichen Scham. Und diese Dinge sollte er jetzt bereden mit dem hart zupackenden, rationalistischen Josef. Der alte Zyniker hatte beinahe Mitleid mit seinem Schüler. In leisen, höflichen Worten setzte er Louis auseinander, höchstwahrscheinlich unternehme Josef die Reise, um den Schwager zu jener kleinen Operation zu bewegen, von welcher Doktor Lassone gesprochen habe; vermutlich erhoffe sich Maria Theresia von einer solchen Operation Segen für Frankreich und für Österreich.

„Wissen denn alle...?“ fragte bedrückt Louis. Er hockte unglücklich da, eine trübe, traurige Masse. In ihm wallten dunkel durcheinander die vielen Vorstellungen und Gefühle, welche sein körperliches Versagen all die Zeit her in ihm aufgerührt hatte.

Louis war verheiratet worden als Fünfzehnjähriger von seinem Großvater, dem alten Louis dem Fünfzehnten, damit durch seine Ehe eine Allianz geschaffen werde zwischen Frankreich und Österreich, ein „Familienpakt“. Es war das geschehen auf den Rat von Ministern, welche Feinde seines Vaters, des Dauphins, gewesen waren. Louis hatte seinen früh verstorbenen Vater geliebt und verehrt, und daß seine Ehe gestiftet worden war von Männern, die seinen Vater gehaßt und wahrscheinlich ums Leben gebracht, hatte ihn von vornherein mit verdrossenem Mißtrauen erfüllt gegen alles, was mit dieser Ehe zusammenhing. Er war tief gläubig, überzeugt von der Existenz einer göttlichen Vorsehung und bedrückt von der Angst, die von den Gegnern seines Vaters gestiftete Ehe könnte dem Himmel nicht wohlgefällig sein. Vielleicht hatte ihn Gott gerade deshalb auf solche Art, mit diesem Mangel geschaffen. Wenn dem aber so war, hatte dann er, Louis, das Recht einzugreifen? Wenn er die Operation vollziehen ließ, war das nicht ein Versuch, Gott ins Handwerk zu pfuschen?

Andernteils war nun die Ehe geschlossen, und es handelte sich nicht mehr um ihn allein. Wenn er sich dem Messer des Arztes verweigerte, beging er dann nicht ein Unrecht an Toinette? Er fühlte vor ihr große Schüchternheit. Sie war weggerissen worden aus ihrer Heimat, war hergekommen aus weiter Ferne, um von ihm begattet zu werden, um einen Dauphin zu gebären aus dem Blute Habsburgs und Bourbons. Er konnte ihr nicht geben, was ihr zukam, und wenn jetzt Josef zürnend für die Rechte seiner Schwester eintrat, wenn er Bourbon anklagte, Habsburg betrogen zu haben, so war das nur recht und billig, und er, Louis, hatte nichts, was er hätte erwidern können.

Wiederum aber mußte es einen Sinn haben, daß Gott, der ihn begnadigt und gesalbt, ihm ein solches Fleisch gegeben hatte. Es war ein Konflikt der Pflichten, und da er schwer von Entschluß war, ließ er die Dinge treiben. Beharren war besser als verändern, nichts tun besser als tun.

Trüb und schlaff inmitten von solchen Gefühlen und Erwägungen saß er an dem mächtigen Tisch, zupfte mechanisch an seinen Ärmeln, schwieg. Schließlich fragte Maurepas, ob er einen untertänigen Vorschlag machen dürfe. Louis, gierig, sagte: „Ja, sprechen Sie, mein Mentor." Es gebe vielleicht, meinte Maurepas, ein Mittel, aus dieser Reise Josefs Prestige für Versailles herauszuschlagen. Und da Louis gespannt hochsah, fuhr er mit kleinem, schlauem Lächeln fort, Louis möge sich noch vor der Ankunft des Grafen Falkenstein mit Doktor Lassone verständigen und die Operation vornehmen lassen. Dann bleibe der Römischen Majestät nichts übrig, als zu gratulieren, nach Wien zurückzukehren und der Frau Mutter zu berichten, man hätte sich nicht zu bemühen brauchen.

Louis gab zu, daß das ein vortrefflicher Rat sei. Aber ein König, erklärte er errötend, dürfe nicht immer dem Verstand folgen, sondern müsse achten auf gewisse tiefere Regungen in seinem Innern. Der Minister wußte, daß das nicht nur Gerede war, sondern Louis' innerste Meinung. Louis glaubte an sein Gottesgnadentum und hielt seine Regungen und Wallungen für Weisungen des Himmels, denen zu widerstreben ihm nicht erlaubt sei. Wenn Louis wollte, war er vernünftigen Ratschlägen zugänglich; berief er sich indes auf sein Gottesgnadentum, dann war es angezeigt, nicht weiter in ihn zu drängen. Maurepas hatte erst vor kurzem wieder seinem jungen Monarchen Anlaß gegeben zu der betrübten Feststellung, daß er, der Erste Minister, lax im Glauben sei. Er hielt es für klüger, sich heute zu bescheiden.

Ohnedies fühlte er sich heute erschöpft. Er dachte an den Rat der Gräfin, sich nicht zu überanstrengen, und hätte sich am liebsten zurückgezogen. Leider war das unmöglich. Denn da war ein anderes. Sowie Maurepas die Nachricht von Josefs geplanter Reise erhalten, hatte er überdacht, welche Folgen dieser Besuch für ihn selber haben könnte. Toinette liebte ihn nicht, Mercy und Vermond wiesen immer wieder von neuem darauf hin, daß er kein Freund einer allzu engen Verbindung mit Österreich war, der Fliederblaue Klüngel trachtete, ihn zu stürzen. Wenn jetzt Josef sein Ziel erreichte, wenn nach vollendeter Operation die Verbindung Louis' mit Toinette enger wurde, wenn gar ein Kind zur Welt kam, dann stiegen die Chancen Mercys und Vermonds, dann war er selber bedroht. Zwar bestrebte sich Louis, seine Politik vor den schönen, weißen Händen Toinettes zu wahren; aber er war schlaff, und keinesfalls wollte Maurepas, entschlossen, im Amte zu sterben, ein Risiko laufen. Er hatte sich vorgenommen, in der gleichen Audienz, da er Louis Josefs Besuch ankündigte, einen Vorstoß gegen Toinette zu unternehmen.

Der Minister bekämpfte also seine Schwäche, tupfte sich mit dem kostbaren Schnupftuch das Gesicht, hustete, räusperte sich. Richtete sich hoch; hager, aufrecht, elegant saß er dem bäurischen, schlaff dahockenden Louis gegenüber.

Da er nun einmal, erklärte er, die Ehre habe, dem König Vortrag zu halten, möchte er sich erlauben, eine zweite schwebende Angelegenheit zu berühren. Monsieur d'Angivillers habe dem Finanzminister eine neue Forderung überreicht für die Umgestaltung des Trianon. Nun habe, im Einverständnis mit der Königin, Louis den Hofämtern Weisung gegeben, unter keinen Umständen die einmal angesetzten Budgets zu überschreiten. Monsieur Necker möchte demzufolge die Summe nicht anweisen ohne ausdrücklichen Befehl des Königs.

Louis schnaubte unbehaglich durch die Nase. Er selber war sparsam. Es war ihm bekannt, daß Toinettes Aufwand böses Blut in Paris machte, und nun verging kaum eine Woche, ohne daß er dem höflichen, beflissenen und mißbilligenden Necker, den er nicht ausstehen konnte, Order geben mußte, gegen den Plan für den Haushalt der Königin Sonderbeträge anzuweisen. Anderseits verstand er, daß Toinette gewisse Entschuldigungsgründe hatte, wenn sie mit Geld um sich warf. Er begriff, daß die wilde Hetzjagd der Vergnügungen, die sie sich leistete, nichts war als Ersatz für die Freuden und Rechte des Ehebettes, die er ihr schmählicherweise nicht verschaffte. Selber schuldbewußt, brachte er ihr äußerste Nachsicht entgegen, und während er für sich jeden einzelnen Franc sparte, war er beinahe froh, wenn er Toinette mit Geld entschädigen konnte für jenes andere, was er ihr versagen mußte.

„Wieviel ist es denn diesmal?" fragte er. „Dreihunderttausend Livres", antwortete Maurepas.

„Dreihunderttausend Livres", sagte Louis vor sich hin. Er nahm den Federkiel, und auf eines der zahlreichen Blätter, die auf dem Schreibtisch lagen, malte er säuberlich: 300 000, und machte allerlei Spielereien und schrieb hin: 60 000×5; 50 000×6; 25 000×12. Er dachte an die frechen Äußerungen gegen Toinette, die sein Bruder Karl vorhin gemacht hatte, er fragte sich, ob Karl wohl schon gewußt habe um diese neue Forderung Toinettes. Sicherlich hatte er darum gewußt, und die Vertraulichkeit des Bruders mit Toinette verdroß Louis. „Dreihunderttausend Livres", wiederholte er. Nochmals dreihunderttausend Livres für das Trianon. Es war ein Skandal, und es wird viel Gerede geben.

Maurepas, sich der Wirkung freuend, die seine Worte hatten, trieb den Keil weiter. Wenn er sich einen Rat erlauben dürfe, meinte er, immer sehr leise und verbindlich, dann möge Louis die Summe für das Trianon zwar bewilligen, aber die Königin ersuchen, ihre Ausgaben ein wenig einzuschränken. „Dreihunderttausend Livres", sagte Louis vor sich hin,

„fünfundzwanzigtausend mal zwölf." – „Dreihundertsiebzehntausendsechshundertvierunddreißig Livres, Sire", sagte Maurepas, „falls Sie die genaue Ziffer wissen wollen. An sich ist die Summe nicht übermäßig hoch. Aber der Lebensstandard, besonders auf dem Lande, sinkt, und es ist begreiflich, daß man die Ausgaben des Fliederblauen Klüngels vergleicht mit den Ausgaben, die man selber nicht machen kann. Freche Literaten nennen alles, was die Königin tut, auch ihre privatesten Angelegenheiten, österreichische Politik. Wir versuchen gerade, ein Pasquill zu unterdrücken, in dem es heißt, es seien die enormen Ausgaben der Königin, welche die Regierung verhinderten, die notwendige Hilfe für Amerika aufzubringen. Faktum ist, daß trotz der Künste Neckers die finanzielle Situation gespannt bleibt. Mein Kollege Vergennes trägt Bedenken, Sire, Sie um Ihre Genehmigung zu ersuchen für die zwei weiteren Millionen, um welche die Amerikaner gebeten haben."

Es kam Louis zupaß, daß Maurepas die Rede auf einen andern Gegenstand gebracht hatte, an dem er seine Wut auslassen konnte. „Eure Amerikaner", sagte er grimmig mit hoher Stimme, und sein kleines Doppelkinn zitterte. „Immer eure Amerikaner. Immer eure Rebellen. Und wer soll ihre Rebellion bezahlen? Ich."

Nun hatte der Ministerpräsident die amerikanische Frage mit Louis viele Male durchgesprochen, er fühlte sich am Rande seiner Kräfte, er war nicht gewillt, sich auf eine überflüssige Diskussion einzulassen. Er beschränkte sich darauf, die Grundzüge der amerikanischen Politik zu resümieren, zu deren Annahme er Louis bewogen hatte. „Ich hoffe, Sire", sagte er etwas schärfer als sonst, „daß ich Ihre Meinung in der amerikanischen Frage richtig verstanden habe. Sie und Ihre Räte sind dahin übereingekommen, daß es unser Interesse ist, den Konflikt Englands mit seinen amerikanischen Kolonien möglichst lange aufrechtzuerhalten, um sowohl die Rebellen wie vor allem England zu schwächen. Sie haben Ihren Ministern eine entsprechende Politik vorgeschrieben. Sie haben Ihre Räte dahin instruiert, Sire, die Rebellen durch bescheidene Unterstützung am Leben zu erhalten, bis wir selber so weit sind, unsern alten Streit mit England auszutragen."

Louis mußte zugeben, daß das stimmte. Maurepas und Vergennes hatten ihm mit ihren Argumenten, mit ihren „guten Gründen", so lange zugesetzt, daß er schließlich ja gesagt hatte. Doch in seinem Innern wußte er, daß das alles Sophisterei war, daß er und sein königlicher Widerwille gegen die Rebellen das Richtige war und daß diese Hilfeleistung an die Amerikaner ein schlechtes Ende nehmen werde. Aber was sollte er machen? Verdrossen saß er da, die Lider über die Augen ziehend, so daß die Augen beinahe verschwanden in den Fleischmassen des Gesichtes. „Wieviel wollt ihr denn schon wieder haben für eure Amerikaner?" fragte er unmutig. „Vergennes schlägt vor: zwei Millionen", wiederholte geduldig Maurepas. „Er will sie aus seinem Geheimfonds anweisen." – „*Eine* Million", sagte Louis böse. „Eine Million, nicht zwei. Mehr als eine Million gebe ich den Rebellen nicht. Das wäre gegen mein Gewissen." – „Gut, *eine* Million", schloß konziliant Maurepas. „Und er soll sie in drei Raten geben", befahl Louis zanksüchtig. „Er ist so zudringlich, euer Doktor Franklin, er ist nie zufrieden, er kommt immer wieder." – „Wie Sie befehlen, Sire", erwiderte der Minister. Er raffte seine Akten zusammen. „Und nun erlauben Sie mir", bat er, „daß ich Urlaub nehme. Und Sie geruhen, Sire", vergewisserte er sich noch, „mit der Königin zu reden wegen der Beschränkung weiterer Ausgaben?" – „Ja", stieß Louis heraus.

Er sah, welche Mühe es Maurepas bereitete, sich aufrecht zu halten. „Ich sollte mich bei Ihnen bedanken, mein Mentor", sagte er reumütig, „aber ihr macht es mir nicht leicht." – „Ich weiß, ich weiß", tröstete der Alte. „Aber nun haben Sie mich hinter sich, Sire, und nun wünsche ich Ihnen fröhliche Jagd." Er verabschiedete sich, gekrampft jugendlich, unter vielen Zeremonien.

Im Vorzimmer brach er beinahe zusammen. Sein Sekretär Sallé und sein Kammerdiener nahmen ihn in Empfang, schleppten ihn hinüber in seine Räume. Madame de Maurepas eilte herbei, machte dem Hustenden, Krächzenden, sich Räuspernden sanfte, bekümmerte Vorwürfe. Man brachte ihn zu Bett, versorgte ihn mit Wärmflaschen, mit Bouillon.

Auch Louis fühlte sich mitgenommen von der Unterredung. Die Freude an der Jagd war ihm vergangen. Wieder hockte er sich in den Erker vor das Aussichtsfenster und schaute hinaus über die Zufahrtsalleen des Schlosses, aber er sah nichts vom Kommen und Gehen. Dreihunderttausend für die Österreicherin, überlegte er, eine Million für den Rebellen, fünfhunderttausend für den Lausejungen, und er brütete über das mühevolle Los, das ihm auferlegt war.

Den Morgen darauf, gleich nach dem Erwachen, fiel ihm ein, daß heute etwas besonders Schwieriges und Unbehagliches auf ihn wartete. Langsam drehte er seine Gedanken an; dann wußte er, es war die Unterredung mit Toinette, es waren jene Vorhaltungen, die Toinette zu machen er seinem Mentor versprochen hatte.

Eine Weile noch blieb er liegen, dösend, durch die Nase schnaubend. Dann zog er die Schnur, die am Arm des Lakaien befestigt war, damit der jederzeit herbeigerufen werden könne. Der Lakai kam eilig, und umständlich begab sich Louis aus dem Bett, in dem er geschlafen hatte, in das Staatsbett, in dem er zeremoniell zum Lever erwachte. Er ließ sich anziehen, in Gegenwart von hundert Hocharistokraten. Wechselte mit ihnen automatisch die üblichen nichtssagenden Worte. Frühstückte viel, abwesenden Geistes, beschäftigt mit der bevorstehenden Unterredung.

Vorgesehen war für diesen Morgen ein Empfang des Kriegsministers Saint-Germain. Louis hatte Saint-Germain gern und war überzeugt von den Verdiensten seiner Reformen. Aber in der letzten Zeit beschwor man ihn von allen Seiten, den Alten wegzuschicken. Nun verspürte Louis noch immer Gewissensbisse, wenn er daran dachte, wie er seinerzeit auf Drängen Toinettes und des Fliederblauen Klüngels seinen großartigen Finanzminister Turgot unrühmlich entlassen hatte, und er war entschlossen, Saint-Germain zu halten. In seinem Innern indes war er nicht ganz sicher, ob ihm das gelingen werde. Erquicklich wird die Unterredung mit Saint-Germain auf keinen Fall sein. Der Greis wird ihm mit lauter Klagen und Beschwerden kommen, er wird ihn aus seinen treuherzigen Hundeaugen anschauen und darauf warten, daß er, Louis, ihm Hilfe gegen seine Feinde zusagt. Nein, das konnte er heut nicht brauchen. Er wollte nicht abgespannt sein, wenn er in die schwierige Unterredung mit Toinette hineinging. Er wird Saint-Germain nicht empfangen. Aber entschädigen wird er ihn und endlich das Hôtel des Invalides besichtigen. Das ist ein alter Wunsch des Ministers; er ist stolz darauf, wie er dort umgebaut und Ordnung geschaffen hat. Ja, Louis wird sich das Hôtel des Invalides anschauen, und er wird auch Toinette bitten, mitzukommen.

Befriedigt von dieser Lösung, beschloß er, die so gewonnene Zeit in seiner Bibliothek zu verbringen. Er liebte es, sein ausgezeichnetes Gedächtnis mit Fakten und Details vollzustopfen; die Beschäftigung mit seinen Büchern verschaffte ihm eine wohltuende Ruhe.

Die beiden Bibliothekare, Messieurs de Campan und de Sept-Chênes, begrüßten ihn; sie waren stille, unauffällige Männer, zur Stelle, wenn man sie brauchte, nicht vorhanden, wenn sie störten.

Louis ließ sich zunächst die neuesten Gazetten geben. Mehrere brachten eine Anekdote über den Historiker Edward Gibbon, die Louis sehr interessierte. Dieser Mr. Gibbon hatte vor einem Jahr den ersten Teil eines großen Geschichtswerkes erscheinen lassen: „Verfall und Sturz des Römischen Reiches", Louis hatte das Werk mit Wohlgefallen studiert und sich daran gemacht, es ins Französische zu übersetzen. Zur Zeit war Mr. Gibbon in Paris, und es hatte sich nach dem Bericht der französischen Gazetten gefügt, daß er und Benjamin Franklin sich zur gleichen Stunde in der populären Kneipe „Zur heikeln Kathrin" eingefunden hatten. Franklin hatte am Tisch Gibbons anfragen lassen, ob er nicht zu ihm herüberkommen wolle. Gibbon aber, immer nach dem Bericht der Zeitungen, hatte erwidert, er wolle nicht mit einem Aufrührer gegen seinen König an *einem* Tische sitzen. Woraufhin Franklin Mr. Gibbon habe wissen lassen, wenn er ein neues Werk schreiben wolle über Verfall und Sturz eines großen Imperiums, dann könne er, Franklin, reichliches Material beisteuern. Louis fand diese Erwiderung Monsieur Franklins etwas salzlos; es war lächerlich, anzunehmen, daß England zusammenbrechen werde am Aufruhr seiner Kolonien.

Unzufrieden legte er die Journale beiseite. „Sind englische Zeitungen eingetroffen?" fragte er, er pflegte stets die verbotenen englischen Zeitungen durchzuschauen. Sept-Chênes brachte sie eilig herbei. „Und haben Sie auch nicht selber hineingeguckt, Sept-Chênes?" fragte Louis schelmisch und drohte dem Bibliothekar mit dem Finger, laut lachend; er hatte eine grobe, schallende Lache, „wie ein Fuhrknecht", sagte man im Fliederblauen Klüngel. Monsieur de Sept-Chênes ging freundlich auf den altgewohnten Scherz ein.

Louis vertiefte sich in die englischen Zeitungen. Sie waren voll von Berichten über den Konflikt mit den amerikanischen Kolonien. Auch sie schrieben viel über Doktor Franklin. Sie fanden es verwunderlich, daß der Rebellenführer Zuflucht in Paris gefunden hatte. Louis seufzte: sie hatten recht. Mit Vergnügen las er die bösartigen Bezeichnungen, mit welchen einige der englischen Journalisten den alten Meuterer bedachten. Ein „siebzigjähriges Chamäleon" nannten sie ihn, einen „profitgierigen Utopisten", einen „Scharlatan". Louis klatschte sich die Schenkel, rief die beiden Bibliothekare herbei, zeigte ihnen die Stellen, las sie ihnen englisch vor. Er sprach das Wort „Chamäleon" nicht ganz richtig aus; Monsieur de Sept-Chênes korrigierte ihn untertänig, Louis, lernbeflissen, wiederholte mehrmals die richtige Aussprache.

Er ließ sich Bücher herbeischleppen, er liebte es, in mehreren Büchern gleichzeitig zu schmökern. Rings um ihn häuften sich englische Geschichtswerke, Horace Walpoles Untersuchung: „Sind die gängigen Berichte über Leben und Regierung Richards des Dritten historisch zuverlässig?", James Andersons Berichte über den Prozeß der Maria Stuart, die dicken Bände von David Humes „Geschichte von England".

Es war den beiden Bibliothekaren aufgefallen, daß Louis, wiewohl er sich stets alle sechs Bände von Humes Werk bringen ließ, immer nur in *einem* Bande las. Offenbar wollte der König sie nicht merken lassen, daß er gerade an diesem Band interessiert war. Der Band aber, an dem er solchen Anteil nahm, war jener, welcher die Geschichte Karls des Ersten enthielt.

Es geschah seit etwa einem Jahr, daß Louis so interessiert war an dem Geschichtswerk David Humes, um genau zu sein, seit der Entlassung des Finanzministers Turgot im Mai des vergangenen Jahres. Louis' Interesse hing zusammen mit einem Brief, den dieser Turgot ihm geschrieben hatte unmittelbar vor seiner ungnädigen Entlassung. Der Unverschämte hatte ihn daran gemahnt, daß er umgeben sei von zweideutigen Ratgebern, daß er mit seinen Zweiundzwanzig keine Erfahrung und keine Menschenkenntnis haben könne, daß er in Gefahr sei, daß er vor einem Abgrund stehe. „Vergessen Sie nicht, Sire", hieß es in dem Brief, „daß, was das Haupt Karls des Ersten auf den Block gebracht hat, Schwäche war. Man hält Sie für schwach, Sire." Louis hatte den Brief keinem Menschen gezeigt, er hatte ihn versiegelt und ihn versperrt in der Truhe, in welcher er seine geheimsten Dokumente verwahrt hielt. Aber am gleichen Tage noch hatte er sich das Geschichtswerk Humes herausholen lassen, und seither, mit immer neuem, zornigem Staunen, las er, wie damals die englischen Verbrecher sich gegen ihren König empört, ihm den Prozeß gemacht, ihn hingerichtet hatten, und er freute sich an den ruhigen, wissenschaftlichen und doch so freundlichen Worten, in welchen der große Gelehrte Hume diesen Märtyrer Karl würdigte. Eifrig, auch heute, studierte Louis die Details, und er versah die Seiten mit immer neuen Anmerkungen, Fragezeichen, Ausrufezeichen.

Nein, nein. Und wenn ihm Vergennes und Maurepas noch so viele gute Gründe anführten, es war nicht richtig, daß der König von Frankreich das siebzigjährige Chamäleon und seine Rebellen unterstützte, und es konnte nicht gut ausgehen.

Louis klappte seine Bücher zu, dehnte sich, rekelte sich, knöpfte sich auf. Er fühlte sich wieder so voll. Es war ein Jammer, daß er nun schon den zweiten Tag nicht auf die Jagd gehen konnte. Aber Bewegung mußte er sich machen. Er hatte noch eine Viertelstunde, bevor er hinüber zu Toinette mußte. Er ging hinauf, unters Dach, in seine Mechanikerwerkstatt.

Es traf sich gut, daß er hier nicht nur den wackern, vierschrötigen François Gamain vorfand, sondern auch Monsieur Laudry, der die schwierigen Feinmechanikerarbeiten in Versailles kontrollierte. Louis, nicht zufrieden mit dem Verschluß seiner Dokumententruhe, hatte zusammen mit Gamain an einem neuen Geheimschloß gearbeitet; doch es war nicht ganz das geworden, was er sich erhofft hatte, Gamain war nicht findig genug. Der ausgezeichnete Meister Laudry indes entdeckte sogleich, woran es fehlte Louis war begeistert, zu dreien machten sie sich an die Arbeit, und siehe, es gelang: das Schloß wurde fertig.

Doch die Viertelstunde war weit überschritten, nun war es beinahe zu spät geworden. Eilig steckte Louis das umfangreiche Schloß in die Tasche des Rockschoßes, wischte sich flüchtig die fettig beschmutzten Hände und machte sich auf den Weg zu Toinette.

Mit seinem schleppenden, schaukelnden Schritt schleifte er durch Säle und Gänge; das schwere Schloß in der Rocktasche schlug ihm gegen das Gesäß. Die Korridore waren belebt von Lakaien, Garden, Hofherren in glänzenden Uniformen. Sie alle nahmen Haltung an, wenn Louis vorbeikam, und verneigten sich tief. Einigen freilich konnte man die Verachtung, die sie für den unköniglichen König im Herzen trugen, geradezu vom Gesicht ablesen. Louis wußte genau, daß diese Herren, wenn sie durch den Thronsaal gingen, die vorgeschriebene tiefe Verbeugung vor dem leeren Thron mit mehr Überzeugung vollzogen als jetzt die Verbeugung vor dem lebendigen König, und wieder einmal dachte er bekümmert darüber nach, warum ihm wohl die göttliche Vorsehung für sein heiliges Amt ein so wenig würdiges Gehäuse mitgegeben hatte.

So segelte er dahin über das Parkett der Gänge und Säle, durchwatschelte den Raum mit dem Rundfenster, dem „Œil de Bœuf", und gelangte in den Flügel der Königin. Hier kam unerwartet neben dem großen Gemälde, das Jupiter, die Gerechtigkeit und den Frieden darstellte, aus einem Seitengang herausgeschossen ein etwa achtjähriger Junge. Er war sorgfältig angezogen, und seine schnellen, lausbubenhaften Bewegungen standen im Gegensatz zu seiner reichen, würdigen Kleidung. Louis wußte, wer der Kleine war, es war Pierre, der Sohn des Gärtnergehilfen Machard, den Toinette vor einem Jahr, einer Laune folgend, adoptiert hatte. Der Junge, den König erblickend, hielt mitten im Lauf inne, stellte sich an die Wand, den König passieren zu lassen, und verneigte sich tief, wie er's gelernt hatte. Louis ging vorbei, ihm freundlich zulächelnd; das Schloß schlug ihm immerzu gegen Gesäß und Schenkel.

Auf einmal hörte er hinter seinem Rücken ein helles Gelächter, der kleine Pierre hatte es offenbar nicht unterdrücken können.

Louis war ein gutmütiger junger Mensch, der sich gemeinhin so verhielt wie jeder andere. Aber er war auch Urenkel Louis des Vierzehnten, Enkel Louis des Fünfzehnten, König von Frankreich und Navarra. Er dachte daran, wie sein hochseliger Großvater einherzuschreiten pflegte, höchst königlich, so daß bei seinem Anblick jedermann das Flüstern über seine Ausschweifungen verging, und er dachte daran, wie von der Erscheinung Toinettes trotz ihres wilden Hasardierens, ihrer Vergnügungen, ihrer Opernbälle, ihres Fliederblauen Klüngels jenes Königliche ausstrahlte, das den Spott auch von der frechsten Lippe scheuchte. Und plötzlich überkam Louis eine rasende Wut. Er drehte sich um, packte den kleinen Pierre mit seinen gewaltigen Händen, schüttelte den käseweißen Jungen und schrie mit einer schrillen, sich überschlagenden Stimme: „Wache!“ Lakaien eilten herbei, Schweizer Garden. Louis, im Angesicht Jupiters, der Gerechtigkeit und des Friedens, übergab ihnen den kleinen Pierre und befahl, man solle ihn in Verwahrung halten, bis er weitere Ordern erteilen werde.

Dann, viel gehaltener und entschlossener, ging er zu Toinette.

Als er, zwei Stunden später, Toinette verließ, hatte er das Ansehen eines Mannes, der einer schweren Bürde ledig ist. Breite Befriedigung über dem dicken Gesicht, kehrte er zurück in seine Räume.

Dort machte er sich zunächst daran, den neuen Verschluß in die Dokumententruhe einzusetzen. Es war eine langwierige Arbeit, das alte Schloß herauszubohren und durch das neue zu ersetzen. Aber dann saß das neue Geheimschloß fest und gut in der schönen Truhe. Louis öffnete es, schloß es, wischte sich den Schweiß ab, freute sich des vollendeten Werkes.

Öffnete das Schloß von neuem, hob den Deckel der Truhe. Beschaute mit zärtlichem Blick die Dinge, die darin verwahrt waren, sehr persönliche Dinge zumeist, Tagebücher, Briefe, Souvenirs jeder Art. Jetzt war das alles gesichert. Er kramte in der Truhe, ein etwas törichtes Lächeln überm Gesicht, mit dem Spaß des Sammlers. Geriet an den versiegelten Brief des ehemaligen Finanzministers Turgot. Unwillkürlich schob er ihn unter andere Schriftstücke, immer tiefer, bis er ganz unten lag. Kramte weiter.

Da war ein kleines Buch. Er hatte es selber geschrieben, als Dreizehnjähriger, und auch selber gedruckt; beides hatte ihm von Kind an Freude gemacht, zu schreiben und mit seinen

Händen zu arbeiten. Es trug aber das Büchlein den Titel: „Über eine gemäßigte Monarchie. Moralische und politische Maximen, basierend auf dem Télémaque, zusammengestellt von Louis-Augustus, dem Dauphin." Nachdenklich blätterte er in dem Buch; er hatte es sich niemals leicht gemacht. Er las: „Der Herrscher ist auch nur ein Mensch. Als solcher hat er mit seinen Mitmenschen die christlichen Pflichten gemein. Aber da er durch die Hand des Schöpfers erhöht ist über alle andern Menschen, hat er die Pflicht, sich zu betragen als ein Beispiel der Tugend und der Religion, als Vorbild der Frömmigkeit und des Eifers." Seine vorstehenden Augen starrten blicklos auf die Seiten. Er erinnerte sich, wie er, der Dreizehnjährige, stolz zu seinem Großvater gelaufen war und ihm das kleine Buch gezeigt hatte. Es war eine Enttäuschung geworden. Der alte höchstselige Louis der Fünfzehnte – wahrscheinlich kam er gerade von der Dubarry – hatte in dem Büchlein gelesen, eine Minute oder zwei. Dann hatte er dem beflissenen Enkel freundlich die Wange geklopft und gesagt: „Schön und gut, Monsieur le Dauphin, alles schön und gut. Aber Übereifer schadet nur. Werfen Sie das Büchlein ins Feuer."

Den schweren Kopf schüttelnd über seine damalige Naivität, sich freuend über seinen Ungehorsam, legte Louis das Büchlein zurück. Kramte weiter. Fischte heraus einen Brief seiner Schwiegermutter Maria Theresia. Sie hatte ihn geschrieben vor sieben Jahren, damals, als sie Toinette nach Versailles gesandt hatte. Ernsthaft, langsam, mit seinen kurzsichtigen Augen überlas Louis den Brief. Er lautete: „Ihre Gemahlin, mein lieber Dauphin, hat sich soeben von mir verabschiedet. Sie war meine Freude, und ich hoffe, sie wird Ihr Glück sein. Zu diesem Zweck habe ich sie großgezogen, denn seit langem war ich mir bewußt, daß sie Ihre Bestimmung teilen wird. Ich habe in ihr großgezogen die Liebe für ihre Pflichten Ihnen gegenüber, eine zärtliche Neigung und die Fähigkeit, die Mittel zu wissen und anzuwenden, Ihnen zu gefallen. Meine Tochter wird Sie lieben, dessen bin ich sicher, denn ich kenne sie. Leben Sie wohl, mein lieber Dauphin, seien Sie glücklich, machen Sie sie glücklich. Ich schwimme in Tränen. Ihre Sie liebende Mutter Maria Theresia."

Louis hielt den Brief in der Hand. Es war ein guter Brief.

Er hatte damals nicht gewußt, was er erwidern sollte; es war nicht einfach für einen Fünfzehnjährigen. Schließlich hatte er zusammen mit seinem Hofmeister eine nichtssagende Antwort abgefaßt, in Deutsch, etwas fehlerhaft, damit es echter klinge. Übrigens schrieb die österreichische Majestät auch kein gutes Französisch. Louis zählte; es waren in dem kurzen Brief vier Verstöße gegen die Grammatik und neun gegen die Orthographie.

„Seien Sie glücklich, machen Sie sie glücklich." In Wien die erlauchte Frau Mama hat leicht reden. Jetzt also schickt sie ihm den Josef. „Machen Sie sie glücklich."

Es ist ein schöner Brief. Die Kaiserin hat nicht nur einen überlegenen Verstand, sie hat auch Gefühl. „Meine Tochter wird Sie lieben, dessen bin ich sicher, denn ich kenne sie."

Toinette ist sehr freundlich zu ihm gewesen, jetzt, während dieser Unterredung. Wiewohl sie beide nichts gesprochen haben über den Zweck, den Josef mit seinem Besuch verfolgen könnte, ist ihre Unterredung anders gewesen als sonst; es war ein Ton von Verbundenheit darin wie niemals vorher.

Die Pläne, die Toinette für ihr Trianon hat entwerfen lassen, sind übrigens wirklich großartig. Geschmack hat sie, Ideen hat sie. Und schön ist sie. Daß sie ihm selber gefällt, will wenig sagen, er versteht nichts von Frauenschönheit. Aber jener Walpole, der Autor des ausgezeichneten Buches über Richard den Dritten, der doch als guter Schriftsteller etwas verstehen muß, hat sie die schönste Frau Europas genannt. Wenn sie nur nicht einen so schnellen Witz hätte und so lachlustig wäre; er hat immer ein wenig Angst vor ihrem Lachen.

Hinausgeworfenes Geld sind sie nicht, die dreihunderttausend Livres für das Trianon. Dreihundertsiebzehntausendsechshundertvierunddreißig Livres sind es genau, auf sein Gedächtnis kann er sich verlassen. Er hat ihr die Summe auf vierhunderttausend aufgerundet, schweren Herzens. Aber die begonnenen Arbeiten müssen sinngemäß weitergeführt werden, damit hat sie recht, es wäre Verschwendung, eine halbe Sache zu machen. Dafür hat sie ihm versprochen, daß sie im nächsten Jahr das Budget für das Trianon bestimmt nicht überschreiten wird. So kann er sich wenigstens auf eines berufen, wenn er Necker die Order geben muß.

In der Sache mit Saint-Germain hat er freilich weniger

Erfolg gehabt. Toinette hatte sich glatt und entschieden geweigert, an der Besichtigung des Hôtels des Invalides teilzunehmen. Nicht nur das; sie hat von neuem darauf gedrängt, er solle den Alten doch endlich wegschicken. Sie kann ihn nun einmal nicht ausstehen. Louis muß froh sein, daß er mit dem Versprechen davongekommen ist, nun auch selber das Hôtel des Invalides nicht zu besichtigen.

Im übrigen hat sich Toinette wirklich vernünftig und zugänglich gezeigt. Sie hat sich ernstlich vorgenommen, ihr Budget nicht zu überschreiten. Über *eine* Angelegenheit freilich hat sie nicht mit sich reden lassen. Sie möchte ihren eigenen Intendanten haben für ihre Schauspiele und Vergnügungen. Nachdem er ihr zugestanden hat, daß das Trianon ganz allein ihre Sache sein soll, entbehrt es nicht einer gewissen Folgerichtigkeit, wenn sie dort einen eigenen Intendanten haben will. So unangenehm es ihm ist, dem Finanzminister die Anweisung zu geben, in diesem Punkt hat er Toinette entgegenkommen müssen.

„Ich habe in ihr großgezogen die Liebe für ihre Pflichten Ihnen gegenüber... Leben Sie wohl, mein lieber Dauphin, seien Sie glücklich, machen Sie sie glücklich." Er streicht über das Blatt, mit seiner schweren Hand, auffallend zart, faltet es wieder zusammen, legt es säuberlich zurück in die Truhe.

Nimmt heraus sein Tagebuch. Sitzt davor. Denkt nach, was von den Erlebnissen des heutigen Tages eintragenswert sei. Schreibt hin: „Empfang des Kriegsministers abgesagt wegen schwieriger persönlicher Unterredung. Gespräch mit Toinette glimpflich abgelaufen. Ein Geheimschloß angefertigt. Sehr gut. Nicht auf die Jagd gegangen." Er legt das Tagebuch zurück in die Truhe, läßt den Verschluß zuklappen, steht davor, breit lächelnd.

Mit einemmal erstirbt sein Lächeln, es ist ihm etwas eingefallen. Er läutet stürmisch, befiehlt vor sich den diensthabenden Offizier der Garde. „Man hat da", gibt er Weisung, „einen Jungen in Verwahrung genommen, einen gewissen Pierre Machard, Schützling der Königin. Er ist sofort freizulassen. Und geben Sie ihm für zwei Francs Süßigkeiten. Nein, für fünf Francs", korrigiert er sich.

Viertes Kapitel

Josef

Wenige Wochen später war Kaiser Josef auf dem Weg nach Paris.

Josef, der Zweite seines Namens, war Beherrscher des Römischen Reiches Deutscher Nation nur dem Titel nach. Seine Mutter hatte ihn zum Mitregenten erhoben, aber in Wahrheit regierte die alte Kaiserin allein, voll von Leben und sehr entschieden in ihren Urteilen. Diese Urteile waren nach der Meinung ihres Sohnes und Mitregenten oftmals Vorurteile. Maria Theresia war voll von tiefer Frömmigkeit und fühlte sich wohl nur im Schoß der Kirche. Josef war aufgetan allen Strömungen der Zeit, erfüllt von Mißtrauen gegen die Kirche, die Hegerin und Beschützerin finsteren Aberglaubens, brennend interessiert an der Neuordnung der Werte, wie das aufgeklärte Jahrhundert sie vornahm.

Er hatte es nicht leicht, der junge Kaiser, der gar nicht mehr so jung war, sechsunddreißig Jahre war er alt. Er brannte von dem Wunsch, seine Ansichten in Taten zu übersetzen und die Welt zu verändern. Er verkündete das der Welt, die Welt horchte auf, vor allem die Jugend, er war die Freude und die Hoffnung der Jugend überall im Römischen Reiche Deutscher Nation. Aber er hatte die Macht nur dem Namen nach. Er, der Mitregent, konnte nur reden; das Handeln, das Regieren mußte er der Mutter überlassen. So wurde er mit den Jahren immer bitterer.

Da er die Welt vorläufig nicht ändern konnte, wollte er die unfreiwillige Muße benutzen, sie gründlich kennenzulernen. Er reiste. Reiste mehr als jeder andere Fürst. Reiste gern inkognito, überzeugt, daß das die beste Möglichkeit sei, ein ungefärbtes Bild von Land und Leuten zu erhalten. Er legte großes Gewicht darauf, nicht als Herrscher behandelt zu werden, wohnte in einfachen Hotels und führte das Soldatenbett mit, das er auf seinen Feldzügen benutzt hatte. Aber er war geltungssüchtig und wünschte, daß man von diesen seinen Bemühungen, die wahren Verhältnisse zu studieren, auch erfahre. Er lächelte wohlgefällig, wenn man den Kaiser erkannte, der als Graf Falkenstein herumreiste, und es war ihm recht, wenn die Zeitungen von diesen Reisen berichteten.

Umständliche Vorkehrungen waren getroffen worden, um das Inkognito des Kaisers auf seiner Reise nach Paris und während seines dortigen Aufenthaltes zu wahren. Die Fürsten, deren Länder Graf Falkenstein zu durchreisen hatte, waren darauf aufmerksam gemacht worden, daß sich der Graf jegliches Zeremoniell verbitte und als einfacher Tourist behandelt werden wolle. Doch einigen der Fürsten war dieser Gedanke unerträglich. Der Herzog von Württemberg zum Beispiel brachte es nicht über sich, den Römischen Kaiser in einem einfachen Hotel schlafen zu lassen. Seine Polizei nahm sämtlichen Gasthäusern die Schilder ab, die Einwohner der Residenzstadt Stuttgart erhielten Befehl, nicht zu wissen, wo sich ein Gasthaus befinde, es blieb dem Grafen Falkenstein nichts übrig, als im Palais des Herzogs Unterkunft zu suchen.

Wohl aber war es dem Kaiser vergönnt, in der Stadt Paris in einem einfachen Fiaker einzufahren. Er stieg ab in dem simpeln Hôtel de Tréville und ließ dort sein Feldbett aufschlagen. Monsieur Grandjean, der Besitzer des Hotels, behandelte ihn nicht serviler als andere Touristen. Während dann Josef einen ersten, gründlichen Rundgang durch die Stadt machte, zeigte Monsieur Grandjean ehrfürchtig und gegen hohe Trinkgelder das Feldbett des Römischen Kaisers, der so einfach lebte wie seine Soldaten.

Andern Tages fuhr Josef nach Versailles. Toinette, wie sich das gehörte, erwartete ihn inmitten ihres Hofstaates. Doch sie konnte ihre Ungeduld nicht zähmen, immer wieder rannte sie ans Fenster. Und als er die Treppe heraufkam, lief sie ihm entgegen, und vor den präsentierenden Garden umarmte sie ihn und küßte ihn ab.

Sie sahen sich ähnlich, die Geschwister. Josef hatte, genau wie Toinette, ein offenes, ausdrucksvolles Gesicht, eine hohe Stirn, lebendige, blaue Augen, einen kleinen Mund mit etwas hängender Unterlippe, eine leicht gekrümmte Nase. Er war schlank und groß, seine Bewegungen schön und beherrscht. Trotzdem war Toinette, als sie ihn näher betrachtete, enttäuscht. Sie hatte ihn in Erinnerung, wie sie ihn vor sieben Jahren in Schönbrunn gesehen hatte, den großen Bruder, dessen Ernst und Lehrhaftigkeit ihr immer Furcht, dessen Wissen und Brillanz ihr immer Bewunderung eingeflößt hatte; hundertmal hier in Versailles hatte sie ihren Freunden vorgeschwärmt, wie ihr Bruder schon durch seinen bloßen Anblick alle Welt hinreiße. Und nun kam da ein unscheinbarer, schlicht angezogener Herr, ein bißchen schäbig in jeder Hinsicht, geradezu ältlich mit seiner beginnenden Glatze.

Dennoch verlief das erste Zusammensein der Geschwister angenehm. Josef hatte sich vorgenommen, die Schwester nicht gleich durch Tadel einzuschüchtern. Er unterdrückte die mancherlei pädagogischen Bemerkungen, die er gerne gemacht hätte; statt dessen rühmte er Toinettes hübsches Aussehen, berichtete von den andern Geschwistern und vor allem von der Mutter. Sie sprachen französisch, doch sie gerieten immer wieder ins Deutsche. Häufig fehlte Toinette das richtige deutsche Wort, Josef mußte ihr aushelfen. Lächelnd, doch ohne Tadel, meinte er, sie spreche jetzt weder richtig deutsch noch richtig französisch. Er selber war stolz darauf, deutsch, französisch, italienisch fließend zu sprechen und sich mit den Angehörigen der meisten Völker, die er beherrschte, in ihrer eigenen Sprache unterhalten zu können.

Er hielt Toinettes Hand. Er sagte: „Na, Toni, ist es nicht angenehm, einmal wieder beieinander zu sein?“, und ihr wurde ganz warm beim Klang seiner Stimme und bei dem milden Glanz seiner Augen.

Auch vor seinem Schwager Louis zähmte Josef die Lust, Vorträge zu halten und zu belehren, Louis bemühte sich, seiner Schüchternheit Herr zu werden, und es lief alles besser ab, als beide erwartet hatten. Louis zeigte dem Schwager seine Bücher und einige der Schmiedearbeiten, die er angefertigt hatte, er versuchte, ein wenig deutsch zu sprechen, lachte gutmütig über seine Unbeholfenheit und korrigierte seinesteils mehrmals das Französisch des Schwagers. Der, leicht verstimmt, bestand darauf, seine Aussprache sei die rechte. Der genaue Louis ließ nicht locker, er rief die Autorität seines Bibliothekars Sept-Chênes an und wollte sogar ein Gutachten der Akademie einholen. Josef konnte nicht umhin, die philologischen Interessen des Schwagers und seine klare, nüchterne Vernünftigkeit anzuerkennen. Der Botschafter Mercy hatte mehrmals respektvoll, doch unmißverständlich angedeutet, der Allerchristlichste König sei etwas beschränkt.

Die nächste Woche benutzte Josef, sich Versailles und Paris anzuschauen. Im Grunde war ihm französisches Wesen zuwider; allein er war gewissenhaft und wollte Frankreich nicht verwerfen, ohne es gründlich studiert zu haben. Geschäftig lief und fuhr er herum in der Stadt Paris, sich interessierend für das Größte wie für das Kleinste. „Verlieren Sie sich nicht in Bagatellen", hatte der alte Preußenkönig Friedrich, sein bewunderter Gegner, ihm geraten; die Worte hatten sich Josef tief eingeprägt, ihr Sinn und der scharfe, gehackte, befehlerische Tonfall, in dem sie gesprochen waren, aber er konnte nicht an gegen seine betriebsame Natur. Gerade die kleinen Dinge lockten ihn. In alle Winkel der Stadt Paris steckte der kaiserliche Tourist die habsburgische Nase. Besuchte die Hospitäler, kostete die Armensuppen, wohnte Verhandlungen der Gerichte bei, besichtigte Fabriken aller Art, ließ sich mit zahlreichen Hausierern in Gespräche ein, notierte sich Wendungen aus dem geschwinden Argot der Fischweiber, suchte Handwerker in ihren Werkstätten auf, ließ sich ihre Verrichtungen erklären. Alles inkognito und überall erkannt. Die Zeitungen brachten enthusiastische Berichte über die unauffälligen Studien des Grafen Falkenstein, sein demokratisches Auftreten machte Sensation, er wurde große Mode, und viele hängten neben das Porträt des weisen Bürgers Franklin das des leutseligen Kaisers Josef.

Vor allem ließ sich's Josef angelegen sein, mit den großen Geistern Frankreichs zusammenzutreffen. Er gab sich diesen Gelehrten, Schriftstellern, Philosophen gegenüber durchaus als Intellektueller, als Kollege und bedauerte, daß seine Beschäftigung als Herrscher ihm so wenig Zeit lasse für wissenschaftliche Tätigkeit. Er besichtigte die Bibliotheken, auch einer Sitzung der Akademie wohnte er bei und ließ sich in ein langes Gespräch ein mit ihrem Vizepräsidenten, dem gestürzten Minister Turgot. Mehrmals kam er zusammen mit den Akademikern Condorcet und Leroy, und der dicke Mr. Gibbon, der große Historiker, der es abgelehnt hatte, mit dem

Rebellen Franklin an *einem* Tisch zu speisen, nannte den Grafen Falkenstein wieder und wieder Majestät, wiewohl dieser darum bat, Monsieur genannt zu werden. Mit besonderem Eifer besuchte Josef die Salons der intellektuellen Damen. Er zeigte sich sogar im Salon der Madame Necker, obwohl der Finanzminister Necker ein Ketzer, ein Bürgerlicher und ein Schweizer war. Mit spöttisch herabgezogenen Mundwinkeln hörte man im Fliederblauen Klüngel von diesen Besuchen des Kaisers im „Schweizer Häuschen".

Höchst eingehend betrachtete sich Josef Versailles, das gewaltige Schloß sowohl wie die Institutionen des Hofes. Er stöberte herum in den Korridoren und Winkeln des riesigen Labyrinths; nichts entging ihm, nicht die „Nebenzimmer" Toinettes, nicht die Schmiede Louis'. Er saß herum in den Vorzimmern der Minister Maurepas und Vergennes, unangemeldet, als gewöhnlicher Bittsteller. Er wohnte bei dem feierlichen Zug Louis' zur Messe und seinem öffentlichen Schau-Essen.

Auch dem Lever und dem Coucher Louis' wohnte er bei, versteckt in der Menge der Höflinge, ohne daß Louis darum wußte. Kopfschüttelnd sah der unscheinbare Römische Kaiser mit an, wie sich Louis schamlos in Gegenwart sehr vieler Menschen Hemd und Hose aus- und anziehen ließ, fett, umständlich, sichtlich gelangweilt und feierlich; die rechte und die linke Seite des Königs wurde von jeweils verschiedenen Adeligen bedient.

Josef beobachtete, wie Louis einmal, beim Zubettgehen, den Kreis der Höflinge auf und ab schlenderte, mit herabhängenden Hosen, wie Louis haltmachte vor dem jungen Grafen Gramont, einem der Kammerherrn, nah auf ihn zutrat, so daß Gramont zurückwich bis an die Wand, wie Louis immer näher auf ihn zutrat, bis sein dicker Bauch den schlanken des Kammerherrn berührte, wie dann Louis in eine ungeheure Lache ausbrach und den Geängstigten stehenließ.

Mindestens zwanzig Minuten lang mußte Louis Abend für Abend seine Entkleidung zur Schau stellen. Wenn es ihm schließlich genug dünkte, gab er den Pagen einen Wink, sie zogen ihm die Stiefel aus und ließen sie mit Krach auf den Boden fallen. Dieser Krach gehörte zum Ritus, er war das Zeichen, daß der adelige Schwarm sich zurückzuziehen hatte;

dann endlich durfte sich Louis ins Bett legen. Mit Stolz sagte sich Josef, wie weit fortgeschritten seine eigene schlichte Hofhaltung war, verglichen mit diesem läppischen, asiatischen Zeremoniell.

Im übrigen bestrebte sich Josef, allem, was gut war in Paris und in Versailles, gerecht zu werden. Er hatte Blick für die Großartigkeit des Schlosses und der Gärten von Versailles, er hatte Blick für die stolzen, imponierenden Gebäude der Stadt Paris und die Schönheit ihrer Brücken und ihrer Plätze. Doch mit noch schärferem Blick sah er die Spinnweben in den Winkeln der prunkvollen Gemächer von Versailles, die zerbrochenen Rahmen mancher Gemälde, die nichtreparierten Möbel, er sah die Händler, die auf den gewaltigen, edeln Rampen und Treppen mit wüstem Geschrei ihre Waren feilboten. Und mit schärfstem Blick sah er den Schmutz, den Lärm und das Durcheinander der Stadt Paris. Es machte ihm aber die Unordnung und die Schlamperei der Stadt und des Schlosses stärkeren Eindruck als der Glanz und die Herrlichkeit. Befriedigt mißbilligte er, was er sah, und fand das Urteil, das er den Berichten über Frankreich entnommen hatte, nun mit Vergnügen durch eigene Erfahrung bestätigt.

Befragt, wie ihm Paris und Versailles gefalle, mühte er sich, diplomatisch zu sein, und äußerte Worte höflicher Anerkennung. Manchmal indes konnte er seine Neigung zum Sarkasmus nicht unterdrücken und erging sich in bissigen, besserwisserischen Reden. Tadelte etwa die veraltete Einrichtung der Armee oder die mangelnde Ordnung des Pariser Verkehrs, die übertünchte Verrottung, die er überall zu entdecken glaubte. Solche gelegentlichen Äußerungen wurden eifrig herumgetragen.

Jeder seiner Schritte wurde kontrolliert, sowohl von den Agenten der Pariser Polizei wie von den Spionen des österreichischen Botschafters Mercy und des Abbé Vermond. Maria Theresia in ihrem Schönbrunn und Louis in seinem Versailles erhielten fortlaufend minutiöse Berichte über die unermüdlichen Bestrebungen des Grafen Falkenstein, sein Wissen um Welt und Menschen zu vermehren und an andere weiterzugeben.

Josef hatte literarische Neigungen; er liebte es, seine Eindrücke in wohlstilisierten Sätzen niederzulegen. Er wußte sich eines mit seinem Bruder Leopold, dem Großherzog von Toskana. „Alles in dieser Stadt Paris", schrieb er ihm, „ist auf Schein berechnet, die Gebäude sind großartig und machen starken Eindruck, aber näher hinschauen darf man nicht. Außen hui, innen pfui. Gespielte Größe ist alles. Weder kennt man in diesem Babylon die Gesetze der Natur noch die einer vernünftigen gesellschaftlichen Ordnung. Statt dessen überzieht man alles mit einem Firnis von Höflichkeit und Zeremoniell." Es wurde ein langer Brief; was Josef in den Gesprächen mit französischen Bekannten hatte unterdrücken müssen, teilte er in ungeschminkten Wendungen dem Bruder mit.

Er übergab den Brief seinem Botschafter Mercy, damit dieser ihn durch Sonderkurier dem Bruder nach dessen Hauptstadt Ferrara schicke. Das Schreiben fiel in die Hände des französischen Geheimdienstes; Monsieur Lenoir, der Pariser Polizeipräsident, kopierte es, bevor er es nach Ferrara weiterleitete, und teilte es dem König mit.

Louis saß lange über dem Schreiben und grübelte über die scharfen, ungerecht übertreibenden Urteile des Schwagers. Das kam davon, daß Josef soviel mit aufsässigen, gottlosen Philosophen verkehrte; sogar mit diesem Turgot hatte er lange gesprochen, dessen Dreistigkeit an Meuterei grenzte. Und wenn Josef voll mitleidiger Verachtung heruntersah auf das sklavisch ekle Treiben um seinen fetten Schwager, so bedauerte dieser in seinem Herzen den Römischen Kaiser, der sich auf die Bank der Spötter setzte und das Heil seiner Seele vertat.

Kaiser Josef war ein leidenschaftlicher Verbesserer. Er glaubte sich dazu geboren, alle Dinge einzurenken, die nicht in Ordnung waren, die Welt als Ganzes sowohl wie die Lebensführung seiner Schwester und die Zeugungsfähigkeit seines Schwagers. Schon vor Jahren, als Graf Mercy anfing, nach Wien von dem etwas leichtsinnigen Treiben Toinettes zu berichten, hatte Josef erklärt: „Da werde ich einmal hinfahren und nach dem Rechten sehen." Und als dann der treue und gewissenhafte Botschafter voll ehrerbietiger Sorge von dem leiblichen Gebrechen des jungen Königs berichtete, hatte Josef sogleich erklärt: „Da fahre ich hin, das bringe ich in Ordnung, verlassen Sie sich auf mich, Mama."

Er mußte, da er es mit solchem Aplomb versprochen hatte, unter allen Umständen Erfolg haben. Er durfte nichts dem Zufall überlassen. Vor allem mußte er, bevor er in das große Männergespräch über die Operation hineinging, Louis' Wesen genau auskundschaften. Bisher war er aus dem Schwager noch nicht recht klug geworden. Der tat manchmal überraschend scharfsinnige Äußerungen, dann wieder war er von einer Stumpfheit, die an Kretinismus grenzte. Josef also verwickelte ihn, um seine Widerstandskraft zu erproben, in eine ausführliche politische Diskussion.

Zunächst verlief alles in Harmonie. Josef nämlich setzte seine Ideen auseinander über den englisch-amerikanischen Konflikt. Sehr entschieden erklärte er, er halte es für falsch, Amerika die geringste Sympathie zu bezeigen. In seinem Innern sagte sich Louis, der Schwager habe seine guten Gründe. Habsburg brauchte England für eine Allianz gegen die wachsende Macht Rußlands, Habsburg durfte also England unter keinen Umständen verstimmen. Aber was immer des Schwagers Motive waren, Louis teilte durchaus seine Meinung. In schwungvoller Rede verbreitete sich Josef darüber, daß wahre Freiheit nur in einer aufgeklärten Monarchie möglich sei, und er verhöhnte überzeugt und in geschliffenen Worten die Sportsleute der Freiheit in Philadelphia, deren Treiben zu nichts anderm führen werde als zur Anarchie. Louis hörte vergnügt zu, nickte zuweilen mit dem dicken Kopf, gab vage Laute der Zustimmung von sich und notierte sich innerlich einige der gut formulierten Wendungen Josefs, um sie gelegentlich gegen Maurepas und Vergennes auszuspielen.

Dann aber begann Josef zu reden von der bayrischen Erbfolge. Wortreich und mit Wärme sprach er von den Möglichkeiten, die sich für Habsburg aus dem bevorstehenden Ableben des bayrischen Kurfürsten ergaben. Hatte Habsburg nicht die heilige Pflicht, die Gelegenheit zu benutzen und sich durch die Übernahme strategisch wichtigen Gebietes gegen die zunehmende Bedrohung durch Preußen zu sichern? Dumpfer Unmut ergriff Louis. Galten denn dem Schwager die wohlbegründeten Ansprüche Zweibrückens gar nichts? Warf er, dieser sehr moralische, aufgeklärte, philosophische Herrscher, alle Moral einfach auf den Abfallhaufen? Maurepas und Vergennes hatten durchaus recht: Habsburg trug sich mit Kriegsplänen von wilder Hybris, und kein Familienpakt durfte Frankreich verleiten, sich da hineinreißen zu lassen. Mit einemmal enthüllte sich der Schwager, der so gerne Vernunft und Moral im Munde führte, als Romantiker, als Abenteurer, als gewissenloser Eroberer, der Habsburg die Weltherrschaft ersiegen wollte. Nichts da. Da machte er, Louis, der Allerchristlichste König, nicht mit. Nicht dazu war er von Gott eingesetzt.

Schwitzend, in steigender Bestürzung, hörte er die anmaßlichen, gottlosen Reden an. Mußte er nicht erwidern? Aber wie sollte er, der Jüngere, Unerprobte, dem großartigen Römischen Kaiser Moral predigen? Der würde ihm sicherlich mit zahllosen guten Gründen über den Mund fahren. Nein, er mußte es schon so machen, wie er sich's vorgenommen, mußte ausweichen, eine Diskussion ablehnen.

Er schwieg und hörte zu. Zog ein Blatt Papier heran, begann zu kritzeln. Dann, als Josef zu Ende war, reichte er ihm das Blatt mit seiner Kritzelei, und: „Sehen Sie, Sire", sagte er, „das hier ist Ihre und die bayrische Grenze. Hab ich sie nicht gut im Gedächtnis?" Josef wußte nicht, sollte er den fetten, mit naivem Stolz lächelnden jungen Menschen für einen Trottel halten oder für einen bösartigen Spaßvogel. Er betrachtete das Blatt, legte es auf den Tisch zurück und sagte gemessen: „Wie ist das, Sire? Stehen Sie auf dem gleichen Standpunkt wie wir? Dürfen wir bei der Verfechtung unserer Ansprüche auf Ihre Unterstützung rechnen?" – „Lassen Sie mich sehen", erwiderte nachdenklich Louis, „ob ich es zusammenbringe, aus dem Gedächtnis alle Orte mit über zweitausend Einwohnern herzuzählen, welche dem Kurfürsten von Bayern untertänig sind", und er begann sie herzuzählen.

Josef gab es auf, mit diesem Manne ernsthaft weiterzureden, sprach also von Belanglosem, verabschiedete sich bald.

Auf seine methodische Art überdachte er, welche Folgerungen sich für ihn aus der Unterredung ergaben. Es erfüllte ihn mit Zuversicht, daß der Schwager nur ausweichen, aber nicht geradezu nein sagen konnte. Andernteils wird es viel Schmiegsamkeit und Energie kosten, diesen weichen, dumpfigen, zähen Widerstand zu besiegen.

An Maria Theresia schrieb Josef: „Ihr Schwiegersohn Louis, teuerste Mutter, ist schlecht erzogen und sieht höchst unvorteilhaft aus. Aber er ist innerlich anständig. Auch hat er in einem erstaunlichen Gedächtnis viel Wissensstoff aufgespeichert. Zum Beispiel kann er alle bayrischen Orte mit mehr als zweitausend Einwohnern in alphabetischer Reihenfolge aus dem Gedächtnis hersagen. Freilich sehe ich nicht ein, welchen mittelbaren oder unmittelbaren Nutzen solche Künste einem Herrscher bringen können. Im übrigen leidet unser Louis an einer bedenklichen Unfähigkeit zu Entschlüssen. Er ist schwach vor solchen, die ihn einzuschüchtern wissen. Ich denke, teuerste Mutter, das Ziel meiner Reise wird erreicht werden."

Auch dieses Schreiben gelangte in die Hände des Pariser Polizeipräsidenten. Monsieur Lenoir machte nicht dem König selber Mitteilung, sondern zog es vor, die Abschrift dem Ministerpräsidenten zu überreichen.

Der alte Maurepas las den Text und wackelte mit dem Kopf. Dann zeigte er den Brief seinem Sekretär Sallé und fragte: „Was meinen Sie, mein lieber Sallé?" Der Sekretär, mit seiner marklosen Stimme, erwiderte: „Für einen Römischen Kaiser ist der Römische Kaiser kein schlechter Menschenkenner."

Maurepas beschloß, das Schreiben vorläufig aufzubewahren und es erst bei besonderm Anlaß zu verwenden.

Doktor Benjamin Franklin, in seinem stillen Haus und Garten in Passy, hörte viel vom Wesen und Treiben des freigeistigen Römischen Kaisers. Diejenigen seiner Freunde, die mit ihm zusammengekommen waren – und es waren ihrer nicht wenige –, rühmten das einfache Wesen des Monarchen, seine rasche, scharfe, sachliche und doch liebenswürdige Art. Sie fühlten sich, diese Akademiker und Dichter, geschmeichelt, daß er mit ihnen redete wie mit seinesgleichen, und begrüßten es als erfreuliches Symptom, daß selbst ein Kaiser es für angebracht hielt, sich für einen Intellektuellen und Freigeist zu erklären.

Franklin hätte es sehr begrüßt, wenn auch er Gelegenheit gehabt hätte, sich mit Josef zu unterhalten. Er hoffte, Josef zu überzeugen, daß die amerikanische Frage im Grunde eine rein angelsächsische Angelegenheit sei und daß den Dreizehn Staaten nichts ferner liege, als europäische Völker zur Rebellion zu veranlassen. Er traute sich die Fähigkeit zu, die Furcht Maria Theresias und ihres Sohnes zu zerstreuen, das Vorbild Amerikas könnte auch europäische Länder zur Meuterei anstacheln.

Es war ihm deshalb sehr erwünscht, als einer seiner Freunde, der Akademiker Condorcet, ihm mitteilte, er habe mit Josef über Franklin gesprochen und es wäre dem Kaiser nicht unwillkommen, den Doktor kennenzulernen.

Der Abbé Niccoli, Vertreter des Großherzogtums Toskana, in dem Josefs Bruder Leopold regierte, übernahm es, die Begegnung zwanglos zu arrangieren. Er fragte bei dem Grafen Falkenstein und bei dem Doktor Franklin an, ob man nicht gelegentlich bei ihm eine Tasse Schokolade nehmen wolle. Durch Condorcet ließ er jeden der beiden Herren wissen, wen man bei ihm treffen werde.

Als Josef die Einladung erhielt, hatte er für den Bruchteil eines Augenblicks das Gefühl, er hätte vielleicht besser nicht den Wunsch geäußert, Franklin zu treffen. Bevor er Wien verlassen, hatte ihn seine Mutter ersucht, er möge, wenn er schon in das verderbte Paris fahre, es zumindest vermeiden, mit gewissen „wilden Gesellen" zusammenzukommen. Wen alles die Mutter als wilde Gesellen aufgezählt hatte, erinnerte sich Josef nicht mehr genau. Bestimmt waren Voltaire und Rousseau darunter gewesen, aber dunkel war ihm, als hätte sie auch Franklin genannt. Sei dem wie immer, schließlich konnte sich der Römische Kaiser nicht von der Frau Mama vorschreiben lassen, mit wem er reden durfte und mit wem nicht. Benjamin Franklin war, Rebell hin, Rebell her, einer der führenden Wissenschaftler der Epoche, ein Philosoph von Rang, seine Unterhaltung galt als besonders anregend. Was war weiter dabei, wenn Josef die Gelegenheit wahrnahm, sich mit einem solchen Manne auseinanderzusetzen? Er freute sich geradezu darauf, dem Rebellenführer höflich und sachlich zu beweisen, daß die Masse ihrer Natur nach nicht die Fähigkeit habe, ihr Bestes zu begreifen, und daß somit aufgeklärter Despotismus die vernünftigste Regierungsform sei.

Josef hatte schon mehrmals Begegnungen gehabt, welche das Staunen der Welt erregt hatten, die Begegnung zum Beispiel mit dem großen Feind seines Hauses, mit Friedrich von

Preußen. Daß er, der Römische Kaiser, sich mit dem Führer der amerikanischen Rebellen von Mann zu Mann unterhalten wollte, erschien ihm noch kühner und origineller als seine bisherigen Zusammenkünfte, und, stolz auf seine demokratische Gesinnung, sprach er aller Welt von diesem seinem Vorhaben.

Der festgesetzte Tag kam. Des Morgens um neun, wie vereinbart, fand sich Franklin mit seinem Enkel William Temple bei dem Abbé Niccoli ein. Ein paar Minuten später kam auch Condorcet. Man trank Schokolade, man unterhielt sich. Franklin nahm eine zweite Tasse Schokolade, auch einige von den ausgezeichneten, gesüßten Brioches, die der Abbé servieren ließ. Man wartete und unterhielt sich. Es wurde zehn Uhr, es wurde elf Uhr. Der Abbé ließ Portwein servieren. Franklin nahm auch von dem ausgezeichneten Portwein. Man konnte nicht wissen, was Josef verhindern mochte, die festgesetzte Zeit einzuhalten. Franklin beschloß, noch eine Stunde zu warten. Es wurde Mittag. Länger zu bleiben, ging wohl nicht an. Man brach auf, Franklin fuhr zurück nach Passy.

Der junge William war sehr ärgerlich und schimpfte einen großen Teil der Fahrt über auf die Katholiken und die Aristokraten. Er hatte sich auf diese Begegnung sehr gefreut; zu gerne hätte er seinen Freundinnen beiläufig erzählt: „Hat mir da unlängst der Kaiser Josef gesagt ..." Franklin selber nahm die gescheiterte Zusammenkunft philosophisch. Vermutlich wäre es nicht schlecht für die amerikanische Sache gewesen, wenn er mit Josef hätte reden können. So wird er eben auf eine nächste Gelegenheit warten.

Was sich aber mittlerweile um Josef ereignet hatte, war dies: Graf Mercy hatte schon frühzeitig von Maria Theresia, die in dem alten Diplomaten einen ihrer besten Freunde sah, einen vertraulichen Brief erhalten, voll von Befürchtungen über die Reise ihres schwierigen Sohnes Josef in das Babylon an der Seine. Ihrem Brief hatte die fürsorgliche Kaiserin eine Liste beigefügt von bedenklichen Elementen, von Demokraten und Philosophen, von „Schlawinern", von Lumpen, von deren Umgang sie den Römischen Kaiser unter allen Umständen ferngehalten wissen wollte. Und obenan auf der Liste waren Voltaire und Franklin gestanden.

Der alte Mercy war also tief erschrocken, als er Kunde bekam von dem unbesonnenen Plan seines jungen Monarchen, sich mit dem Rebellen zu treffen. Er hatte Maria Theresia sogleich geschrieben und ihr geraten, selber ihren Sohn zu beschwören, er möge von seinem Vorhaben abstehen. Ein Eilkurier Mercys jagte nach Wien, ein anderer Eilkurier jagte zurück, und früh am Morgen des Tages, da die Zusammenkunft mit Franklin stattfinden sollte, erhielt Josef ein Schreiben seiner Mutter. Es war deutsch, sie hatte es mit eigener Hand geschrieben, es war ein gutes, rührendes Schreiben. Sie zeigte Verständnis für seine Neugier, Bösewichter vom Schlage des gottlosen Voltaire und des meuterischen Franklin kennenzulernen, aber sie bat ihn, er möge an seine Verantwortung vor der Geschichte denken, und einige Worte des nicht sehr langen Briefes waren verwischt von Tränen.

Josefs Augen glitten langsam über die kindlich ungefügen, mühevollen Buchstaben. Er hatte sich dazu erzogen, Details nicht zu übersehen, nicht den Stil eines Schreibens, nicht das Grammatikalische, nicht das Orthographische. Aber diesmal wollte es ihm nicht glücken. Seine Gedanken und seine Gefühle waren bei dem Inhalt des Briefes, bei den Worten, die deutsch waren, streng, pflichtbewußt, mütterlich.

Der Römische Kaiser lehnte sich auf gegen die ewige Bevormundung. Er hatte sich entschlossen, mit diesem Doktor Franklin zusammenzutreffen. Er wußte schon, warum. War es nicht die Pflicht eines Regenten, Menschen jeder Art kennenzulernen und ihre Anschauungen zu prüfen, wie sie aus ihrem Munde herauskamen? Die Bedenken der Mutter waren nicht stichhaltig. Identifizierte er sich vielleicht mit den Meinungen aller Leute, die er traf? Doch abgesehen von Gründen und Gegengründen, wußte nicht bereits alle Welt, daß er mit Franklin zusammenkommen wollte, und wäre es nicht unfürstlich und seinem Ansehen schädlich, wenn er diesen seinen Entschluß änderte?

Josef überlas nochmals den Brief. Er hatte in Wien eine Menge Probleme unerledigt zurückgelassen. Da war die ewige Frage der böhmischen Protestanten, da war die Schulreform, da war die bayrische Erbfolge, da war die russisch-türkische Frage. Wenn er auch nur in *einer* dieser Angelegenheiten von der Mutter Konzessionen erlangen wollte, mußte er sich hüten, sie zu verstimmen. Was war wichtiger, die österreichische Schulreform oder seine Begegnung mit dem alten Doktor? Er seufzte. Durch diesen Brief Maria Theresias war aus dem privaten Wunsch des Grafen Falkenstein, Franklin zu sehen, eine Staatsaffäre der Habsburgischen Monarchie geworden.

Etwas mürrisch holte er den Rat des Grafen Mercy ein. Er sehe zu seinem Bedauern, sagte er ihm, daß die alte Kaiserin fürchte, ein Gespräch zwischen ihm und Franklin könnte mißdeutet werden. Er habe sich also im Prinzip entschlossen, seine private Wißbegier den politischen Skrupeln der Mutter zu opfern. Andernteils wolle er es vermeiden, vor dem Doktor Franklin unhöflich zu erscheinen. Ob er, Mercy, Rat wisse? Mercy atmete auf und wußte Rat. Niemand könne es Josef übelnehmen, fand er, wenn er infolge einer leicht zu schaffenden Verhinderung die genaue Stunde des Frühstücks bei dem Abbé Niccoli nicht einhalten könne. Er möge also die Verabredung nicht etwa absagen, wohl aber den Abbé Niccoli ein wenig warten lassen. Zwei Stunden, drei, vier Stunden. Die ausgezeichneten Agenten Mercys würden Josef rechtzeitig wissen lassen, wann er dem Abbé Niccoli den vereinbarten Besuch abstatten könne, ohne die alte Kaiserin in Wien zu verstimmen.

So kam es, daß Josef, als er zwanzig Minuten nach zwölf bei dem Abbé Niccoli eintraf, zu seinem großen Bedauern den Doktor Franklin nicht mehr vorfand.

Die Prinzessin Rohan hatte zu einer jener englischen Teegesellschaften eingeladen, die jetzt Mode wurden. Die wichtigsten Mitglieder des Fliederblauen Klüngels sollten kommen; auch Josef hatte seine Teilnahme zugesagt.

Nun hatte sich Josef mehrmals vor Toinette sehr abfällig über ihre Freunde ausgelassen. „Eine schöne Menagerie hast du dir zugelegt", hatte er gelegentlich gesagt, und er hatte Gabrieles Nonchalance als schlampig, hatte „tous ces messieurs" als Schlawiner bezeichnet; unter Schlawinern aber verstand man in Wien bedenkliche, zweideutige Gesellen, windig, geneigt zum Hochstaplertum. Sogar den Damen ins Gesicht hatte Josef bösartige, stachelige Dinge geäußert.

Um solche Taktlosigkeiten des Bruders zu verhindern oder doch zu mildern, ging Toinette sehr früh zur Prinzessin Rohan. Als sie eintraf, fand sie nur François Vaudreuil und Diane Polignac vor.

Es hatte in diesen letzten Wochen scharfe Auseinandersetzungen zwischen François und Toinette gegeben. Josefs Aufenthalt in Paris machte den sonst so überlegenen Vaudreuil reizbar und nervös. Er sah in Frankreich nicht nur das mächtigste, sondern auch das höchst zivilisierte Land der Erde, und ihn verdroß die Haltung dieses Habsburgers, der zwar dies und jenes herablassend anerkannte, doch deutlich merken ließ, daß er Land und Stadt und Hof im ganzen als etwas Leeres, Verrottetes verwarf. Die Eigenschaften der Geschwister vermischten sich in François' Vorstellung. Josef war von der gleichen, naiven Überheblichkeit, die François häufig an Toinette so tief aufbrachte. Ohne daß Toinette jemals mit ihm darüber gesprochen hätte, wußte er, worauf sie so stolz war. Sie war aufgewachsen in der Vorstellung des Gottesgnadentums, für sie verkörperte sich ein Land in seinem König, und sie übertrug ihre mitleidige Verachtung des tölpischen, impotenten Louis auf das Land. Sie blickte herab auf Frankreich, dessen Königin sie war, sie, die Enkelin der Cäsaren, der Römischen Kaiser. Dieser eingeborene, ungeheure Stolz reizte den selber hoffärtigen, verwöhnten, maßlosen Vaudreuil, nun er ihn auch an Josef wahrnahm, und mehr als je dachte er mit Zorn und mit Lust daran, wie er Toinette in sein Bett reißen und sie demütigen werde.

Noch mehr verwirrt wurde François' Gefühl durch den Zweck, den Josef mit seinem Besuch verfolgte. Es erbitterte François, daß der König von Frankreich die Hilfe des Habsburgers brauchte, um seine Frau zu entjungfern.

So kränkte denn, wann immer er mit ihr allein war, der gewalttätige Mann Toinette, wie es noch keiner vorher und er selber nicht gewagt hatte. Beide jetzt sannen sie nur darauf, einander weh zu tun.

Heute, in Erwartung Josefs, war er zu ihr von einer zeremoniösen Höflichkeit, die sie mehr ärgerte als jeder Spott. „Was haben Sie, Vaudreuil?" fragte sie. „Warum benehmen Sie sich wie ein Gesandter bei der ersten Audienz?" – „Ich habe mir", antwortete Vaudreuil, „den Tadel des Grafen Falkenstein zu Herzen genommen. Die Römische Majestät wirft uns vor, unsere Höflichkeit sei Firnis, unter dem nichts stecke als Roheit und Schlamperei. Ich bin bemüht, den Anstrich zu verstärken."

Mittlerweile waren die meisten Gäste eingetroffen. „Hoffentlich", meinte Vaudreuil, „läßt uns Graf Falkenstein nicht so lange warten wie den Abbé Niccoli." Aber: „Warum sollte Graf Falkenstein *uns* warten lassen?" erwiderte Diane Polignac.

Toinette horchte auf. Als sie erfahren hatte, jene geplante Zusammenkunft des Bruders mit dem Rebellen Franklin sei nun doch nicht zustande gekommen, hatte sie sich nichts dabei gedacht. Jetzt, an dem Lächeln ihrer Freunde, merkte sie, daß man Josefs Verspätung als Absicht, seine Haltung als Feigheit auslegte. Jetzt auch, mit kleiner Bestürzung, nahm sie wahr, daß Gabriele und Diane Statuetten Franklins in ihren hohen Frisuren trugen. Zwar hatte, da Louis und Toinette dem Rebellenführer eine ablehnende Neutralität entgegenbrachten, auch die Hofgesellschaft bisher der Mode zum Trotz dem Doktor Franklin Zurückhaltung bezeigt. Doch beide Damen Polignac hatten immer das Vorrecht für sich in Anspruch genommen, jede politische Meinung zu bekunden, die ihnen beliebte, und besonders Gabriele betonte stets lässig und selbstverständlich ihre Unabhängigkeit. Somit wäre es nicht weiter auffällig gewesen, daß die Damen Polignac ihre Sympathie für Franklin an den Tag legten; es war üblich, daß man in der Frisur allerlei Embleme zeigte, die auf aktuelle Ereignisse anspielten. Aber daß die beiden Damen gerade heute ihren Franklin im Haar trugen und daß obendrein François jene Anspielung gemacht hatte, erfüllte Toinette mit unbehaglicher Spannung. Sie wäre weiter nicht verwundert gewesen, wenn die Herren und Damen des Fliederblauen Klüngels eine Gelegenheit gesucht hätten, Josef die teutonisch schroffen Äußerungen heimzuzahlen, mit denen er sie verfolgte. Sie fürchtete, der Bruder habe sich durch die Geschichte mit dem Amerikaner eine Blöße gegeben, und gekitzelt fragte sie sich, was ihre Freunde wohl vorhätten.

Den Grafen Jules, der nicht sehr gewandt war, hatten sie offenbar nicht in ihr Komplott eingeweiht. „Finden Sie nicht, Madame", wandte er sich ein wenig täppisch an Toinette,

„gar so liberal wie meine Damen brauchte man nicht zu sein?“ Er wies auf ihre Franklin-Statuetten. Und: „Ihr werdet mit eurer Schwärmerei noch bewirken“, sagte er, „daß euer Franklin uns Versailles überm Kopf in Brand steckt.“ Gemeinhin beschränkte sich Graf Jules darauf, am Spieltisch zu sitzen und den Damen sein schönes, leeres und brutales Gesicht vorzuführen; seine politischen Meinungen nahm man nicht sehr ernst. „Unser guter Jules“, war denn auch alles, was Diane erwiderte, und ihr ganzes, häßliches, gescheites Gesicht war ein mitleidiges Lächeln. Gabriele aber, mit träger Entschiedenheit, sagte: „Ich weiß nicht sehr viel von Amerika, aber den Doktor finde ich entzückend. Die beiden Male, da ich ihn getroffen habe, einmal bei Madame de Maurepas, einmal bei Madame de Genlis, war er einfach reizend. Wenn er einem Komplimente macht, fühlt man sich ordentlich bedeutend. Ganz unmoralisch kann die Sache der Amerikaner nicht sein.“

Toinettes Verwirrung nahm zu. Sie hatte bis jetzt noch keine Zeit gefunden, über den amerikanischen Konflikt nachzudenken. Mercy und Vermond hatten ihr nahegelegt, Äußerungen zu vermeiden, welche Sympathie für die Rebellen bezeugen könnten. So hatte sie's auch gehalten, und es war ihr nicht schwergefallen. Hätte sie sich vielleicht doch mehr um diesen Amerikaner kümmern sollen? War er so sehr die Mode? Erstaunt und ein wenig besorgt nahm sie wahr, mit welcher Wärme ihre Freunde für ihn eintraten.

Nun aber, in ihre Gedanken hinein, krächzte der Papagei: „Les amants arrivent“, und „Graf Falkenstein“, rief der Huissier in den Saal. Josef kam.

Tee, in dünnen neumodischen Schalen, wurde herumgereicht, und man erging sich in Urteilen über das ungewohnte Genußmittel. Ausführlich erörterte man die seltsame Vorliebe, welche die Engländer dafür hegten, man erwähnte die Zölle und Monopole und gab seiner Verwunderung Ausdruck, daß es dieses dünne, harmlose Getränk war, welches seinerzeit die amerikanischen Kolonien zur Meuterei veranlaßt hatte.

Prinz Karl, Unwissenheit vortäuschend, fragte Josef, welchen Eindruck denn nun er gehabt habe von dem berühmten Apostel der Freiheit mit seinem Pelz und seiner Brille. Josef, mit gekünsteltem Humor, erwiderte, der ungestüme Alte habe nicht die Geduld aufgebracht, ihn abzuwarten. Ringsum wunderte man sich; der Doktor war bekannt wegen seiner Milde und Ruhe. „Werden Sie nicht einen zweiten Versuch machen, Sire, mit ihm zusammenzukommen?" fragte unschuldig Gabriele Polignac. „Nennen Sie mich, bitte, erstens nicht Sire, Madame, und zweitens will ich nicht", antwortete Josef, und mit kleinem, sarkastischem Lachen fuhr er fort: „Schließlich kann Mr. Franklin nicht verlangen, daß ich ihm nachlaufe." Es klang abschließend.

Doch Gabriele, sanft und gelassen, beharrte. „Es scheint, Graf Falkenstein", sagte sie, „Sie teilen nicht unsere Verehrung für jenen weisen alten Herrn." – „Haben Sie es anders erwartet, Madame?" fragte trocken Josef zurück. „Schließlich bin ich Royalist von Beruf."

„Finden Sie es wirklich ungestüm, Graf Falkenstein", mischte sich jetzt, sehr höflich, der Marquis de Vaudreuil ein, „daß Doktor Franklin nach einigem Warten gegangen ist? Er hält auf Würde. Er vertritt ein Land, das unsere verkünstelten Zeremonien verschmäht, aber trotzdem seine Würde wahrt."

Josef hob die Brauen und schaute sich Vaudreuil an. Wollte der Mann ihm eine Lektion erteilen? Vaudreuil gab Josefs Blick zurück, ruhig, mit wohlgespielter Harmlosigkeit. „Es ist mir nicht unbekannt", sagte Josef scharf, streitbar, autoritativ, „daß die Pariser den Doktor Franklin überaus verwöhnen. Doch mag er nun persönlich Würde haben oder nicht, die Ideen, die er vertritt, sind aberwitzig und würdelos. Deshalb finde ich es bedauerlich" – und seine blauen Augen hefteten sich schulmeisterlich streng an die Frisuren der Damen Polignac –, „wenn kritiklose Schwärmerei für den Mann um sich greift im Kreise der Königin. Ich, bei aller Liberalität, würde diesen Benjamin Franklin nicht in mein Wien hereinlassen, und schon gar nicht würde ich dulden, daß Angehörige meines Hofes urteilslos sein Lob singen."

Josef hatte die Herrschaften des Fliederblauen Klüngels schon mehrmals brüsk angelassen, doch nie so schroff wie heute. Eine unangenehme Stille entstand. In diese Stille hinein sagte abrupt die Hausherrin, die Prinzessin Rohan: „Als dieser Franklin hier auftauchte, habe ich mich bemüht, mit

Oliver Cromwell ins Gespräch zu kommen. Aber er ist nicht erschienen."

Niemand achtete auf sie. Toinette, peinlich erstaunt über Josefs Heftigkeit, hatte sich leicht überrötet, Gabriele lächelte ein kleines, spöttisches, lässig interessiertes Lächeln, Diane streichelte einen der Hunde der Prinzessin Rohan, Prinz Karl machte ein süffisantes Gesicht und sann, vergeblich, auf einen frechen Witz. Alle warteten gespannt, ob Vaudreuil die starken Worte der Römischen Majestät hinnehmen oder ob er die Frechheit haben werde, zu erwidern.

Er hatte sie. Es war ihm recht, daß der Habsburger so von oben her und gereizt zu ihm gesprochen hatte; er hatte es darauf angelegt. Vaudreuils kühnes, männliches Gesicht glänzte Überlegenheit, als er sich anschickte, es dem eingebildeten Österreicher heimzuzahlen. „Sehen Sie, Graf Falkenstein", sagte er, „Sie in Ihrem Wien führen ein einfaches Leben. Ihre Konflikte sind eindeutig und leicht zu überschauen. Wir hingegen hier in Versailles sind im Lauf unserer langen, sich immer verfeinernden Zivilisation so überzüchtet worden und so verkünstelt, daß wir uns nach allem sehnen, was Natur ist. In diesem alten, ehrwürdigen Mann Benjamin Franklin sehen wir jene naturhaften Prinzipien verkörpert, die unsern Philosophen vorschweben. Von unserm Jean-Jacques Rousseau haben ja auch Sie wahrscheinlich gehört. Daß dieser alte, schlichte Mann all dieses Naturhafte in sich vereinigt, das bewegt uns, das rührt uns, da klatschen wir Beifall."

Er hielt einen Augenblick inne, wartete auf Antwort. Josef indes erwiderte nichts. Toinette, unbehaglich und töricht, begann zu plappern. „Natur", rief sie mit gemachter Munterkeit. „In meinem Trianon werde ich euch so viel Natur hinstellen, daß euch die Lust auf euern Franklin vergeht." Sie lachte.

Aber niemand lachte mit. Alle, nach wie vor, sahen auf Josef und Vaudreuil. Und da Josef immer noch schwieg, fuhr Vaudreuil fort: „Sie mögen recht haben, Graf Falkenstein. Vielleicht verstößt es gegen unsere handgreiflichen Interessen, gegen die des Königs und gegen die unsern, wenn wir Franklin so grenzenloses Verständnis entgegenbringen und uns nach Kräften bestreben, ihm und seinen Rebellen zu helfen. Aber vielleicht liegt in diesem unserm Verhalten trotzdem tiefere Weisheit, als wenn wir schlicht schimpften und daraufloshauten. Da wir gegen den Zeitgeist nicht ankönnen, helfen wir dem Zeitgeist. Wir sägen an dem Ast, auf dem wir sitzen, weil wir wissen: es ist ihm bestimmt, zu fallen."

Es sprach aber der Marquis de Vaudreuil diese Sätze nicht etwa belehrend, wie das die Römische Majestät getan hätte, sondern er sagte sie leicht, mit anmutiger Dreistigkeit, Josef ins Gesicht, und die Männer und Frauen des Fliederblauen Klüngels freuten sich, daß es diesem Vaudreuil geglückt war, so hübsch auszudrücken, was sie alle spürten. Gleichzeitig aber hielten sie den Atem an vor soviel Arroganz. Was wird Josef erwidern? Was konnte er erwidern?

Josef, in seinem Innern, war voll ratloser Wut. Er, der Römische Kaiser, die Apostolische Majestät, hat in edler Selbstbeschränkung freigeistige Ideen verkündet und verwirklicht, und viele preisen das, was er gesagt und getan hat, als das Kühnste seit Menschengedenken. Und nun stellt sich da einer vor ihn hin, ein armseliger Höfling, eine kümmerliche Kreatur seiner gedankenlosen Schwester, und kanzelt ihn ab und erklärt ihm stolz, was es bedeute, daß er, der kleine, leichtfertige Amüsierfranzose, sich zu Franklin bekennt und wahrheitsmutig an seinem Ast sägt. Und die andern gaffen und hören zu und tragen trotzig ihren Franklin auf der Zunge und in ihrer Frisur, und er steht kläglich vor ihnen, der Römische Kaiser, der es nicht gewagt hat, dem Rebellen ins Auge zu schauen. Aber er hat es so verdient. Er hätte hingehen müssen, damals, zu dem Abbé Niccoli. Er hätte sich nicht davor drücken, er hätte nicht feige sein dürfen. In einem Gespräch von historischer Bedeutung hätte er, der aufgeklärte Monarch, sich auseinandersetzen müssen mit dem Anarchisten aus dem wilden Westen und zeigen, wo die wahre Tugend und Verantwortung liegt.

Aber er konnte nicht länger so dastehen und schweigen. Er kämpfte seinen Zorn nieder, gab sich Haltung. „Das ist eine Gesinnung, Herr Marquis", sagte er trocken, „die ich an meinem Hofe nicht dulden würde." – „Daran habe ich nie gezweifelt, Sire", antwortete Vaudreuil, freundlich lächelnd, und seine Liebenswürdigkeit war so, daß Josefs Selbstbeherrschung zusammenbrach. „Wenn Sie, Monsieur", sagte er scharf, „mit diesen Worten Ihren ‚wahren' Liberalismus ausspielen wollen gegen meinen ‚falschen', dann haben Sie mich niemals verstanden. Liberalismus heißt nicht: weichlich sein und sich vom Schicksal treiben lassen. Liberalismus heißt: tätig sein, wirken. Nicht Meuterei und Anarchie sind die Ziele, die einem wahrhaft freien Geiste vorschweben, sondern Ordnung, Autorität, gegründet auf Vernunft." – „Kurz: aufgeklärter Despotismus", ergänzte mit drolliger Trockenheit Diane, und der Kaiser, scharf, erwiderte: „Ja, Madame, aufgeklärter Despotismus."

Vaudreuil indes, immer mit der gleichen, gewinnenden Liebenswürdigkeit, sagte: „Sie wissen es nicht, Sire, aber Sie mit Ihrem aufgeklärten Despotismus sägen genauso an dem von mir erwähnten Ast wie wir selber. Auch Sie geben Rechte auf, machen dem Zeitgeist Konzessionen. Nur tun Sie es mit grimmigem Ernst, während wir aus der Not einen Spaß machen." Zornig brach Josef aus: „Zynisch seid ihr, unernst, spielerisch. Kein Gefühl habt ihr für Würde und kein Pflichtbewußtsein", und da er die Stimme gehoben hatte, wurden die Hunde unruhig und kläfften, auch der Papagei schrie. Josef aber, sie übertönend, schloß: „Sie sind ein schlimmerer Rebell, Monsieur, als Franklin."

Toinette war überzeugt, daß Fürsten eingesetzt seien von Gott und daß dies ein Segen sei für die Welt. Wenn man die Schwärmerei für Franklin noch für eine harmlose, mondäne Laune halten mochte, für so etwas wie die Geisterseherei der Prinzessin Rohan, für eine Laune, die morgen in ihr Gegenteil umschlagen konnte, so war das, was François zuletzt dahergeredet hatte, purer Unsinn, einfache Verrücktheit. Eher ging die Welt unter, eh daß die Monarchie unterging. Trotzdem war es ihr eine tiefe Genugtuung, daß jemand ihrem großen, allwissenden Bruder zu widersprechen wagte, und mit beinahe sinnlichem Vergnügen sah sie, genoß sie, wie sich Josef, obwohl er bestimmt recht hatte, ohnmächtig abarbeitete gegen die Eleganz und die Kühnheit ihres François. Jetzt, endlich einmal, war Josef, der ewige Schulmeister, selber derjenige, der abgekanzelt wurde.

Immerhin war es nun genug, und sie fragte sich, ob sie nicht eingreifen, etwas Leichtes, Begütigendes sagen sollte.

Doch bevor sie etwas äußern konnte, sagte bereits die

Prinzessin Rohan: „Jetzt aber hören Sie auf, Messieurs. Wir sind hier nicht in Madame Neckers Debattierklub. Hier wird Tee getrunken und über Vernünftiges geredet." Und lachend gab man die Debatte auf.

Toinette hatte Josef zu einem intimen Essen gebeten. Anwesend sein sollten nur die nächsten Mitglieder der Familie, die beiden Brüder Louis' mit ihren Frauen.

Es war eine sehr jugendliche Gesellschaft. Louis war dreiundzwanzig Jahre alt, sein Bruder Xavier, der Graf de Provence, zweiundzwanzig, sein Bruder Karl, der Graf d'Artois, zwanzig. Unter den Frauen war die einundzwanzigjährige Toinette die älteste. Josef, mit seinen sechsunddreißig, kam sich in diesem Kreise alt vor.

Der pflichtbewußte Louis legte Gewicht darauf, innerhalb der Familie engste Gemeinschaft zu wahren. Er hatte seinen Brüdern die schönsten Appartements in Versailles angewiesen, und die drei waren viel zusammen. Aber es war eine seltsam quertönige Musik, welche sie miteinander machten. Denn die Beziehungen Louis' zu Xavier waren nicht minder zwielichtig als die zu Karl. Nicht als ob Xavier so große Summen verschwendet hätte wie Karl, auch gab er weniger öffentliches Ärgernis. Aber er hatte schon als kleiner Junge nur schwer den Gedanken ertragen, daß der dumme Louis zum König bestimmt war und nicht er selber, der mit Leichtigkeit viel Wissen in sich aufnahm und der sich würdig und fürstlich zu benehmen verstand. Dann freilich hatte sich zu seiner grimmigen Befriedigung herausgestellt, daß Louis Kinder zu erzeugen nicht imstande war. Mit Louis' Regierungsantritt hatte er, Xavier, Anwartschaft auf den Thron bekommen, er hatte den Titel „Monsieur" erhalten, und seither wurden alle kronprinzlichen Ehren ihm erwiesen. Aber er hatte zu warten, wahrscheinlich lange zu warten, und er vertrieb sich die Zeit, indem er bösartige Epigramme gegen Louis schrieb. Das alles wußte Louis, aber es verhinderte ihn nicht, brüderliche Beziehungen mit Xavier zu unterhalten. Ja, er verteidigte Xavier nach außen hin mit der ganzen Autorität des Königs. Einmal, als besonders tückische Verse gegen die „jungfräuliche Königin" im Umlauf waren, brachte der Polizeipräsident Lenoir schlüssige Beweise, daß der Urheber

Prinz Xavier war. Doch Louis erwiderte trocken: „Sie irren, Monsieur." Untereinander freilich sagten sich die Brüder häufig Dinge, die spaßhaft klangen, aber voll bitterster Bosheit waren; zuweilen wußten sie selber nicht, zankten sie oder war es freundschaftliches Gespräch. Einmal, als in einer Liebhaber-Aufführung Prinz Xavier den Tartüff spielte, versicherte ihm Louis mit Nachdruck: „Ausgezeichnet, Xavier. Diese Rolle liegt Ihnen besser als jede andere."

Prinz Karl, weniger hinterhältig als Xavier, höhnte Louis ins Gesicht. Vater bereits von zwei Kindern, behandelte er den impotenten älteren Bruder mit offener Verachtung. Sein Verhältnis zu Toinette war jungenhaft kameradschaftlich, nichts weiter; aber um Louis zu ärgern, legte er's darauf an, daß jedermann in Paris glauben sollte, er ersetze der hübschen Schwägerin den ungeschlachten Bruder auch im Bett.

Jetzt, da Josef gekommen war, hatten sich die Beziehungen der Brüder zugespitzt. Karl machte zynische Witze. Prinz Xavier, dem alle Felle wegschwammen, wütete und schrieb giftige Verse.

Bande solcher Art verknüpften die drei jungen Männer, die, mit Josef vereint, an dieser intimen Familientafel saßen.

Man sprach von Josefs Wanderungen durch die Stadt Paris. „Wissen Sie auch, Louis", fragte Josef den Schwager, „daß Sie das schönste Gebäude in Europa besitzen?" – „Das wäre?" fragte Louis zurück. „Das Hôtel des Invalides", erwiderte Josef. „Ja", stimmte Louis höflich bei, „man sagt mir allgemein, das sei ein schönes Gebäude." – „Was?" brach entsetzt Josef aus. „Sie haben sich's niemals angeschaut?" – „Hab ich Ihnen nicht erst unlängst vorgeschlagen, Toinette", sagte gutmütig Louis, „wir sollten Saint-Germain den Gefallen tun und sein Hôtel des Invalides besichtigen? Er ist so stolz darauf."

Toinette ärgerte sich. Wieder einmal sollte sie die Schuld daran tragen, daß man etwas verabsäumt hatte. Immer dieser Saint-Germain. Ihre Freunde setzten ihr seit langem zu, man solle endlich dem alten Trottel den Laufpaß geben. Er hatte verschiedene von ihnen gekränkt. Sie erinnerte sich, welchen Spaß man damals daran gehabt hatte, den Minister Turgot zu stürzen. Nein, sie duldete es nicht länger, daß man ihr immerzu diesen Saint-Germain vorhielt. Und während sie, plaudernd, von ihrem Gigot aß, faßte sie den festen und grimmigen Entschluß, diesen Saint-Germain wegzujagen.

Josef erzählte jetzt von seinen Entdeckungsfahrten durch Paris und Versailles. Er war nicht faul gewesen; er hatte sich das Schloß vom Keller bis zum Speicher angeschaut. „Da hast du ja einen mächtigen Kasten, Toni", sagte er zu Toinette, deutsch. „Ja", antwortete Toinette, „und schrecklich ungemütlich." Louis fragte: „Was bedeutet ‚Kasten'?" – „Kasten", antwortete Josef, „bedeutet Versailles. Aber was ich sagen wollte, Schwager, Sie haben eine Menge herrlicher Dinge in Ihrem Versailles, die viel zuwenig beachtet werden. Ich habe in Speicherräumen, in Vorratsräumen wunderbare Gemälde gefunden, verstaubt, an die Wand gelehnt. Da sollte wirklich einmal jemand kommen und sichten und Ordnung schaffen." – „Ja", entgegnete, nicht sehr interessiert, Louis, „es hat sich viel gestapelt seit den Zeiten Louis' des Großen. Übrigens auch ziemlich viel Unmoralisches. Ich habe Maurepas schon einmal Weisung gegeben, er solle was fortschaffen lassen."

Prinz Karl, auf seine freche Art, meinte: „Für Bilder hat unser Louis nie viel übrig gehabt." Und, lebhafter, sich an seine beiden Brüder wendend, sagte er: „Erinnert ihr euch, wie wir, als Kinder, das Bild mit dem Teich und den Schwänen beschreiben mußten? Louis hat es ausgezeichnet beschrieben; nur hatte er leider nicht bemerkt, daß es der Teich war, an dem wir jeden zweiten Tag vorbeikamen." Louis lachte gutmütig. „Ganz so war es nicht", sagte er und aß ruhig weiter. Er aß sehr viel, es schmeckte ihm, er häufte sich den Teller von neuem. Die andern waren fertig, die Diener warteten darauf, die Teller wegzunehmen. Alle sahen zu, wie Louis aß, allein, behaglich, hingegeben, unmanierlich. „Louis", mahnte schließlich Toinette. „Ja, meine Liebe, was ist?" antwortete Louis, sah um sich, ließ den Teller wegnehmen und wischte sich die Hände ab. Lehnte sich zurück. „Erinnert ihr euch", fragte er – in seinem Ton war eine seltsame Mischung von Grimm und Behagen –, „wie einmal während der Geographiestunde des Herzogs von Vauguyon der Herzog auf das Parkett flog? Er nahm gerade die Flüsse der Iberischen Halbinsel durch. Nur ich wußte Bescheid, ihr hattet beide nichts gelernt. Dann wurden wir alle bestraft, weil er hinflog." Louis machte eine kleine Pause. „Du hattest ihm ein Bein gestellt, Karl", schloß er. „Aber nein doch", sagte Karl, spitzbübisch lächelnd. „Er ist einfach ausgeglitten, der alte Trottel." – „Du hast ihm ein Bein gestellt", wiederholte Louis, „aber wir haben dich nicht verpetzt."

Und auf einmal waren in Louis hundert Erinnerungen aus der Kindheit. Er war damals noch tölpischer gewesen als heute. Sehr oft hatte er gut gewußt, was tun oder sagen, doch er war zu schüchtern gewesen, es aus sich herauszubringen. Xavier und Karl aber, die schlechter lernten, waren schnell und lebendig, sie hatten als die Begabten gegolten, er als der Unbegabte, und alle, Xavier und Karl den andern voran, hatten sich über ihn lustig gemacht. Einmal – er hatte damals noch den Titel „Herzog von Berry" getragen – waren sie zu dreien bei Tante Adelaide gewesen. Die beiden hatten herumgetollt, er war hilflos in der Ecke gestanden. Da hatte die Tante ihn aufgefordert: „Steh doch nicht so herum. Rühr dich, Berry. Sag etwas, Berry. Mach Lärm", und ihr Ton war so mitleidig und verächtlich gewesen, daß er ihn niemals vergessen wird. Und dann, als sein Vater jenen jähen, bösen, geheimnisvollen Tod starb, war die Wendung gekommen. Die Wachen, als er durch die Korridore ging, präsentierten und riefen: „Es lebe der Dauphin." Er aber hatte sich umgeschaut, blöde, als gelte der Ruf einem andern, und hatte doch gewußt, daß er ihm galt. Und das süß und bittere Gefühl, daß der Vater gestorben war, der gefürchtete, geliebte, und daß jetzt er Herr war und berufen, hatte ihm beinahe das Herz abgedrückt. Seither, seitdem er an der Macht war, haßten ihn die beiden Brüder, der dicke und der schlanke, noch mehr. Xavier beschränkte sich wenigstens auf heimliche Verse. Aber dieser freche, geile, verschwenderische Karl, der alle zwei Wochen zu ihm kam, ihm Geld abzupressen, ging herum und erzählte jedermann, er, Karl, mache ihn zum Hahnrei.

„Ich sage dir, Karl", beharrte er, böse, beinahe drohend, „du hast dem Vauguyon damals ein Bein gestellt." – „Hör doch auf", mischte sich Xavier ein, und: „Laß den Unsinn", sagte herrisch Karl. Aber: „Ich sage nur, was ist", bestand Louis, und: „Willst du es leugnen?" sagte er, sprang auf, unerwartet, und packte den andern an den Handgelenken. Karl, lachend, doch voll Zorn, wehrte sich. Aber die plumpen Hände Louis' waren stark, Karl kam nicht los. „So laß ihn doch in Ruhe", verlangte Xavier. Louis packte nur fester zu. „Messieurs, Messieurs", mahnte Josef, die Frauen der beiden Prinzen kreischten leise.

Louis gab den Bruder frei. „Kraft habe ich", sagte er, mehr vor sich hin als zu den andern, mit einem dümmlichen, verlegenen Lächeln. Dann setzte er sich und aß weiter.

Um sich und den Parisern zu zeigen, daß er die Begegnung mit Franklin nicht etwa aus Vorurteil vermieden habe, suchte Josef nun gerade solche Persönlichkeiten auf, die am Hof von Versailles unwillkommen waren. Er verbrachte lange Stunden mit dem in Ungnade entlassenen Finanzminister Turgot und zeigte sich noch öfter als früher im Salon Madame Neckers, im „Schweizer Häuschen". Ja, er fuhr hinaus nach Luviciennes, um die Frau zu besuchen, die unter allen Frauen von Toinette am meisten gehaßt wurde, die Gräfin Dubarry, die „Hure", das „Stück Wegwurf". Die Dubarry hatte zu Lebzeiten des alten Königs durch diesen auf dem Umweg über Maria Theresia Toinette gezwungen, das Wort an sie zu richten. Das hatte ihr Toinette nie verziehen, und sogleich nach dem Regierungsantritt Louis' hatte sie durchgesetzt, daß die strahlend schöne, achtundzwanzigjährige Frau in die Einsamkeit von Luviciennes verbannt wurde. Dort hinaus also fuhr jetzt Josef. Er ließ sich von der Geliebten des alten Königs ihren berühmten Park zeigen, ihre schönen Alleen und Gewächshäuser, er führte sie zu Tische, und, zurück in Paris, rühmte er jedermann die Anmut und Frische der von seiner Schwester verfolgten Favoritin.

Josef suchte noch eine andere Persönlichkeit auf, die in Versailles unpopulär war und deren Lebenswandel in Paris Gerede hervorrief, die Schriftstellerin Madame de Genlis. Sie war Hofdame der Herzogin von Chartres, Geliebte des Herzogs von Chartres, Erzieherin und Mutter der Kinder dieses Paares und Verfasserin fortschrittlicher Kinderbücher.

Im Salon der Madame de Genlis ging es nicht sehr förmlich zu. An drei Abenden in der Woche versammelten sich ihre Freunde, ohne lange eingeladen zu sein. Josef, der vor andern nichts voraushaben wollte, ging unangemeldet hin, und er fand dort vor den Schriftsteller Caron de Beaumarchais.

Nun hatte sich Pierre häufig über Josef mokiert. Der Römische Kaiser, pflegte er zu sagen, habe es leicht. Er sei nur das Mundstück der Monarchie, die Faust der Monarchie sei die alte Kaiserin. Sie regiere despotisch, und der junge Herr mache dazu liberale Musik.

Man konnte von Pierre nicht erwarten, daß seine Stellung zu den Habsburgern ganz sachlich sei. Pierre war vor Jahren, als Toinette noch Dauphine gewesen war, nach Wien geeilt, um der Kaiserin Maria Theresia eine gegen ihre Tochter gerichtete Schmähschrift zu unterbreiten. Feurig hatte Pierre am Wiener Hof erzählt, wie er nur mit größter Mühe und unter Überwindung gefährlicher Abenteuer diese Schmähschrift ihrem Autor abgejagt habe. Aber hier war sie, er las sie der Kaiserin vor und erbot sich, den Verleumder zum Schweigen zu bringen; natürlich fordere der Bursche Geld. Da aber mischte sich die mißgünstige Wiener Polizei ein. Sie wollte ermittelt haben, die schlimmen Abenteuer seien fingiert, die Wunden aus seinem Kampf um das Manuskript habe sich Monsieur Caron selber mit dem Rasiermesser beigebracht, und wenn er die Schmähschrift so ausdrucksvoll vorgetragen habe, sei das weiter kein Wunder, denn er habe sie verfaßt. Die Kaiserin ließ Pierre in Haft nehmen. Dann aber besann sie sich eines Besseren und kam ihm lieber mit Milde. Sie stellte ihm eine größere Summe zur Verfügung und übersandte ihm einen kostbaren Ring. Den trug er jetzt, gelegentlich lässig hinwerfend: „Ein Souvenir der Kaiserin Maria Theresia."

Immerhin spürte er, sooft von Habsburg die Rede war, die Kränkung, die man ihm damals in Wien angetan hatte. Ein Zufall hatte es gewollt, daß er bisher niemals mit Kaiser Josef zusammengetroffen war. Aber oft hatte er sich im Geiste ausgemalt, wie er den affektierten Habsburger in blitzenden Sätzen demütigen werde. Nun also war Josef da, und Pierre wartete auf seine Gelegenheit.

Josef erinnerte sich dunkel dessen, was Monsieur de Beaumarchais in Wien angestellt hatte, und trug Bedenken, das Wort an den zweideutigen Herrn zu richten. Doch er hatte seine Flugschriften gelesen und die Komödie „Der Barbier von Sevilla“ unlängst erst im Théâtre Français gesehen, beides mit widerwilliger Anerkennung. Überdies hatte er gehört, Monsieur de Beaumarchais gelte als der wichtigste Vorkämpfer der amerikanischen Insurgenten in Frankreich, und er wollte sich kein zweites Mal der Verdächtigung aussetzen, er wage es nicht, sich mit diesen Leuten einzulassen.

Er sagte Monsieur de Beaumarchais einige freundliche Worte über den „Barbier“. Das machte den selbstgefällig kühnen Pierre noch kühner. Es erwachte vor diesem gekrönten Haupt sein ganzer bürgerlicher Hochmut, er sprach zu Josef als Gleicher zum Gleichen, als ein Intellektueller, dessen Leistung bereits anerkannt war, zu einem Intellektuellen, der sich erst zu erproben hatte. Mit geschmeidiger Frechheit erwähnte er die Hilfe, welche der alten Kaiserin zu leisten ein freundliches Schicksal ihm damals erlaubt habe. Er erging sich ausführlich über jene Schmähschrift; aus seinem guten Gedächtnis zitierte er dem Kaiser einige Stellen und bemerkte sachlich, im Formalen habe der Autor viel Witz gezeigt. Auf elegante Art rieb er Josef hin, daß er, Pierre, seine kaiserliche Mutter seinerzeit hineingelegt habe.

Josef hörte mit Haltung zu. Seit dem mißglückten Projekt der Zusammenkunft mit Franklin und seit dem Gespräch mit Vaudreuil war er vorsichtig geworden. Mit der Sachlichkeit, die ihm zuweilen eignete, gab er in seinem Innern zu, es stecke in der Schmähschrift, aus welcher dieser Monsieur de Beaumarchais zitierte, ein Körnchen Wahrheit; er selber hatte an der Schwester einige jener Eigenschaften bemerkt, die in dem Pasquill verhöhnt wurden.

Pierre, durch Josefs Zurückhaltung ermutigt, sich an der Situation ergötzend, ging weiter. Er führte aus, das sei nun einmal eine Schwäche seiner geliebten Pariser, daß sie einem Witz zulieb auch ohne zulängliche Beweise einem Menschen die schlimmsten Dinge nachsagten. Er selber habe da seine Erfahrungen machen müssen. Und eine Dame, die, wie die Königin, im Mittelpunkt des Weltinteresses stehe, sei unvermeidlich der Zielpunkt bösartiger Scherze. Diese Scherze fielen verschieden aus, einige seien grob und dumm, andere fein und um so tückischer. Das Harmloseste werde zum giftigen Argument. Da sei zum Beispiel jene sehr hohe Frisur, welche die Königin, die große Schöpferin der Mode, überall in

Europa eingeführt und schmeichelhafterweise nach einer in seinen Flugschriften gebrauchten Wendung „Quès-a co" genannt habe. Diese Frisur, behaupteten die Verleumder, kleide zwar ausgezeichnet die hohe Stirn und das lange Gesicht der Königin, aber sie entstelle das runde, mehr klassische Antlitz der Pariser Damen. Nur aus Eifersucht, aus Antipathie gegen alles Französische, nur um die Pariserinnen zu verunstalten, habe die Österreicherin diese Frisur eingeführt. Und Pierre war voll von Bedauern über die boshafte Klatschsucht der Welt.

Josef ärgerte sich über die Frechheit des Mannes. Er hätte das Gespräch vermeiden müssen, er machte viele Fehler in der letzten Zeit. Erst hatte er es mit Franklin verkehrt gemacht und jetzt von neuem mit diesem Beaumarchais. Er hatte eine unglückliche Hand in der amerikanischen Sache. Er fühlte sich hilflos, fühlte sich blind und von einer unsichtbaren Hand vorgestoßen auf einem gefährlichen Weg. Er hatte den ehrlichen guten Willen, das Richtige, Nützliche, das Große zu tun, er fühlte sich dazu berufen, und er wurde mit dem Nächsten, Einfachsten nicht fertig.

Und plötzlich, sehr schlicht, sagte er heraus, was ihn diesem Beaumarchais gegenüber erfüllte. „Sehen Sie, Monsieur", sagte er, „es ist leicht, Gewissen zu haben, wenn man von diesem Gewissen nur zu sprechen oder zu schreiben braucht. Wer aber handeln soll, der sieht sich immerzu vor der Notwendigkeit, wenn er dem einen recht tun will, dem andern unrecht zu tun." Das kam nicht heraus als ein geistreicher Satz, das kam aus dem Innern des Mannes, und Pierre spürte das und wußte nichts zu erwidern.

Nun aber, wieder eine Woche später, hatte sich Josef zur Genüge vorbereitet, um den Schwager in einem entscheidenden Gespräch zu stellen und seine Zustimmung zu der Operation zu erzwingen.

In Louis' Bibliothek saßen die beiden, ringsum waren die Bücher, die Globen, die Dichter aus Porzellan. Graf Falkenstein, bürgerlich und adrett angezogen, hielt sich sehr aufrecht; Louis hingegen saß mit runden Schultern da, er war, wie häufig, etwas schmutzig und unordentlich, er hatte vorher mit Gamain geschlossert, Josef hatte ihn überrascht und ihn gegen seinen Willen in diese Unterredung hineinmanövriert.

Josef konnte, wenn er es für angebracht hielt, sehr herzlich sein. Heute hielt er es für angebracht. Er sprach wie ein älterer Bruder. Er hatte sich bei dem Wiener Spezialisten Doktor Ingenhousz und bei Toinettes Leibarzt, Doktor Lassone, genau informiert. Mit wissenschaftlicher Präzision setzte er Louis auseinander, daß die Operation gefahrlos sei und sichern Erfolg verspreche.

Louis hörte gern auf Männer, die ihre Sache verstanden; Josefs gelehrte Sachlichkeit imponierte ihm. Von dem Augenblick an, da er von Josefs Absicht gehört hatte, nach Versailles zu kommen, war er sich klar darüber, daß er nicht länger werde ausweichen können, daß er Josefs Drängen werde nachgeben müssen. Anderntei1s sträubte sich sein ganzes Wesen gegen den Eingriff. Ihn verlangte danach, die Dinge zu belassen, wie sie waren; quieta non movere – an Ruhendes nicht rühren, das war seine innerste Überzeugung. Schwer und dumpf saß er da, voll tiefer Unlust, zugesperrt. Er schaute den andern nicht an, wand sich hilflos, zupfte an den Ärmeln.

Als Josef zu Ende war, schwieg Louis eine lange Weile. Josef ließ ihm Zeit. Endlich raffte sich Louis auf, begann zu reden, brachte vor jene alten Argumente, die er schon Maurepas entgegengehalten hatte. Vor dem hatte er sich, sosehr er ihm vertraute, bei der Erörterung dieser intimsten, delikatesten Dinge scheu und behindert gefühlt. Josef hingegen war ein Fürst von Gottes Gnaden wie er selber, er mußte diese zarten und heiligen Regungen begreifen, vor ihm konnte Louis sprechen. Langsam redete er sich frei, und was er vorbrachte, wurde aus einer bloßen Ausflucht zu einer Offenbarung seines Heimlichsten.

Der Körper eines Königs war geheiligt. Wenn Gott ihn, Louis, so geschaffen hatte, wie er nun einmal war, mit dieser Hemmung, dann mußte darin doch wohl Absicht gelegen haben. Versündigte sich also nicht, wer da mit dem Messer einzugreifen versuchte, gegen Gottes Willen? Vielleicht hatte Gott ihm das Los des Zölibats bestimmt, so, wie er von seinen Priestern Enthaltsamkeit verlangte.

Josef erkannte gut, wie ehrlich und vom Herzen der andere sprach. Es war schwer, Argumente zu widerlegen, die so tief aus dem Innern kamen. Aber Josef war vorbereitet. Der schlaue Mercy hatte Maurepas ausgeholt, und auf dem Umweg über Mercy hatte Josef von Louis' Bedenken erfahren. Er war gerüstet, Louis' Zweifel zu zerstreuen.

An sich waren dem nüchternen, freigeistigen Josef theologische Rabulistereien, wie Louis sie vorbrachte, zuwider. Der Kaiser haßte alles Pfäffische, und wenn ihm ein anderer mit abergläubischen Skrupeln gekommen wäre wie jetzt der Schwager, dann hätte Josef nur schärfsten Hohn dafür gehabt. Allein er war entschlossen zu diplomatischem Vorgehen. Er hatte sich von Abbé Vermond theologisch beraten lassen, er war gewillt, die läppischen jesuitischen Bedenken des Schwagers mit ebenso läppischen jesuitischen Gegengründen zu entkräften. Und wenn Josef vorhin erstaunliches Wissen auf medizinischem Gebiet an den Tag gelegt hatte, so erwies er sich jetzt als nicht minder beschlagen in der Gottesgelehrtheit.

Die Beschneidung, setzte er Louis auseinander, könne, so habe er sich sagen lassen, unter keinen Umständen als ein Akt gegen den Willen Gottes ausgedeutet werden. Nicht nur habe Gott sie seinem auserwählten Volk zum Gebot gemacht, sondern Gottes eingeborener Sohn selber sei beschnitten worden, wie zu lesen sei im Evangelium Lukas, Kapitel 2, Vers 21, und seine Vorhaut werde noch heute in einem gewissen italienischen Kloster aufbewahrt. Er, Josef, fügte er grimmig hinzu, halte freilich diese Reliquie für eine Fälschung, für einen Pfaffenschwindel, und die Zeit werde kommen, da er ihre Ausstellung verbieten werde. Aber sogleich sänftigte er sich und: „Lassen Sie die Operation vornehmen, Louis", redete er ihm freundlich zu. „Nur so können Sie sich instand setzen, dem biblischen Gebot nachzukommen: ‚Seid fruchtbar und mehret euch.' Ja", fuhr er schalkhaft fort, „wenn Sie die Operation vornehmen ließen zu Zwecken der Lust, wenn Sie etwa Ihrem seligen Großvater nachgeschlagen wären, dann vielleicht wären Ihre Bedenken gerechtfertigt. Aber so, wie Sie nun einmal sind, Sire, maßvoll, ruhig, keineswegs ein junger Hengst, können Sie doch mit Sicherheit darauf rechnen, daß Sie auch nach der Operation Anfechtungen der Wollust erfolgreichen Widerstand werden leisten können." Er lächelte.

Louis lächelte nicht mit. Er stellte sich vor, wie er, nach geglückter Operation, vor Toinette hintreten sollte. Wie sollte er ihr's beibringen? Wie überhaupt sollte er sich benehmen? Die bloße Vorstellung erfüllte ihn mit lähmender Schüchternheit. Schnaufend hockte er da und schwieg mürrisch.

Josef stand auf, und da mußte wohl auch Louis sich erheben. Nachdem er die theologischen Bedenken des Schwagers besiegt, machte sich Josef daran, sein Hauptargument ins Feld zu führen, das Politische. Diesmal, das wußte er, werde seine Politik Louis zu Herzen sprechen; denn er hatte wohl bemerkt, wie gespaltene Gefühle Louis seinen Brüdern entgegenbrachte. Er faßte also den Schwager um die Schulter, auf und ab, mit einiger Mühe, schleifte er den schweren Mann und redete ihm von den Folgen, welche ein kinderloses Absterben Louis' mit sich bringen müßte. Die Krone fiele dann an den Prinzen Xavier. Er, Josef, könne nicht verhehlen, daß ihm dieser Prinz nicht sehr gefallen habe, und ihm wolle scheinen, daß auch Louis ihn nicht gern auf dem Throne sähe. Er, Josef, sei überzeugt, daß auf dem Familienpakt, auf den politischen und verwandtschaftlichen Bindungen zwischen den Herrschern Frankreichs, Österreichs und Spaniens, nicht nur das Heil dieser Länder beruhe, sondern die Wohlfahrt der ganzen Welt. Vielleicht denke Louis nicht so enthusiastisch über diese Allianz wie er selber, aber wegdenken aus der Politik der drei Länder lasse sich die Allianz nicht mehr. Besteige nun Prinz Xavier den Thron, so falle der Familienpakt zusammen, die Allianz der drei großen katholischen Mächte sei gefährdet, die Folgen seien unübersehbar. Louis dürfe das nicht geschehen lassen. Um der Sicherheit der Welt willen müsse er sich dem Doktor Lassone anvertrauen und sich dem kleinen Schnitt unterziehen. „Überwinden Sie sich", sagte mit Wärme Josef und hielt ihm die Hand hin. „Lassen Sie mich meiner, unserer Mutter mitteilen, daß Toinette endlich das Glück gefunden hat, das wir für sie erwarten durften."

Louis, auf solche Art an seine Schuldigkeit gemahnt, die ausgestreckte Hand des Kaisers vor sich, fand keine Worte weiteren Ausweichens. „Gut", sagte er schwunglos und legte matt die plumpe, etwas schmutzige Hand in die starke, schmale Josefs. „Ich habe also", faßte Josef sogleich das Ergebnis des Gesprächs in Worte, „Ihr festes, unzweideutiges Versprechen, die Operation innerhalb der nächsten vierzehn Tage vornehmen zu lassen." Und er hielt die Hand Louis' weiter in der seinen.

„Ja, Monsieur", sagte schwach Louis. Er zog die Hand zurück. „Aber", fügte er schnell hinzu, „wir wollen nichts übereilen. Ich will es tun binnen, sagen wir, sechs Wochen."

Josef war ein wohlmeinender Mann, ehrlich bestrebt, den ihm Nahestehenden Wohltaten zu erweisen und seinen Völkern ein mustergültiger Herrscher zu sein. Aber er hatte erkennen müssen, daß die meisten der zu Beglückenden stumpf und böswillig waren, Kranke, die dem Arzt die Medizin aus der Hand schlugen. Kein Wunder, daß er rechthaberisch wurde, gallig und immer galliger, und jetzt war es so weit, daß er sich am wohlsten fühlte, wenn er den schroffen, unduldsamen Schulmeister herauskehren konnte.

Daß er vor Louis so lange die Rolle des gütigen, verständnisvollen älteren Bruders hatte spielen müssen, war ihm lästig gewesen. Dafür wird er sich vor Toinette Luft machen. Er wird ihr sehr deutlich hinreiben, daß sie die viele Mühe, die er sich ihrethalb genommen hat, eigentlich keineswegs verdient.

In beißenden Worten also, bevor er ihr das erfreuliche Resultat seiner Unterredung mit Louis mitteilte, hielt er ihr vor, was ihm an ihrer Lebensführung mißfiel. Das war nicht wenig. Da war ihre schamlose Gewohnheit, maskiert auf öffentliche Bälle zu laufen und sich mit Wildfremden in unziemliche, häufig frivole Gespräche einzulassen. Da waren ihre Toiletten, die den Spott und die Kritik ganz Europas herausforderten. Da war ihre Verschwendung, welche die Minister in Verzweiflung brachte. Da war ihr wüstes Hasardspiel, das den Unmut ganz Frankreichs hervorrief. „Ich habe Angst", sagte er, „vor der Stunde, da ich unserer Mutter werde Bericht erstatten müssen."

Toinette kannte Josefs rüde Art. Aber daß er so wüst gegen sie losfahren werde, damit hatte sie nicht gerechnet. Sie empörte sich. „Jetzt fühlen Sie sich", sagte sie, und ihr schönes Gesicht sah noch zorniger und hochmütiger drein als das seine. „Jetzt haben Sie mir's gegeben. Da stehen Sie und sind ganz der große, berühmte Monarch, der seine kleine Schwester zusammenschimpft, weil sie ihm durch ihren Leichtsinn Schande macht. Aber vielleicht sind Sie selber gar nicht so untadelig, wie Sie sich einbilden. Ich höre da mancherlei. Sie machen sich lustig über unsere Einrichtungen. Sie machen Witze über unsere Armee und unsere Flotte. Glauben Sie, daß das die Popularität Habsburgs in Frankreich erhöht? Glauben Sie, daß es unserer Mutter sehr angenehm sein wird, wenn sie erfährt von dem unmöglichen Geschimpfe, zu welchem Ihre unbändige Tadelsucht Sie hinreißt? Ich fordere Spott und Kritik heraus? Und Sie selber? Wer hat da erst neulich dieses traurige Beispiel von Wankelmut und Entschlußlosigkeit gegeben, Sie oder ich?" Und da Josef verblüfft hochsah, schloß sie triumphierend: „Wer hat erst groß aller Welt verkündet, daß er den Amerikaner sehen will, und hat dann den Schneid verloren und ist brav zu Haus geblieben?"

Niemand, Josef selber nicht, hätte sagen können, was größer war, sein Erstaunen oder seine Wut. Da war er hierhergekommen und hatte dem lahmärschigen Louis das Versprechen entrissen, sich zu ihr ins Bett zu legen und ihr endlich den Dauphin zu machen, den Österreich und sie so nötig brauchten. Und zum Dank stellte sie sich hin und meuterte. Gegen ihn, den apostolischen Kaiser, den älteren Bruder. Und wer war schuld an diesem Unerhörten? Ihr Umgang, ihre Freunde, der freche Zuhälter vor allem, dieser Vaudreuil. Daß Toinette recht hatte, daß in einem gewissen Sinn dieser Vaudreuil recht hatte, erbitterte ihn noch mehr. Der hatte leicht reden, der Herr. Er durfte sich's erlauben, dem amerikanischen Insurgenten Weihrauch zu streuen und seinen Huren sein Idol in die Frisur zu stecken. Danach krähte kein Hahn. Aber wenn er, der Römische Kaiser, dem Rebellen auf die Schulter klopfte, dann änderte das die Welt. Er hatte Verantwortungen. Er durfte nicht um eines sehr entfernten Zieles willen seine nächsten Ziele vergessen, die Schulreform, die böhmischen Protestanten.

„Du bist eine Gans", sagte er schlicht und verächtlich. „Du sprichst von Dingen, von denen du keine Ahnung hast. Du sagst einfach nach, was deine saubern Freunde dir beibringen. Diese Freunde, auf die du schwörst. Hast du denn keine Augen? Siehst du denn nicht, was das für eine verantwortungslose, zynische Bande ist, dein Fliederblauer Klüngel? Merkst du denn nicht, daß sie dich nur ausbeuten wollen? Daß du nur der Knochen bist für diese Hunde? Ein Knochen mit noch recht viel Fleisch und Fett", sagte er höhnisch. Und bösartig genau begann er aufzuzählen alle die Pfründen, welche sie den Polignacs und ihren Freunden und Verwandten hingeworfen hatte. Dem Grafen Jules die Stellung ihres Ersten Hofmarschalls, dazu das Postministerium und die Zollverwaltung, die Überschreibung des Landgutes Fénestranges mit einem Ertrag von jährlich sechzigtausend Livres, und obendrein eine Überweisung von vierhunderttausend Livres zur Deckung der notwendigsten Schulden. Dem Vater des Grafen Jules den Gesandtenposten in der Schweiz. Dem Herzog von Guiche, dem Vetter der Polignacs, die Oberaufsicht über die Leibgarde. Dem andern Vetter das Amt eines Hofmarschalls beim Prinzen Karl. Dem dritten Vetter das des Ersten Almoseniers in ihrem eigenen Hofstaat. Die Liste nahm kein Ende. Mehr als eine halbe Million betrug die Jahresrente, welche jetzt die Familie Polignac aus den königlichen Kassen zog, ohne dafür etwas anderes zu leisten als Toinette Gesellschaft. Und das war noch nicht alles. Jetzt hatte Toinette aus dem armen Louis eine weitere Jahresrente herausgepreßt, weitere sechzigtausend Livres für diesen aufgeputzten Laffen, der ihr das blöde Gerede über den Doktor Franklin eingeblasen hatte, sechzigtausend Livres für ihren Vaudreuil.

Toinette, als er Vaudreuil nannte, bäumte hoch. „Jetzt ist es heraus", rief sie, „warum du mich so gemein beschimpfst. Du kannst es ihm nicht vergessen, daß du eine so traurige Figur vor ihm gemacht hast. Hättest du doch den Mut aufgebracht, wärest du doch zu diesem Amerikaner gegangen. Dann brauchtest du dich jetzt nicht vor mich hinzustellen und grobe Verleumdungen auszustoßen gegen Männer, die sicherlich viel mehr Anstand haben als alle die Schmeichler und Lecker um dich herum. François Vaudreuil ist der gescheiteste, witzigste Kopf in Paris. Die Literaten und Philosophen, die du aufgesucht hast, reißen sich darum, mit ihm zu verkehren. Ich bin stolz darauf, daß dieser Mann mein Freund ist. Wenn er mein Intendant wird, dann werde ich ein Theater haben, das sich sehen lassen kann. Aber leider ist es noch nicht soweit. Er hat mir nur ein halbes Ja gesagt. Er kümmert sich nicht um das Geld, das mir Louis für ihn angeboten hat. Die ganze Zeit her redest du auf mich ein, ich soll die Literatur pflegen und die Schönen Künste. Und wenn ich es tue, dann kommst du und verdrehst alles und überhäufst mich mit niedrigen Verdächtigungen. Pfui! Du bist sehr anders, als ich dich im Gedächtnis hatte."

Josef war verblüfft vor diesem Ausbruch. Das schlimmste war, daß sie wahrscheinlich glaubte, was sie daherredete. „Ich leugne nicht", gab er zu, „daß Monsieur Vaudreuil Geist hat. Doch dieser Geist ist nur die Tünche eines leeren, gesinnungslosen Wüstlings. Du wettest doch so gern. Wollen wir wetten, daß er sich am Schluß herbeiläßt, die sechzigtausend Livres einzustecken? Aber du bist ja blind. Dir ist ja nicht zu helfen. Man erschüttert ja nur die Luft, wenn man mit dir redet. Es ist doch nicht dieser Vaudreuil allein. Die ganzen Leute hier um dich, das ist doch alles Gesindel. Der Salon deiner Freundin Rohan, das ist doch nichts als eine Spielhölle oder ein Bordell. Wir haben dich nie für übermäßig klug gehalten, Mama und ich. Aber so viel mußt du doch begreifen, daß sich eine Erzherzogin von Österreich, die Königin von Frankreich, nicht aufführen kann wie ein Wiener Wäschermädel, wenn es das Große Los gewonnen hat."

„Das Große Los", sagte Toinette, spöttisch. „Das Große Los", wiederholte sie, bitter. Und mit einemmal stürzte ihr ganzer Stolz zusammen, und es kamen ihr die lang zurückgehaltenen Tränen. „Warum habt ihr mich hierhergeschickt?" klagte sie. „Wer bin ich hier? Was soll ich hier? Alle hassen mich. Alles, was ich tue, ist falsch. Warum habt ihr mir diesen Mann gegeben? Diesen Mann aus Holz", erläuterte sie voll Zorn und Verachtung. „Ich habe mich so auf dich gefreut", bekannte sie. „Nun wird endlich jemand dasein, hab ich geglaubt, mit dem kann ich reden. Ich hab geglaubt, du hilfst mir. Und jetzt bist du da, und jetzt trittst auch du auf mir herum."

Auf seine Art liebte Josef die Schwester. Er verstand, was sie tat und warum sie so lebte. Als Fünfzehnjährige war sie hierhergekommen, umschmeichelt, angefeindet, verwöhnt, bösartig belauert, ungeheuer enttäuscht von dem Versagen Louis'. Es war begreiflich, wenn sie Ausweg und Ersatz suchte und sich kopflos hineinstürzte in ihre läppischen Amüsements.

Er nahm ihre Hand. „Toni", sagte er ungewöhnlich herzlich, „ich bin nicht hierhergekommen, um dich zu beschimpfen, sondern um dir zu helfen. Ich glaube, ich habe dir geholfen."

Sie schaute hoch, eine kleine Röte stieg ihr das lange, schöne, weiße Gesicht hinauf. „Du hast mit Louis gesprochen?" fragte sie. „Ja", antwortete er. „Es wird alles gut werden, du darfst dich darauf verlassen. Binnen längstens sechs Wochen", fügte er hinzu, lächelnd.

Die Röte ihres Gesichtes vertiefte sich, ihre Augen wurden dunkler, der Mund stand ihr halb offen, sie atmete stark. Widerstrebende Empfindungen schwammen herauf, überschwemmten einander. Jetzt wird also Louis kommen, sich zu ihr ins Bett legen, Haut an Haut. Sie erinnerte sich, wie sie einmal beim Lever dagesessen war mit nacktem Oberkörper, wartend auf ihr Hemd; es hatte sich so gefügt, daß immer eine neue Dame jeweils höheren Ranges ihr Schlafzimmer betrat, das Hemd hatte zeremoniös von der niedrigeren Hand in die höhere zu wandern, sie aber mußte warten, fröstelnd und mit Scham, bis sie endlich ihr Hemd erhielt. Ein Gefühl ähnlicher Art überkam sie jetzt, wenn sie daran dachte, wie Louis zu ihr ins Bett steigen wird. Sie schämte sich. Und fühlte dennoch Stolz. Dergleichen mußte man nun einmal über sich ergehen lassen, wenn es einem beschieden war, Königin von Frankreich zu sein. Und mehr noch als Scham und Stolz spürte sie Kitzel, Neugier, einen Drang, herauszulachen wie ein kleines Mädchen. Im nächsten Bruchteil der Sekunde waren in ihrer Vorstellung anstatt Louis' zahlreiche andere Männer, Herren des Fliederblauen Klüngels, Fremde, die auf Bällen zu ihr gesprochen, sie am Arm ergriffen, ihre Gesichter ihr ganz nah gebracht hatten. Sie stellte sich diese Männer vor, auch Gabriele stellte sie sich vor, dann wieder den Louis, der zu ihr ins Bett steigen wird, und alles schwamm ihr ineinander. Aus der Verwirrung heraus aber stieg, sie überstrahlend, eine ungeheure, erwartungsvolle Freude. Wenn das vorbei sein, wenn sie ein Kind haben wird, dann wird das dreiste Geschwätz ringsum verstummen, der üble Klatsch und Tratsch, dann werden die Fischweiber ihre frechen Mäuler halten und die Schreiber der Pasquille ihre Federn, dann wird sie in Wahrheit Königin sein. Königin sein und tun und lassen können, was sie will. Königin sein und ihr Vergnügen haben. Greifbar nahe jetzt, endlich, liegt das Leben vor ihr, das richtige Leben. Sie wird alles haben, was es auf dieser Erde gibt. Sie wird jung sein und Königin und schön und eine Frau, die von Unzähligen geliebt wird und sich aussuchen kann, wen sie liebt.

Ganz langsam trat sie auf Josef zu, das Gesicht ernst, erschüttert. „Warum hast du mir das nicht gleich gesagt?" fragte sie und legte ihm die Hände auf die Schultern. „Warum haben wir uns so böse Worte gegeben?" Sie umarmte ihn, küßte ihn. „Sepp", sagte sie, so hatte sie ihn als Kind genannt, und nochmals: „Sepp", und, sehr glücklich: „Wenn es Matthäi am letzten ist, dann bist immer noch du da."

Josef klopfte ihr den Nacken und sagte, halb ernsthaft, halb im Scherz: „Ja, Toni, jetzt hängt alles Weitere von dir ab." – „Jetzt kannst du mich auch noch ein bißchen schimpfen, wenn es dir Spaß macht", sagte sie.

Er bedauerte beinahe, daß er ihr Glück stören und noch Ernsthaftes mit ihr zu besprechen hatte. Aber er mußte ihre gelockerte Stimmung ausnützen, um ihr die Aufgabe einzuprägen, für die sie nun einmal da war. Louis war schwach und beeinflußbar, doch er war auch schlau. Er sagte zwar niemals geradezu nein, aber er wich aus, er leistete einen weichen, dumpfigen, zähen Widerstand, dessen Besiegung Mühe und Energie kostete. Er, Josef, hatte nicht die Zeit gehabt, aus Louis gewisse politische Zugeständnisse herauszuholen, welche Habsburg brauchte. Das mußte jetzt Toinette besorgen. Eine ganze Reihe ähnlicher Geschäfte wird sie in Zukunft zu besorgen haben. Einen erheblichen Teil ihres Lebens wird sie auf diese Geschäfte verwenden müssen. Aber schließlich hat man sie zu diesem Zweck hierhergeschickt. Und wenn er, Josef, einen Monat darauf verwandt hatte, den dicken jungen Menschen instand zu setzen, ihr einen Erben zu machen, dann mußte sie gefälligst auf ein paar ihrer albernen Vergnügen verzichten und sich die Zeit nehmen, die Politik ihres Louis der habsburgischen anzupassen.

Er setzte sich stockgerade, wie das seine Art war, wenn er zu einem längeren Vortrag ausholte. „Hören Sie, Toinette", sagte er, und jetzt sprach er wieder französisch, „ich muß noch etwas sehr Ernsthaftes mit Ihnen bereden. Es liegt nämlich, nun Sie in Wahrheit Königin von Frankreich werden sollen, auf Ihnen eine noch größere, eine ungeheure Verantwortung. Sie sind das Pfand und der Knoten des Bündnisses zwischen Habsburg und Bourbon, und auf dem Funktionieren dieser Allianz beruht die Wohlfahrt Europas. Der König ist umgeben von Räten, die Österreich nicht wohlwollen. Es ist Ihre Aufgabe, Madame, diese Einflüsse unschädlich zu machen."

Beinahe gekränkt erwiderte Toinette: „Das brauchen Sie mir doch nicht erst lange zu erklären. Hab ich das bisher vielleicht nicht getan?" – „Ich gebe zu", sagte belehrend, doch freundlich Josef, „daß Sie die Ratschläge, welche Ihnen Mercy und Vermond in unserm Namen überbrachten, nach bestem Können befolgt haben. Aber das genügt nicht. Sie müssen sich selber bemühen, ausfindig zu machen, was gespielt wird, Sie müssen zu begreifen suchen, worum es geht. Sie müssen lesen, Sie müssen sich mit seriösen Männern unterhalten, auch wenn diese nicht so gut anzuschauen sind wie Ihre Freunde. Sie müssen trachten, die Ratschläge zu begreifen, die wir Ihnen durch Mercy und den Abbé zukommen lassen. Vielleicht werden der König und seine Minister Ihnen dann und wann entgegenhalten, das, was wir in Wien verlangen, sei zwar in unserm Interesse, doch nicht in dem Frankreichs. In gewissen Fällen wird das sogar richtig sein. Aber das dürfen Sie unter keinen Umständen zugeben, und Sie müssen Argumente parat haben, Louis und seine Herren zu widerlegen. Sie müssen sich immer bewußt sein, Toinette, daß die Wohlfahrt der Welt in erster Linie von Habsburg abhängt und erst in zweiter von Bourbon." – „Aber natürlich", erwiderte Toinette. Sie machte ein Gesicht wie ein braves, aufmerksames Schulmädchen, doch sie hörte nur mit halbem Ohr; in ihr waren noch immer die merkwürdigen, abscheulichen und anziehenden Vorstellungen von vorhin.

„Ich möchte Sie gerne dahin bringen, Toinette", fuhr Josef fort, „daß Sie das, was man Ihnen sagt, nicht mechanisch befolgen, sondern mit Leidenschaft und aus innerer Überzeugung." – „Aber das tu ich doch", ereiferte sich Toinette. „Ich bin habsburgischer als Sie. Schauen Sie meine Lippe an und meine Nase." – „Hör auf mit den Kindereien", erwiderte ungeduldig Josef. Und nun hielt er ihr den Vortrag, zu dem er sich zurechtgesetzt hatte. Er suchte ihr klarzumachen die Schwierigkeiten des russisch-türkischen Problems und die Chancen, die sich für Österreich aus dem Ableben des bayrischen Kurfürsten ergeben würden. Toinette hörte artig zu. Doch Josef sah, daß, was er sagte, ihrem Innern gleichgültig blieb. Er versuchte, sie stärker anzurufen. War Politik nicht ein tieferes, erregenderes Spiel als das Pharao am Tisch der Rohan? Wollte sie nicht die Gelegenheit nützen, da mitzuspielen? „Aber ja", stimmte sie schwungvoll zu. „Ich achte ja auch immer darauf, daß alle wichtigen Stellungen in die Hände meiner Freunde kommen." Josef schaute sie an, sie meinte es ernst, es war hoffnungslos, er gab es auf.

Aber Toinette ließ ihn nicht gehen. Nun hatte er soviel von seinen Dingen erzählt, von Bayern und von Rußland, jetzt wollte sie von ihren Dingen erzählen, vom Trianon. Er war der einzige, mit dem sie ganz frei von Herzen reden konnte. Sie führte ihn vor das Modell, das nun fertig geworden war; es präsentierte sich ungewöhnlich hübsch. Eifrig setzte sie ihm auseinander, wie alles werden würde. Kein Strauch durfte dort gepflanzt, kein Nagel eingeschlagen werden ohne ihre Zustimmung. Josef sah, daß sie genau wußte, was sie wollte, daß alles einheitlich war, ganz auf sie zugeschnitten und von bestem Geschmack. Nicht ohne innern Seufzer nahm er wahr, mit wieviel Talent und Begeisterung sie sich einer Sache hingeben konnte. Schade, daß ihr nicht Österreich am Herzen lag, nicht Frankreich, nur ihr Trianon.

Sie, in der Zwischenzeit, schwärmte davon, daß hier im Trianon ihr wahres Reich sei, in dem sie regieren wollte ohne Zwang und Zeremonie. Im Trianon wollte sie allein den Ton angeben; die Dienerschaft sollte nicht die Livrée des Königs tragen, sondern die ihre, Rot und Silber, auf den Einladungen sollte es heißen: „Von der Königin", und wenn sie auf der Bühne ihres Trianon Vorstellungen gab, dann sollten nur Leute Zutritt haben, die sie gut leiden konnte.

Sie war sehr anmutig, wie sie von ihren Plänen schwatzte, verspielt, ein Kind und eine Frau. Sie gefiel Josef, und ihr Trianon gefiel ihm. Aber er dachte an die neuen Schwierigkeiten, die ihr dieses Trianon machen wird. Diejenigen, die dort keinen Einlaß finden, werden stänkern, Toinette wird sich neue Feinde schaffen. Auch werden sich der arme Louis und sein Monsieur Necker lange den Kopf zerbrechen müssen, wie sie die kostbare Einfachheit Toinettes bezahlen sollen.

Am Abend dieses Tages schrieb Josef seinem Bruder Leopold nach Ferrara: „Unsere Schwester Toni ist ungewöhnlich hübsch und reizvoll, doch sie denkt an nichts als an ihr Vergnügen. Sie hat sich anstecken lassen von der Verschwendungssucht dieses verderbten Hofes. Sie hat keine Spur von Liebe für den armen Louis und keine Ahnung von den Pflichten einer Gattin, noch von denen einer Königin. Ihre Freunde, eine Bande hohler, titel- und geldgieriger Gesellen und putzsüchtiger Huren, bestärken sie in ihrer besessenen Vergnügungssucht. Ich habe mein Bestes getan, ihr den hübschen, leeren Kopf zurechtzusetzen, aber ich fürchte, es ist mir nicht geglückt, und wenn das so weitergeht, dann sehe ich für unsere Schwester ein grausames Erwachen voraus."

Zwei Tage später, zur großen Erleichterung Louis' und zur Trauer und zum Aufatmen Toinettes, reiste Josef ab. Den letzten Abend verbrachte er mit Louis und Toinette in Versailles.

Man saß bei Tische. Louis war sehr verlegen, er aß viel, und um irgend etwas zur Stimmung beizutragen – „Mach Lärm, Berry" –, versuchte er, deutsch zu sprechen, und lachte dröhnend über seine Fehler. Gleich nach dem Abendessen zog er sich zurück. Stammelnd, errötend, bedankte er sich bei Josef für seine Ratschläge. Der, leichthin, erwiderte: „Hoffentlich geht alles gut."

Dann blieb Josef noch eine Weile allein mit Toinette. Die Geschwister, denen sonst das Wort leicht vom Munde floß, waren schweigsam, und sie sprachen in dieser letzten Stunde ihres Zusammenseins nur deutsch. Das Zimmer Toinettes, von kostbarer Schlichtheit, lag heiter und freundlich im matten Schein der Kerzen, doch Josef und Toinette waren bedrückt.

Josef streichelte der Schwester die Hand, unerwartet sanft, und im Gegensatz zu dem gewalttätigen Optimismus, den er sonst an den Tag legte, sagte er: „Wir haben es nicht leicht, Toni. Du auch nicht. Aber wir werden es schon schaffen." Er umarmte sie, fest, herzhaft, er küßte sie, auf die Stirn, auf die Wangen. Sie weinte. Dann, mit einem ungewohnt burschikosen: „Servus, Toni", riß er sich los. Sie war stürmisch unglücklich, daß sie nun wieder ganz allein war.

Josef hatte in dieser Stunde des Abschieds keine seiner Maximen zum besten gegeben, keinen seiner scharfen Witze, er hatte alle seine lehrhaften Neigungen unterdrückt. Dafür hatte am nächsten Morgen der Gesandte Graf Mercy die Ehre, Toinette im Namen des Römischen Kaisers ein Heft zu überreichen. Auf den Umschlag hatte Josef den Titel gesetzt: „Vademecum für meine Schwester, Prinzessin von Lothringen, Erzherzogin von Österreich, Königin von Frankreich." Es enthielt aber das Schriftstück Maßregeln und Weisungen, und es begann mit der Ermahnung, Toinette möge das Heft sooft wie möglich zu Rate ziehen.

Toinette war gerührt von der Mühe, die sich Josef ihrethalb gemacht hatte. Sie dachte daran, wie nahe sie einander gestern gewesen waren, und sie begann sogleich zu lesen. Aber das Heft war sehr dick. Sie las in den ersten Seiten, in den letzten, ging wieder nach vorne, bestrebte sich, sorgfältig zu lesen. Doch sie konnte nicht verhindern, daß sich Gedanken einmischten an gewisse neue Schals und Hüte, von welchen die Bertin ihr gesprochen hatte. Auch dachte sie an das bevorstehende Rennen und daß sie diesmal bestimmt nicht auf das Pferd setzen werde, auf welches Prinz Karl wettete. Weiter dachte sie an die große, feierliche Messe, an der sie morgen wird teilnehmen müssen. Auch daran dachte sie, daß, wenn sich erst Louis der Operation unterzogen haben wird, sie dem eleganten und frechen Vaudreuil mit einer ganz andern Miene werde entgegentreten können.

Ihre Augen glitten noch immer über die sorgsam geschriebenen Zeilen des Vademecums. Aber sie nahm den Sinn nicht mehr auf. Sie schlug nach, wie lange sie noch zu lesen haben werde. Noch zweiunddreißig Seiten. Lange Seiten. Sie gähnte leicht. Las noch eine Seite. Dann klappte sie das Heft zu und schloß es in ihre Schublade.